VI KEELAND

The Invitation
Traduit de l'anglais par L. Williams et Valentin Translation
Mannequin de couverture : Nick Bateman
Photographe : Tamer Yilmaz
Conception de la couverture : Sommer Stein, Perfect Pear Creative

L'INVITATION
• Un faire-part parfait... ou pas •

Stella

— Je ne peux pas faire ça.

Je m'arrêtai à mi-chemin dans l'escalier de marbre.

Fisher s'arrêta à quelques pas devant moi. Il redescendit jusqu'à l'endroit où je me tenais.

— Bien sûr que tu peux. Tu te souviens de la fois où on était en CM2 et que tu devais faire cet exposé sur ton président préféré ? Tu étais à bout de nerfs. Tu pensais que tu allais oublier tout ce que tu avais appris par cœur devant tout le monde.

— Oui, et alors ?

— Eh bien, ce n'est pas si différent de ça. Tu t'en es sortie, non ?

Fisher avait perdu la tête.

— Toutes mes craintes *se sont réalisées* ce jour-là. J'étais devant le tableau noir et je me suis mise à transpirer. Je ne me souvenais plus d'un seul mot de mon texte. Tout le monde dans la classe me fixait, et ensuite *tu* m'as huée.

Fisher acquiesça.

— Exactement. Ta pire crainte s'est réalisée, et

pourtant tu as survécu. En fait, c'était en réalité le meilleur jour de ta vie.

Je secouai la tête, déconcertée.

— Comment ça ?

— C'était la première fois qu'on était dans la même classe. Je pensais que tu étais juste une fille ennuyeuse comme les autres. Mais ce jour-là, après l'école, tu m'as reproché de t'avoir embêtée pendant que tu essayais de faire ton exposé. Ça m'a fait réaliser que tu n'étais *pas* comme les autres. Et ce jour-là, j'ai décidé qu'on allait devenir les meilleurs amis du monde.

Je secouai la tête.

— Je ne t'ai pas parlé pendant tout le reste de l'année scolaire.

Fisher haussa les épaules.

— Ouais, mais je t'ai eue l'année suivante, non ? Et là tout de suite, tu es un peu plus calme qu'il y a deux minutes, non ?

Je soupirai.

— J'imagine que oui.

Il lui tendit son coude, parfaitement drapé dans son smoking.

— On y va ?

Je déglutis. Même si j'étais terrifiée par ce que nous allions faire, j'avais hâte de voir à quoi ressemblait l'intérieur de la bibliothèque décoré pour un mariage. J'avais passé d'innombrables heures assises sur ces marches, m'interrogeant sur la vie des gens qui passaient.

Fisher attendit patiemment, le coude tendu, pendant que je débattais avec moi-même encore une minute. Finalement, avec un autre gros soupir, je lui pris le bras.

— Si on finit en prison, tu devras payer notre caution à tous les deux. Je suis bien trop fauchée pour ça.

Il m'adressa son sourire de star de cinéma.

— Marché conclu.

Alors que nous gravissions les dernières marches qui menaient aux portes de la bibliothèque publique de New York, je passai en revue tous les détails dont nous avions discuté dans le Uber en arrivant ici. Nous avions des noms pour la soirée : Evelyn Whitley et Maximilian Reynard. Max bossait dans l'immobilier – sa famille possédait Reynard Properties – et j'avais obtenu ma maîtrise en gestion d'entreprise à Wharton et venais de revenir en ville. Nous vivions tous les deux dans l'Upper East Side – au moins, cette partie était vraie.

Deux serveurs en uniforme portant des gants blancs se tenaient devant l'imposante porte d'entrée. L'un tenait un plateau de flûtes à champagne et l'autre un porte-bloc. Même si mes jambes continuaient à se mouvoir, mon cœur semblait vouloir s'échapper de ma poitrine et s'enfuir dans la direction opposée.

— Bonsoir, les accueillit le serveur au bloc-notes en leur adressant un signe de la tête. Puis-je avoir vos noms, s'il vous plaît ?

Fisher ne broncha pas et servit le premier de ce qui serait une soirée pleine de mensonges.

L'homme, dont je remarquai l'oreillette, parcourut sa liste et hocha la tête. Il tendit une main pour nous indiquer d'entrer, et son collègue nous tendit un verre à chacun.

— Bienvenue. La cérémonie aura lieu dans la rotonde. Les sièges destinés aux invités de la mariée sont à votre gauche.

— Merci, répondit Fisher.

Dès que nous fûmes hors de portée de voix, il se pencha vers moi.

— Tu vois ? Fastoche, dit-il avant de siroter son champagne. *Oooh, c'est bon.*

Je ne savais pas comment il faisait pour rester si calme. Je ne savais pas non plus comment il avait réussi à me convaincre de me lancer dans cette folie. Il y a deux mois, en rentrant du travail, j'avais trouvé Fisher, qui était aussi mon voisin, en train de dévaliser les restes dans mon réfrigérateur, ce qui était courant chez lui. Alors qu'il mangeait du poulet milanais vieux de deux jours, je m'étais assise à la table de la cuisine pour trier mon courrier et boire un verre de vin. Pendant que nous parlions, j'avais ouvert le rabat d'une enveloppe surdimensionnée sans vérifier l'adresse au recto. L'invitation de mariage la plus étonnante qui soit se trouvait à l'intérieur : noir et blanc avec des feuilles d'or en relief. Comme une œuvre d'art dorée. Et le mariage avait lieu à la *Bibliothèque publique de New York,* tout près de mon ancien bureau, où se trouvaient les emblématiques escaliers sur lesquels je me posais souvent pour déjeuner. Je ne m'y étais pas rendue depuis au moins un an, alors j'étais vraiment ravie de pouvoir assister à un mariage là-bas.

Je n'avais aucune idée de l'identité du marié – un parent éloigné que j'avais oublié, peut-être ? Les noms ne m'étaient même pas vaguement familiers. Quand j'avais retourné l'enveloppe, j'avais vite compris pourquoi. J'avais ouvert le courrier de mon ex-colocataire. *Argh.* Je m'en doutais. Ce n'était pas moi qui étais invité à un mariage de conte de fées dans l'un de mes endroits préférés au monde.

Après quelques verres de vin, Fisher m'avait convaincue que c'était à moi d'y aller, et non à Evelyn. C'était le moins que mon ex-colocataire puisse faire pour moi, avait-il dit. Après tout, elle s'était éclipsée au milieu de la nuit, avait emporté quelques-unes de mes chaussures préférées, et le chèque qu'elle avait laissé derrière elle pour les deux mois de loyer en retard qu'elle me devait était sans provision. Je devais donc au minimum assister à un mariage chic à mille dollars le couvert à sa place. Dieu seul savait qu'aucun de mes amis ne se marierait dans un endroit pareil. Le temps de finir la deuxième bouteille de Merlot, Fisher avait décidé que nous irions à la place d'Evelyn, histoire de passer une soirée amusante en nous incrustant à ce mariage, avec les compliments de ma mauvaise ancienne colocataire. Fisher avait même rempli la carte à retourner, indiquant que nous serions deux, et l'avait glissée dans sa poche arrière pour la poster le lendemain.

J'avais honnêtement oublié tous nos projets d'ivresse jusqu'à il y a deux semaines, lorsque Fisher avait débarqué chez moi vêtu d'un smoking qu'il avait emprunté à un ami pour les noces à venir. Je lui avais dit que je n'allais pas m'incruster dans un mariage chic avec des gens que je ne connaissais pas, et il avait fait ce qu'il faisait toujours : me faire croire que sa mauvaise idée n'était pas si mauvaise que ça.

Jusqu'à maintenant. Je me tenais au milieu de l'entrée tentaculaire de ce qui était probablement un mariage dont la facture s'élevait à deux cent mille dollars, et j'avais l'impression que j'allais littéralement me faire pipi dessus.

— Bois ton champagne, dit Fisher. Ça t'aidera à te détendre un peu et redonnera de la couleur à tes joues. On dirait que tu es sur le point d'essayer d'expliquer à toute la classe pourquoi tu aimes tant John Quincy Adams.

Je le dévisageai en plissant les yeux, mais il me sourit en retour, imperturbable. J'étais certaine que rien n'allait m'aider à me détendre. Néanmoins, j'engloutis le contenu de mon verre.

Fisher glissa une main dans la poche de son pantalon et regarda autour de lui, la tête haute, comme s'il ne craignait pas la foule.

— Ça fait longtemps que je n'ai pas vu ma vieille amie *Stella la fêtarde,* lança-t-il. Me fera-t-elle l'honneur de se joindre à moi pour s'amuser ce soir ?

Je lui tendis ma flûte à champagne vide.

— Tais-toi et va me trouver un autre verre avant que je ne me sauve.

Il ricana.

— Pas de problème, *Evelyn.* Reste assise et essaie de ne pas faire sauter notre couverture avant même de voir la belle mariée.

— Belle ? Tu ne sais même pas à quoi elle ressemble.

— Toutes les mariées sont belles. C'est pour ça qu'elles portent un voile : pour qu'on ne voie pas les moches et que tout soit magique en ce jour spécial.

— C'est tellement romantique.

Fisher me fit un clin d'œil.

— Tout le monde ne peut pas être aussi joli que moi.

Trois coupes de champagne me permirent de me calmer suffisamment pour assister à la cérémonie de mariage. Et la mariée n'avait absolument pas besoin de voile. Olivia Rothschild – ou Olivia Royce, comme elle avait pris le nom de son mari – était magnifique. J'eus un peu les larmes aux yeux en entendant le marié prononcer ses vœux. C'était dommage que l'heureux couple ne fasse pas vraiment partie de mes amis, car l'un de leurs témoins était incroyablement séduisant. J'aurais pu rêver que Livi – je la surnommais ainsi dans ma tête – m'arrange un coup avec le copain de son nouveau mari. Hélas, cette soirée était un subterfuge, et je n'étais pas Cendrillon.

Le cocktail eut lieu dans une belle pièce où je n'étais jamais entrée. J'étudiai les œuvres d'art au plafond en attendant mon verre au bar. Fisher m'avait dit qu'il devait aller aux toilettes, mais j'avais le sentiment qu'il s'était en réalité éclipsé pour parler au beau serveur qui le regardait depuis que nous étions entrés.

— Voilà, mademoiselle, fit le barman en glissant un verre vers moi.

— Merci.

Je jetai un rapide coup d'œil autour de moi pour voir si quelqu'un faisait attention à moi avant de plonger le nez dans le verre et de le renifler à fond. *Clairement pas ce que j'avais commandé.*

— Hmm, excusez-moi. Est-il possible que vous ayez fait ça avec du gin Beefeater et non du Hendricks ?

Le barman fronça les sourcils.

— Je ne pense pas.

Je reniflai une seconde fois, maintenant certaine qu'il s'était trompé.

Une voix d'homme à ma gauche me prit au dépourvu.

— Tu ne l'as même pas goûté, et pourtant tu penses qu'il s'est trompé de gin ?

Je lui adressai un sourire poli.

— Le Beefeater est fait avec du genièvre, des écorces d'orange, de l'amande amère et un mélange de thés, ce qui laisse un goût de réglisse en bouche. Le Hendricks est composé de genièvre, de rose et de concombre. Chacun d'eux a une odeur différente.

— Tu le bois sec ou avec des glaçons ?

— Aucun des deux. C'est un gin martini, donc avec du vermouth.

— Et tu penses réussir à sentir le gin utilisé sans même le goûter ?

Le ton du gars montrait clairement qu'il me pensait incapable d'une telle chose.

— J'ai un très bon sens de l'odorat.

L'homme regarda par-dessus mon épaule.

— Hé, Hudson, je parie cent dollars qu'elle ne peut pas faire la différence entre les deux gins même si on les met côte à côte.

Une deuxième voix d'homme s'éleva à ma droite, un peu derrière mon épaule. C'était un son profond, mais velouté et doux, un peu comme le gin que le barman *aurait dû* utiliser pour préparer mon cocktail.

— Disons deux cents et je tiens le pari.

En me tournant pour voir l'homme prêt à miser sur mes capacités, je sentis mes yeux s'écarquiller.

Oh. Waouh. Le magnifique gars de la cérémonie. Je l'avais fixé pendant presque tout le mariage. Il était beau de loin, mais de près, il était à couper le souffle et j'en avais des papillons dans le ventre – des cheveux foncés, une peau bronzée, une mâchoire ciselée et des lèvres pulpeuses et pleines. La façon dont ses cheveux étaient coiffés – plaqués en arrière et séparés sur le côté – me rappelait les stars de cinéma d'antan. Ce que je n'avais pas vu depuis le dernier rang, pendant la cérémonie, c'était l'intensité de ses yeux bleu océan. Ils me dévisageaient comme s'il lisait en moi comme dans un livre ouvert.

Je m'éclaircis la voix.

— Tu veux parier deux cents dollars que je vais réussir à identifier le gin ?

Le bel homme s'avança, et mes sens olfactifs s'éveillèrent. Ça*, ça sent meilleur que n'importe quel gin.* Je ne savais pas si c'était son eau de Cologne ou un genre de gel douche mais, quoi qu'il en soit, je dus faire tout ce qui était en mon pouvoir pour ne pas me pencher vers lui et respirer à pleins poumons. Cet homme terriblement sexy sentait aussi bon qu'il était beau. Cette combinaison, c'était ma kryptonite.

— Tu es en train de me dire que c'est une mauvaise idée de parier sur toi ? demanda-t-il avec une pointe d'amusement dans la voix.

Je secouai la tête et me retournai pour m'adresser à son ami.

— Je vais jouer le jeu, mais je veux également miser deux cents dollars.

Lorsque je reposai les yeux sur le bel homme à ma droite, le coin de sa lèvre tressauta légèrement.

— *Parfait.*

Il leva le menton vers son ami.

— Dis au barman de préparer un shot de Beefeater et un shot d'Hendricks. Aligne-les devant elle sans nous en révéler le contenu.

Une minute plus tard, je levai le premier verre d'alcool et le humai. Honnêtement, il n'était même pas nécessaire que je sente l'autre, mais je le fis quand même, juste pour être sûre. *Bordel.* J'aurais dû parier plus. C'était trop facile, comme voler une sucette à un bébé. Je glissai un verre devant moi et m'adressai au barman qui attendait.

— Celui-ci, c'est le Hendricks.

Le barman eut l'air impressionné.

— Elle a raison.

— Merde, souffla le gars qui avait lancé le pari.

Il fouilla dans sa poche avant, en sortit un impressionnant porte-monnaie et en retira quatre billets de cent dollars. Il les balança dans notre direction, sur le comptoir, et secoua la tête.

— Je les regagnerai d'ici lundi.

Le type magnifique me sourit en récupérant son argent. Après m'être emparé de ma part, il baissa la tête pour me chuchoter à l'oreille :

— Beau travail.

Bon sang ! Son souffle chaud me fit frissonner. Ça faisait bien trop longtemps que je n'avais pas eu de contact avec un homme. Malheureusement, mes jambes se mirent à trembler. Je me forçai à les ignorer.

— Merci.

Il me contourna pour atteindre le bar et attrapa l'un des verres. Il le porta à son nez et le renifla avant de le reposer et de sentir l'autre.

— Je ne sens aucune différence.

— Ça signifie simplement que ton sens de l'odorat est normal.

— Ah, je vois. Et le tien est extraordinaire ?

Je souris.

— Eh bien oui, en effet.

Il eut l'air amusé lorsqu'il me tendit l'un des verres et leva l'autre.

— Portons un toast au fait d'être extraordinaire, alors, lança-t-il en trinquant.

Je n'étais généralement pas une grande buveuse, mais pourquoi pas ? J'entrechoquai mon verre avec le sien avant de le boire cul sec. Peut-être que l'alcool aiderait à calmer la nervosité que cet homme semblait avoir réveillée en un claquement de doigts.

Je reposai mon verre sur le bar à côté du sien.

— J'en déduis que c'est quelque chose que vous faites régulièrement tous les deux, puisque ton ami prévoit de récupérer sa mise d'ici lundi ?

— La famille de Jack et la mienne sont amies depuis notre enfance. Mais les paris ont commencé à l'époque où nous étions à l'université. Je suis fan de l'équipe de Notre Dame, lui de celle de l'Université de Caroline du Sud. On était fauchés à l'époque, alors on pariait un coup de Taser à chaque match.

— Un coup de Taser ?

— Son père était flic. Il lui avait donné un Taser à placer sous son siège de voiture, au cas où. Je ne pense pas qu'il ait envisagé que son fils recevrait des décharges de cinquante mille volts lorsqu'une interception de dernière minute ferait perdre son équipe.

Je secouai la tête.

— C'est un peu n'importe quoi.

— Ça n'a certainement pas été notre décision la plus sage. Au moins, j'ai gagné beaucoup plus souvent que lui. Un petit dommage cérébral pourrait aider à expliquer certains de ses choix universitaires.

J'éclatai de rire.

— Donc, ce soir, vous poursuiviez tous les deux ce schéma, alors ?

— On peut dire ça.

Il sourit et tendit la main.

— Je m'appelle Hudson, au fait.

— Enchanté de te rencontrer. Je m'appelle St... commençai-je avant de me rattraper juste à temps. Je m'appelle Evelyn.

— Alors comme ça tu es fan de gin, Evelyn ? C'est pour ça que je n'ai pas senti la différence entre les deux ?

Je souris.

— Je ne me considérerais pas comme fan de gin, non. Pour être honnête, je bois surtout du vin. Mais ai-je mentionné ma profession ? Je suis chimiste en parfumerie, un nez, pour être exact.

— Tu fais du parfum ?

Je hochai la tête.

— Entre autres choses. J'ai développé plusieurs fragrances pour une entreprise de cosmétiques et de parfums pendant six ans. Parfois c'était pour un nouveau parfum, d'autres fois c'était l'odeur d'une lingette démaquillante, ou alors un produit cosmétique qui avait besoin d'une senteur plus agréable.

— Je suis presque sûr de n'avoir jamais rencontré de nez avant.

Je souris.

— Est-ce aussi excitant que tu l'avais espéré ?

Il eut un petit rire.

— Quelle est la formation qu'il faut faire exactement pour un travail comme celui-là ?

— Eh bien, j'ai un diplôme de chimie. Mais on peut avoir suivi toutes les études qu'on veut, impossible de faire ce job si l'on n'a pas également une hyperosmie.

— Qui est ?

— Une capacité accrue à reconnaître les odeurs, une acuité olfactive exacerbée.

— Alors tu es douée pour renifler des trucs ?

Je ris.

— Exactement.

Beaucoup de gens pensent avoir un bon sens de l'odorat, mais ils ne comprennent pas vraiment à quel point ce sens est exacerbé pour une personne atteinte d'hyperosmie. Faire une démonstration marchait toujours mieux que des paroles. De plus, je voulais vraiment savoir quelle eau de Cologne il portait. Je me penchai et inspirai profondément le parfum d'Hudson.

En expirant, je dis :

— Du savon Dove.

Il n'eut pas l'air vraiment convaincu.

— Oui, mais c'est un savon assez commun.

Je souris.

— Tu ne m'as pas laissé finir. Il s'agit du Dove Cool Moisture. Avec du concombre et du thé vert dedans – qui est aussi un ingrédient courant dans les gins, d'ailleurs. Et tu utilises le shampoing Elvive de L'Oréal, comme moi. Je peux sentir l'extrait de fleur de *gardenia tahitensis*, celui de fleur de *rosa canina*, et un léger soupçon d'huile de noix de coco. Oh, et tu mets du déodorant de la marque Irish Spring. Je ne pense pas que tu portais d'eau de Cologne, en fait.

Hudson haussa les sourcils.

– Ça, c'est impressionnant. Les invités logeaient à l'hôtel la nuit dernière, et j'ai oublié d'emporter mon eau de Cologne.

– Tu portes quoi, d'habitude ?

– Ah. Je ne peux pas te le révéler. Que ferons-nous à notre second rendez-vous pour nous divertir si nous ne jouons pas au petit test olfactif ?

– Notre deuxième rendez-vous ? Je n'avais pas réalisé qu'on allait en avoir un premier.

Hudson sourit et me tendit la main.

– La soirée ne fait que commencer, Evelyn. On va danser ?

Un nœud au creux de l'estomac m'avertit que c'était une mauvaise idée. Fisher et moi étions censés rester ensemble et limiter les contacts avec d'autres personnes pour minimiser nos chances de nous faire prendre. Mais en regardant autour de moi, je constatai que mon ami avait disparu. En plus, cet homme devant moi était sérieusement magnétique. Sans que je comprenne comment, avant même que mon cerveau ait fini de peser le pour et le contre, je me retrouvai à glisser une main dans la sienne. Il m'entraîna sur la piste de danse en passant un bras autour de ma taille et en me guidant avec l'autre. Sans surprise, il savait danser.

— Alors, Evelyn à l'odorat extraordinaire, je ne t'ai jamais vue avant. Tu fais partie des invités ou tu accompagnes quelqu'un ?

Il balaya la pièce du regard.

— Est-ce qu'un type est en train de me fusiller du regard dans mon dos ? Est-ce que je vais devoir aller récupérer le Taser de Jack dans la voiture pour repousser un petit ami jaloux ?

Je ris.

— Je suis venue ici avec quelqu'un, mais c'est juste un ami.

— Le pauvre...

Je souris. Hudson flirtait sans subtilité, mais je buvais ses paroles.

— Fisher est plus intéressé par le gars qui propose les flûtes de champagne que par moi.

Hudson me serra un peu plus contre lui.

— J'aime bien plus ton compagnon maintenant qu'il y a trente secondes.

La chair de poule me picota la peau des bras lorsqu'il baissa la tête et me frôla brièvement le cou avec son nez.

— Tu sens incroyablement bon. Est-ce que tu portes un des parfums de ta création ?

— En effet, mais ce n'est pas un parfum que l'on peut commander. J'aime l'idée d'avoir une véritable signature olfactive dont quelqu'un pourrait se souvenir.

— Je ne pense pas que tu en aies besoin pour qu'on se souvienne de toi.

Il me fit faire le tour de la piste de danse avec une telle grâce que je me demandai s'il avait pris des cours avec un professionnel. La plupart des hommes de son âge pensent que danser le slow implique de se balancer d'avant en arrière et de frotter leur érection contre leur partenaire.

— Tu es un bon danseur, dis-je.

Hudson répondit en nous faisant virevolter.

— Ma mère était danseuse professionnelle. Apprendre n'était pas une option, mais bien une obligation, si je voulais manger.

J'éclatai de rire.

— C'est vraiment cool. Tu n'as jamais envisagé de suivre ses traces ?

— Absolument pas. J'ai grandi en la voyant souffrir de bursites de la hanche, de fractures de fatigue, de déchirures des ligaments... Ce n'est certainement pas la profession glamour qu'on présente dans toutes ces émissions télévisées de concours de danse. Il faut aimer ce que l'on fait pour un travail comme celui-là.

— Je pense que l'on devrait pouvoir aimer ce qu'on fait dans n'importe quel travail.

— C'est un très bon point.

Le morceau se termina et le maître de cérémonie demanda à tout le monde de s'asseoir.

— Tu es installée à quelle table ? s'enquit Hudson.

Je pointai du doigt le côté de la pièce où Fisher et moi avions été placés.

— Quelque part par là. Table seize.

Il acquiesça.

— Je vais t'accompagner.

Nous nous approchâmes de la table en même temps que Fisher, qui arrivait d'une autre direction. Son regard passa d'Hudson à moi, et son visage posa la question qu'il n'osait prononcer à haute voix.

— Hmm. C'est mon ami Fisher. Fisher, voici Hudson.

Ce dernier lui tendit la main.

— Ravi de te rencontrer.

Après avoir serré la main d'un Fisher silencieux, qui semblait avoir oublié comment parler, il se tourna vers moi et me prit la main une fois de plus.

— Je devrais retourner à ma table avec le reste des invités.

— D'accord.

— Peux-tu me réserver une danse plus tard ?

Je souris.

— J'en serais ravie.

Hudson se retourna pour s'éloigner, puis fit volte-face. En reculant, il dit :

— Au cas où tu me ferais le même coup que Cendrillon et disparaîtrais, quel est ton nom de famille, Evelyn ?

Heureusement, le fait qu'il utilise mon faux nom me rappela que je ne devais pas lui donner mon vrai nom comme j'avais failli le faire la première fois.

— Whitley.

— Whitley ?

Oh, mon Dieu. Connaissait-il Evelyn ?

Il me dévisagea.

— Quel nom magnifique. À plus tard.

— Euh... D'accord.

Quand Hudson fut hors de portée de voix, Fisher se pencha vers moi.

— Je suis censé m'appeler Maximilien, ma chérie.

— Oh, mon Dieu, Fisher. On doit partir.

— Non, répondit-il en haussant les épaules. Ce n'est pas grave. On l'a inventé ce prénom, de toute façon. Je suis ton invité. Personne ne connaît le nom de la personne qu'Evelyn a conviée ce soir. Bien que je souhaite toujours jouer le rôle d'un magnat de l'immobilier.

— Non, ce n'est pas ça le problème.

— Alors qu'est-ce que c'est ?

— On doit partir parce qu'il a compris...

Stella

Fisher avala une gorgée de bière.

— Tu es juste parano. Ce gars ne se doute de rien. Je regardais son expression quand tu as prononcé le nom de famille d'Evelyn, et la seule chose qu'il a notée, c'est à quel point tu es belle.

Je secouai ma tête.

— Non, il a fait une tête bizarre. Je l'ai vu.

— Depuis combien de temps tu parles avec ce type ?

— Je ne sais pas. Peut-être quinze minutes ? Je l'ai rencontré au bar et ensuite il m'a invitée à danser.

— Est-ce qu'il avait l'air d'être le genre de gars qui hésiterait à poser une question s'il avait un souci ?

Je réfléchis un instant. En fait, non. Hudson était bien plus audacieux que timide.

— Non, mais...

Fisher posa ses mains sur mes épaules.

— Respire profondément.

— Fisher, on devrait y aller.

Le maître de cérémonie reprit la parole et demanda à tout le monde de s'asseoir car le dîner allait être servi.

Fisher tira ma chaise en arrière.

— Mangeons au moins. Si tu veux toujours t'enfuir après le repas, on le fera. Mais je te le dis, tu es juste parano. Ce type n'a pas la moindre idée de ce qui se trame.

Mon instinct m'ordonnait de partir sur-le-champ, mais en balayant la salle du regard, je remarquai que nous étions parmi les derniers encore debout, et que les gens nous fixaient.

Je soupirai.

— Bien. On dîne, et ensuite on s'en va.

Fisher sourit. Je repris doucement la parole, consciente de la présence des autres invités attablés autour de nous et que nous avions ignorés de manière très impolie.

— Où tu étais, au fait ?

— Je parlais à Noah.

— Qui ça ?

— Un serveur mignon. Il va devenir acteur.

Je levai les yeux au ciel.

— Bien sûr. On était censé rester ensemble, tu sais.

— Tu n'avais pas l'air de te sentir trop seule. Qui était cet Apollon, d'ailleurs ? Tu sais que je n'aime pas quand tu fréquentes des hommes plus beaux que moi.

Je soupirai.

— Il était magnifique, n'est-ce pas ?

Fisher prit une gorgée de bière.

— Je me le ferais bien.

Nous éclatâmes tous les deux de rire.

— Tu penses vraiment qu'il n'a rien remarqué, tu es sûr ? Tu ne dis pas ça juste parce que tu as envie de rester, hein ?

— Non, nous ne risquons rien.

Je me détendis un peu pendant le dîner. Bien que ça soit sûrement plutôt lié au serveur qui ne cessait de remplir mon verre sans que j'aie à lui demander qu'avec la potentielle perspicacité de Fisher. Ce n'était pas que j'avais cessé de penser qu'Hudson avait compris que nous étions des imposteurs, mais le bourdonnement provoqué par les martinis m'empêchait de me soucier de tout ça.

Une fois nos assiettes débarrassées, Fisher m'invita à danser et je me dis « pourquoi pas » ? On pourrait imaginer pire soirée que celle passée à danser avec deux beaux hommes. Nous allâmes donc sur la piste de danse au moment où passait une chanson pop entraînante et, quand la musique ralentit, Fisher me prit dans ses bras.

Alors que nous étions en train de rire, perdus dans notre petite bulle, un homme tapa sur l'épaule de mon partenaire.

— Puis-je vous interrompre ?

Hudson.

Mon cœur se mit à tambouriner dans ma poitrine. Je ne savais pas si c'était la perspective d'être de nouveau dans les bras de cet homme magnifique, ou celle d'être percé à jour.

Fisher sourit et recula.

— Prenez bien soin d'elle.

— Oh, j'en ai l'intention.

Quelque chose dans la façon dont il le dit me mit mal à l'aise. Hudson me prit toutefois dans ses bras et commença à nous faire bouger au rythme de la musique, comme il l'avait fait plus tôt.

— Tu t'amuses ? demanda-t-il.

— Hmm. Oui. C'est un très bel endroit pour célébrer un mariage. Je ne suis jamais venue ici avant.

— De qui as-tu dit que tu étais l'invitée ? La mariée ou le marié ?

Je ne l'ai pas dit.

— La mariée.

— Et comment est-ce que vous vous êtes connues ?

Merde. Je levai les yeux, et la bouche d'Hudson se courba pour former ce qui ressemblait à un sourire, mais définitivement pas un sourire du genre amusé. C'était plus cynique que jovial.

— Je, euh, on travaillait ensemble.

— Oh ? C'était à Rothschild Investissements ?

J'avais envie de m'enfuir. Peut-être qu'Hudson le sentit, parce qu'à moins que ce ne soit mon imagination, il raffermit sa prise sur moi. Je déglutis.

— Oui. Je travaillais pour Rothschild Investissements.

La seule chose que je savais de l'emploi éphémère d'Evelyn là-bas, c'était qu'elle avait travaillé comme réceptionniste et qu'elle ne supportait pas son patron. Elle avait pour habitude de le surnommer le *Connard en chef.*

— À quel poste ?

Ça commençait à ressembler à un interrogatoire.

— En tant que réceptionniste.

— Réceptionniste ? Je croyais que vous étiez un nez en parfumerie ?

Merde. C'est vrai. Je n'avais pas réfléchi, un peu plus tôt, quand j'avais été honnête sur ma profession.

— Je, euh, je monte ma propre entreprise, mais les choses ont pris du retard, donc j'avais besoin de gagner de l'argent.

— Et quel est le type d'entreprise que vous lancez ?

Au moins, cette partie-là ne serait pas un mensonge.

— Elle s'appelle Signature Olfactive. C'est une ligne de parfums personnalisés vendus par correspondance.

— Comment ça marche ?

— On va envoyer vingt petits échantillons de parfum à une personne, qui devra les noter sur une échelle de un à dix, ainsi qu'un questionnaire détaillé. En fonction des types d'odeurs qu'elle préférera et de ses réponses à notre formulaire, nous créerons un parfum juste pour elle. J'ai créé un algorithme qui mettra au point une formule en fonction des données que nous recueillerons.

Hudson me dévisagea. On aurait dit qu'il essayait de déchiffrer une sorte d'énigme. Quand il reprit la parole, son ton était plus doux.

— C'est une bonne idée, en fait.

C'était peut-être l'alcool qui me rendait nerveuse, mais j'étais soudain offensée qu'il semble surpris.

— Tu pensais que parce que je suis blonde, je n'aurais pas de bonnes idées ?

Hudson afficha ce que je considérai comme un vrai sourire, mais il reprit rapidement une expression stoïque. Il me fixa pendant un long moment tandis que je retenais mon souffle, attendant qu'il me traite d'escroc.

— Tu peux venir avec moi un moment ? demanda-t-il finalement.

— Où ?

— Je dois prononcer un discours, et j'espérais que tu pourrais rester à proximité. Ton beau visage me donnera juste assez de courage pour faire ça.

— Hmm, bien sûr.

Hudson sourit mais, une fois de plus, il y avait quelque chose qui clochait. Cependant, sa demande semblait assez inoffensive, et alors qu'il me prenait la main pour me conduire à l'avant de la pièce, j'essayai de me convaincre que tout était dans ma tête, découlant de ma conscience coupable.

Il alla discuter avec le maître de cérémonie, puis nous nous dirigeâmes vers le côté de la piste de danse pour patienter. Nous restâmes l'un à côté de l'autre lorsque la chanson se termina et que le maître de cérémonie demanda aux invités de reprendre leur place.

— Mesdames et messieurs, j'aimerais vous présenter une personne qui est très importante pour les jeunes époux. Il s'agit du frère de notre belle mariée et un bon ami de son fringant époux. Applaudissons chaleureusement le témoin, Hudson !

Oh, putain. C'est le frère de la mariée !

Connard en chef !

Hudson se pencha vers moi.

— Reste ici, là où je peux voir ton magnifique visage, Evelyn.

Je hochai la tête et souris, même si j'avais envie de vomir.

Pendant les dix minutes suivantes, Hudson fit un discours éloquent. Il parla de l'emmerdeuse qu'était sa petite sœur, et de la fierté qu'il éprouvait pour la femme qu'elle était devenue. Quand il expliqua que leur père et leur mère étaient tous deux décédés, je fus un peu émue. Son admiration pour sa sœur était évidente, et son discours était un mélange égal de sérieux et d'humour. Pendant qu'il parlait, je poussai un gros soupir de soulagement en me disant qu'il ne comptait pas me jouer de tour. C'était dommage que je l'aie rencontré dans ces conditions et que je me sois présentée sous un faux nom, car Hudson semblait être un bon parti.

À la fin de son discours, il leva son verre.

— À Mason et Olivia. Je vous souhaite beaucoup d'amour, la santé et la richesse, mais, surtout, je vous souhaite d'avoir une longue vie ensemble pour profiter de tout ça.

Le mot « santé ! » s'éleva en un murmure dans toute la salle avant que les invités ne boivent un coup, et je crus que c'était la fin du discours. Ce n'était pas le cas. Au lieu de rendre le micro au maître de cérémonie, Hudson se tourna et posa les yeux sur moi. Le sourire mauvais qui glissa sur ses lèvres me donna des frissons, et *pas* dans le bon sens du terme.

— Ensuite, dit-il, j'ai un cadeau spécial pour vous tous. La chère amie de ma sœur, *Evelyn*, aimerait dire quelques mots.

J'écarquillai les yeux.

— Elle va pouvoir vous raconter la merveilleuse histoire de leur rencontre, poursuivit-il. C'est vraiment très amusant, et elle a hâte de la partager avec vous ce soir.

Hudson s'avança vers moi avec le micro en main. Ses yeux pétillaient d'amusement, mais j'avais peur que ses chaussures vernies se retrouvent soudain ornées de vomi.

Je lui fis signe de la main et secouai la tête, mais ça ne fit que l'encourager. Il se mit à reparler dans le microphone en me prenant la main :

— Evelyn semble avoir le trac. Elle est un peu timide.

Il me tira derrière lui et je fis malgré moi deux pas vers le milieu de la pièce avant d'enfoncer les pieds dans le sol et de refuser d'aller plus loin.

Hudson éclata de rire et leva une fois de plus son micro.

— On dirait qu'elle a besoin d'un peu d'encouragement. Qu'en dites-vous, mesdames et messieurs ? Pourriez-vous gratifier *Evelyn* d'une salve d'applaudissements pour l'aider à venir prononcer quelques mots ?

La foule commença à applaudir. J'avais envie que le sol s'ouvre sous mes pieds et que mon corps rigide tombe dans un trou sans fond. Il devenait pourtant de plus en plus clair que la seule façon de me dépatouiller de tout ça était de foncer droit dans la gueule du loup. Tous les yeux étaient rivés sur moi, et je ne pouvais pas m'en sortir indemne. J'envisageai de m'enfuir, mais décidai qu'il valait mieux que j'aie seulement quelques personnes à mes trousses au lieu d'absolument tout le monde.

Je pris donc une profonde inspiration, me dirigeai vers la table des invités la plus proche et demandai à un vieil homme au hasard si sa boisson contenait de l'alcool. Quand il me répondit que c'était de la vodka avec des glaçons, je me servis et en avalai tout le contenu. Puis je lissai ma robe, rejetai les épaules en arrière, levai le menton et rejoignis Hudson, saisissant le micro de ma main tremblante.

Il sourit et se pencha pour me murmurer à l'oreille :

— Bonne chance, *Evelyn*.

La foule se tut et je sentis des perles de sueur se former sur mon front et ma lèvre supérieure. Une boule de la taille d'une balle de golf était coincée au milieu de ma gorge, tandis que mes doigts et mes orteils picotaient. Tous les yeux étaient rivés sur moi, et je me creusai la tête pour trouver une histoire à raconter – *n'importe laquelle*. Je finis par en trouver une, bien que je doive improviser un peu. Ce qui était normal pour cette soirée, de toute façon, non ?

Je m'éclaircis la gorge.

— Bonsoir.

Je tenais le microphone de la main droite. Voyant qu'elle tremblait, je levai la gauche et la plaçai fermement sur l'autre pour l'aider à rester stable. Puis je pris une profonde inspiration.

— Bonsoir, je m'appelle Evelyn. Olivia et moi nous sommes rencontrées au jardin d'enfants.

Je commis l'erreur de regarder la table où étaient assis les jeunes époux. Les traits de la mariée étaient tirés sous l'effet de la confusion ; elle me fixait en chuchotant quelque chose à l'oreille de son mari.

Je ferais mieux de faire vite.

– Comme Hudson l'a mentionné, je voulais partager comment Livi et moi nous sommes rencontrées. Je venais d'emménager dans la ville en plein milieu de l'année scolaire et je n'avais pas beaucoup d'amis. J'étais vraiment timide, à l'époque. Ma peau pâle devenait rouge vif dès que l'on me portait trop d'attention, alors j'évitais à tout prix de parler en classe. Un jour, j'ai bu une bouteille d'eau entière pendant la récréation. J'avais vraiment besoin d'aller aux toilettes quand on est retourné en classe, mais monsieur Neu, notre professeur, avait déjà commencé son cours, et je ne voulais pas l'interrompre. Il mesurait au moins deux mètres et était tout à fait effrayant, alors l'idée de lever la main et que tous les enfants se retournent et me fixent lorsqu'il appellerait mon nom me terrorisait complètement. Alors je me suis retenue durant tout le cours et, bordel, cet homme pouvait parler des heures et des heures.

Je me tournai vers la mariée.

– Tu te rappelles la manière dont monsieur Neu racontait toutes ces horribles blagues absolument ringardes ? Et qu'il était le seul à en rire ?

La mariée me regardait comme si j'étais complètement folle. J'étais presque sûre qu'elle avait raison.

Pendant les cinq minutes qui suivirent, je n'arrêtai pas de blablater devant une salle pleine à craquer, leur racontant comment j'avais couru aux toilettes quand le professeur s'était enfin arrêté de parler, mais que toutes les cabines étaient occupées et que je n'avais pas réussi à me retenir plus longtemps. Je leur expliquai que j'étais revenue en classe avec mon pantalon mouillé et que j'avais essayé de le cacher, mais qu'un garçon l'avait repéré et avait crié. *Regardez ! La nouvelle a fait pipi dans sa culotte.* J'avais été absolument mortifiée, les larmes aux yeux, jusqu'à ce que mon amie vienne à mon secours. Dans un acte courageux qui allait se transformer en lien indéfectible, Olivia s'était fait pipi dessus, puis s'était levée et avait dit à tout le monde que l'herbe était mouillée à la récréation et que nous nous y étions assises ensemble.

Je terminai mon histoire en lançant à une salle pleine de visages souriants que je souhaitais du fond du cœur que cet heureux couple partage le même amour et les mêmes rires que j'avais échangés avec la mariée pendant de nombreuses années. Levant une main, je brandis un verre imaginaire.

— Je porte un toast aux époux !

Les gens commencèrent à applaudir, et je savais que je devais profiter de ce moment pour me tirer de là. Hudson était toujours debout sur le côté et, si je ne me trompais pas, j'avais l'impression qu'il était un peu fier de moi de ne pas m'être défilée. Ses yeux brillaient ; il me regarda attentivement quand je m'approchai et pressai le microphone contre sa poitrine.

Il couvrit le haut du micro et sourit.

— Amusant.

Je lui dévoilai mes dents blanches avec un sourire exagéré et recourbai un doigt pour qu'il se rapproche.

Quand il obtempéra, je murmurai à son oreille :

— *Connard* !

Hudson laissa échapper un rire profond tandis que je partais en trombe, sans me retourner pour voir s'il me suivait. Heureusement, Fisher s'avançait déjà vers moi, donc je n'eus pas à le chercher avant qu'on se tire d'ici.

Ses yeux étaient aussi larges que des frisbees.

— Tu es bourrée ? Qu'est-ce qui s'est passé ?

Je l'attrapai par le bras et continuai d'avancer.

— On doit sortir d'ici *rapidement*. Tu as mon sac à main ?

— Non.

Merde. J'envisageai de le laisser sur place, mais mon permis et ma carte de crédit étaient à l'intérieur. Je tournai alors à gauche et me dirigeai vers notre table. Du coin de l'œil, je vis Hudson et le marié parler au maître d'hôtel et pointer un doigt dans notre direction.

— Merde ! Il faut qu'on se dépêche.

Je me précipitai jusqu'à notre table, attrapai mon sac à main et me retournai. Après avoir fait deux pas, je fis volte-face.

— Qu'est-ce que tu fais ? s'enquit Fisher.

Je pris une bouteille de Dom Pérignon non ouverte sur notre table.

— Je prends ça avec moi.

Fisher secoua la tête et éclata de rire tandis que nous nous dirigions vers la sortie. En chemin, nous piquâmes des bouteilles de champagne à chaque table. Les invités confus ne savaient pas trop quoi faire de tout ça, mais nous allions trop vite pour qu'ils puissent faire le moindre commentaire. Au moment où nous arrivâmes à la sortie, nos bras étaient pleins, et nous avions au moins mille dollars d'alcool en notre possession.

Devant, nous eûmes la chance de découvrir quelques taxis jaunes arrêtés au feu rouge. Nous sautâmes dans le premier véhicule vide, Fisher claqua la porte, et nous nous mîmes à genoux pour regarder par le pare-brise. Le maître d'hôtel et les deux agents de sécurité qui avaient vérifié les identités plus tôt dans la soirée étaient au milieu de l'escalier en marbre. Hudson se tenait en haut des marches, appuyé nonchalamment contre un pilier de marbre à boire une coupe de champagne en observant notre ahurissant départ. Mon cœur battant me vrillait les oreilles et mon regard passait sans cesse du feu de circulation aux hommes qui se rapprochaient de nous. Au moment où ils atteignirent le trottoir et s'avancèrent, le rouge passa au vert.

— *Allez-y ! Allez !* criai-je au chauffeur.

Il appuya sur l'accélérateur, Fisher et moi toujours à genoux sur la banquette, regardant par le pare-brise les hommes rapetisser au loin. Une fois que nous eûmes tourné au prochain virage, je pivotai et m'affaissai sur la banquette. Je n'arrivais pas à reprendre mon souffle.

— Que s'est-il passé, Stella ? Je t'ai vue danser avec un homme magnifique qui avait l'air complètement séduit et, la minute suivante, tu racontais une histoire sans queue ni tête à une salle comble. Tu es bourrée ?

— Même si je l'avais été, j'aurais dessoûlé immédiatement tant j'ai eu peur.

— Qu'est-ce qui t'a pris ?

— Ce n'est pas ce qui m'a pris, c'est *qui*.

— Je ne te suis pas.

— Tu sais, le bel homme à qui je parlais ?

— Ouais ?

— Eh bien, il s'avère qu'il savait tout.

Un sentiment de panique m'envahit quand je réalisai que je ne savais pas où était mon téléphone portable. J'ouvris frénétiquement mon sac à main et commençai à en sortir tout son contenu. Clairement, il n'était pas à l'intérieur, mais il *aurait dû* y être. Refusant d'accepter ce que j'avais fait, je retournai le sac et le vidai sur mes genoux.

Pas de téléphone.

Pas de putain de téléphone !

— Qu'est-ce que tu cherches ? demanda Fisher.

— S'il te plaît, dis-moi que tu as mon portable.

Il secoua la tête.

— Pourquoi est-ce que je l'aurais ?

— Parce que si ce n'est pas le cas, ça veut dire que je l'ai laissé sur la table au mariage.

Hudson

— Monsieur Rothschild, vous avez un appel.

Je soufflai et appuyai sur le bouton de l'interphone.

— Qui est à l'appareil ?

— Evelyn Whitley.

Jetant mon stylo sur mon bureau, je décrochai le téléphone et m'adossai à ma chaise.

— Evelyn, merci de me rappeler.

— C'est normal. Comment allez-vous, Hudson ?

Assez frustré pour appeler l'agaçante amie de ma petite sœur à qui je ne voulais pas filer de job, avant de le faire quand même, tout ça pour que ladite amie cesse de se présenter au travail il y a deux mois et démissionne sans préavis.

— Je vais bien. Et vous ?

— Plutôt bien. Malgré le fait que la Louisiane soit vraiment humide par rapport à New York.

C'était là qu'elle s'était enfuie ? Je m'en fichais, échanger des banalités avec Evelyn n'était pas à l'ordre du jour.

— La raison pour laquelle j'ai demandé à mon assistante de vous retrouver, c'est qu'une femme est venue au mariage d'Olivia en se faisant passer pour vous.

— Moi ? Vraiment ? Qui pourrait faire ça ?

— J'espérais que vous pourriez me le dire.

— Seigneur, je n'en ai aucune idée ! Je ne pensais même pas que Liv m'avait invitée à son mariage. Je n'ai reçu aucune invitation.

— Ma sœur dit qu'elle l'a postée au moment où vous avez quitté la ville. À votre ancienne adresse, à New York. Votre courrier a-t-il été transféré ou quelqu'un le récupérait-il pour vous ?

— Je reçois presque tous mes courriers par voie électronique : factures de téléphone, cartes de crédit, etc. Donc je n'ai pas fait suivre mon courrier. Mon ancienne colocataire vit toujours dans l'appartement, donc elle l'a peut-être reçu.

— Vous aviez une colocataire ?

— Oui, Stella.

— Peut-être que c'était Stella ?

Evelyn éclata de rire.

— Je ne pense pas. Elle n'est pas du tout du genre à s'incruster dans un mariage.

— Faites-moi plaisir, dites-moi à quoi ressemble votre ancienne colocataire ?

— Je ne sais pas. Cheveux blonds, peut-être un mètre soixante-dix, la peau claire, de belles courbes… Des lunettes. Trente-sept cinq de pointure.

La couleur de cheveux, les jolies courbes et la carnation correspondaient, et j'imaginais qu'elle pouvait avoir mis des lentilles de contact. En revanche, qui donnerait une pointure de chaussure lors d'une description physique ?

— Par hasard, votre colocataire avait-elle l'habitude de sentir des choses ?

— Oui ! Stella est une sorte de développeuse de parfums pour Estée Lauder. Ou du moins elle l'était avant de démissionner. Nous n'avons été colocataires que pendant un an ou deux, mais elle était toujours en train de renifler des choses. C'était un peu bizarre, si vous voulez mon avis. Elle racontait souvent de longues anecdotes en réponse à une simple question, et distribuait des tablettes de chocolat aux gens. Comment savez-vous qu'elle sentait... *Oh mon Dieu !* C'est Stella qui est allée au mariage en se faisant passer pour moi ?

— On dirait que ça pourrait être elle, oui.

Evelyn éclata de rire.

— Je ne pensais pas qu'elle serait capable d'une telle chose.

Du peu de temps que j'avais passé avec Stella, il me semblait évident qu'elle avait le don de surprendre beaucoup de monde. La plupart des gens auraient fui si je les avais appelés pour prendre la parole. Pas Stella. Elle était dans un état second, mais elle s'était reprise et avait accusé le coup. Je n'étais pas sûr de ce qui était le plus sexy : son apparence, sa façon de ne pas reculer devant un défi, ou la façon bravache dont elle m'avait balancé que j'étais un connard avant de partir.

Huit jours avaient passé depuis le mariage de ma sœur, et je n'arrivais toujours pas à me sortir cette foutue femme de la tête.

— Quel est le nom de famille de Stella ? demandai-je.

— Bardot. Comme l'actrice de cinéma.

— Vous n'auriez pas son numéro de téléphone fixe ?

— Si, dans mon portable. Je peux vous transmettre ses coordonnées après avoir raccroché, si vous voulez.

— Oui. Ce serait utile.

— D'accord.

— Merci pour l'information, Evelyn.

— Vous voulez que je l'appelle ? Que je lui dise qu'elle doit payer les frais de participation ou autre chose ?

— Non, ce ne sera pas nécessaire. Je préférerais en fait que vous ne lui parliez pas de cette conversation, si vous la revoyez.

— D'accord… Sans problème, comme vous voulez.

— Au revoir, Evelyn.

Après avoir raccroché, je me frottai le menton et regardai la ville à travers la fenêtre.

Stella Bardot… Que vais-je faire, que vais-je faire de toi…

En ouvrant le tiroir de mon bureau, je sortis l'iPhone que le traiteur m'avait envoyé l'autre jour. Il avait précisé que ses employés l'avaient trouvé à la table 16. J'avais demandé à mon assistante d'appeler toutes les personnes assignées à cette table, sauf cette mystérieuse femme. Personne n'avait perdu son téléphone. J'étais donc presque certain de savoir à qui il appartenait. La seule question était de savoir ce que j'allais en faire.

Helena, mon assistante, jeta un coup d'œil dans la salle de conférence.

— Monsieur Rothschild, je suis désolé de vous interrompre, mais il y a quelqu'un ici qui veut vous voir. Aucun rendez-vous n'est noté sur votre agenda, mais elle prétend que vous l'avez invitée.

Je tendis les mains pour signifier la présence des personnes assises autour de la table.

— Je suis en pleine réunion. Je n'ai rien d'autre de prévu pour l'instant.

Elle haussa les épaules.

— C'est ce que je me suis dit. Je lui ferai savoir que vous êtes occupé.

— Qui est-ce ?

— Elle s'appelle Stella Bardot.

Eh bien, eh bien, eh bien. Cendrillon est finalement venue chercher sa pantoufle de verre, alors ? Ça faisait six jours maintenant que je lui avais envoyé un message, alors j'avais supposé que madame Bardot n'aurait pas le courage de se montrer. J'avais l'ancienne adresse d'Evelyn dans nos dossiers, donc j'aurais pu être sympa et lui rendre son téléphone. Quel plaisir en aurais-je tiré, cependant ? À la place, je lui avais envoyé ma carte de visite avec un message griffonné au dos.

Si vous voulez récupérer ce que vous avez laissé derrière vous, venez le chercher.

— Pouvez-vous dire à madame Bardot que je suis occupé, mais que si elle peut attendre, je la recevrai quand j'aurai fini ?

— Bien sûr. Je vais l'en informer.

Helena ferma la porte de la salle de conférence.

Ma réunion dura trois quarts d'heure, mais j'aurais probablement dû y mettre fin après deux minutes, car le fait de savoir ce qui m'attendait dans le hall m'avait complètement distrait. Finalement, je retournai dans mon bureau, apportant avec moi les dossiers de la salle de conférence.

— Voulez-vous que j'aille chercher madame Bardot ? demanda Helena alors que je passais devant son bureau.

— Donnez-moi cinq minutes avant de la faire entrer, s'il vous plaît.

Je n'avais aucune idée de ce que j'allais dire quand madame Trouble-fête entrerait. Ce n'était pas moi qui avais besoin d'expliquer quoi que ce soit, cela dit. Je décidai donc d'improviser et de voir où la conversation nous mènerait.

Ce qui était une bonne chose, parce qu'à la minute où elle franchit la porte de mon bureau, je me rappelai à peine mon propre nom.

Evelyn – ou plutôt *Stella* – était encore plus belle que dans mon souvenir. Au mariage, ses cheveux étaient attachés mais, aujourd'hui, des mèches blondes ondulées encadraient sa peau de porcelaine. Elle portait de larges lunettes à monture épaisse qui lui donnaient un air de bibliothécaire sexy, et la robe bleu marine toute simple ainsi que les chaussures plates qu'elle portait la faisaient paraître plus petite qu'au mariage.

En gardant une expression aussi impassible que possible, je me levai et désignai d'une main les chaises réservées aux invités, de l'autre côté de mon bureau.

— Je vous en prie, asseyez-vous.

Elle se mordit la lèvre inférieure, mais elle entra quand même dans mon bureau.

— Pouvez-vous fermer la porte derrière vous s'il vous plaît, Helena ? demandai-je à mon assistante.

Elle acquiesça.

— Bien sûr.

Stella et moi nous lançâmes dans une petite bataille de regards avant qu'elle ne pose ses fesses sur une chaise de l'autre côté de mon bureau.

— Je ne pensais pas que vous viendriez récupérer votre pantoufle de verre, Cendrillon.

Elle croisa les jambes et les mains sur son genou.

— Croyez-moi, si j'avais une autre option, je ne serais pas ici.

J'arquai un sourcil.

— Devrais-je me sentir offensé ? En fait, j'avais hâte que vous veniez me rendre visite.

Elle pinça les lèvres.

— J'imagine bien. À quel genre d'humiliation dois-je m'attendre aujourd'hui ? Allez-vous convoquer tous vos employés pour qu'ils se moquent de moi en me montrant du doigt ?

Ma lèvre trembla.

— Je n'en avais pas l'intention. Mais si c'est votre truc...

Elle soupira.

— Écoutez, je suis désolée pour ce que j'ai fait. J'ai déjà écrit une lettre d'excuse à la mariée et envoyé un petit cadeau à l'adresse de l'expéditeur présente sur le carton d'invitation. Je ne voulais blesser personne. Quand l'invitation est arrivée, je l'ai ouverte accidentellement et, quelques verres de vin plus tard, mon ami Fisher et moi avons eu l'idée de nous incruster. J'étais en colère contre ma colocataire, la personne à qui l'invitation était destinée. Elle avait déménagé en plein milieu de la nuit, et un tas de mes vêtements et chaussures avaient disparu. Et, ce jour-là, le chèque qu'elle m'avait laissé pour les deux mois d'arriérés de loyer qu'elle me devait avait été rejeté. Pour couronner le tout, c'était mon dernier jour de travail, donc j'avais vraiment besoin de cette somme pour payer le loyer.

Elle s'arrêta un moment, semblant reprendre son souffle.

— Je sais que rien de tout ça n'excuse ce que j'ai fait. Un mariage, c'est censé être un événement sacré et intime que partagent familles et amis, mais je veux que vous sachiez que c'était la première fois que je faisais un truc pareil.

Elle secoua la tête.

— En plus, je ne serais peut-être pas allé jusqu'au bout si ça avait eu lieu ailleurs, mais j'adore cette bibliothèque. J'ai travaillé à un pâté de maisons de là durant ces six dernières années et j'ai déjeuné sur ses marches plus souvent que je ne peux le compter. Je mourrais d'envie d'assister à un événement là-bas.

Je me grattai le menton et examinai son expression. Elle semblait sincère.

— Qu'est-ce qui vous a pris si longtemps pour venir récupérer votre téléphone ?

— Vous voulez la vérité ?

— Non, je préfère que vous inventiez une histoire comme au mariage. Vu comment ça s'est bien terminé…

Elle leva les yeux au ciel et laissa échapper un gros soupir.

— Je n'avais pas du tout prévu de venir. Je suis même allée m'acheter un nouvel iPhone. Mais je dois payer mon loyer dans quelques jours, et je suis fauchée parce que j'ai investi tout mon argent dans la création de mon entreprise, dont le lancement a maintenant été retardé. J'ai quatorze jours pour renvoyer ce téléphone hors de prix, et aujourd'hui est le dernier jour. Je ne peux pas me permettre de dépenser mille dollars pour un nouveau portable, surtout maintenant que je n'ai plus de colocataire. Je dois le rendre, ou appeler mon père et lui demander de faire un emprunt. Entre le choix de venir ici prendre mes responsabilités pour avoir fait quelque chose de stupide, ou d'appeler mon père… Eh bien, je suis là.

Ma sœur n'était même pas en colère à cause de ce qui s'était passé à son mariage. Bien sûr, elle n'avait pas compris qui était cette femme qui racontait une anecdote d'enfance, mais quand je lui avais expliqué que je l'avais surprise en train de se faire passer pour une invitée, Olivia m'avait reproché de l'avoir mise dans l'embarras au lieu de la raccompagner tranquillement à la porte. Pour être honnête, même moi je m'étais senti un peu mal quand Stella avait commencé à transpirer et à pâlir avec le micro à la main. J'étais furieux qu'elle m'ait menti. Au fond de moi, je savais que c'était en partie parce qu'une femme qui me mentait aussi ouvertement faisait remonter de mauvais souvenirs. Le fait que ma petite sœur ait choisi de se marier au même endroit que moi il y a sept ans n'aidait non plus. Peut-être que ma colère envers Stella était légèrement déplacée.

Ouvrant le tiroir de mon bureau, j'en sortis le téléphone portable et le fis glisser de son côté du bureau.

— Merci, dit-elle.

Elle le prit et passa un doigt sur l'écran. Le téléphone s'alluma et je la vis froncer les sourcils.

— Il est toujours complètement chargé. Vous l'avez chargé ?

Je hochai la tête.

— Il n'avait plus de batterie quand le traiteur me l'a envoyé, le lendemain du mariage.

Elle hocha la tête, mais je voyais bien que je n'avais pas répondu à la question qu'elle se posait.

— Avez-vous... essayé de deviner mon code ?

Je réussis à garder une expression neutre, même si c'était exactement ce que j'avais fait. Elle n'avait pas besoin de savoir que j'avais passé une heure à essayer différentes combinaisons pour déverrouiller cette foutue chose parce que j'étais très curieux d'en savoir plus sur cette femme qui avait fui le mariage. Alors j'esquivai sa question et formai un triangle avec mes doigts, avant de répondre sur un ton sévère :

— Je devais l'allumer, ne serait-ce que pour voir s'il y avait un code ou non, n'est-ce pas ?

Stella secoua la tête et glissa l'appareil dans son sac à main.

— Oh. Oui. Bien sûr. C'est vrai.

Nous nous regardâmes pendant quelques secondes, jusqu'à ce que le silence devienne gênant.

— OK, eh bien… dit-elle en se levant. Je devrais y aller.

Aussi étrange que ce soit, je n'étais pas prêt à la voir partir. J'avais une centaine de questions auxquelles je voulais qu'elle réponde, comme ce que son père avait bien pu faire pour qu'elle ne veuille pas l'appeler, ou pourquoi le lancement de son entreprise avait été retardé. Au lieu de ça, je suivis son exemple et me levai.

Elle tendit la main au-dessus du bureau.

— Merci d'avoir gardé mon téléphone en sécurité et, encore une fois, désolée pour ce que j'ai fait.

Je pris sa petite main dans la mienne et la tins un peu trop longtemps. Si elle le remarqua, elle n'en dit rien.

Après que je l'ai lâchée, Stella se retourna pour partir avant de faire volte-face. Elle ouvrit son sac à main et fouilla à l'intérieur. Elle en sortit quelque chose et me l'offrit.

— Vous aimez le chocolat ?

J'étais confus comme jamais, mais je hochai la tête.

— Oui.

— J'ai toujours une barre Hershey dans mon sac pour les urgences. Elle contient de l'anandamide, un neurotransmetteur qui aide à se sentir plus heureux.

Elle haussa les épaules.

— Parfois, j'en donne aux gens qui ont l'air d'en avoir besoin mais, la plupart du temps, je finis par les manger moi-même. J'adore le chocolat. J'ai expédié un cadeau d'excuse à votre sœur, mais je ne vous ai rien envoyé. C'est tout ce que j'ai comme gage de paix.

Cette femme me tendait une barre chocolatée pour s'excuser d'avoir plombé un événement à sept cents dollars l'assiette ? Je devais l'admettre, elle était unique.

Je levai les mains.

— C'est bon. Tout va bien. Vous pouvez le garder.

Elle ne bougea pas d'un pouce.

— Je me sentirais mieux si vous le prenez.

Je réussis à retenir un gloussement en récupérant mon présent.

— D'accord. Merci.

Stella glissa à nouveau son sac sur son épaule et se dirigea vers la sortie. Je la suivis pour lui ouvrir la porte, mais elle s'arrêta à nouveau brusquement. Cette fois, au lieu de m'offrir une tablette de chocolat, elle se pencha vers moi et inspira profondément.

— *Retrouvailles*, dit-elle en français.

Je parlais un peu cette langue et savais globalement ce que ce terme signifiait.

Voyant la confusion sur mon visage, elle sourit.

— C'est l'eau de Cologne que vous portez, non ? Elle s'appelle Retrouvailles.

— Oh. Oui, je pense que oui.

— Vous avez de bons goûts. Des goûts *de luxe*. Mais dans le bon sens du terme. C'est moi qui l'ai créée.

— Vraiment ?

Elle hocha la tête et son sourire devint immense.

— Vous le portez bien. Les eaux de Cologne sentent différemment d'une personne à l'autre.

Bon sang, elle avait un sacré sourire ! En la regardant, mon regard tomba sur ses lèvres.

Bon sang ! J'avais envie de les mordre.

— Vous vaporisez l'eau de Cologne là où vous sentez votre pouls ?

Elle désigna le creux au bas de sa gorge.

— Par ici ? précisa-t-elle.

Je salivai presque en fixant son cou délicat.

— J'imagine que oui.

— C'est pour ça qu'il tient si longtemps. Les parfums et les eaux de Cologne sont réactivés par la chaleur du corps. Beaucoup d'hommes les vaporisent sur les côtés de leur cou, mais le bas de la gorge est l'une des zones les plus chaudes car le sang passe près de la surface de la peau. C'est pour ça que la plupart des femmes en mettent également sur leurs poignets et derrière leurs oreilles.

— Vous en portez aussi ? demandai-je.

Elle fronça les sourcils.

— Du parfum ?

Je hochai la tête.

— Oui, un que j'ai également créé.

Je gardai mon regard ancré au sien tandis que je me penchais lentement en avant. Elle ne bougea pas au moment où nos nez étaient à deux doigts de se toucher, puis je penchai la tête sur le côté, plaçai mon nez près de son oreille et inspirai profondément.

Elle sentait incroyablement bon.

À contrecœur, je me redressai.

— Vous portez également bien vos créations.

Elle sourit une fois de plus, mais la légère lueur dans ses yeux me disait qu'elle se sentait un peu mal à l'aise, elle aussi.

— Merci, et encore merci pour tout, Hudson.

Elle se retourna une fois de plus pour sortir de mon bureau et, lorsqu'elle franchit le seuil, un étrange sentiment de panique m'envahit.

— Stella, attendez.

Elle s'arrêta de nouveau et regarda en arrière.

Avant que je ne puisse m'en empêcher, le truc le plus inimaginable qui soit s'échappa de ma bouche :

— Dînez avec moi.

Stella

— As-tu des nouvelles du prince charmant ?

Fisher ouvrit mon réfrigérateur et en sortit une boîte contenant les restes du dîner de la veille, même s'il n'était que sept heures du matin.

Je secouai la tête et essayai de cacher ma déception.

— C'est probablement mieux comme ça.

— Ça fait quoi, une semaine maintenant ?

— Huit jours. Non pas que je compte.

Je compte totalement.

Il me toisa de haut en bas.

— Pourquoi es-tu habillée si tôt ?

— Je suis allée voir le lever du soleil.

— Tu sais, tu peux mettre en fond d'écran de ton ordinateur portable de jolis levers et couchers de soleil et faire la grasse matinée.

Fisher fit sauter le couvercle du Tupperware et piqua dans une escalope de poulet pané avec sa fourchette comme si c'était une sucette. Il en mordit un morceau.

— Ce n'est pas tout à fait la même chose, mais merci. Hmm... tu ne veux pas que je te réchauffe ça ? Que je te donne une assiette et un couteau pour le découper ? Ou mieux encore, que je te prépare des œufs pour le petit-déjeuner ?

— Pas besoin.

Il haussa les épaules et prit une autre bouchée.

— Pourquoi tu ne l'appelles pas ?

Je regardai mon meilleur ami d'un air absent.

— Je ne peux pas faire ça.

— Pourquoi pas ?

— Parce qu'il a probablement changé d'avis. Tu as oublié comment on s'est rencontré ? Je suis choquée qu'il m'ait même demandé mon numéro de téléphone. Je pense qu'il a eu un moment d'égarement et qu'il a réfléchi un peu plus sérieusement après mon départ. En plus, j'ai un rendez-vous demain, de toute façon.

— Avec qui ?

— Ben.

— Le gars que tu as rencontré en ligne ? C'était il y a quelques semaines, non ?

— Oui. Je devais sortir avec lui il y a quelques jours, mais j'ai annulé.

— Comment se fait-il que vous ayez annulé ?

— Je ne sais pas, fis-je en haussant les épaules. J'avais juste beaucoup à faire.

Fisher me lança un regard appuyé.

— Bien essayé, mais je n'y crois pas. Tu espérais que le prince charmant t'appelle et tu voulais un emploi du temps parfaitement vide.

— Je n'attendais pas qu'Hudson appelle.

— As-tu regardé dans les appels manqués sur ton téléphone plus d'une fois cette semaine ?

— Non, répondis-je *bieeeeen* trop rapidement en ayant l'air sur la défensive.

Je l'avais fait – plusieurs fois par jour, en fait. Je savais comment Fisher opérait. Il était implacable. C'était ce qui faisait de lui un si bon avocat. S'il trouvait un petit fil qui pendait, il continuait à tirer dessus encore et encore jusqu'à ce que le pull entier se délite. Donc je n'allais pas lui offrir ce fil sur un plateau d'argent.

Il m'étudia.

— Je pense que tu racontes des conneries.

Je levai les yeux au ciel.

— Tu sais, on peut sortir avec plus d'une personne à la fois.

Heureusement, notre conversation fut interrompue par la sonnerie de mon téléphone fixe, qui était également mon téléphone professionnel.

— Je me demande qui appelle Signature Olfactive un samedi. J'imagine que ça pourrait être un vendeur de Singapour. On est toujours vendredi là-bas, non ?

Fisher partit d'un éclat de rire.

— Mauvais raisonnement. C'est déjà dimanche là-bas.

— Oh.

Je retrouvai le téléphone dans le salon, sur une boîte d'échantillons. Je posai le combiné en équilibre sur mon épaule en récupérant également la boîte.

— Allô ?

— Bonjour, est-ce que vous êtes bien Stella Bardot ?

De retour à la cuisine, je l'ouvris et sortis l'un des petits bocaux en verre qui se trouvait à l'intérieur.

— Tout à fait. Qui est-ce ?

— Je m'appelle Olivia Royce.

Le bocal m'échappa des mains. Il heurta le carrelage de la cuisine avec un bruit sec mais, heureusement, ne se brisa pas. Je tâtonnai pour attraper le téléphone toujours en équilibre sur mon épaule.

— Avez-vous dit Olivia Royce ?

— En effet. J'espère que mon appel ne vous dérange pas. Je n'ai pas trouvé de site web, mais quand j'ai cherché le nom de votre entreprise sur Google, je suis tombé sur ce numéro, alors j'ai tenté ma chance.

— Hmm. Non, pas du tout. Bien sûr que non.

— J'ai reçu votre mot et votre cadeau. Lorsque j'ai mentionné cette attention à mon frère, il m'a dit que vous lanciez une nouvelle marque de fragrances qui créait des parfums personnalisés. J'aimerais en commander quelques-uns pour mes demoiselles d'honneur, mais je n'ai pas réussi à trouver votre entreprise en ligne.

— Euh... le site n'est pas encore en ligne.

— Mince. Puis-je les commander directement auprès de vous, alors ?

— Bien sûr, sans problème.

— Supeeer ! C'est génial. J'avais du mal à trouver quoi offrir à chacune des filles. Je veux quelque chose de personnalisé et de spécial. C'est vraiment parfait. J'adore le mien, d'ailleurs. Merci de me l'avoir fait.

Je n'arrivais pas à me remettre de cette conversation. Olivia m'appelait pour passer une commande, pas pour me reprocher d'avoir pourri son mariage ? Était-il possible qu'elle n'ait pas réalisé que j'étais la fauteuse de trouble ? Ça me semblait impensable, puisque j'avais envoyé son cadeau et un mot d'excuse dans la même boîte, et qu'elle avait manifestement parlé de moi avec Hudson.

— *Merci*. Je, euh, je peux leur envoyer quelques kits et faire de leurs commandes une priorité une fois qu'elles m'auront dit ce qu'elles aiment.

— Oh non. Je veux que ce soit une surprise. Je sais beaucoup de choses sur elles... peut-être que je pourrais vous dire ce qu'elles portent normalement et quelques petits détails sur elles pour que vous puissiez travailler à partir de ça ?

Je n'étais pas sûre que ce serait aussi efficace que la façon dont j'opérais normalement, mais il n'y avait aucune chance que je lui dise non.

— Bien sûr, ça me paraît bien.

— Que dites-vous de lundi, à midi trente ?

Je fronçai les sourcils.

— Hmm. Midi trente, ça me va.

— D'accord. Est-ce que le Café Luce sur la Cinquante-Troisième vous irait ? Est-ce trop loin pour vous ? Vous habitez ici en ville, non ?

Je crus que mes yeux allaient sortir de leurs orbites. Elle voulait me rencontrer en personne ? Je m'étais dit qu'elle souhaitait me noter dans son agenda pour m'envoyer un e-mail ou programmer un coup de fil.

— Oui, je vis à New York. Et le Café Luce me paraît bien.

— Parfait ! Le rendez-vous est pris. Merci, Stella ! Je suis impatiente de vous rencontrer.

Dix secondes plus tard, elle avait raccroché. Je fixais mon téléphone. Fisher avait suivi toute la conversation via les expressions de mon visage.

— Qui était-ce ? s'enquit-il.

— Olivia Royce.

— Et c'est ?

— La personne au mariage duquel on s'est incrustés.

Le lendemain, j'arrivai vingt minutes en avance au café. Ben avait proposé de venir me chercher pour notre rendez-vous, mais je préférais rencontrer les gens que je ne connaissais pas bien en public, de sorte d'avoir toujours le contrôle total sur l'heure à laquelle je partirai. Je commandai un latte décaféiné et m'asseyais sur un canapé à côté du comptoir. Le café de mon quartier proposait toujours des journaux et des magazines que les gens pouvaient feuilleter en buvant leur café hors de prix, alors je pris le *New York Times* et commençai à feuilleter la section Sunday Style. Je me figeai en plein milieu de ma lecture en tombant sur une photo. Après avoir cligné des yeux plusieurs fois pour m'assurer que je n'imaginais pas des choses, je levai le journal pour lire l'annonce.

Olivia Paisley Rothschild et Mason Brighton Royce se sont mariés le 13 juillet à la Bibliothèque publique de New York, à Manhattan. Le révérend Arthur Finch, prêtre épiscopalien, a procédé à la cérémonie.

Madame Royce, vingt-huit ans, que le marié appelle Livi, est vice-présidente dans le domaine du marketing. Elle est diplômée de l'université de Pennsylvanie et a obtenu une maîtrise en gestion d'entreprise à l'université Columbia.

Elle est la fille de Charlotte Bianchi Rothschild et de Cooper E. Rothschild, tous deux décédés et originaires de New York. Le mariage a été organisé par son frère, Hudson Rothschild.

Monsieur Royce, également âgé de vingt-huit ans, a fondé sa propre société d'informatique et se spécialise dans les solutions de sécurité et de conformité. Il est diplômé de l'université de Boston et a obtenu un master spécialisé en technologie de l'information à l'université de New York.

Je n'arrivais pas à croire que j'étais tombée sur leur faire-part de mariage. Quelles étaient les chances pour que ça arrive ? Je n'avais pas lu la rubrique du Sunday Style du *New York Times* depuis des années, alors c'était une drôle de coïncidence. Fisher disait toujours que si on propageait des pensées positives, des choses positives nous revenaient. Ceci pourrait expliquer cela. J'avais clairement suffisamment pensé, au cours de la dernière semaine et demie, à un certain homme qui m'avait demandé mon numéro, mais qui ne m'avait jamais appelée.

En début de semaine, alors que je zappais devant la télévision, j'étais tombée sur l'émission *Danse avec les stars*. Même si je ne l'avais jamais regardée, sans trop savoir pourquoi, j'étais restée devant. Lorsque les couples s'étaient mis à danser un slow, je m'étais souvenue de ce que j'avais ressenti dans les bras d'Hudson au mariage de sa sœur. Ça m'avait amené à me souvenir du rythme parfait dont il avait fait preuve, ce qui m'avait fait penser à *d'autres choses* pour lesquelles la capacité de pouvoir suivre une bonne cadence pourrait être utile. Puis, le vendredi soir, quand Fisher était rentré après le travail, il m'avait apporté une bouteille de gin Hendricks. Ça m'avait rappelé la façon dont j'avais eu la chair de poule quand Hudson m'avait chuchoté à l'oreille : « *La soirée ne fait que commencer, Evelyn. M'accorderiez-vous cette danse ?* »

Je ne me serais jamais attendue à ce qu'il me demande de sortir avec lui quand je m'étais présentée à son bureau, la queue entre les jambes, pour récupérer mon téléphone. Quand il l'avait fait, j'avais laissé mon imagination s'emballer. J'avais même repoussé mon deuxième rendez-vous avec Ben. Mais après avoir passé plus d'une semaine à attendre que mon téléphone sonne, j'avais finalement réalisé qu'il était stupide d'éviter un type parfaitement gentil – qui *avait* appelé plusieurs fois – juste parce qu'un autre type pouvait éventuellement décider de composer mon numéro.

Ben entra quelques minutes avant l'heure à laquelle nous devions nous rencontrer. Je jetai un dernier coup d'œil à la photo de mariage dans le journal avant de le refermer. J'étais déterminée à ne pas gâcher mon rendez-vous en pensant à un autre homme.

— Salut !

Ben déposa un baiser sur mes lèvres.

Ce n'était que notre deuxième baiser, le premier ayant eu lieu à la fin de notre dernier rendez-vous, mais c'était assez agréable. Je ne ressentais pas le moindre picotement, ni de chair de poule sur les bras ou quoi que ce soit d'autre, mais nous étions en plein milieu d'un café, alors qu'est-ce que je pouvais attendre de plus ? Quand Ben s'éloigna, il me tendit une boîte de chocolat Godiva que je n'avais pas remarquée avant.

— J'allais t'offrir des fleurs, mais je me suis dit que ça t'obligerait à les garder avec toi toute la soirée. Alors que tu pourras probablement ranger ça dans ton sac à main.

Je souris.

— C'est très gentil de ta part. Merci beaucoup.

— J'ai réservé une table dans un restaurant-grill. Après, si ça te dit, il y a un café-théâtre juste à côté et ce soir, c'est scène ouverte.

— Ça me plaît bien.

— Tu es prête à y aller ?

— Ouaip.

Je récupérai mon gobelet de café vide et le jetai à la poubelle en sortant. Alors que je m'apprêtai à attraper la poignée de porte, Ben me devança.

— Après toi.

— Merci.

Dehors, je regardai à gauche, puis à droite.

— De quel côté allons-nous ?

— Le restaurant est à quelques rues d'ici. Sur Hudson.

— Hudson Street ?

— Oui, c'est trop loin pour y aller en talons ? Je peux nous commander un Uber.

— Non, non. C'est bon.

Mais sérieusement... Hudson Street ?

Nous nous mîmes en marche.

— Je n'ai pas encore essayé ce restaurant, dit Ben. Mais il reçoit des critiques incroyables, donc j'espère que ce sera bon.

— Comment ça s'appelle ?

— Chez Hudson.

Je dus étouffer mon rire. *Chez Hudson sur Hudson Street ?* Et moi qui ne voulais pas laisser quelqu'un d'autre s'insinuer dans mes pensées ce soir...

Stella

Le lundi suivant, j'arrivai au restaurant avec quelques minutes de retard alors que j'avais quitté mon appartement super tôt. La ligne de métro de mon quartier avait décidé de se transformer en ligne express et avait sauté mon arrêt pour filer tout droit jusqu'au centre-ville.

Quand j'entrai, Olivia était déjà attablée. Elle avait l'air si différente sans sa robe de mariée que je faillis ne pas la reconnaître. Pourtant elle me salua et me sourit comme si nous étions de vieilles amies.

Je m'étais mis en tête qu'elle ne voulait pas vraiment me commander du parfum, mais qu'elle m'attirait en réalité ici pour me dire ce qu'elle pensait de moi en personne – ou pire encore, qu'elle prévoyait de me faire arrêter. Son sourire accueillant réussit pour beaucoup à dissiper ma paranoïa.

— Bonjour.

Je posai la boîte que je tenais dans mes bras sur un siège vide et tirai la chaise en face d'elle.

— Désolée pour mon retard. Mon métro a refusé de desservir mon arrêt.

— Pas de problème.

Elle tendit la main et inclina la corbeille à pain dans ma direction, me montrant qu'elle était vide.

— Comme vous pouvez le voir, je me suis occupée. Je n'ai pas mangé de glucides pendant les six mois précédant mon mariage. J'ai donc passé ces dernières semaines à rattraper le temps perdu.

En reposant la corbeille, elle tendit la main vers moi.

— Je m'appelle Olivia Rothschild, au fait. Bon sang, non, pas du tout. Je m'appelle Olivia Royce, maintenant. Je n'arrive toujours pas à m'y faire.

Je souris, même si j'étais une boule de nerfs.

— Stella Bardot.

Pensant que la meilleure chose à faire était de clarifier les choses, je pris une grande inspiration.

— Écoutez, Olivia, je suis vraiment désolé pour ce que j'ai fait. D'habitude, je ne suis pas du genre à m'incruster dans les mariages.

Elle pencha la tête.

— Ah bon ? C'est dommage. Je pensais qu'on allait bien s'entendre. Je me suis incrustée dans un bal de promo une fois.

J'écarquillai les yeux.

— Pour de vrai ?

Olivia gloussa.

— Ouaip. J'ai flirté avec le mec d'une fille et je suis rentrée avec la lèvre enflée.

Je relâchai les muscles de mes épaules.

— Oh, bordel ! Vous n'avez pas idée comme je suis soulagée de savoir que vous n'êtes pas en colère.

Elle fit un signe de la main pour montrer que tout ça était derrière elle.

— Non. N'y pensez plus. J'ai été assez impressionnée par l'histoire que vous avez racontée. Quelqu'un a vraiment fait pipi dans son pantalon pour vous ?

Je souris tristement. Ce souvenir était doux-amer maintenant, vu que ma sœur et moi ne nous parlions plus.

— En fait, c'est moi qui ai fait ça à l'école maternelle. Ma sœur a un an de moins que moi et a eu un petit accident pendant la répétition du spectacle de Noël. Un garçon a montré du doigt ses fesses mouillées et s'est moqué d'elle. Je ne pouvais pas la laisser affronter ça toute seule.

— Sympa. Mon frère est plus âgé. Il a toujours été ridiculement protecteur envers moi. Je ne suis pas sûre qu'il serait allé jusqu'à faire pipi dans son pantalon pour sauver mon honneur, cela dit.

Elle prit une gorgée de son verre.

— En y réfléchissant, je pense qu'il l'aurait probablement fait. Sauf qu'il n'aurait jamais admis l'avoir fait pour me protéger. Il aurait probablement dit qu'il s'était fait dessus et que je l'avais copié.

Nous éclatâmes de rire.

— Hudson m'a expliqué pourquoi tu es venue au mariage. Je n'ai pas été surprise d'apprendre ce qu'Evelyn t'a fait : partir au milieu de la nuit et te laisser avec un loyer impayé. Elle n'a jamais été très fiable. Durant notre première année de fac, on est allé au spring break ensemble. Elle a rencontré un gars qui avait dix ans de plus que nous et qui ne parlait que français. Deux jours après le début de notre voyage, j'ai découvert un mot en me réveillant, disant qu'elle était partie en France pour rencontrer la famille du gars en question, parce qu'elle en était tombée amoureuse.

Elle m'a laissé à Cancún toute seule. Cette connasse a pris ma paire de chaussures préférée avec elle.

— Oh merde, elle a aussi embarqué *mes* chaussures préférées quand elle a déménagé !

Nous éclatâmes à nouveau de rire, puis Olivia poursuivit :

— Elle a également volé quelque chose à Lexi, l'ex-femme de mon frère. Elles se sont disputées et ont cessé de se parler. Puis j'ai convaincu mon emmerdeur de frère de lui offrir un travail et, au bout de quelques mois, elle a cessé de s'y présenter. Il ne me laissera jamais oublier cette histoire. Cet homme est terriblement rancunier.

— Hudson ne semble définitivement pas aussi indulgent que vous.

— C'est un euphémisme. Il est super surprotecteur. Quand j'avais seize ans et mon premier petit ami, Hudson s'asseyait sur les marches de la maison le soir et attendait que je rentre. Bien sûr, ça voulait dire que je n'avais le droit qu'à une simple bise sur la joue au lieu d'une bonne séance de bécotage de fin de soirée. Je me sens mal pour Charlie. Elle n'aura probablement pas le droit de sortir avec quelqu'un avant d'avoir quarante ans.

— Charlie ?

— La fille d'Hudson.

J'acquiesçai. Je ne savais pas pourquoi, mais je ne m'attendais pas à ce qu'il ait un enfant. Bien sûr, je ne savais pas grand-chose de cet homme, à part qu'il était beau, qu'il sentait divinement bon, qu'il savait danser et qu'il n'avait pas appelé depuis *dix jours* après que je lui ai donné mon numéro de téléphone.

— Quel âge a sa fille ?

— Six, mais elle commence à être aussi mature qu'une gamine de seize ans, dit-elle en riant. Il est tellement dans la merde.

Le serveur vint prendre notre commande, alors que je n'avais même pas encore regardé le menu. Olivia commanda une salade de poulet aux poires et vinaigre balsamique. Ça avait l'air bon, donc je pris la même chose.

— Alors, reprit-elle en se reniflant le poignet. Dites-moi comment vous avez réussi à me concocter le meilleur parfum que j'ai jamais eu de ma vie. Il m'obsède complètement.

Je souris.

— Merci. Je me suis inspirée de votre mariage. Vous aviez des gardénias comme centre de table et également dans votre bouquet, alors je m'en suis servi comme point de départ. J'ai entendu une des femmes à la table où j'étais assise dire que vous alliez à Bora Bora pour votre lune de miel. J'ai donc deviné que vous deviez aimer la plage alors j'ai ajouté un peu de calone, qui lui donne cette note de brise marine. Et même si vous portiez une robe traditionnelle, la ceinture de soie rouge vif m'a laissé penser qu'il y avait peut-être quelque chose d'un peu spécial chez vous.

— C'est incroyable. Même la bouteille était parfaite.

— Je suis tombée amoureuse de ce modèle, mais nous ne le vendrons pas. C'est de l'import italien, et je n'ai pas pu le faire rentrer dans mon maigre budget de lancement.

— C'est dommage. C'est si joli.

— J'espère pouvoir l'ajouter un jour.

Pendant l'heure qui suivit, j'expliquai le fonctionnement de Signature Olfactive. Je fis une démonstration complète à Olivia : elle sentit les vingt petits échantillons et les nota, puis je lui posai toutes les questions qui seraient éventuellement posées sur le site dans le cadre du processus de commande. Elle posa une tonne de questions, semblant très intéressée par l'aspect commercial des choses. Je rédigeai des notes sur chacune de ses demoiselles d'honneur, et elle choisit les flacons pour chacune d'entre elles.

— Alors, quand est-ce que Signature Olfactive sera officiellement lancée ? demanda-t-elle alors que nous terminions.

Je fronçai les sourcils.

— Je ne suis pas sûre encore.

— Comment ça se fait ? Il semble que vous ayez tout préparé.

— C'est le cas, du moins en ce qui concerne le côté planification. Je me heurte malheureusement à des problèmes de financement. C'est une longue histoire, mais j'avais un associé et j'ai dû racheter ses parts. J'avais utilisé une bonne partie des fonds dont nous disposions pour acheter des stocks, et le rachat a épuisé ce qui me restait. Mais ce n'était pas grave, car j'avais suffisamment de marge financière pour pouvoir poursuivre le lancement. J'avais fait un prêt presque un an plus tôt, juste au cas où je serais à court. Sauf que, lorsque j'ai enfin voulu utiliser cet argent, la banque m'a dit que je devais faire une mise à jour annuelle pour que le prêt reste actif. Je n'étais pas au courant de ça. Je venais de quitter mon emploi chez Estée Lauder, alors quand je leur ai communiqué que j'avais changé d'emploi, ils ont annulé mon prêt. Si je l'avais fait quelques jours plus tôt, je n'aurais pas eu à donner cette information, et tout se serait bien passé.

— Oh, ça craint.

Je hochai la tête.

— En effet. Et aucune banque ne veut prêter à quelqu'un qui est au chômage. J'ai fait une demande auprès de la SBA[1]. Ils sont grosso modo mon dernier espoir.

1 Small Business Administration : un organisme fédéral ayant pour but d'aider à financer les petites entreprises.

Le serveur apporta l'addition. Je m'en emparai, même si je détestais gaspiller le moindre centime, ces temps-ci. C'était le moins que je puisse faire pour cette sympathique femme dont j'avais squatté le mariage.

Pourtant, Olivia me devança.

— Je vais régler. C'est moi qui vous ai invitée.

— Je ne peux pas vous laisser faire ça. Je vous dois déjà un repas.

Elle agita la main en signe de dissuasion et sortit un portefeuille de son sac. Elle glissa sa carte de crédit dans le porte-addition en cuir et le ferma.

— Absolument pas. J'insiste.

Avant que je puisse argumenter davantage, elle leva la main et le serveur arriva pour récupérer le tout.

Je soupirai, me sentant vraiment nulle.

— Merci. C'est gentil.

— Pas de quoi.

Nous sortîmes ensemble du restaurant. J'allais en ville pour faire des courses, et elle retournait au travail, alors nous nous dîmes au revoir. Olivia me serra dans ses bras comme si nous étions les vieilles amies que j'avais prétendu que nous étions à son mariage.

— Vos parfums seront prêts la semaine prochaine, lui dis-je. Je peux vous les envoyer directement ou à chacune des filles individuellement, si vous préférez.

Elle sourit.

— Appelez-moi quand ils seront prêts, et nous verrons à ce moment-là.

— D'accord, je ferai ça.

Une semaine plus tard, j'étais ensevelie sous les cartons.

— C'est le dernier.

Fisher empila la dernière boîte au sommet d'une montagne qui mesurait déjà un mètre cinquante de haut. Il remonta son T-shirt et l'utilisa pour essuyer la sueur sur son front.

— Tu as intérêt à me cuisiner des manicotti farcis pour me récompenser de tout ce que tu m'as fait faire aujourd'hui.

— Je te promets que j'en ferai. Je n'avais pas réalisé tout ce que j'avais accumulé dans ce garde-meuble. Je n'arrive pas à croire qu'il y avait deux cents cartons là-dedans.

Dans mon effort permanent pour réduire les dépenses, j'avais demandé à Fisher de m'aider à tout déménager de mon coûteux garde-meuble à mon appartement. Comme je n'avais plus de colocataire, j'avais de la place ici.

Fisher passa la main derrière lui, dans la ceinture de son short.

— J'ai presque oublié. J'ai récupéré ton courrier lors de mon dernier voyage. L'un des plis que tu as reçus est en train de tomber en lambeau. On dirait que le facteur l'a déchiré en le coinçant dans ta boîte aux lettres pour qu'il rentre.

Le tout était humide de sueur. Je fronçai le nez.

— Dégoûtant. Mets tout ça là-bas, s'il te plaît.

Fisher jeta la pile sur la table de la cuisine et les enveloppes s'étalèrent dans tous les sens. Le logo au coin de l'une d'elles attira mon attention. *La SBA*. Je la pris et l'examinai.

— Oh, mon Dieu. C'est une petite enveloppe. Ce n'est pas bon signe.

— De qui ça vient ?

— La SBA. Je devais recevoir leur décision à propos du prêt que je leur ai demandé dans un délai de deux à trois semaines. Ça fait à peine deux semaines.

— C'est génial. Ils ont probablement tellement aimé ton projet qu'ils ne pouvaient pas attendre d'approuver ton prêt.

Je secouai la tête.

— Quand tu fais ce genre de demande et que tu reçois une enveloppe toute fine, ce n'est jamais bon signe. C'est comme si tu trouvais dans ta boîte aux lettres une enveloppe blanche de taille normale de l'université à laquelle tu as postulé, au lieu de la grande enveloppe marron qu'ils t'envoient avec tous les documents de bienvenue à l'intérieur. S'ils avaient approuvé mon prêt, l'enveloppe serait plus épaisse.

Fisher leva les yeux au ciel.

— La plupart des démarches se font en ligne, de nos jours. Arrête d'être si négative et ouvre cette satanée chose. Je parie qu'il y a un login et un mot de passe pour se connecter sur Internet et signer tout ce qu'il faut.

Je soufflai un grand coup.

— Je n'ai pas un bon pressentiment, Fisher. Que vais-je faire s'ils refusent ? J'ai déjà postulé dans trois banques. Personne n'accorde de prêt aux chômeurs. J'ai été idiote de quitter mon travail et de penser que je pouvais réussir dans cette entreprise. Ils m'ont déjà remplacée, chez Estée Lauder, et la plupart des emplois décents pour les chimistes en parfumerie sont à l'étranger maintenant. Qu'est-ce que je vais bien pouvoir faire ? Comment vais-je payer mon loyer ?

Fisher posa les mains sur mes épaules.

— Respire profondément. Tu ne sais même pas ce qu'il y a dans l'enveloppe encore. Pour ce qu'on en sait, ça pourrait être une lettre type te remerciant d'avoir postulé ou te disant qu'il y a un retard dans le traitement des dossiers.

J'étais trop nerveuse pour l'ouvrir, alors je tendis l'enveloppe à mon ami.

— Fais-le. Moi, je ne peux pas.

Fisher secoua la tête, mais déchira le rabat de l'enveloppe. Tout en retenant mon souffle, j'observai son regard parcourir les premières lignes. Les plis qui se formèrent à la commissure de ses lèvres m'apprirent tout ce que j'avais besoin de savoir.

Je fermai les yeux.

— Oh, merde...

— Je suis désolé, Stella. Ils disent que ça fait trop peu de temps que tu es dans ce milieu et que tu n'as pas un flux de trésorerie positif assez élevé. Mais comment est-ce qu'ils veulent que tu aies l'un ou l'autre s'ils ne t'accordent pas de prêt pour t'aider à lancer ton affaire ?

Je soupirai.

— Je sais. C'est grosso modo ce que toutes les autres banques m'ont dit aussi.

— Peux-tu juste commencer très modestement, acquérir de l'expérience et postuler à nouveau ?

J'aimerais que ce soit aussi simple.

— Je n'ai pas les emballages qu'il me faut, ni assez de certains des échantillons à mettre dans les boîtes que les gens doivent utiliser pour commander le produit final.

Fisher passa une main dans ses cheveux.

— Merde. J'ai environ neuf mille dollars à la banque que je gardais pour les mauvais jours. Je te les donne. Tu n'auras même pas à me rembourser.

— Rien que pour cette proposition, je t'aime, Fisher. Je t'aime vraiment. Mais je ne peux pas accepter cet argent.

— Ne sois pas ridicule. Tu fais partie de ma famille, et c'est ce que font les familles.

Je ne voulais pas insulter mon ami, mais neuf mille dollars seraient loin d'être suffisants pour le lancement.

— Je vais trouver une solution. Merci quand même pour cette offre généreuse. Ça représente beaucoup pour moi que tu envisages seulement de faire ça.

— Tu sais ce que ça signifie ?

— Quoi ?

— Du Dom. Je vais aller chercher une de ces onéreuses bouteilles de champagne qu'il nous reste du mariage.

— On doit célébrer quelque chose ? Est-ce qu'on célèbre le refus de mon prêt ou le fait que mon appartement est maintenant un entrepôt ?

Fisher déposa un baiser sur mon front.

— On célèbre le fait que tout va bien se passer. Souviens-toi, si tu ne penses pas de manière positive, il ne t'arrivera rien de positif. Je reviens tout de suite.

Alors qu'il disparaissait dans son appartement voisin au mien, je balayai mon logement du regard. Mon salon était dans un chaos total, ce qui me semblait plutôt approprié en cet instant, puisque ma vie l'était également. Il y a un an, j'étais fiancée, j'avais un excellent emploi qui me rapportait six chiffres par an, des économies que la plupart des jeunes de vingt-sept ans n'accumulent pas avant d'avoir quarante ans, et le rêve de lancer une nouvelle entreprise passionnante. Aujourd'hui, mon ex était fiancé à quelqu'un d'autre, j'étais au chômage et fauchée, et ma nouvelle entreprise passionnante ressemblait davantage à une corde autour du cou.

Je fixai la lettre de refus sur la table pendant une minute, puis en fis une boule et la lançai vers la poubelle de la cuisine. Bien sûr, je manquai mon tir. Dans un état second, je parcourus le reste de mon courrier, qui ne contenait pour l'essentiel que des publicités, puis je décidai d'ouvrir le paquet déchiré. J'imaginais qu'il s'agissait encore d'échantillons de produits que j'avais commandés avant que la banque n'annule mon prêt – des produits que je ne pourrais jamais m'offrir. Pourtant, quand je l'ouvris, il n'y avait pas d'échantillon d'ingrédients de parfums. C'était en réalité un journal intime que j'avais commandé sur eBay. En fait, je l'avais complètement oublié depuis que j'avais remporté l'enchère, il y avait presque trois mois. Les envois depuis l'étranger pouvaient prendre une éternité, et celui-ci venait d'Italie.

Normalement, quand un nouveau journal arrivait, j'avais hâte d'en lire le premier chapitre. Mais celui-ci n'était qu'un rappel des deux cent quarante-sept dollars que j'avais gaspillés. Je le posai sur la table basse du salon et décidai d'aller me rafraîchir avant que Fisher ne revienne avec le champagne.

Dix minutes plus tard, lorsque je sortis de la salle de bains, je trouvai mon meilleur ami vautré sur mon canapé, buvant de l'alcool en feuilletant le nouveau journal.

— Euh, tu sais que cette femme n'écrivait pas en anglais, hein ?

Fisher me tendit une coupe de champagne. Je la saisis et m'assis sur la chaise en face de lui.

— C'est en italien. Et c'est celui d'un homme. Ce qui veut dire que je l'ai payé bien trop cher et que je dois encore le faire traduire.

Les journaux intimes d'hommes se vendaient toujours plus cher sur les sites d'enchères parce qu'ils étaient très rares. La dernière fois que j'avais acheté un journal français, il m'avait coûté trois cents dollars, plus cent cinquante dollars de traduction.

J'avalai un peu de champagne.

— Il va prendre la poussière un moment. Faire des folies pour une traduction est moins important que manger le mois prochain.

Fisher secoua la tête et jeta le vieux journal intime abîmé sur la table basse.

— Je pensais que tu avais arrêté de les lire après ce qui s'est passé l'année dernière, quand tu as fini par bien trop t'impliquer là-dedans.

Je soupirai.

— J'ai rechuté.

— Tu es un drôle d'oiseau, ma Stella Bella. Tu le sais, ça ?

— Venant d'un homme qui collectionne les autocollants qu'il y a sur les bananes sur l'intérieur de la porte de son placard à manteaux...

Mon téléphone portable se mit à sonner dans ma poche, alors je l'en sortis et lus le nom qui clignotait sur l'écran.

— Eh bien, ça tombe bien. C'est la femme à qui on a volé ce champagne.

— Dis-lui de nous en envoyer plus.

Je ris et glissai mon doigt sur l'écran pour répondre.

— Allô ?

— Bonjour, Stella. C'est Olivia.

— Bonjour, Olivia. Merci de me rappeler. Je voulais vous dire que j'avais fini de préparer les parfums pour vos demoiselles d'honneur.

— Je suis si excitée de les voir. Ou de les sentir. Ou de les voir et de les sentir. Peu importe.

Je souris.

— J'espère que vos amies les aimeront.

— J'ai parlé à quelques personnes de ce que vous faites, et elles sont toutes intéressées par la création de parfums. Savez-vous quand votre site sera opérationnel ?

Je fronçai les sourcils.

— Pas dans un avenir prochain, malheureusement.

— Oh non. Que s'est-il passé ?

— La SBA a refusé ma demande de prêt. J'ai reçu la lettre aujourd'hui.

— Les idiots ! Je suis désolée.

— Merci.

— Qu'allez-vous faire ?

— Je ne sais pas.

— Pourquoi ne pas vous associer avec quelqu'un qui vous apporterait des fonds en échange d'un pourcentage d'intérêts dans l'entreprise ?

J'y avais pensé, mais aucune des personnes que je connaissais n'avait beaucoup d'argent.

— Peut-être. Je vais y réfléchir. Ce soir, je vais boire quelques verres pour oublier. Demain, je commencerai à mettre en place un nouveau plan d'attaque.

— Bien. C'est la bonne attitude à avoir.

— Merci. Alors, à quelle adresse voulez-vous que j'envoie les parfums ?

— Je pourrais vous retrouver demain, si vous êtes libre ? Ma témoin de mariage part dans deux jours pour aller travailler à Londres pendant quelques mois. Je la retrouve pour dîner demain soir. J'adorerais lui donner à ce moment-là, si ce n'est pas trop compliqué pour moi de venir les chercher.

— Non, ça ne posera pas de problème.

— D'accord ! J'ai une réunion dans la matinée. Je pourrai vous envoyer un SMS à la fin de la réunion pour vous donner une heure ? Je devrais être capable de vous rejoindre où que vous soyez.

— Super, ça me va. À très vite, alors.

Après avoir raccroché, Fisher lança :

— Il n'y a que toi pour devenir amie avec la femme dont on a squatté le mariage.

Je haussai les épaules.

— Olivia est en réalité quelqu'un de vraiment génial. Je vais lui donner tous les parfums que j'ai faits pour ses demoiselles d'honneur comme cadeau d'excuse, plutôt que de lui faire payer. Je me suis dit que c'était le moins que je puisse faire.

— Vois si elle organise d'autres fêtes où on peut s'incruster.

Il me montra la bouteille de champagne avant de remplir son verre.

— On ne peut pas retourner aux trucs pas chers après ça.

Il avala la moitié du verre et laissa échapper un *aaah* exagéré.

— Au fait, je suppose que tu n'as pas de nouvelles du prince charmant, sinon tu m'aurais dit quelque chose ?

Je fronçai les sourcils.

— Non. Quand j'ai déjeuné avec Olivia, elle n'a pas mentionné qu'elle savait qu'il m'avait invitée à sortir. Donc je ne lui en ai pas parlé non plus. Bien qu'elle m'ait dit qu'il avait tendance à être rancunier.

— Il ne sait pas ce qu'il perd.

Je ne lui dis pas, mais je le ressentais comme une perte, moi aussi. Quelque chose chez Hudson m'avait interpellée, et j'étais excitée à l'idée de sortir avec lui. En fait, je ne me souvenais pas de la dernière fois où j'avais attendu le coup de fil d'un homme comme j'avais attendu le sien. C'est pourquoi, quand il n'avait pas donné suite, ça m'avait pesé un peu plus que ça n'aurait dû. *Mais bon.* Ben était… gentil.

Durant les deux heures qui suivirent, Fisher et moi finîmes le champagne et une bouteille de vin toujours ouverte dans mon réfrigérateur. Au moins une chose s'était bien passée cette semaine : j'avais réussi à me saouler comme prévu. Quand je bâillai, Fisher comprit le message.

– D'accord, je vais y aller. Tu n'as pas besoin de faire semblant de bâiller pour te débarrasser de moi.

– Ce n'était pas un faux bâillement.

– Mais bien sûr.

Il se leva, puis emporta nos verres et les deux bouteilles vides dans la cuisine. Quand il revint, j'envisageais de dormir dans le fauteuil confortable où j'étais actuellement affalée.

Fisher se pencha et me déposa un baiser sur le front.

– Je t'aime. Tout ira mieux demain.

Vu que je me réveillerais probablement avec un mal de tête, j'en doutais. Mais je détestais jouer les pessimistes.

– Merci encore pour tout, Fisher. Je t'aime aussi.

Il récupéra le journal intime toujours posé sur la table basse.

– Je vais le prendre et le faire traduire pour ton anniversaire le mois prochain.

– Euh, je n'aurai pas vingt-huit ans avant longtemps. *Ton* anniversaire est le mois prochain, en revanche. Est-ce que tu vas faire ce que tu as fait l'année dernière ?

– Oui, toutes les attentions seront pour toi, car *tu es* mon plus beau cadeau. En plus, te rendre heureuse me rend heureux, Stella Bella. Mais ne laisse pas ce journal prendre le contrôle de ta vie.

Stella

Quinze ans plus tôt

Je pris un journal en cuir brun et le portai à mon nez pour le sentir. *Mon Dieu, que j'aimais cette odeur*. Ça me rappelait Spencer Knox. Il avait toujours un ballon de football sur lui partout où il allait et le lançait toujours en l'air avant de le rattraper tout en parlant. Chaque fois que la peau de veau claquait contre ses paumes, une légère odeur de cuir s'en dégageait et m'arrachait un sourire.

La dame qui gérait le vide-grenier était un peu âgée et portait une banane orange autour de la taille. Ses cheveux gris crépus partaient dans toutes les directions, ce qui donnait l'impression qu'elle avait récemment mis son doigt dans une prise, au lieu de brancher la lampe qu'elle plaçait à l'instant sur une table pliante.

Je m'approchai d'elle.

— Excusez-moi, c'est combien ?

Elle regarda mes mains.

— Cinquante centimes. Je l'ai payé dix dollars il y a quinze ans dans un autre vide-grenier. C'est ce qui arrive quand on achète des trucs dont on n'a pas vraiment besoin. On finit par s'en débarrasser comme la personne avant soi. Vous écrivez un journal intime ?

Je n'avais pas remarqué le mot *Journal* en relief sur la couverture avant qu'elle ne me le fasse remarquer. Je secouai la tête.

— Je n'en ai jamais eu avant.

Une femme mince, vêtue d'un chandail et les cheveux ramenés en queue de cheval, remonta l'allée avec une cafetière dans une boîte entre les mains.

— Je vous en donne cinq dollars.

La vieille dame pinça les lèvres.

— Vous ne savez pas lire ? L'étiquette dit que c'est vingt.

— Je suis seulement prête à y mettre cinq dollars.

— Alors vous et votre petit cul pouvez retourner jusqu'à la table où vous l'avez pris et le remettre à sa place.

La femme vêtue de son chandail étouffa une exclamation.

— Quelle impolitesse !

La vieille dame grommela quelque chose à propos de cette femme, comme quoi elle ferait mieux de retourner à son country club, puis reporta son attention sur moi.

— Alors, vous voulez ce journal ou non ? Je dois faire attention aux fureteurs. Certaines personnes trouvent que les prix dans les vide-greniers ne sont pas assez bas, alors elles se servent gratuitement.

Je m'étais dit que j'allais lui proposer vingt-cinq centimes puisqu'elle avait fixé son prix à cinquante. Ma mère disait toujours qu'il fallait marchander dans ce genre de ventes. Mais cette femme n'avait pas l'air du genre à négocier. De plus, j'avais les cinquante centimes sur moi, elle avait payé dix dollars, et j'avais un peu peur d'elle.

Alors je fouillai dans ma poche et en sortis deux pièces de vingt-cinq centimes.

— Je vais le prendre.

Quelques jours plus tard, après le dîner, j'allai dans ma chambre et verrouillai la porte avant de sortir le journal. Je ne voulais pas que ma sœur fasse irruption et découvre que j'écrivais les choses qui me passaient par la tête. Elle essaierait certainement de le lire quand je ne serais pas à la maison, surtout si elle découvrait le genre de choses qui me préoccupaient ces derniers temps.

Il y a deux jours, Spencer m'avait demandé d'être sa petite amie. J'avais un énorme coup de cœur pour lui depuis le CM2. Bien sûr, j'avais dit oui, même si mes parents avaient dit à ma sœur qu'elle ne pourrait pas sortir avec qui que ce soit avant d'être au lycée, et je n'étais qu'en cinquième. Avant que Spencer ne devienne mon petit ami, je n'avais jamais été nerveuse avec les garçons. Désormais, je paniquais dès que nous parlions tous les deux. Je savais pourquoi : il était sorti avec Kelly Reed avant moi, et ils s'étaient embrassés. Je n'avais jamais embrassé de garçon et, maintenant, j'avais peur de mal le faire le moment venu. Alors j'avais pensé que ça pourrait être un bon début de journal intime. Peut-être que ça m'aiderait à comprendre comment j'allais gérer les choses en mettant mes craintes sur papier.

Allongée sur le ventre sur mon lit, je balançais mes pieds en l'air tandis que je mâchouillais le haut de mon crayon et décidais comment j'allais commencer ma rédaction. *Est-ce que je dois juste écrire* Cher journal *ou est-ce que c'est juste un truc de geeks ?*

— Stella ?

La voix de mon père et le bruit qu'il fit en essayant de tourner la poignée de ma porte me firent sursauter. Je me levai d'un bond, et le journal rebondit sur le lit avant d'atterrir sur le sol.

— Euh, c'est qui ?

— Ton père. Quel autre homme frappe à la porte de ta chambre, et pourquoi est-ce fermé ?

— Hmm... parce que je me change pour aller au lit.

— Oh. Très bien. Je passais juste te dire bonne nuit.

— Bonne nuit, papa !

— Bonne nuit, moustique.

J'entendis ses pas s'éloigner, puis récupérai le journal sur le sol. Certaines des pages du milieu étaient toutes froissées, alors je décidai de les lisser. Mais quand je retournai le livre, je découvris des mots écrits sur les pages. Beaucoup de mots. Confuse, je lus quelques lignes, puis revins en arrière de quelques pages. J'écarquillai les yeux lorsque je lus les premiers mots d'une des pages.

Cher journal...

Oh, mon Dieu !

Je feuilletai d'autres pages. Deux ou trois d'entre elles étaient pleines d'écriture, puis les mêmes mots revenaient :

Cher journal...

Des pages et des pages étaient recouvertes de texte. Comment avais-je pu ne pas le remarquer ? J'aurais juré l'avoir ouvert à la brocante. En retournant au début, je compris pourquoi je n'avais pas remarqué toute cette encre bleue. Les cinq ou six premières pages du journal étaient complètement vierges.

À qui appartenait ce journal ? La vendeuse m'avait dit qu'elle l'avait acheté dans un vide-grenier il y a des années. Donc elle ne devait pas l'avoir remarqué non plus ?

Peut-être que je devrais y retourner et le lui rendre.

Ou le donner à ma mère et voir ce qu'elle pensait que je devrais faire ?

Même si...

Je pourrais peut-être lire un peu d'abord et voir si ça me donnait une idée de l'identité de la personne derrière ces mots.

Je n'avais pas à le lire en entier.

Juste une petite entrée.

Rien de plus.

Je scannai les premières pages pour m'assurer que j'étais au tout début, puis parcourus les deux mots si simples de la première ligne.

Cher journal...

Juste une petite entrée.

Ça ne pouvait pas faire de mal.

Je n'avais aucune idée à l'époque à quel point ces mots reviendraient me hanter.

Stella

— Allô ?

— Bonjour, Stella. C'est Olivia.

Je mis le téléphone contre mon autre oreille pour pouvoir finir de mettre mes boucles d'oreilles.

— Comment allez-vous, Olivia ?

— Je vais bien. Cela dit, ma journée est un peu plus chargée que je ne le pensais. Pensez-vous pouvoir passer à mon bureau aujourd'hui avec les parfums ? Je ne sais pas où vous habitez, mais si le centre-ville est un énorme casse-tête pour vous, je peux vous envoyer une voiture.

Mon appartement se trouvait dans l'Upper East Side, donc me rendre en ville n'était pas très pratique. Mais j'étais redevable à Olivia, donc je n'allais pas me plaindre.

— Ça me va. J'ai quelques courses à faire en ville de toute façon.

— Oh, c'est génial. Merci. Vers quatorze heures, ça vous va ?

— Bien sûr, c'est parfait.

— D'accord. À tout à l'heure.

On aurait dit qu'elle était sur le point de raccrocher.

— Attendez, j'ai besoin de l'adresse.

— Oh, désolée. Je pensais que vous l'aviez.

Pourquoi aurais-je l'adresse de son bureau ? Elle pensait que je l'avais harcelée avant de me pointer à son mariage ? Bon sang, juste au moment où je commençais à me remettre de ma gêne.

— Non, du tout.

— C'est au 15 Broad Street. Quatorzième étage.

Je fermai ma boîte à bijoux. *Broad Street ?* C'était là que se trouvait le bureau d'Hudson.

— Vous travaillez dans le même immeuble que votre frère ?

— Oh, je pensais que vous le saviez. Hudson et moi travaillons ensemble, en fait. Rothschild Investissements était l'entreprise de notre père.

Je ne le savais pas. Et ça n'aurait pas dû faire de différence, mais je mentirais si je disais que l'idée de croiser Hudson ne me faisait pas bondir de joie.

Comme je ne répondis rien pendant une minute, Olivia imagina à tort pourquoi.

— C'est un trajet horrible pour s'y rendre, hein ? Laissez-moi vous envoyer une voiture.

— Non, non, ça ira très bien. On se voit à quatorze heures.

— Sûre ?

— Oui, mais merci.

Après avoir raccroché, je regardai dans le miroir au-dessus de ma commode. Je sortais de la douche et avais fait une queue de cheval avec mes cheveux mouillés. Soudain, je me dis que je pourrais être d'humeur à les défaire et à les sécher.

— Bonjour !

Je me levai de mon siège à la réception, et Olivia m'accueillit dans une étreinte.

— Désolée de vous avoir fait attendre. J'ai passé une horrible matinée.

J'aimerais avoir l'air aussi joyeux qu'elle quand je passe une mauvaise journée.

— C'est bon. Je n'ai pas attendu longtemps.

Elle fit un signe vers le Saint des Saints.

— Suivez-moi. Devez-vous repartir tout de suite ? J'espérais que nous pourrions discuter. Je nous ai commandé des salades, au cas où vous auriez faim.

Je n'arrivais toujours pas à me remettre de la tournure des événements – que la femme dont j'avais gâché le mariage veuille devenir mon amie.

— Bien sûr. J'en serais ravie. Merci.

Je suivis Olivia, tournant à gauche, puis à droite. Je savais, grâce à la visite que j'avais faite ici pour récupérer mon téléphone portable, que la dernière porte au bout de ce couloir était le bureau d'Hudson. Alors que nous nous rapprochions, ma bouche devint plus sèche. Sa porte était ouverte, alors j'essayai de jeter un coup d'œil à l'intérieur sans me faire prendre. La déception m'envahit quand nous passâmes devant et que je vis que c'était vide. C'était probablement mieux comme ça. J'avais perdu assez de temps avec un homme qui ne m'avait pas rappelée.

Le bureau d'Olivia était situé à l'angle de celui de son frère. Il était grand et élégant, mais ne ressemblait pas tout à fait au fameux bureau aux fenêtres qui s'élevaient du sol au plafond donnant sur la ville, comme celui de son frère. Ne vous méprenez pas, je serais ravie de papoter avec elle dans un des placards du bâtiment. En revanche, je trouvais intéressant que son bureau donne l'impression qu'il était plus haut dans la hiérarchie de l'entreprise, alors qu'Olivia avait dit qu'ils travaillaient ensemble, et non qu'elle travaillait *pour* son frère.

— J'ai sauté le petit-déjeuner. Ça vous dérange si on mange avant que je jette un coup d'œil aux parfums ? Je meurs d'envie de mettre la main dessus, mais je suis également diabétique et je ne dois pas sauter de repas.

— Bien sûr, pas de souci.

Olivia et moi nous assîmes l'une en face de l'autre. Je déroulai la serviette en tissu qui contenait les couverts et la posai sur mes genoux.

— Ça a l'air super bon.

— J'espère que vous allez aimer ça. J'ai commandé une salade faite avec les mêmes ingrédients que ceux du déjeuner qu'on a pris lors de notre dernière rencontre. Juste pour être sûre que ça irait.

Bon sang, elle était si prévenante.

Nous attaquâmes nos salades.

— Alors, des nouvelles de Signature Olfactive ? demanda-t-elle.

Je me forçai à sourire, essayant de ne pas montrer à quel point j'étais malheureuse.

— Pas vraiment. Le lancement va être plus retardé que je ne le souhaitais, vu que le prêt SBA est tombé à l'eau.

Elle fronça les sourcils.

— Je suis désolée de l'apprendre. Je me suis dit que ça risquait de ne pas passer quand on s'est parlé l'autre fois, mais je ne voulais pas dire quoi que ce soit et vous porter la poisse. J'ai déjà travaillé avec eux, et ils ne sont pas aussi favorables aux start-up qu'ils le prétendent.

— Ouais. Ils m'ont dit de revenir quand je serai opérationnelle et que j'aurais un bon historique de ventes.

— Est-ce que vous envisageriez de travailler avec un investisseur privé ? C'est une partie de ce que nous faisons ici. Rothschild Investissements est une société de gestion de patrimoine. Nous offrons des services classiques de gestion financière, comme la gestion de portefeuilles d'investissement en actions, mais on a aussi un pool d'investisseurs qui placent des capitaux en échange de parts dans une entreprise nouvelle ou en expansion.

— Donc ça revient à vendre une partie de votre entreprise à un tas de personnes différentes ?

Elle acquiesça.

— Oui, en quelque sorte. Mais vous gardez généralement le contrôle de l'entreprise. Et comme les investisseurs ont un intérêt direct à vous voir réussir, ils ne se contentent pas de vous remettre un chèque. Ils fournissent également une aide en gestion, par exemple via l'utilisation de leur pouvoir d'achat et d'autres ressources. Notre pôle capital-risque dispose d'une équipe entière dont la seule responsabilité est de soutenir les entreprises dans lesquelles elle investit.

— Hmm. Est-ce que je pourrais être acceptée dans quelque chose comme ça ? J'ai investi une tonne de mes propres économies, mais je n'ai plus de revenu stable. Pour être honnête, je vais devoir trouver un emploi bientôt si je ne commence pas à renvoyer une partie du stock que j'ai acheté.

— Travailler avec un capital-risque, ce n'est pas comme travailler avec une banque. Ce n'est pas juste basé sur le revenu d'un propriétaire, mais bien sur le potentiel de l'entreprise elle-même. Je pourrais vous fixer un rendez-vous si vous voulez explorer cette option.

— Pourrais-je y réfléchir un peu et revenir vers vous ? C'est très généreux de votre part de considérer mon entreprise pour une telle chose. Je veux juste m'assurer que c'est la bonne décision à prendre.

— Bien sûr. Absolument.

Olivia et moi finîmes notre déjeuner en discutant comme de vieilles amies, au point où nous en vînmes à nous tutoyer. Ensuite, je lui montrai tous les parfums que j'avais créés pour ses demoiselles d'honneur, et elle s'extasia devant chacun d'eux. Son excitation était contagieuse, et alors que je me préparais à quitter son bureau, je réalisai que je ne m'étais pas sentie aussi gonflée à bloc depuis des semaines – du moins depuis que la banque m'avait retiré mon prêt.

— Merci encore pour le déjeuner, Olivia.

— Il n'y a pas de quoi. C'était sympa.

— Et je reviendrai vers toi dès que possible par rapport à la possibilité de travailler avec des investisseurs privés. Juste par curiosité, si je décidais d'essayer, quelle serait la première étape ?

— Tu rencontrerais l'équipe d'investissement en capital-risque pour leur parler de ton entreprise en leur faisant le numéro habituel ici, au bureau, et répondre à toutes les questions qu'ils pourraient avoir.

J'acquiesçai.

— D'accord. Merci.

Olivia me raccompagna jusqu'à la réception et nous nous étreignîmes.

— Appelle-moi quand tu te seras décidée, je pourrais probablement t'inscrire au planning de la semaine prochaine. Je pense qu'Hudson va quitter la ville, mais pas avant jeudi.

— Hudson ?

— Oui. Il est à la tête de l'équipe d'investissement en capital-risque. Je ne te l'ai pas dit ?

Non, absolument pas.

— J'ai demandé autour de moi et je n'ai entendu que d'excellents retours sur Rothschild Investissements, déclara Fisher.

Je me servis un verre de vin et m'assis en face de lui à la table de la cuisine. Il était venu directement après le travail, donc il avait toujours un costume et l'air élégant.

Deux jours s'étaient écoulés depuis ma rencontre avec Olivia, et je n'avais toujours pas pris de décision quant à la possibilité de vendre une partie de mon entreprise à un groupe d'investissement. Le cabinet d'avocats où travaillait Fisher avait un pôle corporatif qui travaillait beaucoup sur les entrées en bourse et les financements, même si Fisher travaillait dans le droit du divertissement. Après m'avoir expliqué les réalités du travail avec un investisseur en capital-risque, il avait tâté le terrain pour trouver des références sur l'entreprise de la famille d'Olivia.

— Le prince charmant a la réputation d'être coriace, dit-il.

J'avalai une gorgée de vin.

— Eh bien, j'imagine qu'Evelyn avait une bonne raison de l'appeler le Connard en chef.

— Il a également un palmarès assez impressionnant en termes de réussite vis-à-vis des entreprises qu'ils prennent en charge. C'est quelque chose que tu devrais prendre sérieusement en considération.

Je soupirai.

— Je ne sais pas.

— Qu'est-ce qui te retient ?

— Vendre une partie de mon entreprise avant même qu'elle ne soit lancée.

Fisher hocha la tête.

— Je comprends. Je comprends vraiment. Soyons réalistes, quelle alternative as-tu ? Il te faudra des années de travail classique à plein temps pour économiser l'argent dont tu as besoin pour te lancer comme prévu. Et tu as dit toi-même qu'une grande partie du stock que tu as ne tiendra pas aussi longtemps.

— Je pourrais économiser pendant un certain temps et me lancer à une échelle beaucoup plus réduite.

— Sauf qu'alors tu travaillerais à plein temps tout en essayant de faire marcher une affaire qui demande toute ton attention.

Mes épaules s'affaissèrent.

— Je sais.

— Tu allais emprunter à la banque, donc techniquement ils auraient eu la main sur toi jusqu'à ce que tu les rembourses, de toute façon. J'ai parlé à l'associé en charge du pôle commercial de mon entreprise. Il dit que les capital-risqueurs ne tiennent pas à posséder pour toujours les entreprises dans lesquelles ils investissent. Ils sont là pour obtenir un bon rendement et passer à la suivante. Ils doivent liquider leurs parts, sinon ils finissent par posséder un tas d'entreprises et n'ont plus de capital à investir dans la prochaine grande affaire qui se présentera à eux. Un investisseur en capital-risque moyen a un plan de retrait de sept à huit ans. Et tu peux négocier un droit de préemption, de sorte que lorsque le moment est venu pour lui de vendre, tu seras la première à pouvoir racheter ses parts.

— Vraiment ?

Fisher hocha la tête.

— Un prêt bancaire te prendrait au moins autant de temps à rembourser, de toute façon.

Il marquait un point. Les raisons de ne pas suivre cette voie s'amenuisaient rapidement. Cela dit, j'avais du mal à imaginer que l'homme qui m'avait reproché de m'être incrustée au mariage de sa sœur, pour ensuite m'inviter à sortir et ne pas me rappeler, aurait le moindre désir de faire affaire avec moi.

Je bus un peu de mon vin et me focalisai sur toutes mes pensées. Au fond, collaborer avec un investisseur en capital-risque était le seul choix qui me restait. Évidemment, j'avais découvert qu'il y en existait des milliers quand j'avais fait mes propres recherches sur le sujet. Je pourrais essayer de travailler avec une autre société. J'étais certaine que Rothschild Investissements n'était pas la seule société en ville qui ait de bonnes références. D'un autre côté, Olivia bossait là-bas, et elle semblait presque aussi excitée et passionnée par mon entreprise que moi. C'était un énorme plus. Ensuite, il y avait Hudson. À ce stade, il passait dans la colonne des inconvénients. Cependant, quel était ce vieux proverbe, déjà ? Mieux vaut affronter les démons que l'on connaît – ou quelque chose dans ce genre.

Je pris une grande inspiration et regardai Fisher à l'autre bout de la table.

— Que ferais-tu, toi ?

Mon téléphone portable était posé au milieu de la table. Il tendit la main et le fit glisser devant moi.

— Je passerais un coup de fil avant que ta nouvelle amie ne change d'avis.

Hudson

— C'est quoi ce bordel, Olivia ?

— Calme-toi, calme-toi. C'est pour ça que je ne t'ai rien dit jusqu'à maintenant. Tu réagis toujours de façon excessive.

Je jetai le dossier sur lequel je travaillais sur le côté de mon bureau.

— Je réagis de façon excessive ? Une femme ouvre le courrier de quelqu'un d'autre et s'incruste dans ton mariage – un mariage qui m'a coûté une petite fortune, d'ailleurs – et tu veux que nous fassions affaire avec cette fauteuse de troubles ? Ce n'est pas moi qui exagère, je crois que c'est toi qui as perdu la tête.

J'avais omis de lui dire que j'avais invité cette fauteuse de troubles à dîner. Heureusement, il semblait que la petite Miss L'Incruste n'avait pas partagé ce détail non plus quand elle avait discuté avec ma sœur.

Je secouai la tête, digérant encore le fait qu'Olivia avait invité Stella à faire une présentation pour l'équipe d'investissement.

— Non, Olivia. Juste non.

— Mon Dieu, Hudson. Tu n'as pas toujours été si parfait. Si ma mémoire est bonne, papa a dû payer ta caution, une fois, après ton arrestation pour être entré par effraction chez quelqu'un.

— J'avais dix-sept ans, j'étais ivre, et je pensais que c'était notre maison.

Ma sœur haussa les épaules.

— Et la fois où tu as fait exploser des toilettes de chantier ? La seule raison pour laquelle tu n'as pas été arrêté cette fois-là, c'est parce que papa a accepté d'en acheter trois nouvelles à l'entrepreneur.

— J'étais aussi au lycée. C'était le 4 juillet, et c'est Jack qui a allumé le M-80, pas moi.

— Tu sais quel est ton problème ?

Je m'assis sur ma chaise et soupirai.

— Non, mais je suis sûr que tu es sur le point de m'éclairer.

— Tu n'es plus drôle. Il y a cinq ans, tu aurais ri si quelqu'un avait plombé un mariage auquel tu avais assisté. Aujourd'hui, tu es coincé et acerbe. Ton divorce t'a enlevé tout sens de l'humour !

Ma mâchoire se contracta. Une femme avec qui j'étais récemment sorti quelques fois m'avait dit que je ne souriais pas assez. J'avais été poli et m'étais abstenu de lui dire qu'elle n'était tout simplement pas très drôle, mais son commentaire m'était longtemps resté en tête. La semaine précédente, Charlie avait fait un dessin de sa famille à l'école. Tout le monde souriait – elle, mon ex-femme, la baby-sitter, et même le foutu chien – sauf moi. Je fronçais les sourcils.

Je secouai la tête et pris mon stylo.

— Va-t'en, Olivia.

— Elle vient faire sa présentation à l'équipe à quatorze heures aujourd'hui. Ils pourront voter avec ou sans toi.

Je désignai la porte de mon bureau d'un geste du menton.

— Ferme la porte derrière toi.

— Evelyn, la saluai-je en entrant dans la salle de conférence.

Stella fronça les sourcils, et ma sœur me lança un regard noir.

— Quoi ?

Je haussai les épaules.

— Tu sais très bien comment elle s'appelle.

Je souris et regardai Stella.

— Ah, c'est vrai. Evelyn est votre alter ego, celle qui commet des crimes. Apparemment, Stella est une femme d'affaires intègre que je n'ai pas encore rencontrée. Vous passez de l'une à l'autre dans une cabine téléphonique ou quoi ?

Comme ils n'avaient pas encore commencé, je pris mon siège habituel en bout de table de la salle de conférence. J'étais curieux de voir comment Stella allait réagir à mes piques. Elle me surprit en s'approchant, la main tendue.

— Bonjour, monsieur Rothschild. Je suis Stella Bardot. Je suis ravie de vous rencontrer. J'apprécie l'opportunité de vous faire ma présentation.

Je lui serrai la main et soutins son regard.

— Je brûle d'impatience.

Après m'être dit que je n'allais pas prendre la peine de me présenter à cette réunion, je m'étais rendu à la réception un peu avant quatorze heures. J'étais allé mettre du courrier dans la panière d'expédition, mais en m'avançant dans le hall près de la salle de conférence, j'avais senti un parfum et su que Stella était arrivée. Elle sentait encore meilleur que dans mon souvenir. Cette odeur m'avait rappelé d'autres choses que je ne voulais pas me remémorer : son sourire incroyable, sa personnalité pleine d'entrain, et le fait que je ne pouvais pas détacher mes yeux de la veine que je voyais légèrement palpiter dans son cou quand elle riait. Cette femme me donnait l'impression d'être un vampire, j'avais tellement envie de mordre dedans.

De retour dans mon bureau, j'avais tenté d'ignorer ce que je savais être sur le point de se produire dans la salle de conférence. Mais dix minutes plus tard, j'avais cédé, sachant que je n'arriverais pas à travailler de toute façon. De plus, je ne manquais jamais une réunion de présentation, et il était probablement préférable que je garde un œil sur ma sœur. Quelqu'un devait empêcher son cœur sensible d'accepter n'importe quoi.

Stella retourna à sa place. Je voyais à la façon dont elle n'arrêtait pas de gigoter sur sa chaise et de faire tourner sa bague qu'elle était nerveuse. Bien qu'elle fasse de son mieux pour prétendre qu'elle ne l'était pas, ce que je respectais. L'équipe d'investissement en capital-risque était composée de trois analystes principaux, du directeur marketing, d'Olivia et de moi-même. C'était cependant moi qui dirigeais l'équipe et qui posais la plupart des questions.

De l'autre côté de la table, ma sœur attira mon attention et me lança ce que je savais être un regard d'avertissement. Elle voulait me rappeler que je devais me comporter au mieux.

— Pourquoi ne pas commencer ? m'enquis-je.

En regardant à ma gauche, je fis un signe de tête à Stella.

— La parole est à vous, mademoiselle Bardot.

Elle prit une profonde inspiration, me rappelant la façon dont elle s'était calmée après avoir pris le micro devant les invités au mariage de ma sœur – et l'image que j'avais eue en tête plus d'une fois ces dernières semaines sous la douche...

Ces magnifiques yeux verts, ces lèvres roses et pleines, ce visage innocent – Stella Bardot était belle. Il n'y avait aucun doute là-dessus. Mais c'était sa façon de relever un défi, en allant jusqu'à dire *va te faire foutre* à la fin, qui me donnait envie de planter mes dents dans sa peau ivoire et sans défaut.

Aujourd'hui, ses cheveux étaient relevés, coiffés en une sorte de torsade à l'arrière, et elle portait ces épaisses lunettes à monture sombre. J'avais une terrible envie de la pousser contre une pile de livres, de lui défaire sa coiffure et de jeter ses lunettes par-dessus mon épaule.

Très mature, Rothschild. Quelles pensées matures !

Sans oublier le côté professionnel.

Heureusement, au moins une personne dans la pièce semblait avoir les idées claires.

Stella se racla la gorge.

— J'ai apporté quelques kits d'échantillons, une démo du site, quelques détails sur ce que j'ai investi jusqu'à présent, et un rapport sur mon stock actuel. C'est probablement mieux si je commence par le kit d'échantillons.

Je hochai la tête une fois, mais je ne dis rien.

Pendant la demi-heure qui suivit, j'écoutai sa présentation. Étonnamment, pour une femme qui agissait de manière impulsive, son plan d'affaires avait été bien pensé. Le site était professionnel, avec une bonne image de marque et une navigation simple. La plupart du temps, lorsque les nouveaux propriétaires d'entreprise débarquaient, ils s'occupaient de *l'aspect général*, mais ne réfléchissaient pas à l'importance du remarketing. Pas Stella. Elle nous parla de statistiques et de publicités de rappel, démontrant qu'elle pensait à long terme plutôt qu'à court terme. Le montant du capital qu'elle avait investi était également impressionnant, même si je me demandais où elle avait trouvé tout cet argent.

— Est-ce que l'entreprise doit de l'argent à quelqu'un ou à des investisseurs existants ? demandai-je.

— Non. Pas de dettes du tout. J'avais un partenaire qui avait investi des fonds, mais j'ai racheté ses parts l'année dernière.

— Alors les deux cent vingt-cinq mille dollars que vous avez investis jusqu'à présent… Ça vient de… ?

— Mes économies.

Mon scepticisme devait se lire sur mon visage, car elle ajouta :

— J'ai gagné cent dix mille dollars en tant que chimiste senior lors de mon dernier emploi. Il m'a fallu six ans pour économiser, transformer le petit bureau de mon appartement en chambre et prendre des colocataires. Mais je mets de côté presque la moitié de mon revenu net chaque année.

Impressionné à nouveau, je hochai la tête. La moitié des personnes qui se présentaient devant nous avaient reçu l'aide de papa et maman, ou devaient une grosse somme d'argent avant même de commencer à travailler. Je devais lui reconnaître le mérite de la persévérance qu'il lui avait fallu pour aller aussi loin. Bien que je n'allais pas lui donner un tel crédit à haute voix.

Lorsque Stella arriva à la partie démonstration de sa présentation, je vis que ma sœur était déjà familiarisée avec tout ça. Elle se comportait comme son bras droit, aidant Stella à vendre le produit. Elles semblaient vraiment bien s'entendre toutes les deux, et l'une reprenait la parole quand l'autre s'arrêtait. Olivia ajoutait des commentaires anecdotiques sur le fait que toutes ses amies aimaient leurs créations. À un moment donné, elles rirent toutes les deux et je me surpris à observer Stella, en me concentrant sur la veine qui pulsait à son cou. Je n'arrivais pas à détacher mes yeux de cette satanée chose. Olivia me jeta un coup d'œil et me lança un drôle de regard.

— Alors, qu'est-ce que vous en pensez ? demanda ma sœur après la présentation. N'est-ce pas un produit incroyable ?

Un puissant murmure parcourut la pièce, chacun de mes collaborateurs acquiesçant et faisant une sorte d'éloge. Le responsable marketing évoqua la rentabilité de l'industrie du parfum et de la quantité de produits de beauté vendus en général. Pour l'essentiel, je gardai le silence, jusqu'à ce que ma sœur se tourne vers moi.

— Hudson ? Qu'est-ce que tu en penses ?

— Le concept est assez intéressant. Cependant, je ne suis pas convaincu que le fait de noter quelques échantillons et de répondre à une enquête en ligne permette de fabriquer un produit qui plaira au consommateur.

— Eh bien, j'aime le mien, répondit Olivia. Et mes sept demoiselles d'honneur sont toutes folles du leur.

Stella se retourna et me regarda.

— Voulez-vous l'essayer vous-même ? Ou peut-être laisser une femme de votre entourage tenter l'expérience.

Ma sœur ricana.

— Il devrait demander à sa femme de ménage ou à sa fille de six ans de le tester ?

Je toisai Olivia avec un air renfrogné.

— En fait, reprit Stella, il pourrait l'essayer lui-même.

— Je ne suis pas vraiment du genre à porter du parfum. Mais merci.

— Ça ne veut pas dire que vous devrez le porter. Vous savez quelles odeurs vous aimez et celles que vous n'aimez pas, non ? Si vous allez au rayon parfumerie d'un magasin, vous sentez un tas d'échantillons jusqu'à ce que vous trouviez celui qui vous plaît. Signature Olfactive permet de sauter ces étapes inutiles. Si vous suivez le processus, le parfum que je créerai pour vous devrait être suffisamment attirant pour que vous l'achetiez en magasin pour une femme.

Elle haussa les épaules.

— Les hommes aiment les parfums autant que les femmes, seulement ils n'en mettent pas.

Même si je trouvais que sa présentation s'était bien déroulée, qu'elle avait un bon produit et un marketing unique, je n'étais pas sûr de vouloir m'associer avec elle. Quelque chose ne collait pas, même sans tenir compte du fiasco lié au mariage ou du fait qu'elle semblait être la star de mes douches pathétiquement fréquentes ces derniers temps. Je n'arrivais pas à mettre le doigt sur ce que c'était. Ma sœur me rendrait fou si je n'avais pas une raison professionnelle légitime de refuser d'investir dans sa société, alors peut-être que ce test pourrait être ma porte de sortie.

Je reboutonnai ma veste en me levant.

— Bien. Donnez-moi un kit, et on verra comment ça se passe.

Olivia tapa dans ses mains comme si la messe était dite. Je lui lançai un regard d'avertissement pour qu'elle ne se fasse pas de faux espoirs, ce qu'elle ignora, évidemment.

— Je dois aller à une réunion, mentis-je.

Stella se leva. Elle désigna toutes les choses qui se trouvaient sur la table d'une main.

— Je vais ranger cette boîte d'échantillons comme il faut avant de partir et vous laisser une copie des questions qui seront sur le site.

— Ça me va.

Comme je m'apprêtais à sortir, Stella me rappela :

— Monsieur Rothschild ?

Je me retournai pour la découvrir en train de me tendre la main.

— Merci de m'avoir accordé votre temps. J'apprécie vraiment que vous y réfléchissiez, surtout vu la façon dont les choses ont commencé entre nous.

Je regardai sa main, puis de nouveau son visage, avant de la lui serrer.

— Bonne chance à vous, *Evelyn*.

Stella

Je n'arrivais pas à me défaire de la lettre que je tenais entre mes mains.

Dix jours s'étaient écoulés depuis ma présentation à Rothschild Investissements. Comme promis, j'avais laissé le kit d'échantillons à Hudson. Le lendemain, Olivia m'avait appelé pour me dire qu'elle s'était assurée qu'il avait bien tout rempli, et m'avait envoyé un message avec ses évaluations et le formulaire complet. Lorsque le colis était arrivé, j'avais été stupéfaite de constater qu'il contenait également une tonne de superbes graphiques qu'Olivia avait fait réaliser par son service marketing. Elle avait même créé quelques slogans accrocheurs qui, selon moi, seraient parfaits pour mettre à l'extérieur des boîtes personnalisées que je devais encore faire fabriquer.

Je l'avais appelée pour la remercier, et nous avions passé presque deux heures au téléphone à échanger toutes nos idées. Nous nous étions également parlé une demi-douzaine de fois depuis. Son excitation était palpable, mais après les dernières déceptions que j'avais subies avec mon financement, j'essayais de ne pas avoir trop d'espoir, même si Olivia rendait ça impossible.

Quand nous avions discuté deux jours auparavant, elle m'avait dit qu'elle avait reçu le parfum que j'avais créé pour Hudson. Il était en voyage d'affaires, mais elle l'avait déposé sur son fauteuil et lui avait laissé un mot pour qu'il le teste dès son retour. Le père de son mari devait subir une opération cardiaque d'urgence, alors Olivia partait en Californie pour une semaine, mais elle m'avait affirmé qu'elle désirait que nous nous voyions à son retour.

Honnêtement, je m'étais laissé bercer par l'idée que Rothschild Investissements serait ma porte de salut, c'est pourquoi la lettre que je venais de lire pour la deuxième fois me choquait encore.

Chère Mademoiselle Bardot,
Merci beaucoup pour votre intérêt envers Rothschild Investissements. Bien que votre produit soit impressionnant, nous avons le regret de vous informer que nous ne sommes pas en mesure de vous faire une offre pour le moment. Nous vous souhaitons bonne chance dans vos futurs projets.
Sincères salutations,
Hudson Rothschild

Dire que j'étais *déçue* était un euphémisme. *Encore une fois.*

Encore sous le choc, je lus la lettre une fois de plus. Je n'avais pas envie d'appeler Olivia pour lui demander ce qui s'était passé puisqu'elle s'occupait de la santé de son beau-père. De plus, c'était Hudson qui avait signé cette lettre, et si je devais attendre une semaine entière jusqu'à son retour, j'allais perdre la tête. Je décidai donc d'appeler directement Hudson. Je devais au moins savoir ce qui les avait fait changer d'avis, car je savais que ce n'était pas le parfum que j'avais créé pour lui.

Mes doigts tremblaient quand je composai son numéro sur mon portable. La réceptionniste guillerette répondit à la première sonnerie.

— Bonjour. Rothschild Investissements. Comment puis-je vous aider ?

— Bonjour. Puis-je parler à Hudson Rothschild, s'il vous plaît ?

— Je vous mets sur attente le temps de voir s'il est disponible.

J'attendis une minute, jusqu'à ce qu'une voix que je reconnus comme étant celle d'Helena, son assistante, me réponde. Je l'avais rencontrée lors de mes deux visites au bureau. Elle avait été adorable et avait adoré l'idée de Signature Olfactive.

— Bonjour, Helena. C'est Stella Bardot. Serait-il possible de parler à Hudson ?

— Bonjour, Stella. Il vient de rentrer d'une réunion. Je pense qu'il y a un trou dans son agenda, mais laissez-moi vérifier s'il est disponible.

Elle reprit le combiné trente secondes plus tard. Sa voix n'était pas aussi optimiste qu'avant.

— Je suis désolée, Stella. Il est déjà au téléphone. Je peux lui demander de vous rappeler ?

Quelque chose me disait qu'il n'était pas au téléphone et qu'il lui avait dit de m'envoyer promener. Cela dit, j'étais bouleversée, donc c'était peut-être juste dans ma tête.

— Oui, bien sûr.

Je lui laissai mon numéro de téléphone professionnel et attendis patiemment. Mais je n'eus aucun rappel. Le lendemain après-midi, je rappelai et tombai de nouveau sur Helena. Cette fois, lorsqu'elle me dit qu'Hudson n'était pas disponible, je poussai un soupir de frustration.

— Pouvez-vous lui dire que j'ai juste besoin de lui parler deux minutes ? Je suis sûr qu'il est très occupé, mais ça ne prendra pas longtemps.

— Bien sûr, je lui ferai savoir. Est-ce que tout va bien ?

— Pas vraiment, soupirai-je. J'ai reçu sa lettre m'indiquant qu'il refusait d'investir dans Signature Olfactive, et je voulais lui en demander la raison. La lettre ne le précisait pas et j'aimerais au moins en tirer une leçon.

— Oh waouh, je suis désolée. Je n'étais pas au courant.

C'était intéressant. Je me serais attendue à ce que son assistante l'ait rédigée.

— Je ne veux pas l'embêter. J'aimerais juste discuter quelques minutes.

— Je transmettrai le message. Et je suis désolée que ça n'ait pas marché, Stella. J'avais vraiment hâte de suivre l'évolution de votre entreprise.

— Merci, Helena.

Ce jour-là, j'essayai de m'occuper. Je regardai tout de même mon téléphone une douzaine de fois ou plus. À dix-huit heures ce soir-là, j'avais perdu tout espoir – jusqu'à ce que mon téléphone sonne pendant que j'étais en train de courir. Je m'essuyai les mains sur mon short et répondis, haletante.

— Allô ?

— Bonjour, Stella. C'est Helena.

— Bonjour, Helena.

— Je suis désolée qu'Hudson ne vous ait pas rappelée. Il était, euh, occupé aujourd'hui. J'ai transmis votre message, et il m'a dit de vous faire savoir que, s'il a décidé de ne pas investir, c'est parce qu'il n'a pas aimé l'échantillon qu'il a reçu. Il était moins certain de la qualité du produit, j'imagine.

— Oh, je vois.

C'étaient des conneries. Parce que je lui avais fait le même parfum que celui que je portais le soir du mariage d'Olivia. Et il m'avait répété *deux fois* combien je sentais bon. Il y a quelques semaines, j'étais prête à abandonner et à accepter de tout mettre en pause pour un long moment. Cette fois, j'étais déterminée à ne pas accepter cette défaite. Toutes mes discussions de planification avec Olivia m'avaient regonflée à bloc et je ne comptais pas laisser tomber aussi facilement. Je voulais faire une dernière tentative, car je savais qu'il mentait sur ce coup-là.

— Pensez-vous qu'il serait possible de prendre un rendez-vous pour lui parler en personne ?

Helena baissa la voix quand elle répondit. On aurait dit qu'elle mettait sa main sur le combiné pour que personne ne l'entende.

— Je ne veux pas avoir de problèmes, mais je vais être honnête, je pense que si je lui demande, il va dire non.

Je soupirai.

— D'accord. Merci, Helena. Je comprends.

— Mais je travaille pour Hudson depuis longtemps maintenant. Il aboie plus qu'il ne mord. Du coup, si vous débarquiez ici, il pourrait sans doute ne plus vraiment avoir le choix. Et il respecte les gens qui se battent à fond pour ce qu'ils veulent.

Je souris tristement.

— Merci, Helena. J'apprécie le conseil. Je vais y réfléchir.

Le lendemain matin, j'arrivai à Rothschild Investissements à huit heures.

— Bonjour. Hudson Rothschild est-il là ?

La réceptionniste sourit.

— Oui. Avez-vous rendez-vous ?

Je pris une profonde inspiration.

— Non. Mais je n'ai besoin que de deux minutes. Serait-il possible d'entrer pour le voir ?

— Laissez-moi voir. Quel est votre nom et quel est le sujet de cet entretien ?

— Stella Bardot, au sujet de Signature Olfactive.

Elle décrocha le téléphone, et j'écoutai son côté de la conversation.

— Bonjour, Monsieur Rothschild. Stella Bardot est ici pour vous voir au sujet de Signature Olfactive. Elle n'a pas de rendez-vous...

Il lui coupa clairement la parole. J'entendis le grondement de sa voix profonde dans son casque, mais je ne compris pas ce qu'il disait. Quand son expression changea du tout au tout, je sus que ce n'était pas bon signe.

— Hmm... D'accord... Vous voulez que je lui dise ça ?

Elle marqua une pause, puis elle leva les yeux pour rencontrer les miens.

— Très bien. Merci.

Elle appuya sur un bouton de son clavier et m'adressa un sourire décourageant.

— Monsieur Rothschild m'a dit de vous dire que si vous n'avez rien de mieux à faire de votre temps, vous pouvez vous asseoir et patienter. S'il trouve deux minutes de libres dans sa journée chargée, il vous recevra.

Elle fit une grimace.

— Désolée.

— C'est bon, ce n'est pas votre faute.

Elle désigna la salle d'attente d'un geste de la main.

— Voulez-vous que je vous apporte du café pendant que vous patientez ?

— Non, merci.

— D'accord. Je m'appelle Ruby. Si vous changez d'avis, faites-moi signe.

— Merci, Ruby.

Je m'assis sur le canapé et sortis mon téléphone pour rattraper mes e-mails en retard. Mon instinct me disait que j'allais attendre ici pendant un certain temps. J'avais le sentiment qu'Hudson comptait bien me faire patienter.

Et je n'avais pas tort.

Trois heures plus tard, la réceptionniste sortit de derrière le bureau et se dirigea vers moi.

— Je voulais juste vous dire que je l'ai rappelé pour m'assurer qu'il ne vous avait pas oubliée.

Je souris.

— Et comment ça s'est passé ?

Elle rit et regarda par-dessus son épaule pour s'assurer que personne n'était dans les parages.

— Il était un peu hargneux.

— Je me doute. C'est bon, ne vous inquiétez pas.

Je désignai la table basse en verre en face de moi.

— Au moins, vous avez tous ces super magazines à disposition.

À dix-sept heures, je me dis qu'il allait me pousser à le suivre en sortant du bureau, juste pour jouer au con. Alors que j'avais envisagé de partir après la première ou la deuxième heure ce matin, j'avais maintenant tellement investi de temps là-dedans qu'il était hors de question que je cède. Je mis mes écouteurs, me calai dans le canapé et lançai de la musique classique pour me détendre. J'allais tenir plus longtemps qu'Hudson, même si ça devait me tuer. Pourtant, à dix-sept trente, la réceptionniste revint vers moi.

Elle fronça les sourcils.

— Je me prépare à partir, donc j'ai rappelé monsieur Rothschild. Il m'a dit de vous faire savoir qu'il s'est avéré qu'il n'avait pas deux minutes à perdre aujourd'hui.

Quel salaud ! C'était son plan depuis le début, me faire perdre toute ma journée. Heureusement pour moi, je n'avais pas de travail ni d'endroit où aller. Alors plutôt que de m'énerver, je décidai de jouer le jeu à fond. Je me levai et glissai mon sac à mon épaule.

— Pourriez-vous dire à monsieur Rothschild que je reviendrai demain ? Peut-être pourra-t-il alors m'accorder deux minutes.

La réceptionniste écarquilla les yeux, mais elle sourit.

— Bien sûr.

Le lendemain, je vins en étant un peu plus préparée. J'apportai mon ordinateur portable, quelques trucs à grignoter, un chargeur pour mon portable, et ma liste de choses à faire. La matinée s'écoula à nouveau sans qu'Hudson ne trouve quelques minutes pour me parler, mais j'avais au moins réussi à terminer un certain nombre de choses sur ma liste et m'étais occupée de tous mes courriels – deux choses que je devais faire depuis longtemps.

Dans l'après-midi, je mis à jour mon CV et transférai plus d'un millier de photos de mon téléphone sur un site de stockage avant de les organiser. Je passai ensuite une heure et demie en ligne à planifier des vacances de rêve que je ne pourrais jamais m'offrir – en choisissant des hôtels de luxe et un voilier privé avec capitaine pour naviguer entre les îles grecques que je voulais explorer. De nouveau, à dix-sept heures trente, la réceptionniste revint vers moi.

— Bonne nouvelle. Je pense.

— Oh ?

— Je viens de le rappeler pour lui dire que je partais et que vous étiez toujours là, dit-elle en haussant les épaules. Il ne m'a pas dit de vous demander de partir.

Je gloussai parce que j'avais clairement perdu la tête.

— Donc je devrais attendre ?

Elle désigna les portes vitrées.

— Il va bien devoir passer par cette porte un jour ou l'autre.

Je hochai la tête.

— D'accord. Passez une bonne soirée, Ruby.

— Vous aussi, Stella. J'espère que je ne vous reverrai pas à attendre ici demain.

Je souris.

— Je l'espère aussi.

À dix-huit heures quarante-cinq, j'avais vu la plupart des employés de Rothschild Investissements partir, et une équipe de nettoyage entra et commença à passer l'aspirateur autour de moi. J'avais fait une pause dans l'organisation de mes vacances de rêve pour discuter avec Fisher par SMS. Quand j'eus fini, je rouvris mon ordinateur portable et me remis à planifier mes vacances. Mykonos était la dernière île sur laquelle je devais encore trouver l'hôtel parfait. Je me laissai complètement absorber par les photos de l'incroyable paysage, essayant de décider si je voulais être sur le côté nord ou sud de l'île.

Soudain, une voix grave me terrifia. Je bondis de mon siège. Mon ordinateur portable vola sur le sol et je posai une main sur ma poitrine.

— Vous m'avez fait une peur bleue.

Hudson secoua la tête.

— J'aurais dû sortir. Vous ne m'auriez même pas remarqué.

Il se pencha et ramassa mon ordinateur portable, qui, heureusement, était encore allumé et n'avait pas l'air cassé. En regardant l'écran, il dit :

— Vous partez en vacances dans les îles grecques ? Bon plan d'affaires. Amusez-vous bien au… dit-il en plissant les yeux. Royal Myconian. Ça a l'air luxueux.

J'arrachai mon ordinateur portable de ses mains.

— Je planifie des vacances de *rêve*, je n'y vais pas réellement.

Bien qu'il n'ait pas vraiment souri, j'aurais juré que le coin de sa lèvre avait tressailli. Hudson releva la manche de sa veste de costume, révélant une grosse montre. Alors que j'avais envie de frapper ce salaud pour m'avoir obligée à rester ici pendant deux jours, je ne pus m'empêcher de remarquer à quel point cette satanée montre était sexy sur son poignet viril. Secouant la tête, je refoulai cette sensation.

— Deux minutes, lâcha Hudson, en croisant ses bras sur sa poitrine. Allez-y.

Pendant les cent vingt secondes qui suivirent, je me mis à parler pour ne rien dire, lui disant que je voulais connaître la vraie raison pour laquelle il avait décidé de refuser d'investir, que ça ne pouvait pas être parce qu'il n'aimait pas le parfum que j'avais créé. J'ajoutai que c'était le même sur lequel il m'avait complimenté *deux fois* – une fois au mariage d'Olivia, et une autre fois à son bureau quand j'étais venue chercher mon téléphone portable. Puis, pour une raison insensée, je commençai à détailler les échantillons qu'il avait notés et les produits chimiques que j'avais utilisés. Sans trop savoir comment, ma diatribe se transforma en une leçon de science. Je ne pensais pas avoir repris ma respiration une seule fois ou utilisé une quelconque forme de ponctuation durant les deux minutes que j'avais passé à parler à toute vitesse.

Quand je finis par me taire, Hudson me fixa.

— Vous avez fini ?

— J'imagine que oui.

Il me fit un petit signe de tête.

— Passez une bonne soirée.

Ensuite, il se retourna et se dirigea vers la porte.

Je clignai des yeux plusieurs fois, certaine qu'il ne pouvait pas partir comme ça. Quand il arriva à la porte et qu'il la poussa, il devint évident que c'était exactement ce que cet abruti était en train de faire. Alors je lui criai :

— Où est-ce que vous allez ? Ça fait deux jours que j'attends d'avoir cette conversation.

La main sur la porte, il ne se retourna pas pour parler.

— Vous m'avez demandé deux minutes. Je vous les ai données. Les personnes de l'entretien fermeront après votre départ.

Si une soirée méritait d'être arrosée, c'était bien celle-là.

Fisher avait travaillé tard ce soir, mais il avait été l'heureux destinataire de ma diatribe tout à l'heure alors que je me rendais, en colère, à la station de métro après avoir quitté Rothschild Investissements. Il savait donc dans quoi il s'engageait quand il entra dans mon appartement.

— Chérie, je suis rentré !

Il tenait une grande bouteille de merlot dans une main et une fleur qu'il venait certainement d'arracher du pot de fleurs de l'immeuble voisin dans l'autre – il y avait encore une racine et de la terre qui pendaient au bout.

Je me forçai à plaquer un sourire sur mon visage à l'expression renfrognée.

— Salut.

— J'ai croisé un policier à cheval dont la monture avait l'air moins blasée que toi.

Fisher déposa un baiser sur mon front et me montra la fleur.

— Qu'en penses-tu ? Le vase rouge ou le transparent ?

Je soupirai de façon excessive.

— Je pense que cette chose a plus besoin de terre que d'un vase.

Fisher tapota mon nez de son index.

— Ce sera le rouge.

Il s'avança jusqu'au placard et en sortit un vase destiné à accueillir un bouquet géant, pas une seule petite fleur triste, puis le remplit d'eau à l'évier de la cuisine et y planta la tige.

— Je pense que tu devrais appeler Olivia.

Je bus le vin qui était déjà dans mon verre.

— Je ne veux pas la déranger. Et à quoi bon ? Elle m'a dit elle-même qu'Hudson avait la charge du pôle investissements. En plus, elle a déjà été tellement généreuse avec moi. Je ne veux pas qu'elle se sente mal.

— Je n'arrive pas à croire que cet abruti t'ait demandé ton numéro de téléphone et n'ait jamais appelé, puis qu'il t'ait fait patienter pendant deux jours. Ce type doit prendre son pied à te faire attendre. Et moi qui pensais que vous alliez finir par baiser.

— Moi et Hudson ? répondis-je d'un ton moqueur. Tu as perdu la tête ? Cet homme me déteste, c'est évident.

Fisher tira sur le nœud de sa cravate tout en se dirigeant vers le canapé où j'étais vautrée.

— Je vous ai observé tous les deux, au mariage. Même quand il s'est foutu de toi et t'a fait faire ce discours sur scène, il y avait une étincelle dans son regard. Il y avait de vrais atomes crochus entre vous.

Je finis mon verre de vin.

— Certains atomes ont des réactions explosives au contact l'un de l'autre. Crois-moi, je le sais.

— Mais pourquoi t'inviter à sortir et ne jamais te rappeler ?

Je secouai la tête.

— Pour se venger. La même raison pour laquelle il m'a laissée attendre dans le hall.

Durant l'heure suivante, Fisher et moi bûmes du vin. Comme c'était le meilleur ami de tous les meilleurs amis qui existent, il me laissa répéter tout ce que je lui avais déjà dit au téléphone plus tôt sans se plaindre.

Cette longue journée passée à rester assise et à consommer trop d'alcool finit par me fatiguer, alors quand je bâillai une seconde fois, il se leva pour partir.

— Je vais te laisser te reposer. Tu as deux jours. S'énerver et boire étaient à l'ordre du jour. Demain, tu pourras t'apitoyer sur ton sort. Jeudi, on se remet en selle et on réfléchit à la suite. On va faire en sorte que ça marche.

Je ne voulais pas être encore plus déprimante en lui disant que je n'avais plus aucune idée de quoi faire ensuite, à part peut-être rester au chômage. Fisher voulait bien faire.

— Merci de m'avoir écoutée.

— Quand tu veux, ma princesse.

Il se pencha vers moi et déposa un baiser sur mon front avant de se diriger vers la sortie. Récupérant sa veste de costume dans la cuisine, il dit :

— J'ai presque oublié : tu avais du courrier dans ta boîte aux lettres. Tu veux que je l'amène sur le canapé ?

— Nan. Je regarderai ça demain.

Il le déposa sur le comptoir de la cuisine.

— Dors un peu, ma Stella Bella.

— Bonne nuit, Fisher.

Une fois la porte fermée derrière lui, je me forçai à me lever et fis le tour de mon appartement rempli de cartons pour éteindre les lumières. Dans la cuisine, une épaisse enveloppe en papier kraft au bas de la pile de courrier attira mon attention.

Je connais ce logo.

Mais ça ne peut pas être ça…

Comme je n'avais pas mes lunettes, je l'attrapai pour le regarder de plus près.

Bien sûr, le cercle avec le R entrelacé me prouvait que c'était exactement ce à quoi j'avais pensé. Qu'est-ce que Rothschild Investissements pouvait bien m'envoyer ? Une autre lettre pour me dire *d'aller me faire voir* ? Cette fois, peut-être accompagnée d'une facture détaillée pour la nourriture et les boissons que j'avais dégustées au mariage d'Olivia, ainsi qu'une facture pour le temps précieux que j'avais pris à Hudson ?

J'avais subi assez de torture pour la journée et j'aurais probablement dû réserver ça au lendemain matin. Mais remettre les choses à plus tard n'avait jamais été mon fort. Je glissai donc mon doigt sous le rabat et ouvris l'enveloppe. À l'intérieur se trouvait une lettre d'accompagnement écrite sur le même papier à en-tête que celle que j'avais reçue il y a quelques jours. En dessous, on aurait dit un tas de documents juridiques. Clauses Contractuelles, Convention d'Investissement, Contrat de Vente d'Actions.

Qu'est-ce que c'était que tout ça ?

Je récupérai mes lunettes et repris la lettre d'accompagnement pour la lire.

Chère Mademoiselle Bardot,

Après un réexamen attentif de votre projet, Rothschild Investissements est ravi de proposer une offre d'investissement à votre société, Signature Olfactive, LLC. La structure, les montants et les conditions proposés pour cette offre figurent dans le document Clauses Contractuelles. Nous vous invitons à consulter la documentation ci-jointe qui traite des détails de notre proposition. Comme notre offre affecte les droits de vote et vos parts au sein de votre société, nous vous suggérons fortement de demander à votre avocat d'examiner tous les documents avant de les signer.

Nous avons le plaisir de vous inviter à faire partie de la famille Rothschild Investissements et nous sommes impatients de mettre votre produit novateur sur le marché.

Sincères salutations,
Hudson Rothschild

Était-ce une sorte de blague ? Ce que j'avais dit pendant les deux minutes qu'il m'avait accordées cet après-midi avait-il pu le faire changer d'avis, et avait-il envoyé un coursier pour m'envoyer cette lettre ? Et comment un coursier aurait-il pu glisser ça dans ma boîte aux lettres protégée ?

Ayant toujours l'impression qu'il devait y avoir une erreur, je relus la lettre d'accompagnement avant de passer en revue les documents. Ça me semblait être une offre légitime. Certes, je ne comprenais pas la majorité dc ce charabia juridique, mais il semblait que Rothschild

Investissements voulait investir dans Signature Olfactive en échange de quarante pour cent des parts dans la société. Et la première ligne de la lettre disait bien « *re*considération » et non « considération ». Je n'arrivais pas à le croire. Je l'avais vraiment fait changer d'avis aujourd'hui ? Dans les deux misérables minutes qu'il m'avait accordées avant de partir ?

Je restai dans la cuisine, bouche bée, jusqu'à ce que je remarque la date en haut de la lettre. Elle n'était pas datée d'aujourd'hui, mais d'il y a *trois jours*. Attrapant l'enveloppe que j'avais abandonnée sur la table, je regardai le cachet de la poste. Évidemment, elle avait été postée il y a trois jours.

Ce qui voulait dire...

Hudson m'avait envoyé ça *avant* de me pousser à rester dans la salle d'attente pendant deux jours.

C'était quoi ce bordel ?

10

Stella

Quelle différence peut faire une semaine.

Au lieu de rester assise dans le hall de Rothschild Investissements à attendre d'avoir la chance d'être reçue par le roi du château, je fus présentée au bureau en tant que « *notre plus récente partenaire, ici à Rothschild* ». Ce retournement de situation total me faisait encore tourner la tête, mais je n'avais pas l'intention de perdre plus de temps à y réfléchir. J'avais un produit à lancer dans quelques mois seulement.

Olivia m'avait appelée le matin suivant le jour où j'avais reçu l'offre par la poste. Elle était encore en Californie, où elle s'occupait de son beau-père, mais elle tenait à s'assurer que j'étais satisfaite des termes de l'accord. J'avais gentiment abordé le sujet de la lettre de refus que j'avais reçue, et elle s'était excusée en disant que c'était une erreur. Pourtant, sans que je puisse expliquer pourquoi, j'étais sûre que ce n'était pas la vérité. Mon instinct me disait qu'il y avait plus qu'une simple lettre type envoyée par erreur. Cela dit, elle était enthousiaste à l'idée d'aller de l'avant, alors je décidai de suivre son exemple et de me concentrer sur ce qui était à venir, sans regarder en arrière.

— Stella, voici Marta. C'est la responsable de la comptabilité, dit Olivia. Pour info, Marta prend son café noir et préfère le mélange Kenya de la petite boutique en bas de la rue, plutôt que le Starbucks. Crois-moi, il y aura un moment où tu devras venir la voir avec un café à la main et la queue entre les jambes parce que tu seras sur le point de la supplier pour faire approuver quelque chose qui dépassera le budget.

Marta éclata de rire et me tendit la main.

— C'est un plaisir de vous rencontrer, Stella. Et croyez-moi, si votre produit est à moitié aussi incroyable qu'Olivia le prétend, vous n'aurez pas à mendier, déclara-t-elle en me lançant un clin d'œil. Apportez juste du parfum.

Je souris, mais pour être sûre, je notai également la préférence de Marta au sujet du café pendant qu'Olivia et moi passions au pôle suivant.

Fisher avait demandé à quelqu'un de son bureau d'examiner tous les documents juridiques pour moi, puis je les avais signés et, il y a quelques jours, Olivia et moi nous étions retrouvées pour déjeuner afin de discuter de la logistique de base. Elle était directrice marketing, mais Rothschild Investissements fournissait également un ensemble d'assistance dans tous les domaines, du développement web à la comptabilité, dans le cadre de leur participation nouvellement acquise dans ma société. Tout ça me permettrait d'économiser une tonne d'argent que je n'avais pas.

La première étape était de décider où installer mon nouveau bureau. Olivia m'avait dit que de nombreux partenaires avaient choisi d'installer leur bureau dans les locaux de Rothschild Investissements, car ils travaillaient avec une grande partie du personnel et des services disponibles. Étant donné que mon ancien bureau était le canapé de mon salon actuellement entouré de cartons, je me dis qu'il serait plus professionnel d'accueillir les gens ici, du moins jusqu'à ce que je puisse m'offrir mon propre local.

À la fin de la visite introductive, Olivia m'amena dans un bureau vide et me remit une clef.

— C'est ta nouvelle maison. Les toilettes pour femmes sont au bout du couloir. J'ai demandé à mon assistante de t'installer des fournitures de base, mais dis-lui si tu as besoin d'autre chose. J'ai une réunion à onze heures. Peut-être que l'on pourrait se retrouver pour déjeuner un peu tardivement, vers treize heures trente ?

— Ça me plairait bien, acquiesçai-je.

Après le départ d'Olivia, je pris place derrière mon grand bureau moderne et pris une grande inspiration. Non seulement Signature Olfactive avait obtenu plus de fonds que nécessaire pour son lancement, mais l'entreprise avait également du personnel, un bon système de gestion et une adresse de bureau chic en ville dont j'aurais seulement pu rêver. C'était surréaliste. Chaque personne que j'avais rencontrée aujourd'hui semblait sincèrement heureuse de cette nouvelle collaboration et impatiente de se mettre au travail. Tout était presque trop beau pour être vrai. Ce qui me rappela qu'il y *avait* au moins une personne ici qui n'était probablement *pas* ravie de ma présence.

Quand j'étais passée devant le bureau d'Hudson pendant ma visite, la porte était fermée. Je savais pourtant qu'il était à l'intérieur ou qu'il était parti depuis peu, car j'avais senti son eau de Cologne. Une discussion avec lui s'imposait, alors après être allée aux toilettes, je fis un détour par le couloir qui menait à son bureau. Cette fois, la porte était ouverte. Mon pouls s'accéléra lorsque je m'approchai. Il se tenait dos à la porte, cherchant quelque chose sur une étagère, quand je frappai.

— Déposez-le sur mon bureau, dit-il sans se retourner.

Je supposai qu'il attendait quelqu'un d'autre.

— Bonjour, Hudson. C'est Stella. J'espérais que nous pourrions parler un moment.

Il se retourna et me dévisagea. Merde, le bleu de ses yeux était-il devenu plus intense depuis la dernière fois que je l'avais vu ? Je commençai immédiatement à jouer avec la bague que je portais à l'index, ce que je faisais quand j'étais nerveuse. Je me repris alors et arrêtai. Je ne pouvais pas laisser Hudson m'intimider.

Même si j'avais mal au ventre, je relevai le menton et franchis la porte.

— Ça ne sera pas long.

Hudson croisa les bras sur son torse et s'appuya contre la crédence, plutôt que de prendre place à son bureau.

— Je vous en prie, entrez. Vous m'avez déjà interrompu.

Il était clairement sarcastique, mais je saisis quand même l'occasion au vol. Après une profonde inspiration, je fermai la porte de son bureau derrière moi. Hudson resta silencieux, mais il détailla chacun de mes mouvements comme je me dirigeai vers son bureau tout aussi intimidant et surdimensionné.

— Ça vous dérange si je m'assois ?

Il haussa les épaules.

— Non, pas de souci.

Je m'installai dans l'un des deux fauteuils et attendis qu'il fasse de même. Mais il ne bougea pas.

— Vous n'allez pas vous asseoir ?

Une lueur traversa son regard.

— Non. Je suis bien debout.

Je pris un moment pour rassembler mes pensées, mais l'odeur de l'eau de Cologne d'Hudson flottait dans l'air. Avait-il besoin de sentir si bon ? Je trouvais ça très distrayant. Quand je me surpris à tendre à nouveau la main vers ma bague pour la faire tourner, j'attrapai les bras de la chaise pour m'occuper les mains.

— Olivia m'a dit que la lettre de refus que j'ai reçue avait été envoyée par erreur. Est-ce que c'est vrai ?

Les yeux d'Hudson tombèrent sur mes mains qui serraient la chaise avant de remonter pour croiser mon regard.

— Est-ce vraiment important ? Vous êtes là.

— C'est important pour moi, oui. J'ai travaillé sur mon entreprise pendant cinq ans et je m'y suis investie corps et âme. Rothschild Investissements en possède maintenant une partie, et je préférerais que l'on règle nos problèmes pour que les choses se passent le mieux possible.

Hudson se frotta la lèvre inférieure du pouce pendant qu'il semblait considérer mes paroles. Finalement, il répondit :

— Non.

Je fronçai les sourcils.

— Non, quoi ? Vous ne voulez pas clarifier les choses ?

— Vous m'avez demandé si la première lettre avait été envoyée par erreur. Ce n'est pas le cas.

C'était ce que je soupçonnais, mais ça faisait quand même mal à entendre.

— Alors qu'est-ce qui vous a fait changer d'avis ?

— Ma sœur. C'est peut-être très pénible quand elle s'y met.

Ça me fit sourire. J'adorais vraiment Olivia.

— Vous ne voulez pas faire affaire avec moi à cause de mon produit ou à cause de moi ?

Hudson me dévisagea avant de répondre.

— À cause de vous.

Je fronçai les sourcils, mais j'appréciai sa franchise. Comme il était sincère, je me dis que j'allais continuer.

— La date sur la seconde lettre correspondait à la veille du premier jour où je me suis installée dans le hall en attendant de pouvoir vous voir. Pourtant, vous m'avez laissée planter là pendant deux jours entiers. Pourquoi ?

La commissure de ses lèvres frémit presque imperceptiblement.

— Vous m'avez demandé deux minutes. J'étais occupé.

— Vous auriez pu dire à la réceptionniste que vous aviez changé d'avis et qu'une offre m'avait été envoyée par courrier.

Cette fois, il ne put contenir son rictus.

— Oui, j'aurais pu.

Je lui jetai un regard noir, ce qui lui arracha un petit rire.

— Si c'est ça, votre expression intimidante, il va falloir travailler là-dessus.

Son sourire était dangereux. J'eus l'impression de manquer d'air. Pourtant, je me redressai dans mon fauteuil.

— Est-ce que ça va poser un problème que nous travaillions ensemble ? Olivia m'a dit que vous étiez très impliqué avec toutes les start-up.

Hudson me considéra encore.

— Pas si vous êtes une travailleuse acharnée.

— Je le suis.

— On verra ça, j'imagine.

L'interphone sur le bureau de Hudson sonna avant que la voix de la réceptionniste ne s'élève du haut-parleur.

— Monsieur Rothschild ?

Ses yeux ne quittèrent pas les miens quand il répondit.

— Oui ?

— Votre rendez-vous de onze heures trente est arrivé.

— Dites à Dan que je vais le rejoindre sous peu.

— Très bien.

Elle raccrocha, et Hudson inclina la tête.

— Y a-t-il autre chose ?

— Non, j'imagine que ce sera tout.

Alors que je me levais et me retournais pour sortir, il reprit la parole.

— En fait, j'ai encore une chose à vous dire.

— D'accord...

Il croisa les bras sur son torse.

— Comme Olivia l'a mentionné, je suis assez impliqué dans le lancement des nouvelles entreprises dans lesquelles nous investissons. Donc vous devriez probablement donner à Helena votre vrai numéro de téléphone portable en sortant, juste au cas où j'aurais besoin de vous joindre.

— Comment ça, mon vrai numéro ? Je vous l'ai donné le jour où je suis venue chercher mon téléphone.

Sa bouche se tordit en une moue sinistre.

— Le numéro que vous m'avez donné était celui du Vinny's Pizza.

— Quoi ? Non, pas du tout.

— Si. J'ai appelé.

— Vous avez dû mal l'écrire. Je ne vous ai pas donné un mauvais numéro.

— C'est vous qui l'avez rentré dans mon téléphone.

Je me creusai la tête, essayant de me souvenir de cet après-midi-là. N'avait-il pas noté mon numéro ? Puis je compris qu'il m'avait demandé mon numéro et qu'immédiatement après, son assistante était entrée dans le bureau. Pendant qu'ils parlaient, il avait fouillé dans sa poche et m'avait tendu son portable. *Oh, merde.*

— Je peux voir votre téléphone ? demandai-je.

Hudson resta silencieux une minute. Finalement, il se pencha sur son bureau et attrapa son téléphone portable. Je sentis qu'il m'observait pendant que je tapais mon nom dans ses contacts et que je lisais le numéro que j'avais entré. J'écarquillai les yeux. Le dernier chiffre de mon numéro était un neuf, mais j'avais tapé un six, le chiffre au-dessus du neuf sur le clavier.

Je levai les yeux vers lui.

— J'ai tapé le mauvais numéro.

Son expression était parfaitement impassible.

— Je suis au courant.

— Ce n'était pas volontaire.

Il ne répondit.

Mon cerveau sembla tourner au ralenti tandis que je comprenais ce que ça signifiait.

— Donc... la raison pour laquelle vous ne m'avez pas rappelée, c'est parce que vous pensiez que je vous avais intentionnellement donné un mauvais numéro ? Mais votre sœur m'a appelée. Elle a réussi à trouver mon numéro de téléphone professionnel.

— Je n'ai pas l'habitude de traquer les femmes qui me donnent un faux numéro quand je les invite à sortir.

— Je ne ferais jamais ça.

Nous nous dévisageâmes. C'était comme si les pièces manquantes du puzzle se mettaient enfin en place.

— Et c'est pour ça que vous avez adoré me laisser patienter dans la salle d'attente pendant deux jours. Vous pensiez que je vous avais envoyé balader et vous m'envoyiez promener en retour, dis-je en secouant la tête. Mais je ne comprends toujours pas. Qu'est-ce qui vous a fait changer d'avis à propos de l'investissement ?

Hudson se gratta à nouveau le menton, chose qu'il semblait souvent faire.

— Ma sœur est très passionnée par votre entreprise. Elle a vécu des moments difficiles au travail depuis la mort de notre père. En faisant abstraction de tout le reste, il est vrai que votre entreprise est une de celles qui m'auraient intéressé dans d'autres circonstances. Je me suis dit que ce n'était pas juste de continuer à vous en vouloir de m'avoir envoyé sur les roses et de décevoir Olivia.

— Mais je ne vous ai pas envoyé balader. J'étais déçue que vous ne m'appeliez pas.

Hudson regarda mes pieds. J'eus l'impression qu'il était aussi incertain que moi de ce qu'il devait faire de cette nouvelle information. Le téléphone sur son bureau sonna de nouveau.

— Oui, Helena ?

— Esmée est en attente sur la ligne 1.

Il soupira.

— Je vais la prendre. Dites-lui juste que j'en ai pour une minute, s'il vous plaît.

— D'accord. Je vais servir un café à Dan et l'installer dans la salle de conférence. Je lui dirai que vous en avez encore pour quelques minutes.

— Merci, Helena.

Hudson releva finalement les yeux, mais il le fit lentement, en remontant depuis mes orteils jusqu'à ma tête. Au moment où nos regards se croisèrent, des picotements parcoururent mon corps. L'esquisse de sourire diabolique sur son visage n'arrangea les choses.

— Donc vous disiez… que vous étiez déçue que je n'aie pas appelé ?

Je déglutis, me sentant un peu comme un cerf pris dans les phares d'une voiture.

— Hmm...

L'ombre de son sourire se transforma en un véritable rictus.

— Esmée est ma grand-mère, je dois prendre cet appel. Affaire à suivre...

Je hochai lentement la tête.

— Hmm... oui. Bien sûr.

Je me retournai et me dirigeai vers la porte. Avant que je puisse l'ouvrir, la voix d'Hudson m'arrêta.

— Stella ?

— Oui ?

— J'ai donné le parfum que vous avez confectionné pour moi à ma grand-mère. Elle en voudrait plus.

Je souris.

— Pas de problème.

Plus tard dans la soirée, l'équipe d'entretien frappa à la porte de mon bureau pour savoir s'ils pouvaient entrer et vider ma poubelle.

— Oh. Bien sûr.

Je n'imaginais pas qu'ils arriveraient si vite, mais je m'étais plongée dans la rédaction de ma liste de fournisseurs et dans la prise de notes sur les produits que j'achetais, chez quels fournisseurs et selon quelles conditions. Ce n'était pas une mince affaire que de transférer toutes ces connaissances de l'endroit où je les gardais – dans ma tête – vers les différents systèmes de gestion proposés par Rothschild Investissements. Finalement, je savais que ce serait pour le mieux. Je saisis mon téléphone et fus choquée de constater qu'il était déjà dix-huit heures trente. J'avais regardé l'heure après qu'Olivia m'ait souhaité une bonne soirée, et il était un peu plus de dix-sept heures. J'avais l'impression que ça ne faisait que dix minutes.

Une femme âgée et souriante jeta le contenu de ma corbeille à papier dans une plus grande poubelle dans le hall et revint avec un aspirateur.

— Je peux ? Ça prendra moins de cinq minutes.

— Oh, bien sûr. J'ai besoin de me dégourdir les jambes et d'aller aux toilettes de toute façon.

Je fermai mon ordinateur portable et je me dirigeai vers les toilettes. En m'approchant, je tombai sur Hudson, appuyé contre le mur juste à côté de la porte, à regarder son téléphone portable.

— Vous attendez de bondir pour effrayer les gens qui sortent des toilettes ? le taquinai-je.

Il fronça les sourcils et désigna la porte.

— Vous allez là-dedans ?

— J'étais sur le point de le faire.

Mes sourcils se rapprochèrent.

— Y a-t-il une raison pour laquelle je ne devrais pas ?

Il se décolla du mur et se passa une main dans les cheveux.

— Ma fille Charlie est là-dedans. On a tendance à la perdre quand elle entre dans les toilettes, elle dit qu'elle aime la *cosse tique*.

— La cosse tique ?

— L'acoustique. Je la corrige, mais elle dit qu'elle préfère sa manière de nommer ça.

Je gloussai.

— Vous voulez que je lui dise de se dépêcher ?

Il regarda sa montre.

— J'avais un appel important avec un investisseur à l'étranger à dix-huit heures trente.

— Allez-y. Je vais m'assurer que tout va bien avant de la raccompagner à votre bureau.

— Sûre ?

— Oui. Pas de problème.

Hudson semblait encore hésitant.

Je levai les yeux au ciel.

— Certes, je me suis incrustée dans un mariage une fois, mais je vous promets de ne pas la perdre.

Il souffla un grand coup.

— OK, merci.

En entrant dans les toilettes, j'étais terriblement curieuse. Charlie n'était nulle part en vue, mais une chose devint vite évidente : la raison pour laquelle elle était préoccupée par la *cosse tique*. La plus douce des petites voix chantait. Était-ce « Jolene » ? Cette vieille chanson de Dolly Parton ? Oui, oui, c'était bien ça. Et la petite Charlie semblait connaître toutes les paroles par cœur.

Je remarquai que ses petites jambes se balançaient sous la porte de la première cabine des toilettes. Je restai silencieuse, l'écoutant avec le plus grand des sourires sur le visage. Elle savait vraiment chanter. Elle avait une toute petite voix, mais vu la taille de ses jambes, j'imaginais qu'elle était adaptée à son corps. Pourtant, elle chantait sur la bonne tonalité et y mettait un vibrato qui ne sortait habituellement pas du corps d'une petite fille.

Lorsque la chanson se termina, je n'avais pas envie de rester là, au risque de l'effrayer, alors je frappai doucement à la porte de la cabine.

— Charlie ?

— Oui ?

— Salut, je m'appelle Stella. Ton papa m'a demandé de te raccompagner à son bureau quand tu auras fini ici. Je vais juste aller aux toilettes moi aussi, mais ne pars pas sans moi.

— D'accord.

J'allai dans la cabine à côté de la sienne et commençai à me soulager. Au milieu de ma petite affaire, Charlie me demanda :

— Stella ?

— Oui ?

— Tu aimes Dolly ?

J'étouffai mon rire.

— Oui.

— Tu as une chanson préférée ?

— Hmm. En fait, oui. Je ne sais pas si c'est une chanson très populaire, mais ma grand-mère vivait dans le Tennessee et la chanson « My Tennessee Mountain Home » m'a toujours fait penser à elle. Donc c'est probablement ma préférée.

— Je ne la connais pas, celle-là. Mais celle que mon père préfère, c'est « It's All Wrong, But It's All Right ». Il ne m'autorise pas à la chanter, car il dit que les paroles sont trop vieillottes pour moi, mais je les ai quand même apprises. Tu veux l'entendre ?

J'en avais très envie, d'autant plus maintenant qu'elle m'avait dit que son père lui avait interdit de la chanter. Je m'empêchai de lui demander de la chanter à fond. La dernière chose dont j'avais besoin, c'était qu'Hudson pense que j'avais corrompu son enfant.

— Hmm. Même si j'adorerais l'entendre, on devrait probablement faire attention à ton père.

Le bruit de la chasse d'eau fut sa seule réponse, alors je me dépêchai de finir pour qu'elle ne puisse pas quitter les toilettes sans moi.

Charlie était devant le lavabo en train de se laver les mains quand je sortis de la cabine. Elle était absolument adorable avec ses cheveux blonds cendrés bouclés qui semblaient difficiles à dompter, un joli petit nez et de grands yeux bruns. Elle portait du violet de la tête aux pieds : collants, baskets, jupe et T-shirt. Quelque chose me disait que Charlie choisissait elle-même ses vêtements.

— C'est toi Stella ? demanda-t-elle.

Encore une fois, je dus me retenir de rire. Nous étions les deux seules personnes dans les toilettes.

— Oui. Et tu dois être Charlie.

Elle hocha la tête et me regarda dans le miroir.

— Tu es jolie.

— Eh bien, merci. C'est très gentil. Tu es toi-même toute mignonne.

Elle sourit. Je me dirigeai vers l'évier à côté d'elle pour me laver les mains.

— Tu prends des cours de chant, Charlie ? Tu as vraiment une voix incroyable.

Elle acquiesça.

— J'y vais le samedi matin à neuf heures et demie. Mon père vient me chercher pour m'y emmener car ma mère a besoin de son sommeil réparateur.

Je souris. Cette gamine était tordante et n'en avait absolument pas conscience.

— Oh, c'est chouette.

— Je fais aussi du karaté. Maman voulait que je prenne des cours de danse classique, mais je n'avais pas envie. Papa m'a emmenée m'inscrire à des cours de karaté sans le lui dire, et elle n'était pas très contente.

Je ris.

— Tu m'étonnes.

— Tu travailles avec mon papa ?

— Oui, tout à fait.

— Tu veux venir dîner avec nous ? On va prendre le métro.

— Oh, merci, mais j'ai encore du travail.

Elle haussa les épaules.

— Peut-être la prochaine fois.

Je ne pouvais pas m'empêcher de sourire devant tout ce qui sortait de la bouche de cette petite fille.

— Peut-être.

Nous séchâmes toutes les deux nos mains, puis je la raccompagnai jusqu'au bureau de son père. Hudson était toujours au téléphone, alors je lui demandai si elle voulait venir voir où je travaillais. Quand elle hocha la tête, je fis comprendre à Hudson d'un geste que je l'emmenais dans mon bureau.

Charlie s'installa sur l'un des fauteuils, d'où ses pieds pendaient et se balançaient.

— Tu n'as pas de photos ?

— C'est parce que c'est mon premier jour. Je n'ai pas encore eu l'occasion de décorer.

Elle regarda autour d'elle.

— Tu devrais tout repeindre en violet.

Je ris.

— Je ne suis pas sûr que ça passerait bien auprès de ton père.

— Il m'a laissé peindre ma chambre en violet.

Charlie renifla plusieurs fois avant de reprendre :

— Ça sent bon dans ton bureau.

— Merci. En fait, je suis parfumeuse. Je fabrique des parfums.

— Tu *fabriques* des parfums ?

— Ouaip. C'est un boulot plutôt cool, non ?

Elle acquiesça rapidement.

— Comment tu fais ?

— Eh bien, c'est beaucoup de science, en fait. Ton père et moi, on travaille sur la création d'un parfum basé sur les préférences olfactives des gens à partir d'un tas d'odeurs différentes. Veux-tu essayer certains de mes échantillons ?

— Oui !

J'avais apporté quelques kits d'échantillons avec moi aujourd'hui, alors j'en récupérai un dans le tiroir de mon bureau et m'assis à côté d'elle. Ouvrant la boîte, je sortis l'une des fioles de parfum et la lui tendis. Il s'agissait de calone, ce qui me permettait de savoir si une personne avait un penchant pour les fragrances marines.

— À quoi te fait penser cette odeur ?

Ses yeux s'illuminèrent.

— Hmm... une glace chocolat-banane.

Je fronçai les sourcils et soulevai la fiole pour la sentir moi-même, même si j'avais senti l'océan dès que j'avais enlevé le bouchon.

— Ça sent la crème glacée pour toi ?

— Non. Papa m'a emmenée à la plage la semaine dernière, et après on a mangé une glace sur la promenade. J'ai pris un banana split parce que c'est mon dessert préféré. Ça sent la plage, mais maintenant la plage me fait juste penser à cette glace trop bonne.

Je lui avais demandé ce que le parfum lui rappelait et non ce qu'il sentait. Sa réponse était donc la bonne. J'attrapai la banane qui était restée sur mon bureau toute la journée.

— Tu es fan de bananes toi, hein ? Tu veux partager celle-ci ?

— Non, merci.

Elle balança les jambes.

— Papa écrit sur mes bananes quand il prépare mon déjeuner. Parfois sur les oranges et les mandarines aussi. Mais jamais sur les pommes, parce que celles-là, on ne les épluche pas.

— Il écrit sur tes fruits ?

Elle hocha la tête.

— Qu'est-ce qu'il écrit ?

— Des trucs idiots. Comme « *Oh, range* ta chambre ce soir en rentrant ». Parfois, il écrit des blagues. Pour Halloween, c'était « Quel est le fruit préféré des fantômes ? Une bouh-nane. » Tu vois ?

Je trouvais ça très intéressant. Je n'aurais pas imaginé qu'Hudson fasse quelque chose d'aussi idiot.

— Je peux en sentir encore un peu ? demanda Charlie.

— Bien sûr.

J'ouvris une autre fiole. Celle-ci sentait le bois de santal, l'huile du santal indien. Charlie fronça son petit nez.

— Ça sent le mal de ventre.

Je n'avais aucune idée de ce que ça signifiait. Je la portai à mon nez pour essayer de comprendre.

— Vraiment ? Est-ce que ça te donne mal au ventre rien qu'en le sentant ?

Elle gloussa.

— Non, mais la crème glacée aigre oui. Ça sent comme l'homme du magasin de glace au coin de la rue de chez mon père. On n'y va plus parce que les glaces ont l'air périmé.

Ohhh, bien, c'est plus logique. Le bois de santal se trouvait dans beaucoup d'eaux de Cologne populaires pour hommes. Charlie avait un don pour ça. Apparemment, elle aimait aussi beaucoup la crème glacée.

— Tu sais, dis-je. C'est la deuxième fois que tu mentionnes la crème glacée. Je sens un motif ici.

Une voix grave ajouta derrière moi :

— Vous avez déjà compris ça, alors ?

Je me retournai pour découvrir Hudson appuyé contre l'encadrement de la porte de mon bureau. On dirait qu'il avait écouté aux portes pendant un moment.

— Charlie a un très bon odorat.

Hudson acquiesça.

— Elle entend aussi des choses à des kilomètres à la ronde, *surtout* la porte du congélateur. Si je l'ouvre, elle accourt, car elle pense que je pourrais en sortir de la glace.

Charlie fronça encore le nez.

— Il aime la glace à la fraise.

— J'imagine que toi, non ? m'enquis-je.

Elle secoua la tête.

— C'est dégoûtant. Tout grumeleux.

— Je vais devoir me ranger du côté de ton père pour cette fois. La fraise est l'un de mes parfums favoris.

Hudson sourit, et je réalisai que c'était peut-être le premier vrai sourire que j'avais vu sur son beau visage depuis la nuit du mariage.

— Tu es prête à partir, Charlie ? dit-il avant de se tourner vers elle. On va dîner.

— Je sais. Vous allez prendre le métro.

La lèvre d'Hudson frémit.

— Le métro, Dolly Parton, et la crème glacée. Elle n'est pas difficile à satisfaire… pour le moment.

— Les mots écrits sur des fruits et la couleur violette, répondis-je en désignant mon bureau de la main. Charlie a suggéré que je peigne mon bureau en violet. Je lui ai dit que j'allais y réfléchir.

Hudson sourit.

— Je n'en doute pas une seconde.

Charlie me surprit en sautant de sa chaise pour me faire un câlin.

— Merci de m'avoir montré tes trucs d'odeur.

— De rien, ma belle. Profite de ton dîner.

Elle traversa mon bureau et attrapa la main de son père.

— Allons-y, Papa.

Il secoua la tête comme si le fait qu'elle soit sa cheffe le dérangeait, mais je voyais bien qu'elle était probablement la seule personne au monde par qui il appréciait être dirigé.

En me faisant un signe de tête, il lança :

— Ne restez pas trop tard.

— D'accord.

Bien qu'ils aient disparu, j'entendis Charlie parler jusqu'au bout du couloir.

— Stella va venir dîner avec nous la prochaine fois, l'informa-t-elle.

— Charlie, qu'est-ce que je t'ai dit sur le fait d'inviter des gens qu'on vient de rencontrer ?

— Elle ne sent pas bon ?

Il y eut une pause, et je me dis qu'ils étaient peut-être trop loin pour que j'entende la suite de la conversation. Mais, ensuite, Hudson grogna :

— Oui, Stella sent bon.

— Et elle est jolie aussi, non ?

Il y eut encore une longue pause. Je me rapprochai de la porte pour être sûre d'entendre la réponse.

— Oui, elle est jolie, mais ce n'est pas comme ça que tu décides qui inviter à dîner, Charlie. On travaille ensemble.

— Pourtant, le mois dernier, quand maman m'a déposé tôt chez toi le samedi matin, il y avait une femme, elle était jolie et sentait bon. Tu as dit que c'était quelqu'un avec qui tu travaillais et qu'elle était revenue le matin parce qu'elle avait oublié son parapluie. J'ai demandé si elle pouvait venir déjeuner avec nous, et tu as dit une autre fois. Sauf que tu ne l'as jamais invitée.

Oh mince ! Je me mis une main sur la bouche. Cette Charlie était un sacré numéro, et j'étais curieuse de savoir comment Hudson allait s'en sortir. Malheureusement, au lieu d'entendre sa réponse, j'entendis la porte du hall s'ouvrir et se fermer, et ce fut la fin du spectacle.

Je soupirai et retournai à mon bureau, où il devint rapidement évident que je ne pouvais plus me concentrer. La journée d'aujourd'hui avait été un véritable tourbillon. J'avais été présentée à tant de personnes ici, à Rothschild Investissements, assisté à une demi-douzaine de réunions différentes, découvert de nouveaux systèmes pour la comptabilité, l'inventaire, les commandes, et une toute nouvelle interface de site à haute vitesse. C'était assez épuisant. Mais rien de tout ça n'était aussi excitant que les trois petits mots que Hudson avait prononcés plus tôt dans la journée.

— *Affaire à suivre…*

Stella

Je me montrai peut-être un peu trop enthousiaste le lendemain matin.

Olivia m'avait dit de la retrouver au bureau à huit heures pour que nous puissions commencer à travailler avec son équipe sur le plan marketing de Signature Olfactive. Pourtant, le soleil était à peine levé lorsque j'arrivai dans les bureaux de Rothschild Investissements. Comme j'étais très en avance, je me rendis quelques mètres plus loin, dans une supérette ouverte vingt-quatre heures sur vingt-quatre, pour prendre une tasse de café et un muffin. Apparemment, je n'étais pas la seule à avoir pris de l'avance sur ma journée. Il y avait dix personnes dans la file d'attente, des hommes et femmes en costume, le nez plongé dans leur téléphone.

Quand j'arrivai enfin au comptoir, un jeune qui avait plutôt l'air de quelqu'un qui devrait se préparer pour le lycée au lieu de bosser prit ma commande.

— Que désirez-vous ?

Tout en parlant, il sortit son téléphone et le fixa. Je

me dis qu'il devait peut-être taper ma commande pour que quelqu'un d'autre la fasse à l'arrière.

— Je prendrai un café, pas trop noir et sucré, et un de ces muffins façon crumble, s'il vous plaît.

Il leva un doigt et envoya un message sur son téléphone. Quand il eut fini, il tapa quelque chose sur la caisse enregistreuse.

— Un café, pas trop noir et sucré, et un muffin aux myrtilles. Ça fera six dollars soixante-quinze. Quel est votre nom ?

— Eh bien, je m'appelle Stella, mais je voulais un muffin façon crumble, pas aux myrtilles.

Le gamin fronça les sourcils, comme si je l'ennuyais. Il appuya sur d'autres boutons de la caisse, puis son téléphone sonna, et il reporta son attention dessus. Je sortis un billet de dix dollars de mon portefeuille et le lui tendis, mais il m'ignora. Après deux bonnes minutes, alors qu'il n'avait toujours pas levé les yeux de son téléphone, je me penchai et regardai ce qu'il faisait.

Il envoyait des textos.

Le gamin n'enregistrait pas ma commande sur son téléphone, il envoyait un texto à une certaine Kiara.

J'agitai mon poignet pour essayer d'attirer son attention.

— Hmm. Je peux payer ?

Encore une fois, il leva un doigt.

Incroyable.

Finalement, il m'arracha le billet de la main et me rendit la monnaie. Puis il prit une grande tasse de café, retira le bouchon d'un marqueur et griffonna un nom. *Simone.*

Je fronçai les sourcils.

— C'est censé être pour moi ?

Il souffla.

— Il y a votre nom dessus, non ?

Plutôt que d'argumenter, je souris.

— Bien sûr. Passez une excellente journée.

— Suivant !

J'imaginais que c'était sa façon de me demander de m'écarter pour qu'il puisse prendre le prochain client.

Quelques personnes se pressaient à l'autre bout du comptoir, alors j'allais les rejoindre et fis ce que tout le monde faisait : regarder mon téléphone portable. Fisher m'avait envoyé un message il y a quelques minutes.

Fisher : Bonne chance pour travailler sur toute la partie marketing aujourd'hui. Je sais que c'est ce que tu préfères !

Je répondis.

Stella : Merci ! Je suis nerveuse, mais excitée.

Il m'envoya ensuite la photo d'un homme du dernier site de rencontre qu'il avait rejoint. Le gars ne portait qu'un boxer gris moulant. Son sourire était charmant et il avait de beaux cheveux. Puis, quand j'observai le reste de son anatomie, mes yeux bondirent hors de leurs orbites. Maintenant, je savais pourquoi il me l'avait envoyée. Un autre message arriva juste après.

Fisher : Tu m'as dit d'arrêter de choisir les hommes en fonction de leurs abdos et de chercher quelqu'un de souriant. Cette chose est définitivement très souriante. ;)

Stella : C'est impossible.

J'approchai mon téléphone et zoomai sur la bosse de son boxer. Impossible que ce soit juste lui. Le gars devait avoir une banane fourrée là-dedans quelque part. Non, même pas, c'était clairement une courgette. Est-ce que les pénis de cette taille existaient vraiment ? Sûrement pas à ma connaissance.

Une voix profonde derrière mon épaule me fit sursauter.

— Et dire que je commence ma matinée en parcourant le *Wall Street Journal.*

Je sursautai, mon téléphone portable m'échappa des mains et tomba par terre. Je me penchai pour le ramasser et fronçai les sourcils.

— Oh, mon Dieu, pourquoi est-ce que vous vous êtes approché de moi comme ça ?

Hudson ricana.

— Comment pourrais-je ne pas vous interrompre quand vous regardez un porno ?

— Je ne regarde pas de porno.

Je me sentis rougir.

— Mon ami m'a envoyé la photo d'un gars d'un site de rencontre.

Il avait l'air sceptique.

— Hmm, hmm.

Embarrassée, j'essayai de le convaincre que c'était la vérité en tendant le téléphone pour lui montrer, mais je réalisai que j'avais zoomé sur la verge du gars.

— Non, je vous jure...

Hudson leva la main pour se cacher les yeux.

— Je vais vous croire sur parole. Merci. Mais je suis heureux de voir que votre ami et vous vous concentrez sur les qualités importantes d'un homme.

Je secouai la tête. *Génial.* J'enchaînais les moments où je faisais mauvaise impression avec ce type. Je soupirai en signe de défaite.

— *Simone* ! cria le barista.

Je l'entendis, mais ne réagis pas au début.

— *Simone* !

Mince, c'était moi. Je m'approchai du comptoir et récupérai mon café et mon muffin. Hudson secouait la tête quand je retournai à l'endroit où il se tenait.

— Quoi ? demandai-je.

— Un nouvel alias ?

— Le gamin qui a pris ma commande n'écoutait pas quand je lui ai dit mon nom.

Hudson fit un signe de tête sceptique.

— Bien.

— Non, mais c'est vrai.

Il haussa les épaules.

— Quelle raison aurais-je de ne pas vous croire ?

Je levai les yeux au ciel.

— *Hudson* ! appela le barista.

Hudson sourit.

— Il semble capable de prononcer *mon* nom correctement.

Après avoir pris son café, il désigna la porte d'un signe de tête.

— Vous vous rendez au bureau ?

— Oui.

Nous quittâmes la boutique et longeâmes la rue côte à côte.

— Votre fille est absolument adorable. Elle m'a fait craquer sans même essayer hier.

Hudson secoua la tête.

— Merci. Elle a six ans, mais on dirait qu'elle va sur ses vingt-six et elle n'a aucun filtre.

— Elle chante magnifiquement bien, aussi.

— Laissez-moi deviner, elle chantait du Dolly tout en étant aux toilettes ?

Je ris.

— Jolene, pour être précis. J'imagine que ça arrive fréquemment ?

— Les toilettes et la baignoire sont ses lieux de spectacle préférés.

— Ah. C'est probablement parce que la *cosse tique* doit y être bonne.

Hudson sourit sans retenue.

— En effet.

Une femme sans-abri était assise devant l'immeuble voisin du nôtre. Elle avait un caddie rempli de canettes et de bouteilles et faisait glisser de l'argent depuis un gobelet en plastique dans des emballages papier pour pièces de monnaie. Une fois devant notre immeuble, Hudson m'ouvrit la porte.

— Est-ce que vous pourriez... commençai-je tout en fouillant dans mon sac à main. Attendre une seconde ?

Je quittai Hudson et sa porte ouverte pour retourner vers la femme. Tendant la main avec ce que je pouvais offrir, je lui dis :

— Je suis un peu fauchée aussi, mais je tiens à vous donner ça.

— Merci, sourit-elle.

Quand je rejoignis Hudson, il fronçait les sourcils.

— Vous lui avez donné de l'argent ?

Je secouai la tête.

— Je lui ai donné ma barre Hershey.

Il me regarda bizarrement, mais hocha la tête avant d'appuyer sur le bouton de l'ascenseur.

— Alors, vous êtes un grand fan de musique country ? demandai-je. C'est de là que votre fille tient son amour pour Dolly ?

— Non. Et mon ex-femme non plus, ni personne parmi nos connaissances. Elle a juste entendu une des chansons de Dolly à la radio dans la voiture une fois et elle l'a adorée. Elle a commencé à chanter les parties dont elle se souvenait à la maison, puis elle a pris l'initiative de demander à son professeur de chant de lui apprendre la chanson complète. Maintenant, c'est la seule artiste qu'elle chante. Elle connaît une douzaine de ses chansons par cœur.

— C'est génial.

— L'année dernière, pour Halloween, alors que toutes les autres petites filles voulaient être des princesses Disney, Charlie voulait que sa mère fourre des chaussettes dans sa chemise et lui achète une perruque platine.

— Waouh, devenir blond platine et se mettre une fausse poitrine. C'est comme si elle avait déjà treize ans.

Hudson grogna.

— Je ne veux même pas y penser.

Nous montâmes ensemble dans l'ascenseur pour aller au bureau. Dès que les portes se refermèrent, une odeur familière envahit mon nez. Instinctivement, je me penchai vers lui pour mieux la sentir.

Hudson leva un seul sourcil.

— Qu'est-ce que vous faites ?

— Il y a une odeur sur vous qui n'est ni de l'eau de Cologne, ni du gel douche, ni du shampoing. J'essaie de l'identifier.

Sniff. Sniff.

— Je la connais, mais je n'arrive pas à la reconnaître.

— J'imagine que vous êtes le type de personne qui a un besoin inextinguible de trouver la réponse à un problème. Ça vous ferait perdre la tête si vous n'y arrivez pas ?

J'inspirai à nouveau.

— En effet.

L'ascenseur annonça notre arrivée au quatorzième étage. Hudson tendit la main pour que je sorte en premier, puis déverrouilla la porte du bureau. Une fois à l'intérieur, il fit le tour de la réception vide et actionna plusieurs interrupteurs pour allumer les lumières.

J'attendis de l'autre côté.

— Alors, quelle est cette odeur ? Une sorte de lotion, peut-être ?

Hudson sourit.

— Non.

Il pivota et commença à s'éloigner à grandes enjambées.

— Attendez. Où allez-vous ?

Il répondit sans se retourner.

— Dans mon bureau pour travailler. Vous devriez essayer de faire de même.

— Mais vous ne m'avez pas dit quelle est cette odeur.

Je l'entendis rire tout bas alors qu'il continuait de marcher.

— Passez une bonne journée, Simone.

Olivia et moi passâmes la matinée à examiner les premiers plans publicitaires, mais son directeur marketing voulait vraiment savoir comment les choses fonctionnaient en pratique. Je les emmenai donc dans le laboratoire qui allait produire les parfums et j'apportai un kit d'échantillons pour leur montrer le processus de chaque commande. J'adorais leur enthousiasme à en apprendre davantage sur le produit.

Après avoir terminé, Olivia dut se rendre à une réunion et le directeur marketing alla rejoindre un ami pour un déjeuner tardif, alors je restai un peu dans le laboratoire avant de prendre le métro pour retourner au bureau.

La porte d'Hudson était ouverte quand je passai, alors je frappai. Il leva les yeux d'une pile de papiers et je désignai une boîte dans ma main.

— Le parfum que votre grand-mère apprécie.

Hudson jeta son stylo sur le bureau.

— Merci. Vous allez rester encore tard ce soir ?

Je hochai la tête.

— J'ai beaucoup de choses à faire. Votre équipe est à fond, et ils m'ont déjà donné une tonne de choses à revoir.

— J'ai passé en revue votre inventaire et vos fournisseurs et j'ai quelques idées que j'aimerais vous soumettre.

— Bien sûr. Ce serait génial. Quand est-ce que vous voulez le faire ?

Il montra les piles de documents sur son bureau.

— J'ai besoin d'un peu de temps pour finir tout ça. Que diriez-vous de dix-huit heures ?

— Ça me va.

— Stella ? appela Hudson alors que je me tournais pour partir.

— Oui ?

Il fit un geste du menton vers la boîte dans ma main.

— Vous avez oublié de me donner le parfum.

Je souris.

— Oh. Non, pas du tout. Vous l'aurez quand vous me direz quelle était l'odeur que je cherchais ce matin.

Il secoua la tête avec un sourire.

— Apportez-le dans la salle de conférence à dix-huit heures.

Un peu après dix-sept heures, l'assistante d'Hudson m'appela pour demander si j'aimais la nourriture chinoise. Apparemment, Hudson et moi allions partager un dîner d'affaires. J'étais définitivement intriguée à l'idée de passer du temps seule avec lui. Ce serait l'occasion de corriger ma première – et la deuxième et troisième – mauvaise impression et lui prouver qu'en réalité j'étais fiable.

À dix-huit heures pile, j'entrai dans la salle de conférence, armée d'un énorme fichier de données d'inventaire, d'un carnet et du parfum que j'avais fabriqué. Hudson était déjà à l'intérieur devant des papiers étalés sur la table, et des plats chinois trônaient au milieu de la table, ainsi que des assiettes et des couverts.

— Vous avez commandé du poulet à l'ail, hein ?

Hudson secoua la tête.

— Mais comment faites-vous ça ? Je n'ai même pas ouvert la boîte.

Je souris.

— Le carton ne peut pas contenir l'odeur de l'ail.

Hudson était assis en bout de table, je m'installai donc sur une chaise à sa gauche.

— En plus, j'ai longtemps hésité entre le poulet à l'ail et ce que j'ai commandé, donc j'avais ce plat en tête.

— Qu'avez-vous commandé ?

— Crevettes et brocolis.

— On peut partager, si vous voulez.

— D'accord. On mange maintenant ou après ?

— Tout de suite. Je n'ai pas déjeuné, donc je meurs de faim.

Hudson et moi servîmes la nourriture dans nos assiettes. Il leva le menton vers la boîte de parfum et dit :

— De l'huile pour gant de baseball. Alors donnez-moi ça maintenant, petite maline.

Je souris.

— Vous jouez au baseball à six heures du matin ?

— Non, mais Charlie veut rejoindre une équipe de softball poussins. Elle voulait le seul gant violet qu'ils avaient en magasin. Évidemment, la qualité n'est pas au rendez-vous. Alors j'ai essayé de le rendre plus doux en y appliquant de l'huile pour qu'elle puisse au moins l'ouvrir avec sa petite main.

– Ah !

Je hochai la tête et poussai la boîte de parfum vers lui.

– Lanoline. Je ne sais pas pourquoi je ne l'ai pas identifié.

– Vous devriez peut-être vous en tenir au gin.

Hudson me fit un clin d'œil et je sentis une petite palpitation dans mon ventre. Mon Dieu, j'étais pathétique. Pourquoi un simple clin d'œil de Ben ne m'excitait et ne me troublait pas autant ? Nous avions eu deux rendez-vous et... toujours rien.

Je mis une crevette dans ma bouche.

– Je peux vous demander quelque chose ?

– Ça vous arrêterait si je vous que disais que non ?

Je souris.

– Probablement pas.

Il ricana.

– Pas étonnant que vous vous entendiez si bien avec ma sœur. Quelle est votre question ?

– Quand avez-vous compris que je n'étais pas celle que j'ai prétendu être au mariage d'Olivia ?

– Quand vous m'avez dit que votre nom de famille était Whitley. Evelyn Whitley et ma sœur étaient amies depuis le lycée. Elle était également proche de mon ex-femme pendant un moment. Toutes les trois fréquentent le même cercle social. J'imagine qu'il existe deux femmes nommées Evelyn Whitley, mais lorsque vous m'avez dit que vous aviez travaillé chez Rothschild Investissements, ça a évidemment confirmé mes soupçons.

Je me mordillai la lèvre inférieure.

— Donc avant ça… quand nous avons dansé la première fois, vous n'en aviez aucune idée ?

Hudson secoua sa tête.

— Aucune idée.

— Pourtant, vous m'avez invité à danser ?

L'ombre d'un sourire se dessina au coin de ses lèvres.

— En effet.

Mon cœur s'accéléra.

— Pourquoi ?

— Pourquoi je vous ai invité à danser ?

Je hochai la tête.

Les yeux de Hudson tombèrent sur mes lèvres et s'y attardèrent quelques secondes.

— Parce que je vous trouvais intéressante.

— Oh… d'accord.

Il s'approcha et poursuivit à voix basse.

— Et belle. Je vous ai trouvée intéressante et séduisante.

Je rougis.

— Merci.

Hudson n'arrêtait pas de me fixer. Je lui avais pratiquement arraché ces compliments, et pourtant, mon visage était écarlate.

Il tambourina des doigts sur la table.

— Autre chose ?

— Non.

Il sourit.

— Vous êtes sûre ?

J'acquiesçai. Mais une fois de plus, après une minute de réflexion, je changeai d'avis.

— En fait…

— Laissez-moi deviner. Une autre question ?

— Quand je suis venue à votre bureau pour récupérer mon portable, vous m'avez invitée à dîner, mais j'ai eu l'impression bizarre que vous vous en vouliez de m'avoir proposé ça.

Il inclina la tête.

— Vous êtes très perspicace.

Je me mordis la lèvre, réfléchissant à ma prochaine question. Je voulais *vraiment* en connaître la réponse.

— On serait vraiment sorti ensemble si je ne vous avais pas accidentellement donné le mauvais numéro ?

Le coin de la lèvre de Hudson frémit encore.

— J'ai essayé de vous appeler, n'est-ce pas ?

— Oh... oui. Eh bien, je suppose que tout est pour le mieux de toute façon. On va travailler en étroite collaboration et je ne voudrais pas confondre travail et vie privée.

Les yeux d'Hudson tombèrent à nouveau sur mes lèvres.

— Donc si je vous demandais de sortir avec moi maintenant, vous diriez non cette fois-ci pour éviter cette confusion ?

Chaque partie de mon corps désirait sortir avec cet homme... excepté la partie de mon cerveau qui avait investi cinq ans dans mon entreprise. Je ne pouvais simplement pas faire ça.

Je fronçai les sourcils.

— J'ai failli ruiner Signature Olfactive à cause de ce qu'il s'est passé avec mon dernier partenaire commercial.

— Vous avez mentionné pendant votre présentation que vous aviez un partenaire mais que vous aviez racheté ses parts.

Je hochai la tête.

— Ouais, ça n'a pas fonctionné.

Hudson semblait attendre d'autres explications. En soupirant, je poursuivis :

— J'étais associée à mon fiancé. Quand il est devenu mon *ex-fiancé*, j'ai racheté ses parts.

Hudson hocha la tête.

— Il était également chimiste en parfumerie ?

Je ricanai.

— Certainement pas. Aiden est poète. Du moins, c'est ce qu'il dit aux gens. Il tire ses revenus d'un poste de professeur d'anglais dans une fac publique.

— Un poète ? Ça ne ressemble pas à un partenaire commercial très utile.

— Exactement. Il n'a pas du tout aidé au développement de l'entreprise, mais il a apporté des fonds pour le lancement.

— Qu'est-ce qui est arrivé en premier ? La fin de votre partenariat ou de votre relation ?

Hudson planta sa fourchette dans un morceau de crevette et l'avala.

— Hmm. J'imagine que ce qui est arrivé en premier… c'est qu'il a couché avec quelqu'un d'autre que moi.

Hudson commença à s'étouffer.

— *Merde*. Est-ce que ça va ? m'enquis-je.

Il tendit la main et reprit d'une petite voix :

— Oui.

Il attrapa sa bouteille d'eau pour faire passer la nourriture.

— Donnez-moi juste une minute.

Une fois que ses yeux cessèrent de pleurer et que ses voies respiratoires retrouvèrent leur liberté, Hudson secoua la tête.

— Votre fiancé couchait à droite à gauche ?

Je souris tristement.

— Oui, mais tout s'est avéré pour le mieux – pour mes affaires en tout cas.

— Comment ça ?

— Je ne sais pas si j'aurais réussi à aller aussi loin si Aiden et moi n'avions pas rompu.

— Pourquoi ça ? Le rachat de ses parts n'a-t-il pas causé votre problème initial de finances ?

— En effet. Aiden avait contribué à hauteur de cent vingt-cinq mille dollars au fil des ans. Donc l'argent que j'avais économisé pour le reste du stock de lancement a servi à tout lui racheter. Cela dit, je ne suis pas sûre que je serais arrivée jusqu'au lancement, même si j'avais encore tout cet argent. Aiden et moi étions jeunes quand nous nous sommes mis ensemble. À l'époque, il était très encourageant et nous avons lentement commencé à placer des fonds ensemble sur un compte d'épargne commun. Au début, ce n'était pas beaucoup, mais au fil des années, l'argent a commencé à s'accumuler. Et à ce moment-là, Aiden désirait l'utiliser pour investir dans l'immobilier. Ça aurait dû être un signal d'alarme pour moi, de voir qu'il n'était pas intéressé par l'achat d'une maison où on aurait pu vivre *ensemble*, même si on était en couple depuis des années et qu'on ne partageait toujours pas d'appartement. De toute façon, il m'avait dit qu'investir dans l'immobilier était moins risqué que mon idée d'entreprise. Il a suggéré qu'on achète une propriété et qu'on commence *ensuite* à économiser pour Signature Olfactive.

Hudson fronça les sourcils.

— Votre ex a l'air d'être un vrai connard.

Je souris.

— En effet. Je l'ai souvent laissé m'influencer au moment où je n'aurais pas dû. Quelques mois avant notre séparation, on avait commencé à chercher des propriétés à louer. Nos rêves n'étaient pas les mêmes, et j'étais sur le point d'abandonner le mien pour accepter le sien. J'avais un bon travail, et il me faisait sentir que j'étais égoïste d'en vouloir davantage.

Je marquai une pause.

— Notre rupture a été terrible pour de nombreuses raisons, mais la seule bonne chose qui en est sortie, c'est que j'ai décidé de reprendre mon avenir en main.

Hudson me contempla pendant un moment. Finalement, il hocha la tête.

— C'est bien pour vous.

— Je pense que oui.

— Même si je crois qu'il y a plus d'une bonne chose qui a résulté de votre rupture.

Je fronçai les sourcils.

— Quoi d'autre ?

— Vous n'épouserez pas un connard.

Je ris.

— Ouais, j'imagine qu'il y a ça aussi.

Mon téléphone portable commença à sonner sur la table, et le nom de Ben clignota sur l'écran. Je l'attrapai et appuyai sur *Ignorer*, mais Hudson eut le temps de lire le nom de l'appelant lui aussi.

— Si vous avez besoin de répondre...

— Non. C'est bon. Je le rappellerai plus tard.

Il attendit quelques secondes, et comme je ne dis rien de plus, il inclina la tête.

— Ben. C'est le gars avec qui vous étiez au mariage ?

Je secouai la tête.

— Non, lui s'appelait Fisher.

— D'accord, fit-il en hochant la tête. Fisher.

Un nouveau silence gênant envahit l'espace. Il finit par lever un sourcil curieux.

— Un frère ?

— Non. Je n'en ai pas. Je n'ai qu'une sœur.

Comme je ne précisais pas, Hudson eut un petit rire.

— Vous allez m'obliger à poser la question, hein ?

Je souris innocemment.

— C'est… nouveau.

Hudson soutint mon regard pendant quelques battements de cœur avant de s'éclaircir la gorge.

— Pourquoi ne pas commencer ? Je peux vous expliquer certaines des choses dont je voulais discuter pendant que vous finissez de manger.

Hudson semblait prêt à passer aux choses sérieuses, mais j'avais l'esprit trop embrouillé maintenant. Il commença à débiter des chiffres et des dates, et tandis que je hochais la tête et faisais semblant de suivre ce qu'il disait, tout semblait entrer dans une oreille et sortir par l'autre. Je n'avais même pas réalisé qu'il s'était arrêté pour me poser une question jusqu'à ce que je lève les yeux et le trouve en train d'attendre une réponse de ma part.

— Je suis désolée. Qu'est-ce que vous m'avez demandé ?

Il plissa les yeux.

— Avez-vous au moins entendu ce que j'ai dit ?

Je plantai ma fourchette dans une crevette et la fourrai dans ma bouche, en montrant mes lèvres pour lui faire comprendre que j'étais maintenant incapable de répondre. Je pensais que j'étais maline et que j'évitais juste sa question, mais ça ne fit qu'attirer l'attention d'Hudson sur mes lèvres. Il sembla soudain avoir faim, mais pas de plats chinois.

Oh, bordel ! Quelques papillons se réveillèrent dans mon ventre et quand Hudson se lécha les lèvres, les papillons filèrent plus bas.

Je finis de mâcher et avalai, me raclant la gorge.

— Pensez-vous que vous pourriez répéter la question ?

Ce petit frémissement au coin de sa bouche était de retour. Si je ne le connaissais pas mieux, je pourrais penser qu'il avait un tic facial.

Je fus soulagée quand il hocha la tête et commença à répéter ce qu'il avait dit. Cette fois-ci, je parvins à me concentrer durant presque tout son discours. Et je fus époustouflé par tout ce qu'il avait accompli en si peu de temps. Il avait demandé à son équipe d'acheteurs d'obtenir plusieurs devis pour tous mes échantillons de matériaux et avait pu économiser au moins cinq centimes par pièce sur la majorité des articles. Ça n'avait pas l'air beaucoup, mais comme chaque boîte contenait vingt échantillons différents et qu'il bénéficiait en plus de remises sur le transport grâce à son pouvoir d'achat, la somme totale s'avérait assez importante.

— Ouah, dis-je avant de me laisser aller contre ma chaise en souriant. Vous êtes définitivement bien meilleur qu'Aiden.

Ses yeux scintillèrent.

— Je ne le toucherai pas même avec une perche de trois mètres.

Je ris.

— C'est probablement une bonne idée. Mais, vraiment, les économies que vous avez réalisées couvriront presque les frais de notre partenariat. Je ne sais pas quoi dire. Et moi qui pensais que j'avais fait du bon travail de négociation.

— C'était le cas. Une grande partie de ces économies peut se faire grâce au paiement anticipé et à l'achat en gros, ce que vous ne pouviez pas faire avant à cause de vos restrictions de trésorerie.

Le téléphone d'Hudson bipa pour lui communiquer un rappel. Le mot *Charlie* clignota sur l'écran, et il regarda sa montre comme pour revérifier que l'heure était correcte sur son téléphone.

— Je n'avais pas réalisé qu'il était si tard. Pouvez-vous m'excuser un moment ? Je dois appeler ma fille pour lui souhaiter une bonne nuit.

— Bien sûr. Je dois aller aux toilettes, de toute façon.

Après avoir été aux toilettes, je retournai dans la salle de conférence. Comme Hudson était silencieux, je ne réalisai pas immédiatement qu'il était toujours au téléphone. Quand je m'en rendis compte, je lui fis comprendre que j'allais attendre dehors, mais il me fit signe d'entrer. Je m'assis donc et écoutai une partie de la conversation.

— Je plaisantais quand j'ai dit ça. Tu n'aurais pas dû le répéter à ta tante, Charlie.

Il marqua une pause, puis ferma les yeux.

— Tu l'as dit à toute ta classe ?

Ça m'intriguait.

— D'accord, bon, je suis sûr que le professeur a saisi que c'était une blague, même si maman et tante Rachel n'ont pas compris.

Hudson leva les yeux vers moi.

— En fait, dis à ta mère que je n'ai pas une minute à moi en ce moment. Je suis toujours au travail. Je discuterai avec elle quand j'appellerai demain soir.

Pause.

— Je t'aime aussi.

Après avoir éteint son téléphone, il secoua la tête.

— Je dois me rappeler qu'un enfant de six ans ne comprendra pas toujours mon sens de l'humour.

Je souris.

— Que s'est-il passé ?

— Mon ex-belle-sœur est enceinte. Elle est sur le point d'accoucher. Rachel fait passer mon ex-femme pour une boute-en-train. Aucune des deux n'a de sens de l'humour. L'autre soir, Charlie m'a demandé ce que je pensais être un chouette prénom pour sa future cousine. Je ne sais pas pourquoi, mais je lui ai dit que tante Rachel allait appeler le bébé Poto, puis j'ai passé cinq minutes à la convaincre que c'était la vérité quand elle a douté de moi.

Mes sourcils s'arquèrent.

— Poto ? Genre, la version encore plus familière du mot pote ?

Il sourit.

— Je plaisantais, évidemment, mais le livreur a interrompu notre discussion, et j'imagine que j'ai omis de revenir là-dessus et de lui dire que je n'étais pas sérieux.

— Et elle l'a répété à sa mère ? Je suppose que ça ne s'est pas très bien passé.

Hudson secoua sa tête.

— Il y a pire. Il y a quelques mois, je me suis disputé avec mon ex-femme. Elle m'avait dit de ne plus donner de crème glacée à Charlie parce que sa sœur disait que l'intolérance au lactose était héréditaire. Je ne savais pas si c'était vrai ou non, mais Charlie n'est certainement pas intolérante au lactose – elle mange suffisamment de crème glacée pour qu'on soit au courant si c'était le cas. On s'est disputé à propos de sa sœur qui venait encore mettre son nez dans nos affaires, et j'ai traité Rachel d'intolérante à l'*humourose*. Après la dispute, je ne me rappelais même pas l'avoir dit jusqu'à ce que Charlie le mentionne à nouveau. Je n'avais aucune idée qu'elle m'écoutait. Sauf que c'était le cas.

Il prit une grande inspiration.

— Aujourd'hui, c'était le tour de Charlie de faire un exposé en classe, alors elle a apporté une photo de la dernière échographie du bébé de sa tante. Elle dit à tout le monde que son nouveau cousin allait s'appeler Poto, et quand le professeur lui a dit que la personne qui lui avait dit ça devait plaisanter, Charlie a rétorqué que sa tante ne racontait pas de blagues parce qu'elle était intolérante à l'*humourose*.

Je me couvris la bouche.

— Oh merde, c'est beaucoup trop drôle.

Hudson sourit.

— Oui, hein ?

Je hochai la tête.

— Dommage que mon ex-femme ait perdu son sens de l'humour il y a longtemps.

— Eh bien, si ça peut aider, je trouve que c'est très drôle. La plupart des enfants en disent toujours trop. Durant les dix minutes que j'ai passé avec Charlie l'autre jour, j'ai appris que vous êtes allé à la plage la semaine dernière, qu'elle a eu mal au ventre une fois chez un marchand de glace et que vous écrivez des mots sur les fruits de la boîte de son panier-repas. D'ailleurs, je trouve ça adorable.

— Lorsqu'elle a commencé à aller à la maternelle, elle était très anxieuse durant l'heure du déjeuner parce qu'elle ne savait pas avec qui manger. Alors je lui ai écrit ces petites notes pour l'aider à se détendre au moment où elle déballerait son repas. C'est resté, en quelque sorte.

— J'adore.

Il sourit.

— Il se fait tard. Pourquoi ne pas en rester là, et nous pourrons reprendre ici demain ? De toute façon, j'aimerais que le département marketing participe lorsque nous aborderons les sujets suivants.

— Oh, oui... Bien sûr.

Nous retournâmes à nos bureaux respectifs. Quelques minutes plus tard, Hudson passa devant la porte en se dirigeant vers la sortie et s'arrêta.

— Des projets avec Ben ce soir ?

Je souris.

— Non.

— Bien.

Il cala les poings contre le montant de la porte.

— Ne restez pas trop tard. Vous êtes la dernière à partir, et les employés de l'entretien sont déjà venus et repartis, donc je fermerai la porte derrière moi en sortant.

— D'accord, merci. J'ai encore quelques petites choses à finir avant de partir.

Il hocha la tête et se retourna pour partir, mais il fit ensuite un pas en arrière.

— Au fait, j'ai bien compris ce que vous m'avez dit tout à l'heure, donc je ne vous réinviterai pas à dîner.

Le sourire sur mon visage disparu.

— Oh... d'accord.

Il me fit un clin d'œil.

— J'attendrai que ça vienne de vous, cette fois-ci. Bonne soirée, Stella.

Quand Hudson partit, ma concentration se fit la malle avec lui. Mais j'avais besoin de travailler un peu avant de rentrer chez moi. J'aurais tout le temps de suranalyser chaque mot que cet homme avait prononcé plus tard – peut-être pendant que je serais nue dans un bain chaud ou pendant que je déstresserais avec le vibro que je gardais dans ma table de nuit. Pour l'instant, je devais travailler sur la feuille de calcul que j'avais remis à plus tard toute la journée. Je voulais que tout soit prêt à être examiné avec l'équipe à la première heure demain matin.

Cela dit, Excel n'avait jamais été mon truc, et il se faisait tard. Donc après avoir ouvert le document, je contemplai juste les chiffres. Incapable de me concentrer, je décidai de sortir mes écouteurs de mon sac. La musique classique m'avait toujours aidée à me concentrer. Alors que je travaillais, il commença à faire vraiment chaud dans le bureau. L'air conditionné devait être sur une minuterie. Comme j'utilisais n'importe quelle excuse pour faire une pause dans une feuille de calcul, je décidai d'aller chercher de l'eau fraîche dans le coin-repas au bout du couloir.

Les Quatre Saisons de Vivaldi envahirent mes oreilles pendant que je remplissais ma grande tasse de glace pilée dans la porte du réfrigérateur. Je ne pouvais pas m'en empêcher. Chaque fois que je l'entendais, je faisais semblant d'être la cheffe d'orchestre. Il n'y avait personne alentour, alors pourquoi pas ? Je posai la tasse sur le comptoir, fermai les yeux et laissai l'intensité de la musique guider mes bras dans l'air. Rien ne me soulageait autant que de diriger un orchestre. J'étais tellement dans l'instant que j'oubliais tout.

Jusqu'à ce que...

Je sentis quelqu'un m'attraper par derrière. Surprise, je me retournai. Agissant par pur instinct et sous l'effet de l'adrénaline, je serrai le poing, me penchai en arrière, et frappai de toutes mes forces.

Je heurtai ce qui ressemblait à un mur de briques, mais je ne pouvais pas en être sûre car mes yeux étaient complètement fermés.

Puis j'entendis une voix par-dessus la musique.

— *Putain*, grogna-t-elle.

Et mon estomac me tomba dans les chaussettes.

Non.

Juste non.

Impossible.

S'il vous plaît, Seigneur, faites que ce soit quelqu'un d'autre et pas lui.

J'ouvris les yeux pour confirmer ce que je savais déjà.

Dieu ne m'avait pas écoutée.

Parce que je venais juste de donner un coup de poing en plein dans le nez...

D'Hudson.

Hudson

— *Bordel de merde !*

Je me plaquai les mains sur le nez.

— Oh mon Dieu ! Hudson ! Je suis tellement désolée. Est-ce que ça va ?

Mes yeux avaient commencé à pleurer, alors j'imaginais que c'était ça, l'humidité que je sentais sur mes mains. Jusqu'à ce que je les retire et réalise qu'elles étaient couvertes de sang.

— Merde ! Vous saignez !

Stella attrapa un rouleau d'essuie-tout sur le comptoir. Elle en arracha plusieurs feuilles, en fit une boule et essaya de la plaquer sur mon visage.

Je la lui pris des mains.

— Je suis tellement désolée. Je... Vous... vous m'avez fait peur !

Je pressai l'essuie-tout sur mon nez suintant.

— Je vous ai appelée deux fois, mais vous n'avez pas répondu.

Elle retira un écouteur sans fil de son oreille.

— J'avais ça, et la musique était forte.

Je secouai la tête.

— Vous agitiez les bras dans tous les sens… j'ai cru que vous étiez en train de vous étouffer.

Stella fronça les sourcils.

— Je dirigeais un orchestre.

— Pardon ?

— Oui, vous savez, je faisais semblant d'être une cheffe d'orchestre symphonique.

Je la regardai comme si elle avait deux têtes.

— Non, je ne sais pas. Ce n'est pas souvent que je dirige un orchestre dans le coin-repas de mon bureau.

— Eh bien, c'est dommage. Vous devriez essayer. Ça nourrit l'âme.

— Je pense que je ne vais pas essayer vu comment votre tentative a fonctionné, dis-je avant de désigner le rouleau d'essuie-tout. Vous pouvez me le passer ?

— Oh, bon sang, ça ne s'arrête toujours pas.

J'échangeai les feuilles ensanglantées contre des feuilles propres.

Stella commença à pâlir.

— Vous devriez vous asseoir, dit-elle. Mettez la tête en arrière.

— Je suis presque sûr que c'est vous qui devriez vous asseoir. Vous avez l'air d'un fantôme. Asseyez-vous, Stella.

Elle s'accrocha à la table tout en se glissant dans une chaise.

— Je n'aime pas le sang. Ça me donne des vertiges. Peut-être qu'on devrait s'asseoir tous les deux.

Comme mon nez n'avait pas l'air de vouloir s'arrêter de pisser le sang de sitôt, je m'installai en face d'elle.

Stella secouait encore la tête.

— Je suis tellement, tellement désolée.

Elle porta la main à sa poitrine.

— Je n'arrive pas à croire que je vous ai frappé. C'était une réaction instinctive. Je n'ai même pas vu qui était là. Tout s'est passé si vite.

— C'est bon. C'est ma faute. Je devrais le savoir, maintenant, que vous êtes du genre nerveux. Et vous ne saviez pas que j'étais revenu. J'ai mal interprété la situation.

— Vous ne deviez pas pencher la tête en arrière ?

— Non. C'est la dernière chose à faire quand on a le nez qui saigne. Il faut pincer la partie molle au-dessus des narines. Basculer la tête en arrière ne fait que vous faire avaler le sang.

Tout son visage se plissa, elle se couvrit la bouche.

— C'est dégoûtant.

Pour la première fois, je remarquai que ses articulations étaient rouges. Deux d'entre elles commençaient à gonfler. Je levai le menton et les pointai du doigt.

— Comment va votre main ?

— Oh, je ne sais pas.

Elle étira les doigts, puis serra le poing avant de l'ouvrir à nouveau. Ça n'avait pas l'air cassé.

— C'est douloureux, en fait. Je pense que j'ai eu une montée d'adrénaline, alors je ne sentais rien jusqu'à maintenant.

Je me levai pour m'avancer vers le réfrigérateur. La seule chose potable que je trouvai dans le congélateur était un paquet de légumes cuisinés. Je l'enveloppai dans du sopalin et le lui tendis.

— Mettez ça sur vos articulations.

— Vous ne devriez pas plutôt l'utiliser ?

— Ne vous inquiétez pas pour moi.

Dix minutes plus tard, mon nez cessa enfin de saigner et la douleur commença à se calmer.

— Vous avez une sacrée force pour une si petite chose.

Elle secoua la tête.

— Je n'arrive toujours pas à croire que j'ai fait ça. Je n'ai jamais frappé personne de ma vie. Je pensais que j'étais seule dans le bureau.

— J'étais parti. Mais j'ai oublié quelque chose pour une réunion à laquelle je dois me rendre en ville tôt demain matin, alors je suis revenu. J'ai entendu la machine à glaçons en passant devant le coin-repas et j'ai compris que vous étiez encore là. Je me suis dit qu'il serait de bon ton de vous prévenir que j'allais réenclencher l'alarme en partant, mais j'imagine que votre crochet du droit assure très bien votre sécurité.

Elle sourit, mais se remit rapidement à froncer les sourcils en regardant mon nez.

— Je suis vraiment désolée.

— Ça va. Je saigne juste beaucoup du nez. Je vais aller aux toilettes et me débarbouiller avant de partir.

Je reportai mon attention sur sa main.

— Vous êtes sûre que ça va ?

Stella retira son sachet de glace de fortune et fléchit les doigts.

— Oui, ça va aller.

Je me levai.

— Ne restez pas trop tard, Rocky.

— Putain, qu'est-ce qui t'est arrivé ?

Jack était adossé à sa chaise avec un énorme sourire sur le visage. L'enfoiré profitait un peu trop de la situation.

Ce matin, j'avais suivi ma routine habituelle et, quand je m'étais brossé les dents, j'avais levé les yeux vers le miroir pour y découvrir deux yeux noirs qui m'observaient. Ça avait l'air bien pire que ce que je ressentais. Mon nez ne me faisait pas vraiment mal, sauf si je le touchais. Mes deux yeux étaient en revanche gonflés, cerclés de nuances de noir et violet. J'avais mis des lunettes de soleil avant de quitter la maison, alors il avait été facile d'oublier le problème – jusqu'à ce que je les enlève dans le bureau de mon ami à l'instant.

— Qui t'a défoncé la gueule ?

Il se pencha en avant pour mieux voir.

— Qui que ce soit, il a fait un meilleur travail que moi cette soirée où nous nous sommes battus pour savoir qui gagnerait si un jour on se bastonnait sous l'effet de l'alcool. J'ai à peine laissé une trace quand je t'ai donné un coup de poing, et pourtant j'ai dû aller me faire faire treize points de suture quand tu t'es relevé et que tu m'as rendu mon coup.

— La personne coupable était certainement beaucoup plus forte que toi.

— Qui était-ce ?

Je souris.

— Stella... Tu es une petite nature en comparaison.

Jack haussa vivement les sourcils.

— C'est une femme qui t'a fait ça ? Mais enfin, qui est Stella ?

— Tu te souviens de la femme que tu as rencontrée au mariage d'Olivia ? Celle qui sentait les shots au bar ? J'ai gagné deux cents dollars parce qu'elle était capable d'identifier la marque de gin rien qu'avec son odorat.

— La meuf canon qui s'est tapé l'incruste au mariage ?

— Celle-là même.

— D'accord. Et donc ?

— Elle s'appelle Stella.

Jack fronça les sourcils.

— Je croyais que le nom de cette femme était Evelyn.

Je n'avais pas encore mis mon ami au courant de tout ce qui s'était passé depuis le mariage, même si j'étais venu aujourd'hui pour lui parler de Signature Olfactive. Jack était le vice-président d'un des plus grands conglomérats de médias – qui se trouvait posséder la chaîne de télévision de téléachat la plus populaire qui soit. Je m'étais dit qu'il pourrait peut-être me présenter à certains des gros bonnets de l'entreprise pour discuter de la possibilité de faire figurer le parfum de Stella dans l'une de leurs émissions.

— C'était une trouble-fête, abruti. Elle n'utilisait pas son vrai nom.

— Oh, merde. D'accord, c'est logique. Donc la fille sexy au nez extraordinaire s'appelle en réalité Stella.

— C'est exact.

— Et elle t'a frappé parce que... ?

C'était probablement plus facile si je rembobinais les choses et que je lui expliquais tout depuis le début, alors je m'exécutai. En commençant par le téléphone perdu, je continuais avec l'histoire de l'âme sensible de ma sœur pour finalement arriver au but de ma visite aujourd'hui.

Quand j'eus fini, Jack se cala dans sa chaise et se frotta le menton.

— Tu as investi dans plein d'entreprises pour lesquelles tu aurais pu utiliser mes relations. Plusieurs fois, je t'ai même dit que tu avais été stupide de ne pas venir me voir. Ta réponse a toujours été de me dire que tu n'aimes pas mélanger les affaires et l'amitié. Qu'est-ce qui a changé ?

— Rien.

Il inclina la tête.

— Pourtant, tu es là.

— Je te demande de me mettre en relation avec quelqu'un, pas de prendre le moindre risque.

Jack haussa les épaules.

— Il y a une douzaine de produits pour lesquels tu aurais pu me demander de l'aide au fil des ans. Pourtant, c'est le premier pour lequel tu te retrouves assis de l'autre côté de mon bureau. Tu veux savoir ce que j'en pense ?

— Je me fous complètement de ce que tu en penses, alors non.

Il sourit.

— Je pense que tu craques pour la renifleuse, et que tu veux l'impressionner.

Mais pourquoi est-ce que les gens s'obstinaient à me donner leur avis, même après que j'ai explicitement refusé de l'entendre ?

Je secouai la tête.

— J'ai *investi* financièrement dans l'entreprise, abruti.

La dernière chose dont j'avais besoin, c'était que Jack sache que la femme qui m'avait fait deux yeux au beurre noir m'avait presque mis un vent. Il me casserait encore les pieds à ce sujet quand nous ferions des paris dans nos fauteuils roulants.

— Tu avais investi dans toutes les entreprises pour lesquelles tu aurais pu venir me voir, reprit-il.

Je levai les yeux au ciel.

— Tu vas m'aider ou pas ?

— Oui, mais tu sais pourquoi ?

— Parce que tu me dois des milliers de faveurs ?

— Peut-être, mais ce n'est pas pour ça. Je le fais parce que ça fait longtemps que tu n'as pas fait le moindre effort pour une femme. Tu as l'habitude de débarquer dans un bar, de montrer ton joli visage, et de ramener le plus beau morceau chez toi. C'est une bonne chose. Je déteste devoir passer autant de temps avec le mari de la sœur d'Alana. C'est un abruti.

— Je suis perdu. Qu'est-ce que le mari de la sœur de ta femme a à voir avec cette conversation ?

— C'est simple. Si tu avais une foutue petite amie, on pourrait parfois aller dîner tous ensemble, au lieu que je me retrouve coincé avec Allison et Chuck. Franchement, qui en dessous de soixante ans se fait appeler Chuck, de toute façon ?

— Je ne vais pas sortir avec Stella.

Tant qu'elle ne me l'aura pas proposé.

— On verra bien, sourit Jack.

Mon meilleur ami était peut-être un emmerdeur, mais il avait de très bonnes relations. Au cours des deux heures qui suivirent, il me présenta non seulement au chef de l'équipe des achats de la chaîne commerciale, mais il m'emmena également sur le plateau pour assister à la fin de l'émission qu'ils étaient en train d'enregistrer. À la fin, il réussit à convaincre la célèbre animatrice de l'intérêt du concept de Signature Olfactive *et* l'avait incitée à nous inviter, Stella et moi, à déjeuner le lendemain.

— Merci beaucoup pour ces présentations.

Je serrai la main de Jack dans le hall de l'immeuble.

— Je dois retourner au bureau, mais je te dois une bière.

Jack sourit.

— Nan. On va dire qu'on est quitte puisque tu m'éviteras bientôt d'entendre à nouveau les histoires de Chuck sur les durillons. Ne pourrait-il pas au moins être gynécologue au lieu de podologue ?

— Je t'appelle la semaine prochaine pour cette bière.

— Tu veux dire le dîner avec Alana, Stella et moi ?

— Encore une fois, je ne sortirai pas avec Stella.

Jack sourit.

— On verra ça.

J'avais une main sur la porte quand Jack reprit d'une voix forte :

— Peut-être que je te rejoindrai au déjeuner demain, histoire de faire connaissance avec la nouvelle meilleure amie de ma femme.

Stella frappa contre l'encadrement de la porte de mon bureau.

— Excusez-moi, vous auriez une seconde ? Je lisais ces rapports qu'Helena a apportés et...

Ses yeux se transformèrent en soucoupes quand je levai la tête.

— Oh merde ! S'il vous plaît, dites-moi que je n'ai pas fait ça ?

Je hochai la tête.

— D'accord. Vous ne m'avez pas fait deux yeux au beurre noir. Je me suis battu avec le gamin de l'épicerie en bas de la rue. Il a mal écrit mon nom sur mon gobelet, et ça m'a énervé.

— Vraiment ?

— Non, bien sûr que non.

J'agitai la main vers mon visage.

— C'est uniquement votre œuvre, Rocky.

Elle ferma les yeux.

— Je suis vraiment désolée. Je m'en veux terriblement. Est-ce que ça fait mal ?

— Oui, une douleur atroce.

— Oh, mon Dieu...

Elle avait l'air suffisamment bouleversée, alors je dus mettre fin à son malaise.

— Détendez-vous. Je plaisante. Ça a l'air horrible, mais je me sens bien.

— Je n'arrive pas à croire que j'ai fait ça.

— Comment va votre main ?

Elle l'ouvrit et la referma.

— Mes articulations sont douloureuses, mais je vais survivre. Vraiment, Hudson, je suis désolée de vous avoir frappé.

Stella avait un sac en papier blanc dans son autre main et me le tendit.

— Tenez, prenez ce muffin. Il est encore chaud. Je viens de le récupérer à l'épicerie en bas de la rue.

Elle m'offrait un muffin pour compenser deux yeux au beurre noir ?

— Plus de barres Hershey ?

Elle sourit.

— Oui, en effet. J'ai dévoré ma réserve d'urgence hier soir après votre départ. C'est tout ce que j'ai à offrir.

Je gloussai et levai une main.

— Non merci, ça ira. Merci quand même.

— S'il vous plaît, prenez-le. Je me sentirai mieux.

Cette femme était un sacré numéro. Elle se dirigea vers mon bureau et posa le sac dans un coin.

Je secouai la tête.

— D'accord. Merci. Alors, quelle était votre question ?

— Ma question ?

— Quelque chose à propos des rapports qu'Helena a apportés ?

— Oh oui, j'ai quelques questions sur les commandes qu'Helena m'a demandé d'approuver. Avez-vous un peu de temps ?

Elle jeta un coup d'œil par-dessus son épaule.

— Je peux courir jusqu'à mon bureau pour les récupérer. Je suis passée ce matin, mais vous n'étiez pas encore là.

Je baissai les yeux sur ma montre.

— J'ai un appel dans quelques minutes. Ça ne devrait pas être long, peut-être une demi-heure. Pourquoi je ne passerais pas à votre bureau quand j'aurai fini ?

— Ça me va. À très vite, alors.

Après son départ, je regardai le seuil de la porte vide pendant une minute. C'était moi, ou l'énergie du bureau avait-elle changé depuis qu'elle avait commencé à travailler ici ? J'avais deux yeux au beurre noir et plus de travail que jamais, et pourtant je me sentais plus équilibré que d'habitude.

Je soupirai et retournai au travail. C'était probablement juste ce coup au visage.

Après avoir terminé mon coup de fil, je descendis pour rejoindre Stella. La porte de son bureau était ouverte, mais son visage était en grande partie caché par un énorme bouquet de fleurs aux couleurs vives posé sur son bureau. Son nez était également plongé dans les papiers, elle ne me remarqua donc pas immédiatement.

— Jolies fleurs, dis-je en haussant un sourcil. Ken ?

— Si vous voulez parler de Ben, alors non. Les fleurs sont pour l'anniversaire de mon ami.

— Vous les avez fait livrer ici pour les lui apporter ensuite ?

Elle secoua la tête.

— C'est lui qui me les a envoyées car il n'aime pas fêter son anniversaire. La mère de Fisher est décédée il y a deux ans le jour de son anniversaire, alors c'est une journée difficile pour lui. Au lieu de le célébrer, maintenant, il m'envoie des cadeaux.

C'était inhabituel pour la majorité des gens, mais ça semblait convenir à Stella.

— Vous êtes prête à parcourir les rapports sur lesquels vous aviez des questions ?

— Oui, s'il vous plaît.

Je pris place de l'autre côté de son bureau. Alors qu'elle se tournait pour fouiller dans des papiers sur la crédence derrière elle, mes yeux s'arrêtèrent sur un livre en cuir posé dans une boîte ouverte à côté des fleurs – ou plus précisément, sur le mot gravé dessus.

— Vous écrivez vos fantasmes sur moi ? demandai-je. Je vous ai déjà dit que tout ce que vous aviez à faire était de m'inviter à sortir.

Le front de Stella se plissa, alors je posai clairement les yeux sur le carnet avec les mots *Journal intime* inscrits sur la couverture.

— Oh... non, ce n'est pas à moi. Le messager qui a livré les fleurs me l'a apporté. C'est un autre cadeau de Fisher.

— Vous tenez un journal intime ?

— Non, il appartient à quelqu'un d'autre. Ou du moins, c'était le cas.

Elle traversa le bureau et le récupéra pour le ranger dans un tiroir. Comme d'habitude quand il s'agissait de Stella, j'étais perdu.

— Et vous avez le journal de quelqu'un d'autre parce que... ?

Elle soupira.

— Peut-on oublier que vous l'avez vu ?

Je secouai lentement la tête.

— Aucune chance.

Stella leva les yeux au ciel.

— Très bien. Mais si je vous le dis, vous n'aurez pas le droit de vous moquer de moi.

Je croisai les bras sur ma poitrine.

— Ça devient de plus en plus intrigant à chaque instant. Je suis impatient d'entendre cette histoire.

— Ce n'est pas une histoire, vraiment. C'est juste un de mes passe-temps.

— Écrire un journal intime ?

— Non. Je n'écris pas dedans. Je les lis.

Je haussai les sourcils.

— Comment trouvez-vous ces journaux intimes ? Vous les volez ou quoi ?

— Bien sûr que non. Je ne suis pas une voleuse. Je les achète généralement sur eBay.

— Vous achetez les journaux intimes d'autres personnes sur eBay ?

Elle acquiesça.

— Il y a un gros marché pour ces objets, en fait. Certaines personnes aiment regarder la télé-réalité. Je préfère *lire* des drames. Car lire le journal intime de quelqu'un n'est pas si différent de ces émissions.

— Hmm...

— Non, vraiment. Des millions de personnes regardent ces émissions, genre *Real Housewives* et *Jersey Shore*. C'est la même chose, si vous y pensez : des gens qui lavent leur linge sale en public et gardent des secrets.

Je me grattai le menton.

— Comment fait-on exactement pour se lancer dans un tel hobby ?

Elle soupira.

— Quand j'avais douze ans, je suis allée à un vide-grenier. J'ai vu un carnet en cuir brun sur une table, alors je l'ai pris pour le sentir.

— Évidemment.

Elle plissa les yeux.

— Ne m'interrompez pas ou je ne finirai pas mon histoire.

— Continuez.

Pendant les cinq minutes qui suivirent, elle déblatéra sur l'odeur d'un journal intime dans un vide-grenier, sur son coup de cœur pour un gamin qui jouait au football, et sur le fait qu'elle n'avait aucune idée que le journal avait déjà été utilisé quand elle l'avait acheté. Le temps qu'elle reprenne son souffle, je savais même combien elle l'avait payé il y a quinze ans.

Je continuai de la fixer, essayant de suivre et attendant qu'elle en vienne au fait, bien que Stella ne sembla pas le remarquer. Puis elle m'observa comme si elle voulait s'assurer que je la suivais. Je hochai la tête.

— D'accord...

— Donc j'ai réalisé que j'avais acheté un journal intime d'occasion, et je n'avais pas l'intention de le lire, mais ma curiosité a pris le dessus. Il s'est révélé être un journal vieux de trente ans, écrit par une fille qui avait un an de plus que moi à l'époque. Dans les premières pages, elle parlait d'un garçon qui lui plaisait et de son premier baiser. J'étais suspendue à ses mots, je ne pouvais pas m'arrêter. Je l'ai lu en entier en une nuit. Après ça, j'ai cherché dans tous les vide-greniers où j'allais pendant six mois, pour essayer d'en trouver un autre. Sans succès. J'avais pratiquement oublié l'existence de ces journaux intimes quand je suis tombée dessus sur eBay quelques années plus tard. C'est là que j'ai appris qu'il y avait tout un marché pour les journaux intimes d'occasion. Je n'ai jamais cessé d'en acheter depuis. La plupart des gens regardent une émission ou deux avant d'aller se coucher ; j'aime lire une ou deux entrées chaque soir.

— Donc votre ami vous a acheté un journal d'occasion pour son anniversaire ?

— En fait, j'ai acheté ce journal. Mais il est écrit en italien. Fisher me l'a fait traduire pour son anniversaire.

Je pris le temps de la réflexion.

— Par curiosité, combien coûte un tel journal sur eBay ?

— Ça varie. Si vous achetez le journal d'une femme, c'est généralement entre cinquante et cent dollars. Certaines personnes vendent des agendas photocopiés, qui sont moins chers car ils peuvent les vendre à plusieurs personnes. Les journaux originaux des années 1800 peuvent se vendre beaucoup plus cher, et ceux des hommes, quel que soit leur âge, sont toujours plus chers.

— Des hommes ? Les hommes écrivent des journaux intimes ?

— Certains, oui. Mais ils sont rares et peuvent être assez chers.

J'étais abasourdi. Il existait un univers entier dont je ne connaissais rien. Je levai le menton vers le tiroir où elle avait rangé le journal.

— À qui appartient celui que vous avez ?

— Il s'appelle Marco. Il vit en Italie.

— C'est quoi, son histoire ?

— Je n'en suis pas encore sûre. Je n'ai pas commencé à le lire, même si j'en ai très envie. Je vais devoir m'astreindre à ne lire qu'une entrée chaque soir, sinon je finirai par le dévorer d'une traite. Les journaux intimes italiens sont les meilleurs de tous. Les gens là-bas sont tellement passionnés par tout.

— Si vous le dites. Vous savez que votre hobby est un peu étrange, n'est-ce pas ?

— Oui. Et donc ? Ça me rend heureuse.

Ça toucha une corde sensible, la façon dont quelque chose d'aussi simple pouvait la rendre heureuse. Il n'y avait pas eu grand-chose qui avait provoqué ce genre de réaction en moi depuis mon divorce – pas même les femmes avec qui j'étais sorti. Peut-être que j'étais un peu envieux.

Quoi qu'il en soit, nous avions du pain sur la planche. Alors je m'éclaircis la gorge.

— Pourquoi ne pas me montrer ce dont vous vouliez discuter en venant dans mon bureau ?

Stella et moi répondîmes à ses questions et corrigeâmes quelques erreurs que le service des achats avait commises en préparant les commandes de produits. Je devais me rendre à une réunion dans l'après-midi, je lui dis donc de me faire savoir si elle avait besoin d'autre chose et me levai pour partir.

À la porte, je réalisai que je ne lui avais pas annoncé la bonne nouvelle.

— J'allais oublier, j'ai utilisé mon réseau pour parler de votre produit avec les cadres d'une chaîne de téléachat.

— Vraiment ? Ils ont aimé ?

— Beaucoup, en fait. Le directeur des achats et l'animatrice d'une des émissions ont tous deux aimé le concept. Ils veulent le voir en personne. Robyn nous a invités à déjeuner demain. J'espère que vous n'avez rien de prévu.

Elle resta bouche bée.

— Robyn ? Robyn Quinn ? La reine de la chaîne de téléachat ?

— Celle-là même.

— Oh, mon Dieu ! C'est énorme ! Comment avez-vous pu venir ici et me laisser babiller durant toute une heure et ne pas mentionner ça plus tôt ?

— J'imagine que j'ai oublié. Écouter vos histoires a endormi mon cerveau.

Elle secoua la tête.

— Je vais laisser passer ça et ne pas vous frapper à nouveau puisque vous avez décroché un rendez-vous qui pourrait changer ma vie.

Je souris.

— Robyn va m'envoyer un e-mail avec l'heure et les détails du rendez-vous. Je vous le transmettrai dès que je l'aurai reçu.

— D'accord ! Waouh. C'est une super journée, finalement. Je vais peut-être devoir fêter ça en lisant *deux* entrées du journal de Marco ce soir.

— Vous êtes une vraie téméraire.

Elle haussa les épaules.

— Ce n'est peut-être pas le cas mais, parfois, les gens de mes journaux le sont, eux.

13

Stella

Dix-sept mois plus tôt

— Ça pourrait être eux.

Je désignai un couple assis à quelques pas de l'endroit où nous déjeunions dans les escaliers de la bibliothèque.

Fisher fronça les sourcils.

— Qui ?

— Alexandria et Jasper.

Son front se plissa.

— Le couple du nouveau journal que tu lis ? Celui que ta colocataire t'a offert pour ton anniversaire ?

Je hochai la tête.

— C'était vraiment gentil de sa part.

Je n'avais même pas réalisé qu'elle savait que c'était mon anniversaire, et pourtant elle m'avait offert le plus incroyable des journaux intimes. Il m'obsédait.

Fisher déballa son sandwich et en prit une grosse bouchée. Il parla la bouche pleine :

— Je croyais que tu ne connaissais pas le nom du petit ami.

— En effet. J'ai juste décidé de l'appeler Jasper puisqu'elle l'appelle J. Ça le rend plus réel dans ma tête quand je pense à eux.

— Chérie, tu sais que je t'aime. Mais la plupart des trucs qui se passent dans ta tête ne sont pas réels.

Je lui donnai un gentil coup de coude. Dernièrement, j'avais commencé à aller m'asseoir sur les escaliers de la bibliothèque pour déjeuner ; les escaliers exacts où s'était déroulée une grande partie de l'histoire qui se jouait dans le journal que je lisais. J'aimais y lire mes entrées quotidiennes et imaginer que certaines des personnes assises non loin de moi s'avéraient être celles qui se trouvaient entre les pages du carnet.

— Ce journal intime est la meilleure chose que j'ai jamais lue. La semaine dernière, j'ai lu qu'un jour, le mari d'Alexandria est rentré plus tôt du travail pour voir comment elle allait. La nuit précédente, elle lui avait dit qu'elle ne se sentait pas bien quand il avait essayé de l'inciter à faire l'amour. La vérité, c'est qu'elle avait couché avec Jasper quelques heures plus tôt, alors elle n'avait pas envie de coucher avec son propre mari. Quoi qu'il en soit... quand il est rentré à la maison pour voir comment elle allait, elle faisait une sieste parce que ce matin-là, elle avait de nouveau rejoint Jasper, et elle était physiquement épuisée. Son mari travaille toujours tard, alors elle n'avait pas réfléchi avant de mettre son téléphone à charger sur le comptoir de la cuisine. Quand il est entré, il a vu un SMS s'afficher sur l'écran, sans faire exprès. C'était Jasper qui lui proposait de le retrouver le lendemain. Heureusement, il était enregistré dans les contacts de son téléphone sous *J*. Lorsque son mari lui a demandé de qui il s'agissait, elle lui répondit que c'était une surprise pour son anniversaire, et il a gobé le mensonge. Le pauvre homme ne semble toujours pas au courant de sa liaison. Sauf que, maintenant, elle est parano quand elle doit laisser son téléphone quelque part.

Fisher secoua la tête.

— Le pauvre type ? Tu veux dire le pauvre couillon.

— Je sais. Je me sens mal pour son mari. Leur mariage a été célébré juste ici, à la bibliothèque.

Je tendis les mains.

— Et maintenant, elle retrouve parfois Jasper sur ces mêmes marches pour qu'ils aillent baiser dans la ruelle au coin de la rue derrière une benne à ordures. Je ne comprends pas. Elle semblait tellement amoureuse de son mari l'année dernière, avant leur mariage.

Fisher croqua une autre bouchée de son sandwich.

— Quoi, tu as acheté plusieurs journaux intimes appartenant à cette personne ou quoi ? Ce genre d'écrit ne couvre pas des années, si ?

— Celui-là, si, parce qu'elle n'a pas écrit dedans très souvent. Il y a parfois des mois entre certaines entrées. Elle y a beaucoup écrit avant son mariage, décrivant tout ce qu'elle avait prévu. Elle s'est surtout arrêtée après ça. Je suppose qu'elle n'avait rien d'excitant à écrire pendant un an ou deux... jusqu'à ce qu'elle commence à coucher avec l'ami de son mari.

— Tu ferais mieux d'y aller doucement avec celui-là. On dirait que tu vas être en manque quand tu l'auras fini.

— Je sais. C'est parce que la femme à qui il a appartenu et tous ceux sur qui elle a écrit habitent tous ici en ville. Je n'ai jamais lu quoi que ce soit se déroulant ici avant, et encore moins un journal qui se déroule juste à côté de mon lieu de travail. Ça rend tout ça si réel, comme si ça se passait maintenant, au lieu de l'époque où elle l'a écrit. Je ne peux m'empêcher de penser à ces gens et de me demander si je ne les croise pas, parfois. L'autre jour, j'étais au Starbucks, et le badge du serveur indiquait Jasper. J'ai failli faire tomber mon latte glacé par terre tellement j'étais excitée à l'idée que ça pouvait être lui. Je me suis installée à l'intérieur jusqu'à ce qu'il termine son service. Heureusement, son petit ami est venu le chercher, donc impossible que ça soit l'amant de la femme du journal.

— Le barista était-il mignon ?

— Oui, carrément. Mais je traquais cet homme parce qu'il s'appelait Jasper ! Je ne connais même pas le vrai nom du gars avec qui la femme de mon journal intime a une liaison.

— C'était quel Starbucks ? Un serveur sexy et gay, c'est plus mon truc que le tien.

Je gloussai.

— Sérieusement, Fisher. Qu'est-ce que j'allais faire après avoir attendu deux heures que ce pauvre type quitte son travail ? Le suivre jusque chez lui ?

— Ça commence à avoir l'air un peu obsessionnel.

Je soupirai.

— C'est ce que me dit Aiden. On s'est disputés récemment parce que mon téléphone n'avait plus de batterie. J'avais oublié de le brancher au chargeur, et quand j'ai cherché son portable pour t'envoyer un texto et te dire que je serais en retard pour le dîner, j'ai réalisé qu'il ne laissait plus son téléphone sans surveillance. J'ai eu des doutes, car Alexandria a peur de se faire prendre en faisant ça, alors Aiden et moi avons fini par nous disputer. Il n'avait rien fait de mal.

Fisher secoua la tête.

— Tu devrais peut-être faire une petite pause dans ta lecture.

J'ouvris finalement le récipient de la salade que j'avais préparée pour le déjeuner. En y plantant la fourchette, je soupirai.

— Ouais, peut-être que tu as raison.

Fisher se mit à rire.

— Tu te fous tellement de moi.

Hudson

Notre déjeuner de travail s'était transformé en petite fête. Robyn, l'animatrice de l'émission, avait invité sa co-animatrice et un producteur, le directeur des achats avait également convié quelqu'un et Jack avait également décidé de nous honorer de sa présence. Avec autant de personnes, et comme Stella voulait apporter des kits d'échantillons pour tout le monde, je conduisis pour faciliter les choses. Ma voiture était garée dans un garage à quelques rues du bureau, donc je partis plus tôt et dis à Stella de me retrouver en bas dans quinze minutes.

Elle attendait devant l'immeuble quand je m'arrêtai au feu rouge du coin. Ça me donna une chance de l'observer sans qu'elle le sache. Deux grands pots de fleurs flanquaient l'entrée principale du bureau. Il s'agissait de vieux tonneaux de vin et je n'y avais jamais prêté attention, même si je passais devant tous les jours, si ce n'est pour remarquer que l'entretien du bâtiment changeait les fleurs de temps en temps. J'observai Stella regarder autour d'elle, presque comme si elle tentait de voir si quelqu'un lui prêtait attention, puis elle se pencha. Je crus qu'elle allait sentir les fleurs, mais elle se pencha plus bas et approcha son nez du tonneau en dessous. *Est-ce qu'elle vient de sentir le pot ?*

Je ris tout bas en constatant à quel point elle était perchée. Chaque fois que je pensais savoir ce qu'elle allait dire ou faire, je découvrais rapidement que mon hypothèse était fausse. C'était curieusement rafraîchissant. Cinq minutes après avoir rencontré la plupart des femmes, je réussissais à deviner la salade qu'elles allaient commander, ou que le yoga ou le tennis était leur passe-temps favori. Pas Stella – elle n'avait rien de stéréotypé.

Elle s'approcha du pot de fleurs de l'autre côté de la porte et vérifia de nouveau si la voie était libre avant de le renifler. Seulement, cette fois, elle ne s'accroupit pas. Elle pencha le buste en avant. Ce qui me donna une vue imprenable sur ses fesses, ses *fesses phénoménales.*

Incroyable. Vraiment incroyable.

Je mis les gaz dès que le feu passa au vert et me garai devant l'immeuble. J'avais descendu les cartons dans le hall avant de me rendre au parking, alors je sortis et me dirigeai à l'intérieur.

— Vu que je suis garé en double file, vous devriez vous installer pendant que je vais récupérer les affaires à la sécurité, lui dis-je en passant.

— Oh... OK.

Après avoir fini de charger le coffre, je le fermai et attendis que la circulation ralentisse suffisamment pour que je puisse ouvrir la portière côté conducteur et entrer sans me faire percuter.

— Merci de vous être occupé de ça, dit Stella.

— Pas de souci.

J'attachai ma ceinture.

— On a une heure avant de devoir nous présenter au restaurant, mais ça va probablement nous prendre presque tout ce temps avec les bouchons.

En regardant par-dessus mon épaule, il fallut un certain temps avant que je constate qu'il y avait assez d'espace entre les voitures pour que je puisse quitter le trottoir.

Stella renifla plusieurs fois.

— C'est neuf ?

Ma voiture avait en réalité trois ans, mais elle avait l'air neuve car je ne conduisais pas beaucoup.

— Elle a quelques années.

— Elle a toujours cette odeur de voiture neuve.

— Ah oui ? Vous préférez cette odeur à celle des pots de fleurs à l'extérieur du bureau ?

Stella soupira.

— Vous avez vu ça, hein ?

— Oui, en effet.

— J'étais curieuse de savoir s'il s'agissait de vieux barils utilisés pour le vin.

— Était-ce le cas ?

— Je n'en suis pas sûre. Tout ce que je pouvais sentir, c'était la saleté.

Je souris.

— La terre en grande quantité a tendance à avoir cette odeur.

— C'est quel genre de voiture ? L'intérieur est si joli.

— C'est une Maybach S 650.

— C'est une voiture impressionnante ?

— Je ne sais pas. À vous de me le dire. Vous êtes impressionnée ?

Elle sourit.

— Pas vraiment. Je ne conduis pas, alors je ne connais pas grand-chose aux voitures.

— Vous voulez dire que vous n'avez pas de voiture parce que vous vivez en ville ?

— Non, je veux dire que je n'ai pas de permis de conduire. J'ai eu une autorisation une fois, quand mon ex a essayé de m'apprendre il y a des années de ça, mais j'ai heurté une bouche d'incendie en prenant un virage et… ça s'est arrêté là.

Nous nous frayâmes lentement un chemin vers le nord de la ville. À un moment, une voiture sortit de nulle part et me coupa la route, alors je dus freiner brusquement. Stella et moi avions mis nos ceintures de sécurité, donc tout allait bien, mais son sac à main vola du siège et atterrit sur le sol. Il atterrit à l'envers, et quand elle voulut le ramasser, son contenu se répandit par terre.

— Désolé.

Quand elle se pencha en avant pour ramasser ses affaires, je remarquai la boîte avec le journal dont nous avions parlé hier.

— Mon ex-femme avait l'habitude d'écrire dans l'un de ces journaux, parfois. Je la voyais écrire dedans après nos disputes. Je suis presque sûr qu'elle ne faisait que râler. Ce n'est pas principalement pour ça que les gens font ça ? Pour se défouler ?

— Parfois, oui, dit Stella.

Elle remit correctement le livre dans sa boîte, puis le couvercle en place.

— J'en ai reçu quelques-uns dans ce genre-là. Les vendeurs postent généralement des captures d'écran des pages pour qu'on puisse se faire une idée. Ça m'aide à en écarter beaucoup, mais il arrive qu'on ne puisse rien conclure à partir d'un court extrait.

— Avez-vous commencé à lire les secrets de Nico ?

— C'est Marco, et oui, en effet.

— Eh bien… c'était comment ?

Stella soupira.

— J'ai lu presque la moitié du journal en une nuit.

Je ris.

— C'est si bon que ça ?

Elle porta la main à sa poitrine.

— Il est amoureux d'une femme plus âgée. Amalia, qui a dix-neuf ans de plus que lui, est la bibliothécaire du petit village où ils vivent. Il est cultivateur de raisins. Elle pense que c'est juste un engouement et que ça passera, mais on dirait qu'il est fou d'elle. Il envisage de sortir avec une autre femme, dans l'espoir de susciter un peu de jalousie pour qu'elle admette qu'elle a aussi des sentiments pour lui. J'ai peur que ça se retourne contre lui et qu'il l'éloigne encore plus.

— Je pense qu'Amelia, ou quel que soit son nom, a probablement raison. Marco est juste un gamin tout excité. Ça va passer. Tout jeune homme a fantasmé sur une bibliothécaire sexy à un moment donné. Il n'est pas amoureux d'elle. Il est en manque.

— Vous n'avez même pas lu le journal intime. Comment pouvez-vous savoir ce qu'il ressent ?

Je haussai les épaules.

— La plupart des relations finissent pareil de toute façon.

— Quel cynisme…

— Je ne suis pas cynique, je suis réaliste. Même s'ils se mettent ensemble, quelles sont, à votre avis, les chances qu'un type de quarante ans ne regarde pas ailleurs quand sa fiancée bibliothécaire aura soixante ans ?

— Pas quand il l'aime autant que Marco aime Amalia.

Je ricanai.

— Tout commence par quelques taquineries.

— Peu importe.

— Vous avez dit que votre ex couchait avec quelqu'un d'autre. Et pourtant, vous croyez toujours aux contes de fées ?

— Ce n'est pas parce que j'ai été blessée que je ne crois pas à l'amour. J'étais dévastée quand Aiden et moi avons rompu. Il m'a fallu beaucoup de temps pour passer à autre chose et retrouver le bonheur. Merde, j'y travaille toujours en réalité. Mais une des choses qui me permet de garder le moral, c'est de croire que nous sommes tous destinés à vivre une vie heureuse. La mienne n'impliquait pas Aiden.

Je croisai brièvement son regard, puis reposai les yeux sur la route.

— Si vous le dites.

— Si vous êtes si amer en matière de relations, pourquoi m'avoir demandé de sortir avec vous ?

— Dois-je rester célibataire juste parce que je ne pense pas que tout le monde a droit à une fin heureuse ?

— Oh, dit-elle en levant les yeux au ciel. Donc vous vouliez juste vous envoyer en l'air. Je suis contente qu'on ait mis les choses au clair. En fait, je préfère apprendre à connaître quelqu'un et passer du temps avec lui, en plus de l'intimité physique.

— Ne me faites pas dire ce que je n'ai pas dit. J'aime aussi passer du temps avec une femme. Parfois, on a juste des attentes différentes quant à la façon dont les choses vont se terminer.

Stella secoua sa tête.

— Vous savez ce dont vous avez besoin ? D'essayer mon système de bonheur.

— Votre système de bonheur ?

Stella hocha la tête.

— Je sais, il faut que je lui trouve un meilleur nom.

— Je pourrais en trouver quelques-uns, grommelai-je.

— J'ai entendu, mais je vais l'ignorer. Quoi qu'il en soit, lorsque j'étais en difficulté et que je me sentais tout le temps grognon, j'ai fait une liste des choses qui me rendent heureuse. Des petites choses – pas des choses hors de ma portée et difficiles à accomplir. Par exemple, j'essayais de faire un compliment à quelqu'un tous les jours. Ça peut sembler peu, mais ça pousse à chercher quelque chose de bon chez au moins une personne chaque jour. Au bout d'un moment, ça contribue à changer notre état d'esprit. Une autre chose que je faisais, c'était de me réserver dix minutes pour méditer chaque matin. Je regardais aussi le lever ou le coucher du soleil au moins une fois par semaine. Et je tentais de faire quelque chose que je n'avais jamais fait auparavant chaque week-end.

Je souris.

— Si vous avez besoin d'aide pour faire *quelque chose* que vous n'avez jamais fait ce week-end, dites-le-moi.

Elle leva les yeux au ciel.

— C'est très malin, ça, Hudson.

Je gloussai.

— Nos systèmes de bonheur doivent fonctionner un peu différemment.

Les bouchons s'amenuisaient, nous étions déjà à mi-chemin.

— Aussi passionnante que soit cette conversation, pourquoi je ne vous en dirais pas plus sur cette chaîne de TV avant d'arriver au déjeuner ? On va bientôt arriver au restaurant.

— Je me suis déjà renseignée.

— D'accord, alors dites-moi ce que vous savez.

Stella commença à énumérer des faits sur le propriétaire de la chaîne, sur les statistiques des types de produits vendus, sur les articles les plus et les moins performants, et sur les qualités qu'ils recherchaient chez leurs associés. Puis elle me donna des informations personnelles et professionnelles sur l'animatrice et la co-animatrice. Elle avait fait plus de recherches que moi.

— Vous êtes quelqu'un d'appliqué, dis-je.

— Merci.

Nous nous arrêtâmes à un feu rouge et Stella bougea sur son siège. Elle décroisa ses jambes et les recroisa dans la direction opposée. C'était assez innocent, probablement dans le but d'être plus à l'aise puisque nous étions assis dans la voiture depuis un moment maintenant, mais la façon dont mes yeux reluquèrent son bout de cuisse nue était tout sauf innocent.

Système de bonheur. Une simple jambe fonctionnait pour moi. Pourquoi les femmes devaient-elles toujours autant complexifier les choses ?

Qui était la femme à côté de laquelle j'étais assis au déjeuner ?

La même femme qui avait passé quinze minutes à me raconter tous les détails d'une petite brocante à laquelle elle s'était rendue à l'âge de douze ans, alors que je lui avais simplement demandé comment elle s'était mise à lire des journaux intimes déjà utilisés, la même femme qui avait reniflé des barils il y a quelques heures à peine, puis s'était transformée en une femme d'affaires avisée. Plutôt que de débiter des histoires, elle écoutait – elle écoutait vraiment – et trouva rapidement le point sensible de chacun des acteurs clefs du déjeuner. Puis elle orientait subtilement la conversation vers ces domaines lorsqu'elle prenait la parole. Les gros bonnets de la chaîne lui mangeaient dans la main. Robyn Quinn l'avait même invitée à un déjeuner avec les membres féminins de la direction pour parler de la façon dont elle avait transformé son idée en entreprise innovante.

Le voiturier ramena mon véhicule en premier, alors je serrai la main du groupe. Les femmes prirent Stella dans leurs bras. Une fois que nous fûmes de retour sur la route, elle se tourna vers moi.

— Alors... allez-y. Dites-moi ce que j'ai fait de mal.

Je lui jetai un coup d'œil, puis je reportai mon attention sur la circulation devant moi.

— Mal ? Qu'est-ce qui vous fait penser que vous avez fait quelque chose de mal ?

— Vous êtes silencieux.

— Et alors ?

— D'habitude, vous vous taisez et me regardez fixement avant de dire quelque chose de sarcastique. Sauf que là vous êtes en train de conduire alors vos yeux sont rivés sur la route.

— En fait, je pensais au fait que le déjeuner s'était bien passé. Vous avez fait un excellent travail. Je vous ai peut-être présenté, mais vous avez conclu l'affaire.

Dans ma vision périphérique, je vis Stella cligner des yeux plusieurs fois.

— C'était... un compliment ? Est-ce que vous êtes en train de tester mon système de bonheur ?

Nous nous arrêtâmes à un feu, alors je me tournai vers elle.

— Absolument pas. Bien que je sois capable de faire des compliments quand ils sont mérités.

Ses lèvres s'incurvèrent en un adorable sourire.

— J'ai *vraiment* géré, hein ?

— Je vous ai déjà fait un compliment, n'essayez pas d'en recevoir un autre si tôt.

Elle éclata de rire.

— Très bien. J'imagine que je vais me contenter de ce que j'ai.

Trois jours plus tard, la voix de mon assistante s'éleva dans mon bureau.

— Jack Sullivan est en ligne pour vous.

— Merci, Helena.

Je m'adossai à ma chaise et décrochai le téléphone.

— Je sais que je te dois toujours une bière, mais il n'est que huit heures du matin.

Jack éclata de rire.

— Comme si on n'avait pas déjà bu de la bière au petit-déjeuner.

Je souris.

— C'était il y a des années.

— Parle pour toi. Tu n'es pas allé à l'enterrement de vie de garçon de Frank il y a quelques mois.

Je pouffai.

— Qu'est-ce qui se passe ?

— J'ai des nouvelles qui devraient te faire gagner des points auprès de ta petite amie.

Je savais exactement à qui il faisait référence, mais je rétorquai :

— Il n'y a pas de femme dans ma vie en ce moment. Et si c'était le cas, je n'aurais pas besoin de toi pour m'aider à gagner des points auprès d'elle.

— Alors tu ne dois pas vouloir entendre la nouvelle.

— Crache le morceau, Sullivan. Qu'est-ce qu'il y a ?

— Il y a une bonne et une mauvaise nouvelle. La bonne nouvelle, c'est que le nouveau Vapo-Diffuseur – une sorte d'engin qui te permet de faire disparaître les plis de tes vêtements tout en les portant – a provoqué des brûlures au second degré à l'un de nos producteurs.

— Quelqu'un avec qui tu travailles a été brûlé ? C'est ça la bonne nouvelle ? Je crois que je n'ai pas envie d'entendre la mauvaise.

— Évidemment, c'est une mauvaise nouvelle pour ce mec. Mais c'est une bonne nouvelle pour vous. La chaîne de téléachat a dû retirer le Vapo-Diffuseur du créneau où il était prévu, et ça signifie qu'ils ont une place pour un autre produit... et ce, tout de suite.

— Ah oui ? Tu penses que Signature Olfactive pourrait avoir une chance ?

— Mieux que ça. La place est à vous si vous pouvez être prêt plus vite que prévu.

Le lancement était prévu pour dans neuf semaines, mais nous pouvions certainement accélérer un peu les choses si nécessaire.

— Aucun problème. Quand devrons-nous être prêts ?

— C'est la mauvaise nouvelle. Il faudrait que ce soit la semaine prochaine.

— La semaine prochaine ?

Je secouai la tête.

— C'est impossible.

— Eh bien, l'émission sera filmée à ce moment-là. Elle sera diffusée le week-end suivant. Mais ils prévoient deux à quatre semaines de délai d'expédition. Donc vous auriez un peu de temps pour faire envoyer la marchandise.

Je soufflai un grand coup.

— Je ne sais pas si on peut faire avancer les choses aussi vite.

— Ai-je mentionné le volume qu'ils prévoient de vendre ?

— Non, de combien parle-t-on ?

Il en fallait beaucoup pour me faire décrocher la mâchoire, mais le chiffre qui sortit de la bouche de Jack aurait pu me faire gober des mouches.

— Bon sang ! C'est plus que ce qu'on avait prévu de vendre la première année.

— Les femmes s'arrachent tous les produits qu'ils vendent sur cette chaîne. Robyn a besoin d'une réponse dans l'heure. Si ça n'est pas possible, elle a une liste de personnes impatientes prêtes à le faire. Donc tu ferais mieux de trouver une solution.

Hudson

— Sérieusement ? Ils pensent qu'ils peuvent en vendre autant ?

Stella s'assit, comme si ce chiffre était trop élevé pour qu'elle puisse le digérer en restant debout.

— Selon Jack, leurs prévisions de ventes sont assez justes. Ils connaissent leur public et leur pouvoir d'achat.

— Mon Dieu, c'est incroyable ! Mais on n'arrivera pas à être prêt si tôt.

— Si, on peut ! intervint Olivia. On n'a pas le choix. C'est une opportunité qui n'arrive qu'une fois dans une vie. On doit être prêt.

Stella posa une main sur son front.

— Comment ? On vient de commander certains des produits dont on a besoin, et ils viennent de l'étranger. Rien que l'expédition prend presque deux mois. Rien ne sera prêt la semaine prochaine.

— Eh bien, on a un peu plus de temps que ça, repris-je. L'émission sera filmée la semaine prochaine, mais diffusée le samedi suivant. Ensuite, ils prévoient deux à quatre semaines de délai d'expédition. On pourra donc prendre le plus de temps possible avant de devoir commencer à expédier les produits. Il nous faudra soit expédier les produits qui nous manqueront en les envoyant par avion et non par bateau, soit trouver des fournisseurs locaux pour commencer les envois jusqu'à ce que le stock complet arrive. Peut-être les deux.

Stella secoua la tête.

— Tout ça va coûter très cher.

— On pourrait augmenter le prix pour aider à compenser ça, déclara Olivia.

Stella avait l'air sceptique.

— Je ne sais pas. Les parfums sont des produits très sensibles au niveau prix quand on n'est pas une marque connue ou qu'on n'a pas le soutien d'une célébrité.

— La chaîne commerciale vend ses produits en proposant un paiement en trois fois, expliqua Olivia. La vente des articles n'est donc pas autant impactée par les prix qu'en temps normal. Quelque chose qui coûte cinquante-neuf dollars quatre-vingt-dix-neuf, ça peut être difficile à avaler, mais quand ça se transforme en *trois paiements de dix-neuf dollars quatre-vingt-dix-neuf*, c'est beaucoup plus acceptable pour le consommateur.

— Eh bien, si vous pensez que ça peut marcher, ce serait évidemment une opportunité incroyable, dit Stella. Peut-être que l'on pourrait passer la journée de demain à réfléchir à ce qu'il faudrait faire pour que ça marche ?

Je secouai la tête.

— On n'a pas un tel délai. Ils ont besoin d'une réponse plus tôt que ça.

— Quand ? s'enquit Stella.

Je baissai les yeux sur ma montre.

— Il nous reste environ cinquante minutes.

Nous nous retrouvâmes dans la salle de conférence cinq minutes avant que je ne rappelle Jack pour lui communiquer notre décision. Stella jeta sur la table un bloc-notes avec plein de choses griffonnées dessus.

— Je peux obtenir la moitié de ce dont on a besoin par voie express auprès de fournisseurs locaux, à l'exception de deux articles, le calone et l'ambrette. Le prix est beaucoup plus élevé, mais si on achète en gros, ce ne sera pas aussi terrible que je le pensais. Et le laboratoire est disponible pour mélanger les ingrédients dès que les commandes arriveront. Avec ce genre de volume, ça risque de nous prendre quelques jours de remplir les commandes, mais ce sera faisable dans le délai d'exécution imposé.

J'acquiesçai.

— Je peux faire venir par avion les deux articles que vous ne pouvez pas vous procurer localement avec une très faible différence de prix en augmentant la taille de la commande.

Nous nous tournâmes tous les deux vers Olivia. Elle sourit.

— L'imprimeur a dit qu'il pouvait faire tourner les presses toute la nuit, s'il le fallait. Il a juste besoin d'un préavis de vingt-quatre heures pour son personnel et, bien sûr, de nos fichiers PDF finalisés, qui ne sont pas encore prêts, mais qui le seront bientôt. Et pour le site web, ce n'est pas un problème. L'équipe travaille encore sur certains aspects esthétiques, mais on pourrait le lancer dans l'heure si nécessaire.

Stella ne parvint pas à cacher son excitation.

— Oh, mon Dieu, on va vraiment faire ça ?

— On dirait bien, répondis-je. Bien que j'aie oublié de mentionner un petit détail.

— Quoi ?

— Ils veulent que vous passiez à la télévision pour vendre le produit avec Robyn.

Elle écarquilla les yeux.

— *Moi* ? Devant une caméra ? Je n'ai jamais fait ça avant.

— J'imagine qu'il y a une première fois à tout, souris-je. Vous allez pouvoir faire bon usage de votre système de bonheur.

— Elle est sacrément sexy.

La tête de Jack bougeait en rythme avec les jambes de Stella alors qu'elle entrait sur le plateau. Elle se pencha pour que l'ingénieur-son puisse brancher ses micros, et je ne lui laissai pas l'occasion d'en dire plus. Ma mâchoire se contracta.

— Ne sois pas aussi irrespectueux, connard.

Il ricana.

— Quoi ? Comme si tu ne regardais pas son cul à l'instant ?

Je ne répondis pas.

— Jolie poitrine, également.

Un bruit s'échappa de ma gorge. Jack se retourna avec un sourire en coin sur le visage.

— Est-ce que tu viens de me grogner dessus ?

— Ferme ta gueule.

— Admets-le. Tu ne veux pas que je la regarde parce que tu l'aimes bien. Tu te montres déjà territorial à propos de cette gonzesse.

— Cette gonzesse ? Est-ce qu'on est resté en 1985 dans ce studio ? Tu parles de tes employées comme ça ?

— Arrête de détourner la conversation. Tu apprécies cette *femme,* et tu le sais.

Jack était peut-être vice-président d'une grande entreprise aujourd'hui, mais une partie de lui resterait éternellement coincée en primaire. Je savais que si je ne lui donnais pas quelque chose à mordiller, il ne lâcherait jamais l'affaire.

Alors j'essayai de l'apaiser.

— Elle se révèle être une travailleuse acharnée et une personne agréable, oui.

— Alors tu ne la trouves pas sexy ?

Je levai les yeux au ciel.

— Elle est attirante, oui.

— Mais tu ne veux pas la baiser ?

— Stella et moi avons une relation professionnelle.

— Oh... donc c'est la relation professionnelle le problème ? Donc si tu ne faisais *pas* affaire avec elle, tu essaierais de la sauter ?

— J'en ai fini avec cette conversation.

Jack mit les mains dans ses poches et haussa les épaules.

— D'accord. Ça ne te dérange pas si je lui présente Brent, alors ?

— Brent ?

— Fenway. Tu te souviens de lui, non ? Il était à l'université. Grand, beau, probablement le seul qui t'a donné du fil à retordre à l'époque. Il travaille ici aujourd'hui. Il a toujours la même allure, mais en plus musclé. Toujours célibataire.

Mon ami se croyait malin, comme si j'allais m'empêcher de lui faire des yeux au beurre noir pour les assortir aux miens, qui commençaient à disparaître.

— Va te faire foutre.

Il sourit.

— C'est bien ce que je pensais.

Un peu plus tard, Jack regarda sa montre.

— J'ai une réunion. Tu restes dans le coin pour le tournage ?

— Oui. Olivia ne pouvait pas être là, alors je lui ai dit que je resterai.

— Ils en ont probablement pour quelques heures.

Je désignai mon téléphone.

— J'ai plein de choses à faire pour m'occuper.

Il se leva et me tapa sur l'épaule.

— J'en suis sûr. Mais je parierais mon compte en banque que tu ne quitteras pas le plateau des yeux.

C'était une bonne chose que je n'aie pas tenu ce pari – non pas que j'aurais admis avoir passé les trois dernières heures à observer les moindres gestes de Stella sur le tournage. Quand Jack m'avait dit qu'ils voulaient filmer Stella, une partie de moi n'était pas sûre que ce soit une bonne idée. Bien sûr, elle était magnifique et passerait sûrement très bien à la caméra, mais elle n'avait aucune expérience. Pourtant, après l'avoir observée ces dernières heures, je comprenais parfaitement ce que l'animatrice avait vu et ce pour quoi elle voulait que Stella fasse partie de l'émission.

Elle était passionnée, drôle, et faisait preuve d'une innocence qui donnait envie de croire tout ce qu'elle disait – comme si elle était trop saine pour mentir. Bon sang, j'avais envie d'acheter ce foutu parfum, alors que je possédais une partie de l'entreprise.

Un peu après dix-sept heures, le tournage se termina enfin. Stella discuta avec l'animatrice et l'équipe pendant un moment, puis elle se tourna vers le public. Elle mit les mains au-dessus de ses sourcils, protégeant ses yeux de la lumière du plafond. Découvrant que j'étais toujours assis au quatrième rang, elle me sourit et se dirigea vers les escaliers situés sur le côté de la scène. Je me levai et m'avançai dans l'allée pour la rejoindre.

— Waouh, c'était tellement chouette !

— Vous aviez l'air de vous amuser.

— J'espère que je ne vais pas passer pour quelqu'un de trop perché.

Elle leva les mains et remua les doigts.

— J'avais l'impression... d'avoir été électrocutée ou un truc comme ça. Pas comme si mes organes avaient grillé, mais comme si on m'envoyait une décharge d'énergie en continu dans tout le corps.

Je ris.

— Vous vous êtes bien débrouillée, vous étiez amusante mais sincère.

Je me retournai au son de l'ouverture et de la fermeture de la porte du plateau derrière nous. Jack était de retour, et cet enfoiré n'était pas seul. J'allais lui botter le cul.

Il s'approcha, arborant le plus grand des sourires.

— Hudson, tu te souviens de Brent, non ?

Je serrai les dents et tendis la main.

— Oui. Comment ça va, Brent ?

Nous nous serrions encore la main quand les yeux de ce connard se fixèrent sur Stella. Il lâcha ma main très vite.

— Je ne pense pas que nous nous soyons déjà rencontrés. Brent Fenway.

Stella sourit.

— Fenway comme le nom du fameux parc ?

— Exactement. Y avez-vous déjà été ?

— Pas encore, non.

— Peut-être que je pourrais vous y emmener un jour.

Sérieusement ? Il était dans la pièce depuis moins de trente secondes et il la draguait déjà ? Combien de temps avant qu'il ne lui pisse dessus comme si elle était une bouche d'incendie ?

Jack me lança un regard entendu et se balança d'avant en arrière sur ses talons. Il avait l'air sacrément fier de lui.

— Ça risque d'être un *rendez-vous* amusant. Tu ne penses pas, Hudson ?

Je lui jetai un regard furieux.

— Je suis un fan des Yankees.

— J'ai croisé Robyn en revenant. Elle veut nous voir.

Jack fit un geste vers la porte qu'il venait de franchir et reprit :

— Elle est dans son bureau. C'est juste au bout du couloir.

— D'accord.

Je ne pouvais pas dire que j'étais contrarié de dire au revoir à Brent si vite. Je le saluai d'un signe de tête.

— Content de t'avoir revu.

Je tendis la main vers Stella.

— Après vous.

Jack secoua la tête.

— En fait, elle a seulement demandé à nous voir, toi et moi, Hudson. Stella peut rester ici. Je suis sûr que Brent lui tiendra compagnie.

Brent fit un sourire qui me donna envie de le frapper.

— Absolument.

Dès que nous fûmes dans le hall, Jack recommença à me chercher.

— Brent a l'air sympa, non ?

Je lui répondis par un regard noir.

— Ils feraient un joli couple, lui et Stella.

— J'ai bien compris le message. Maintenant, va lui dire de se remettre au travail, putain.

Jack sourit.

— Je ne peux pas faire ça. Il ne travaille pas pour moi.

Heureusement pour mon ami, Robyn sortit de son bureau.

— Vous voilà ! J'ai de bonnes nouvelles à partager.

Je dus arborer une expression ravie alors que tout ce que je désirais, c'était tuer mon pote et me servir de son corps mou comme d'une batte pour assommer le joli garçon dans le studio.

— On est là, et tu viens juste de tout déchirer sur le plateau en enregistrant la partie de ton émission réservée à Signature Olfactive, fit Jack, je pense qu'on flotte déjà dans les bonnes nouvelles.

Robyn me tendit une pile de papiers.

— D'habitude, on teste les potentiels produits avec un groupe-témoin avant de les accepter, pour voir s'ils plaisent à notre public cible et pour savoir ce qu'ils auront le plus envie de connaître à propos du produit. On n'a pas eu le temps de le faire avec Signature Olfactive, comme c'était un ajout de dernière minute, mais on a un groupe-témoin sur place aujourd'hui pour un autre projet. J'ai demandé à Mike, le producteur, de les rejoindre avec quelques minutes de ce que nous avions enregistré plus tôt dans la journée, et le test a dépassé toutes nos espérances. Je pense que l'on doit augmenter nos prévisions de ventes.

Je regardai les chiffres. Elle ne plaisantait pas.

Quelle est la probabilité que vous achetiez le produit ? 94% du panel a répondu « extrêmement probable ».

Avez-vous déjà vu un produit similaire ailleurs ? 0% du panel a répondu « oui ».

Trouvez-vous que l'invitée était attachante ? 92% du panel a répondu que « oui ».

Encore et encore... trois pages de chiffres vraiment remarquables. Je les parcourus toutes attentivement, une par une.

— C'est...

Je secouai la tête.

— C'est incroyable.

— Vous savez ce que ça signifie d'autre ? lança Jack.

Nous nous tournâmes vers lui.

— Qu'on va pouvoir célébrer ça.

Ce soir-là, Stella et moi nous rendîmes ensemble au restaurant. Robyn et Jack devaient nous y retrouver, et nous étions les premiers à arriver avec dix minutes d'avance.

— On va prendre un verre au bar ? proposai-je.

— Oui, bien sûr.

Nous communiquâmes à l'hôtesse où nous nous rendions et trouvâmes deux tabourets libres l'un à côté de l'autre.

Le barman s'approcha et posa une serviette devant chacun de nous.

— Que puis-je vous servir ?

Je regardai Stella.

— Je prendrai un merlot, s'il vous plaît, dit-elle.

— Voulez-vous voir la carte des vins pour en choisir un ?

Elle secoua la tête.

— Le moins cher m'ira très bien.

Le serveur se tourna vers moi.

— Et pour vous ?

— Je vais prendre une Coors Light.

Une fois qu'il partit, je levai un sourcil vers Stella.

— Pas de gin à renifler ?

Elle sourit.

— Pas ce soir. Je ne pense pas que ce soit une bonne idée de mélanger affaires et alcools forts.

— Vous ne pensez pas non plus que c'est une bonne idée de mélanger affaires et rendez-vous. Pourtant, vous allez me demander de sortir avec vous.

Elle éclata de rire.

— Oh, vraiment ?

J'avais passé toute la journée à la regarder de loin. Les maquilleurs l'avaient fardée avec beaucoup plus de couleurs qu'elle n'en portait normalement, y compris d'un rouge à lèvres rouge vif qui n'avait toujours pas terni après toutes ces heures. Je ne pouvais détacher mes yeux de sa bouche.

Je déglutis en fixant ses lèvres.

— Certaines règles sont faites pour être brisées.

Elle laissa échapper un rire nerveux.

— Vous êtes un briseur de règles, Hudson ? J'ai l'impression que vous en savez beaucoup sur moi, et pourtant je n'en sais pas beaucoup sur vous.

— Que voulez-vous savoir ?

Le barman nous apporta nos boissons, et Stella porta le vin à ses lèvres.

— Je ne sais pas. Vous êtes divorcé. Que s'est-il passé ?

Je fronçai les sourcils.

— C'est censé être une célébration, pas un enterrement.

Elle sourit.

— C'est si grave que ça ?

— Je lui ai donné la bague de ma grand-mère quand je l'ai demandée en mariage. Quelques jours plus tard, je suis rentré à la maison et elle portait une autre bague. Elle avait vendu celle que je lui avais offerte et en avait acheté une qu'elle préférait.

Stella écarquilla les yeux.

— Oh merde.

J'avalai quelques gorgées de bière.

— Ça m'apprendra, vu que je l'ai quand même épousée.

— Pourquoi donc ?

C'était une sacrée bonne question. Les gens me demandaient toujours pourquoi nous avions rompu, mais jamais pourquoi j'avais épousé Lexi.

— Si vous m'aviez posé cette question avant notre mariage, j'aurais dit que j'étais jeune et qu'on avait beaucoup de choses en commun : on aimait tous les deux voyager, on fréquentait le même cercle social.

— La réponse ne serait plus la même aujourd'hui ?

Je secouai la tête.

— Avec du recul, tout est beaucoup plus clair. Ma mère était morte l'année précédente. Je travaillais dans l'entreprise familiale, prenant de plus en plus de responsabilités parce que mon père avait pris ses distances après sa première crise cardiaque. J'avais l'impression que c'était ce qui devait arriver ensuite. Ça peut sembler très stupide de le dire à voix haute aujourd'hui, mais ma famille était en train de partir en lambeaux, et je pense que j'ai simplement eu envie de retrouver ce que j'avais perdu, alors j'ai décidé de fonder la mienne. J'étais avec Lexi depuis quelques années, alors j'ai franchi les étapes suivantes. En gros, j'étais idiot.

— Je ne pense pas que vous étiez idiot. Je trouve ça plutôt mignon que vous ayez essayé de vous accrocher à votre vie de famille. J'imagine que le mariage de vos parents était solide ?

Je hochai la tête.

— Oui. Ils se tenaient toujours la main, et chaque fois que l'un d'entre eux remarquait qu'il était cinq heures treize sur une horloge, ils se souhaitaient un joyeux anniversaire. Ils se sont mariés le treize mai.

— Ohhhh… c'est si romantique.

— Et vous ? Vos parents sont toujours mariés ?

— Oui. Mais ils ont une… relation *intéressante*.

Elle hésita avant de poursuivre :

— Mes parents sont polyamoureux.

Je haussai les sourcils.

— Waouh. Donc votre père est marié à plusieurs personnes ?

Elle secoua la tête.

— Non, ça, c'est de la polygamie. Ils ont juste une relation ouverte. Depuis toujours.

— Comment ça marche ?

— J'ai grandi dans une maison avec un étage à Westchester. On avait un petit appartement avec deux chambres en bas, et trois chambres à l'étage. Au premier, la vie était normale. Ma sœur et moi avions chacune notre propre chambre, et mes parents en partageaient une autre. Nos parents avaient toujours beaucoup d'amis qui venaient séjourner dans les chambres d'amis au rez-de-chaussée. Ils ne nous ont jamais vraiment caché leur mode de vie, mais ce n'est qu'à l'âge de huit ou neuf ans que j'ai compris à quel point leur relation était différente des autres. Notre salle de bain était en travaux, et je me suis réveillée au milieu de la nuit. J'avais besoin d'aller aux toilettes, alors je suis descendue. Comme je me dirigeais vers la salle de bain, une femme en est sortie en sous-vêtements. Je l'avais déjà rencontrée, mais je ne m'attendais pas à voir quelqu'un, alors j'ai crié. Mon père est sorti en courant de la chambre au bout du couloir, en sous-vêtements. Le lendemain, mes parents nous ont pris entre quatre yeux, ma sœur et moi, et nous ont expliqué les choses.

— Ça a dû être difficile à comprendre à cet âge-là.

Elle acquiesça.

— J'ai vraiment lutté pour l'accepter pendant un moment. Aucun des parents de mes amis n'était comme ça, et les couples à la télévision non plus, surtout pas il y a vingt ans. Je ne comprenais donc pas pourquoi mes parents devaient être différents. Je me suis demandé si ma vie serait comme ça. Je me souviens avoir demandé un jour à ma mère si ce n'était pas héréditaire.

J'écarquillai les yeux.

— Vous ne... Vous n'êtes pas...

Stella gloussa.

— Pas du tout. J'ai accepté la relation de mes parents comme elle était, mais j'ai su très tôt que ce n'était pas le style de vie que je désirais. Je suis une personne assez jalouse quand il s'agit de mes relations. Je suis bien trop territoriale pour partager mon partenaire.

Je souris en pensant à ce que j'avais ressenti quand Jack avait ramené Brent. Bon sang, Stella et moi ne sortions même pas ensemble, et j'avais envie de frapper ce type.

— Je comprends.

Je me souvins qu'elle avait fait allusion à sa mauvaise relation avec son père le jour où elle était venue à mon bureau pour récupérer son portable.

— Est-ce qu'ils vivent toujours à Westchester ?

Elle hocha la tête.

— Dans la même maison. Pour autant que je sache, ils ont la même chambre maritale à l'étage et réservent le rez-de-chaussée à leurs activités extraconjugales. Je n'y suis pas retournée depuis plus d'un an.

Elle sirota son vin.

— On a eu une… brouille, disons. Si ça ne vous dérange pas, je n'ai pas vraiment envie d'en parler. Aujourd'hui a été une si belle journée, et je n'ai pas envie de quitter mon petit nuage tout de suite.

— Oui, bien sûr.

Elle sirota son vin.

— Et votre famille ? Avez-vous des frères et sœurs en plus d'Olivia ?

Je secouai la tête.

— Il n'y a qu'elle. Dieu merci ! Je ne pouvais pas me permettre de financer un autre mariage.

— Je suis sûre qu'un mariage à la bibliothèque a dû coûter une petite fortune. Une des femmes dont j'ai lu le journal intime il y a quelque temps s'est mariée là-bas aussi. Je suis tombée amoureuse de la façon dont elle l'a décrit. À l'époque où je l'ai lu, je travaillais à proximité et j'avais pris pour habitude de m'asseoir dehors sur les marches pour déjeuner tous les jours et en lire quelques pages. Je regardais toujours autour de moi en me demandant si l'homme qu'elle avait épousé ne passait pas par-là, puisqu'ils avaient manifestement vécu dans le quartier à un moment donné.

— Vous m'avez dit que ces journaux intimes sont votre version de la télé-réalité. Mais ça ressemble plus à un fantasme romantique qu'à une réalité, si vous voulez mon avis.

— En fait, ce journal-là s'est révélé être plus une histoire d'horreur qu'autre chose. C'est en partie à cause de ça que j'ai découvert qu'Aiden me trompait.

— Comment ça ?

— Il y avait de grandes ellipses entre certaines entrées et il s'étalait sur plusieurs années. Après le mariage en grande pompe à la bibliothèque, les choses ont apparemment mal tourné. L'autrice est passée de textes où elle décrivait le lieu magnifique et ses fleurs, à des passages où elle expliquait comment elle cachait sa liaison. Certaines des choses qu'elle faisait me touchaient car j'avais remarqué les mêmes changements chez Aiden, comme le fait qu'il commençait à travailler tard et à se doucher dès qu'il rentrait. Elle décrivait à quel point elle détestait se débarrasser de l'odeur de son amant et qu'elle en voulait à son mari parce qu'elle devait se doucher immédiatement lorsqu'elle rentrait à la maison après une de ses incartades. Ça m'a conduit à commencer à poser des questions à Aiden. Au début, il m'a fait croire que j'étais paranoïaque. Il reprochait aux journaux intimes que je lisais de me mettre dans la tête des choses qui n'existaient pas. Mais de plus en plus de choses me faisaient soupçonner qu'il se passait un truc. En fait, j'ai plutôt honte d'avoir à ce point pété les plombs à la fin.

— Qu'est-ce que vous avez pu faire pour en avoir honte ? On dirait plutôt que c'est votre ex qui devrait avoir honte.

Stella détourna le regard un instant.

— Comment en est-on arrivé à parler de moi à nouveau ? Nous sommes censés parler de vous.

— Je pense que la mention du mariage de ma sœur à la bibliothèque nous a fait prendre ce chemin. Je ne pense pas vous l'avoir dit, mais je me suis également marié là-bas.

— Vraiment ? Votre sœur s'est mariée au même endroit que vous ?

Je hochai la tête.

— Nos parents s'y sont mariés aussi. Depuis qu'elle est petite, Olivia affirmait que nos deux mariages auraient lieu là-bas. Je suis heureux qu'elle n'ait pas laissé le résultat du mien lui gâcher ça.

Nous étions sur le point de finir nos boissons, mais ni Jack ni Robyn n'étaient arrivés. Je regardai ma montre et réalisai qu'ils avaient vingt minutes de retard.

Stella le remarqua aussi.

— On était censé les retrouver à dix-neuf heures, non ?

Je hochai la tête et jetai un coup d'œil à l'entrée du restaurant. Personne n'attendait.

— Laissez-moi revérifier. Peut-être que je me suis trompé dans l'heure. Je sortis mon téléphone et cliquai sur le SMS que Jack avait envoyé. Nous étions au bon endroit au bon moment, alors j'envoyai un texto à mon ami.

Hudson : Tu as changé de restaurant ou quoi ? Stella et moi sommes seuls au NoMad.

Stella n'avait plus de vin. Je désignai son verre d'une main.

— Vous en voulez un autre ?

— Je ne devrais pas.

— Mais est-ce que vous en voulez un autre ?

Elle éclata de rire.

— Je vais passer mon tour. Je veux garder l'esprit clair pendant le dîner avec Robyn.

Une minute plus tard, mon téléphone sonna quand je reçus la réponse de Jack.

Jack : Ai-je oublié de mentionner que la soirée a été annulée ce soir ? Robyn n'a pas pu trouver de baby-sitter. Elle va me donner une autre date pour la semaine prochaine.

Je répondis dans l'instant.

Hudson : QUOI ? Oui, tu as oublié.

Jack : Je suppose que ça a dû me sortir de l'esprit. Va faire la fête sans nous ce soir. À moins que ça ne te dise pas ? Je peux toujours envoyer un message à Brent pour qu'il vienne te débarrasser de Stella...

Je secouai la tête.

Hudson : T'es vraiment un connard. Tu l'as fait exprès, hein ?

Jack : De rien, l'ami.

Je jetai le téléphone sur le bar.

— Tout va bien ? demanda Stella.

— Apparemment, il s'est passé quelque chose et le dîner a été reporté. Mon crétin d'ami a oublié de me prévenir.

— Oh. Waouh. D'accord.

La tactique de mon ami était peut-être sournoise, mais je ne pouvais pas dire que j'étais mécontent du résultat.

— On est du même côté, non ?

Stella fronça les sourcils.

— Qu'est-ce que vous voulez dire ?

— Vous ne vouliez pas prendre un autre verre parce qu'on devait dîner avec des associés. Mais nous deux, on n'est pas associés, juste co-propriétaires. Donc on est du même côté.

Elle sourit.

— J'imagine que j'ai moins de raisons de m'inquiéter maintenant, vu que je me suis déjà ridiculisée devant vous plusieurs fois.

— Et si on prenait ce deuxième verre pendant qu'on commande à dîner ? On devrait quand même fêter ça.

Elle se mordilla la lèvre inférieure. Je plaçai alors mon pouce juste en dessous, frottant jusqu'à ce qu'elle la relâche.

— Arrêtez de vous inquiéter. Ce n'est pas un rendez-vous. On est juste des partenaires commerciaux et des amis qui dînent ensemble. Je ne vais pas vous sauter dessus tant que vous ne m'inviterez pas à sortir avec vous.

16

Stella

— Vous n'allez pas en prendre un autre ?

Hudson leva une main.

— Je suis prudent, c'est moi qui conduis.

Je hoquetai.

— Et je suis Pompette. Ravi de vous rencontrer, Prudent.

Il ricana.

— Vous êtes mignonne quand vous êtes ivre.

Je secouai la tête.

— Je ne suis pas ivre. Je suis pompette.

— La différence... ?

— Pompette, j'ai toujours le contrôle.

— Et ivre, vous perdez le contrôle ?

Hudson arrêta notre serveuse, qui passait par là.

— Pourrions-nous avoir un autre verre de vin quand vous aurez l'occasion ? Et *remplissez-le vraiment*, s'il vous plaît.

Je ris.

— Cette soirée a clairement été plus amusante que celle de mon dernier rendez-vous. Attendez...

J'agitai la main.

— Ce n'est pas un rendez-vous.

— Bien sûr que non.

Il fit un sourire en coin et sirota son eau.

— Les choses ne vont pas si bien avec Ken ?

— Ben.

— Peu importe. Des problèmes au paradis ?

Je soupirai.

— C'est un gars très gentil. C'est juste qu'il n'y a pas... d'alchimie entre nous, j'imagine.

Les yeux d'Hudson tombèrent sur mes lèvres.

— Pas d'alchimie, hein ?

L'air de la pièce se mit à crépiter si fort que je fus surprise que tous les convives ne regardent pas autour d'eux pour trouver la source du bruit. C'était ça... *C'était ça* qui manquait entre Ben et moi. Hudson n'avait qu'à me regarder d'une certaine manière pour que ma température corporelle augmente. Je déglutis.

— Il m'a offert des fleurs à notre premier rendez-vous et des chocolats Godiva à notre deuxième. Il est très attentionné. J'imagine que j'espère que la connexion se développera.

Les yeux d'Hudson s'assombrirent.

— Ça n'arrivera pas.

— Comment le savez-vous ?

— Parce qu'on ne peut pas forcer l'alchimie à exister là où il n'y en a pas... de même qu'on ne peut pas l'empêcher d'exister là où on aimerait que ça ne se produise pas. Il y a des choses pour lesquelles on est tout simplement impuissant.

Je me sentais un peu impuissante en ce moment. Si Hudson glissait sa main sous la table et sous ma jupe, je ne pourrais pas me résoudre à l'arrêter. Heureusement, la serveuse m'apporta mon verre de vin, qui était pratiquement rempli à ras bord.

Elle fit un clin d'œil à Hudson à la manière d'une conspiratrice.

— Voulez-vous voir la carte des desserts ?

Il acquiesça.

— Ce serait formidable. Merci.

Quand elle revint avec les menus, elle annonça qu'elle nous laissait quelques minutes. Je pensais que cette interruption nous aiderait à changer de sujet, mais il posa son verre avec visiblement d'autres idées en tête.

— Alors, quand est-ce qu'on largue Len ?

Je souris.

— *On* ? Vous voulez le larguer avec moi ?

— Je serai heureux de le faire *pour* vous.

Il tendit la main.

— Donnez-moi votre téléphone.

Je gloussai.

— Merci, mais je pense que je peux m'en sortir toute seule.

— Alors c'est vous qui allez vous en occuper ? Vous allez dire au revoir à Benny ?

— Évidemment, c'est quand on parle de le larguer que vous prononcez son nom correctement.

Je levai les yeux au ciel.

— En plus, vous et moi voyons les relations différemment.

Hudson plissa les yeux.

— Comment ça ?

— Vous avez dit vous-même que vous aimiez passer du temps avec les femmes, mais que vous avez des attentes différentes quant à l'issue des choses.

— Je voulais dire que je romps si je n'imagine pas d'avenir entre nous et que la femme que je fréquente semble développer des sentiments pour moi. Je ne suis pas opposé à avoir une relation, si c'est ce que vous pensiez.

— Oh.

Il sourit.

— Entre nous, les sentiments sont mutuels. Donc ce n'est pas un problème.

Je ris tout bas.

— Donc j'imagine que vous ne voyez personne en ce moment ?

— Pas pour le moment, mais j'y travaille.

Ses yeux brillèrent.

— C'était quand la dernière fois que vous avez eu un rendez-vous ? m'enquis-je.

— J'imagine que c'était le week-end avant le mariage de ma sœur.

— Et comment c'était ?

— Eh bien, on est allé dans un restaurant mexicain. Elle m'a demandé si je voulais partager une entrée et m'a proposé d'en choisir une, alors j'ai commandé des tortillas et du guacamole fait maison devant les clients, à table. Quand j'ai eu fini de passer la commande, mon amie s'est tournée vers le serveur et a dit : « Guatemala, il voulait dire des tortillas et du Guatemala ».

J'éclatai de rire.

— Vous êtes en train d'inventer, non ?

Il secoua la tête.

— J'aimerais.

— J'imagine que vous n'êtes pas ressorti avec elle ?

— Non. J'ai rencontré quelqu'un qui a éveillé mon intérêt le week-end suivant, de toute façon. J'ai du mal à la faire sortir de ma tête, donc ce ne serait pas juste de sortir avec une autre personne, même si elle savait faire la différence entre le Guatemala et le guacamole.

J'essayai de calmer la sensation de chaleur dans mon ventre avec mon vin frais. Sauf que la façon dont Hudson me regardait ne rendait pas les choses faciles.

— Avez-vous rencontré Miss Guatemala sur un site de rencontre ?

— Non. En fait, je l'ai rencontrée à une collecte de fonds. Je ne suis inscrit sur aucun site de rencontre.

— Vraiment ? Alors comment rencontrez-vous les gens ? À l'ancienne ?

— Oui, je paie des prostituées.

— Menteur, souris-je. Vous n'avez jamais eu à payer de votre vie. Je parlais des bars. C'est là que vous faites vos rencontres ?

— Parfois. Je ne sais pas. Un peu partout.

Je levai les yeux au ciel et désignai son visage d'une main.

— Vous n'avez aucun problème à rencontrer des femmes parce que vous ressemblez à ça.

— Vous voulez dire que vous appréciez ce que vous voyez ?

— Vous savez que vous êtes sexy. Vous avez un miroir à la maison, non ? Je suis sûre que tout ce que vous avez à faire, c'est entrer dans un bar et claquer des doigts pour que les femmes accourent.

Hudson ricana.

— Je suis qui, Fonzie ?

— Peut-être ?

Nous rigolâmes de rire tous les deux.

Son sourire s'effaça tandis que ses yeux étudiaient les traits de mon visage.

— Vous êtes vraiment belle quand vous riez.

Je baissai les yeux, me sentant un peu gênée.

— Merci.

Hudson me regardait toujours intensément quand la serveuse revint. Elle semblait avoir un timing impeccable – pour moi, en tout cas. Parce que quand les yeux d'Hudson s'étaient posés sur mes lèvres, j'étais à deux doigts de suggérer quelque chose qui n'était pas sur la carte des desserts.

— Il y a quelque chose que vous aimeriez goûter ? demanda-t-elle.

Les yeux d'Hudson s'illuminèrent et le léger tressaillement au coin de sa bouche confirma que nous étions sur la même longueur d'onde.

— Je laisse à madame le soin de décider.

Je déglutis et me concentrai sur le menu.

— Hmm. Ils ont des cheesecakes à la crème brûlée. Vous voulez partager ?

Une fois de plus, son regard se posa un instant sur mes lèvres.

— Tout ce dont vous avez envie m'ira.

C'était *clairement* mon dernier verre de vin. Je hochai la tête à l'adresse de la serveuse. Hudson récupéra mon menu et le rangea avec le sien pour qu'elle les reprenne.

— Merci.

Après son départ, je sirotai mon vin, puis Hudson et moi discutâmes encore un peu. Je ne me souvenais pas de la dernière fois où la conversation avait été aussi simple quand j'étais sortie avec quelqu'un. J'avais également souri toute la soirée. Même si, évidemment, ce n'était pas un rendez-vous. Et je n'arrêtais pas de l'oublier.

Le temps que mon verre soit à nouveau vide, j'étais entrée dans le petit couloir qui mène de pompette à ivre. Ce qui était probablement la raison pour laquelle je n'avais plus aucun filtre.

— Après combien de temps on considère qu'il est anormal de ne plus avoir de relation sexuelle ?

Les sourcils de Hudson atteignirent presque la racine de ses cheveux.

— Vous demandez ça parce que vous pensez avoir dépassé la limite acceptable ?

J'affichai un grand sourire en coin.

— Peut-être.

Il grogna.

— J'ai dit que je ne vous demanderais pas à nouveau de sortir avec moi, mais je pourrais vous aider à régler ce problème.

Je ris.

— Sérieusement. Quand est-ce que ça devient anormal ?

— Je n'en ai pas la moindre idée.

— Eh bien, ça fait combien de temps pour vous ?

— Je ne sais pas. Quelques mois maintenant, je suppose. Et vous ?

Je fis la grimace.

— Plutôt un an.

— Pas une fan des rencontres, j'imagine ?

— Ça dépend, est-ce que Theo James ça compte ?

— L'acteur ? Vous avez couché avec lui ?

— Eh bien, non, pas le véritable acteur. J'ai juste en quelque sorte donné son nom à mon vibro.

Hudson grogna encore.

— Ne me dites pas ce genre de choses.

— Quoi ? C'est trop personnel ? Ce n'est sûrement pas choquant qu'une femme célibataire en ait un.

— Non, ce n'est pas ça. Maintenant j'ai envie de frapper Theo James.

Je ris. Hudson secoua la tête.

— J'imagine que vous l'avez appelé comme ça parce que c'est sur lui que vous... fantasmez ?

Je me mordis la lèvre. Il avait été mon fantasme préféré pendant des années, même si dernièrement, j'aurais pu renommer mon petit ami à piles et lui donner le nom de l'homme dont les yeux s'assombrissaient au fur et à mesure que nous discutions.

Je fus reconnaissante que la serveuse soit rapide et revienne avec le dessert. Au moins, ça occuperait ma grande bouche un moment.

Un peu plus tard, je balayai le restaurant du regard et réalisai qu'il était presque vide.

— Quelle heure est-il ?

Hudson regarda sa montre.

— Presque vingt-trois heures. Je n'avais pas réalisé qu'il était si tard. Pas étonnant que la serveuse soit revenue nous voir trois fois depuis qu'elle a apporté le dessert. Elle veut probablement se barrer d'ici.

— Je pense que vous avez raison.

Nous quittâmes le restaurant, et Hudson me ramena chez moi. Comme d'habitude, il n'y avait pas de place devant mon immeuble, alors il se gara quelques mètres plus loin.

— Je vais vous raccompagner.

— Ce n'est pas nécessaire.

— Si, ça l'est.

Il sortit et s'approcha de mon côté de la voiture pour ouvrir la portière, puis me tendit la main.

— Merci.

Il hocha la tête.

Nous gardâmes le silence tandis que nous nous dirigions vers mon immeuble. Je me demandai si je devais l'inviter à prendre un café ou autre, et je n'avais toujours pas pris de décision quand nous entrâmes dans le hall et que nous nous arrêtâmes devant l'ascenseur. Bien sûr, ce dernier prenait habituellement dix minutes à arriver mais, ce soir, les portes s'ouvrirent immédiatement après que j'ai appuyé sur le bouton. Hudson posa une main sur le côté pour l'empêcher de se refermer et tendit l'autre pour que j'entre – mais sans me suivre.

— De nouveau, félicitations pour aujourd'hui. Vous avez tout déchiré.

Je souris.

— Merci pour tout, Hudson. Pour avoir pris le risque de me suivre là-dedans, pour m'avoir offert une opportunité dans cette émission, pour tout ce que vous avez accompli pour faire en sorte que tout se passe bien, et même pour avoir célébré ça avec moi ce soir. Je ne pense pas que j'ai encore pleinement réalisé que je vais passer sur la chaîne de téléachat pour présenter Signature Olfactive au monde entier. Vraiment, je vous dois tout ça.

Il secoua la tête.

— J'ai juste tapé à quelques portes. Tout le reste, c'était vous.

Nous nous regardâmes jusqu'à ce que l'ascenseur essaie de se refermer. La main de Hudson l'arrêta, mais il prit ça comme son signal de départ.

— Bonne nuit, Stella.

— Bonne nuit, Hudson.

Il fit un pas en arrière, retirant sa main.

Les quinze secondes les plus longues s'écoulèrent alors que je me tenais dans la cabine à attendre que les portes de l'ascenseur se referment. Un sentiment de panique m'envahit lorsqu'elles commencèrent finalement à bouger et, à la dernière seconde, je glissai ma main entre les deux, les faisant partir dans l'autre sens à nouveau.

Hudson s'était retourné pour partir, mais il fit volte-face quand il entendit l'ascenseur se rouvrir.

— Veux-tu... venir prendre un café ou autre ?

Mon cœur accéléra pendant que j'attendais sa réponse. Je réalisai à peine que je l'avais tutoyé.

— Un café ? finit-il par dire.

Je me mordis la lèvre et hochai la tête. Hudson me dévisagea.

— Tu es sûre que tu veux que je monte ?

Comme je mis trop de temps à chercher ma réponse, il sourit tristement.

— C'est bien ce que je pensais.

Je laissai échapper une expiration soulagée et secouai la tête.

— Je suis désolée.

— Pas de quoi être désolée. Je te taquine en disant que j'attends que tu m'invites à sortir, mais il ne s'agit pas vraiment de faire le premier pas. Il faut surtout que tu sois certaine de ce que tu veux. Ce n'est pas fini. J'attends juste que ce petit murmure dans ta tête devienne assez fort pour que tu l'écoutes.

— Quel murmure ?

— Celui qui te dit que malgré tes problèmes de confiance aux autres et tes inquiétudes sur notre relation professionnelle, tu me désires autant que je te désire.

Je lui adressai un petit sourire, puis Hudson prit mes deux mains dans les siennes. Il désigna du menton l'espace vide dans la cabine ouverte derrière moi.

— Maintenant, pourquoi ne pas retourner dans l'ascenseur avant que je perde le dernier morceau de self-control qu'il me reste et que je te rejoigne.

Il leva une de mes mains vers ses lèvres et y déposa un baiser.

— Vas-y.

Je hochai la tête et reculai. En appuyant sur le bouton pour fermer les portes, je dis doucement :

— Merci, Hudson.

Il me fit un clin d'œil au moment où les portes commençaient à se fermer.

— Profite bien de Theo.

Stella

Le reste de la semaine passa à toute vitesse. Olivia et moi travaillâmes jour et nuit pour finaliser tous les supports marketing, tandis qu'Hudson se concentra sur les commandes et le financement. Samedi matin, seules quelques-unes des livraisons urgentes étaient arrivées, alors c'était assez intimidant de savoir que le spot que j'avais tourné allait être diffusé à quinze heures, et que les commandes risquaient alors de commencer à affluer. Du moins, *j'espérais* qu'elles affluent. Tout était en marche, mais je ne pousserais pas un seul soupir de soulagement tant que l'entrepôt ne serait pas rempli de tous les produits nécessaires pour commencer à tout expédier.

En plus de ce stress, j'étais nerveuse à l'idée de me voir à la télé. Ces deux derniers jours, j'avais commencé à paniquer à l'idée que Signature Olfactive puisse faire un bide. Je savais que l'émission affichait un compteur pour signifier les quantités restantes en bas de l'écran, et j'avais fait un cauchemar récurrent où, durant tout mon passage, je ne vendais que trois boîtes et qu'il en restait encore 49 997 de disponibles à la fin.

J'avais vraiment envie de rester à la maison pour regarder la séquence toute seule aujourd'hui, en alternant entre me ronger les ongles et me cacher le visage derrière une couverture. Olivia avait organisé une soirée télé à son appartement. Elle avait été si gentille et d'un tel soutien, je n'avais pas eu le cœur de dire non. Donc j'étais là, dans un Uber, sur le chemin du centre-ville avec deux douzaines de petits gâteaux faits maison sur les genoux pour regarder l'émission avec une douzaine de personnes du bureau.

Je savais évidemment que la famille Rothschild n'était pas pauvre, puisque leur activité consistait à prêter de l'argent à d'autres entreprises, mais lorsque j'arrivai à l'adresse qu'Olivia m'avait donnée sur Murray Street, j'en eus le souffle coupé. *Waouh.* Elle vivait dans l'un des nouveaux gratte-ciel de Tribeca, une tour moderne en verre incurvé qui s'élargissait en montant. Le design était très élégant, le type d'immeuble que l'on voyait dans l'*Architectural Digest* ou un autre magazine sur papier glacé. Même l'entrée était intimidante. Elle se dressait sur la rue de manière imposante, comme pour montrer aux gens qui devait suivre qui. En sortant du Uber et en levant les yeux vers le ciel, je regrettai soudain d'avoir préparé les petits gâteaux que j'avais apportés et de ne pas avoir choisi quelque chose de plus professionnel dans l'une des douzaines de pâtisseries hors de prix qui avaient fleuri dans toute la ville ces dernières années. J'aurais aussi souhaité que Fisher n'ait pas à quitter la ville ce week-end pour affaires. J'aurais bien eu besoin de lui à mes côtés aujourd'hui.

Je soupirai et fis de mon mieux pour ne pas me sentir inférieure parce que je ne pouvais même pas me permettre d'acheter les énormes plantes qui trônaient devant la porte d'entrée. L'appartement d'Olivia était au cinquante-troisième étage, mais je devais me présenter à la réception dans le hall. L'agent de sécurité me confia une carte à glisser dans le panneau de l'ascenseur, au lieu d'appuyer sur un bouton. Dès que je l'insérai, les portes se fermèrent et le bouton du cinquante-troisième s'alluma. J'inspirai profondément pendant que la cabine montait rapidement, mais à chaque étage, mes nerfs étaient de plus en plus à vif. Lorsque les portes s'ouvrirent, je m'attendais à avoir quelques minutes pour reprendre contenance dans le couloir mais, au lieu de ça, je débarquai directement dans l'appartement d'Olivia.

Elle me salua avec son enthousiasme habituel et me serra dans ses bras.

— Aaaaah ! Je suis tellement excitée ! J'ai hâte ! Tu es la première à arriver.

— Ça en fait au moins une de nous deux. Je crois que je vais vomir.

Olivia gloussa comme si je plaisantais, mais j'avais l'estomac fragile en ce moment. Elle me fit passer de l'entrée à la cuisine. Même si je m'étais dit que son appartement serait chic en voyant le bâtiment de l'extérieur, j'avais sous-estimé la réalité. La cuisine était magnifique, remplie d'appareils électroménagers haut de gamme, de granit étincelant, et il y avait deux grands îlots. Le salon se révéla en revanche le clou du spectacle.

— Waouh. La vue est juste...

Je secouai la tête.

— C'est incroyable.

Des fenêtres allant du sol au plafond bordaient le salon attenant, offrant une vue imprenable sur l'eau et la ville.

Olivia secoua la main comme si ce n'était rien.

— La vue... Oh là là, ces cupcakes ont l'air délicieux. Ça te dérange si j'en mange un bout maintenant ?

Je ris.

— Bien sûr que non. Et je pense que tu peux prendre plus qu'une bouchée. En fait, ils sont sans sucre. J'ai trouvé la recette sur un site web consacré au diabète. J'en ai mangé un au petit-déjeuner ce matin pendant que je les cuisais, et ils sont sacrément bons, si je peux me permettre.

— Tu es vraiment un ange !

Elle fit sauter le couvercle d'une des boîtes en plastique et choisit un gâteau à la vanille avec un glaçage au chocolat. Retirant le papier du bas, elle désigna les fenêtres géantes que je ne pouvais pas quitter des yeux.

— Je croyais que c'était tout ce dont je rêvais. Puis Hudson a acheté son appartement à Brooklyn l'année dernière. Il n'a pas de vue comme celle-là, mais il possède un petit jardin, et l'immeuble a tellement de caractère. C'est comme s'il vivait dans une vraie maison. Cet endroit...

Elle secoua la tête et lécha un peu de glaçage sur le dessus du cupcake.

— Je ne sais pas. J'ai l'impression de vivre dans un hôtel de luxe ou quelque chose du genre. Charlie ne reste avec son père que quelques jours par semaine, et elle s'est déjà fait des amis qui vivent dans leur quartier. Je vis ici depuis deux ans, et je ne connais pas une seule personne dans l'immeuble. J'ai l'impression de vivre dans une tour d'ivoire ici.

Elle éclata de rire.

— Ne répète pas ça à Hudson. Je ne voudrais pas perturber notre délicate dynamique. Il pense que c'est à lui de m'apprendre la vie, et je fais comme si je n'avais pas besoin de lui.

Je souris.

— Ton secret est bien gardé avec moi.

Un carillon retentit au-dessus de sa tête, alors Olivia se dirigea vers un interphone sur le mur et appuya sur un bouton.

— J'ai une livraison de Cipriani pour vous, lança une voix.

— Super. Faites-les monter, s'il vous plaît, Dave.

Au moment où elle relâcha le bouton, un homme que je reconnus – bien que je ne l'aie jamais rencontré – sortit d'un couloir de l'autre côté du salon. *Argh.* J'étais tellement occupée à m'inquiéter de me voir à la télévision et de savoir quelles seraient les conséquences pour Signature Olfactive que je n'avais pas pensé que le mari d'Olivia serait à la maison un samedi après-midi. Bien sûr, je m'étais excusée plusieurs fois auprès d'Olivia. La majeure partie du temps, je n'étais plus gênée quand je lui parlais. Nous avions réussi à mettre ce que j'avais fait derrière nous. En revanche, je n'avais jamais parlé à son mari, et je priais pour que ce ne soit pas trop embarrassant. Même si le sourire sur son visage quand il se dirigea vers la cuisine me fit un peu flipper.

Olivia nous désigna l'un après l'autre de la main.

— Mason, voici l'invitée d'honneur, Stella. Stella, voici mon mari, Mason. Mase, le repas est là. Pourquoi ne pas servir un verre à Stella pendant que je m'occupe de la livraison ?

Mon visage se réchauffa sous le coup de la honte quand il me tendit la main.

— Ravi de vous rencontrer enfin.

— Bonjour, grimaçai-je en secouant la tête. Je suis vraiment désolée pour votre mariage. Je me suis excusée auprès de votre femme, mais j'aurais dû vous envoyer un mot à vous aussi.

Mason secoua sa tête.

— Totalement inutile. Tout ça était plutôt drôle, surtout l'histoire que vous avez racontée. De plus, Liv n'arrête pas de parler de vous, donc tout est pour le mieux. Je ne pense pas l'avoir déjà vue si excitée par quelque chose en rapport avec le travail. Elle est vraiment investie dans vos créations. On peut se tutoyer, si vous voulez.

Je laissai échapper un soupir de soulagement et souris.

— D'accord. Et oui, elle l'est. J'ai beaucoup de chance. Pour être honnête, je n'étais vraiment pas sûre de vouloir me lancer dans les affaires avec un investisseur. Mais elle m'a apporté bien plus qu'un soutien financier. J'ai l'impression d'avoir une associée qui se soucie autant de l'entreprise que moi.

Mason hocha la tête.

— En effet.

Il la regarda par-dessus mon épaule avant de baisser la voix.

— Elle a traversé une mauvaise passe après la mort de son père l'année dernière. La seule chose qui semblait l'aider à s'en sortir, c'était d'organiser notre mariage. J'étais donc un peu inquiet de ce qui se passerait une fois le mariage terminé. Et puis *tu* as débarqué dans sa vie, et j'ai l'impression d'avoir retrouvé mon ancienne Liv ces derniers temps. Donc même si tu penses que tu me dois des excuses, c'est vraiment moi qui te dois un grand merci.

Waouh. Je secouai la tête.

— Je ne sais pas quoi dire… en fait, si, je sais. Vous êtes faits l'un pour l'autre. Vous êtes tous les deux incroyables.

Il sourit et jeta de nouveau un coup d'œil par-dessus mon épaule.

— Je la vois chercher de l'argent dans son sac pour donner un pourboire au livreur. Elle n'a jamais de monnaie sur elle, alors je ne sais pas pourquoi elle cherche. Dans dix secondes environ, elle va m'appeler pour me demander si elle peut fouiller dans mon portefeuille. Alors, qu'est-ce que je peux te servir à boire ? Un cocktail, une bière, du vin ?

— J'aimerais bien un verre de vin. Du Merlot, si vous en avez.

— Tout de suite.

Olivia cria depuis la cuisine :

— Mason ?

Il sourit et sortit son portefeuille.

— Je reviendrai avec ton verre après avoir donné un pourboire au livreur. Fais comme chez toi.

J'aurais pu rester devant les fenêtres et contempler la vue sur la ville toute la journée, mais le manteau de la cheminée attira mon attention. Il y avait une demi-douzaine de photos encadrées dessus, alors je m'approchai pour fouiner et jetai un coup d'œil.

Le grand cadre argenté au centre présentait une photo du jour de leur mariage. Olivia était pliée de rire à côté d'un gâteau de mariage à plusieurs étages, dont elle venait manifestement d'écraser un morceau sur le visage de son mari. Mason avait la langue sortie comme il essayait de lécher le gâteau sur son visage en souriant. J'adorais qu'ils aient choisi d'encadrer cette photo, plutôt qu'une autre parfaitement placide. Elle montrait vraiment leur bonheur, et à force de la regarder, leur sourire devenait contagieux.

Sur le côté de la photo de mariage se trouvait la photo d'un couple plus âgé. Ils étaient debout sous la pluie, vêtus de cirés jaunes, mais le sourire sur leurs visages irradiait comme le soleil. Ils devaient être les parents d'Olivia et Hudson, parce que l'homme était une parfaite version plus âgée d'Hudson. À côté de cette photo-ci, il y avait un cliché d'Olivia et Mason à la plage, portant des casquettes de baseball à l'envers et buvant de la bière. Encore une fois, les sourires sur leurs visages étaient clairement communicatifs.

Je survolai d'autres photos de l'heureux couple avec divers amis, puis mes yeux se posèrent sur la dernière photo encadrée. Je la pris pour voir de plus près les deux enfants, Olivia et Hudson. Le petit garçon devait avoir neuf ou dix ans, mais ses magnifiques yeux bleus brillant étaient indubitablement ceux d'Hudson. Il arborait également un sourire en coin qui m'était devenu trop familier. Il se penchait en avant, au-dessus d'un gâteau d'anniversaire, sur le point de souffler les bougies. Olivia était assise à sa gauche, et il lui couvrait la bouche d'une main, le bras tendu.

Une voix grave au-dessus de mon épaule me fit sursauter :

— Certaines choses ne changent jamais.

Hudson.

— Bon sang ! Tu m'as fait peur. Tu n'as pas appris ta leçon au sujet d'approcher les gens en douce ? Je ne t'ai pas entendu entrer.

— Je suis arrivé en même temps que le repas. Au fait, sois reconnaissante qu'elle ait commandé et n'ait pas essayé de cuisiner aujourd'hui.

— Je suis sûre qu'elle n'est pas aussi mauvaise cuisinière que ça.

— À Noël dernier, elle a fait deux plateaux de crevettes au parmesan. Ça a terriblement croustillé quand on a mordu dedans.

— Elle avait trop cuit les crevettes ?

Il secoua la tête.

— Elle avait suivi une recette qui demandait des crevettes décortiquées. Elle pensait que *décortiquer* voulait dire laisser la carapace sur le corps et enlever la tête.

Je ris.

— Oooooh…

Il inclina le menton vers la photo que je tenais dans la main.

— J'ai encore envie de faire ça au moins une fois par semaine.

— Pourquoi tu lui couvrais la bouche ?

— Parce qu'elle pensait que les gâteaux d'anniversaire des autres étaient pour elle et elle en soufflait chaque fois les bougies. Mes parents trouvaient ça mignon et la laissaient faire. Sauf que cette année-là, j'avais fait un vœu et je voulais vraiment qu'il se réalise, alors je ne voulais prendre aucun risque.

J'éclatai de rire.

— Quel était ce vœu ?

— D'avoir un chien de berger.

— Tu en as eu un ?

Il secoua la tête.

— Non.

— Eh bien, c'est une photo adorable.

— Ma mère l'avait mise sur sa table de nuit. Elle disait que ça résumait parfaitement notre relation, et elle n'avait pas tort. Ma sœur a dû la récupérer quand on a trié les affaires de mes parents.

Mason approcha et me tendit un verre de vin. Il donna une bière à Hudson. Il leva sa propre bouteille et l'inclina vers nous.

— Bonne chance pour aujourd'hui, vous deux.

Hudson entrechoqua sa bière avec la sienne, alors je suivis son exemple.

— Merci.

Le reste des invités arriva peu après, alors Hudson et moi fûmes entraînés dans des directions opposées. Je vis quelques personnes de l'équipe marketing qui avaient travaillé avec nous, même si je n'avais pas eu l'occasion de passer beaucoup de temps avec eux. Je fis donc en sorte de tous aller les voir et de les remercier pour tout ce qu'ils avaient fait.

Quelques fois, alors qu'Hudson et moi parlions à différentes personnes, nos regards se croisaient. Sa lèvre frémissait et ses yeux brillaient, mais aucun de nous n'essaya de discuter à nouveau. Quelques minutes avant quinze heures, Olivia pointa la télécommande vers la télévision au-dessus de la cheminée, puis l'utilisa pour faire tinter son verre.

— Très bien, écoutez tous. Il est temps ! C'est tellement plus excitant qu'un stupide Superbowl, non ? Qui a besoin de remplir à nouveau son verre avant le coup d'envoi ?

J'étais vraiment très nerveuse, alors je me dirigeai vers la cuisine pour accepter son offre avant de devoir découvrir mon visage sur son écran géant. Mason se tenait près de la bouteille de vin et souleva le Merlot quand il me vit arriver.

— Tu as la même tête que moi quand ils ont commencé à jouer les premières notes de la marche nuptiale.

J'ouvris et fermai les poings.

— Est-ce que le bout de tes doigts était engourdi à cause du stress ?

Mason remplit mon verre à ras bord et me le rendit avec un sourire.

— Engourdi de la tête aux pieds. Je suis presque sûr que c'est pour ça que la personne qui conduit la mariée jusqu'à l'autel soulève le voile et que le témoin tient la bague. Les mains du marié tremblent trop pour faire ça.

Je sirotai mon vin.

— Eh bien, j'espère que je pourrais simuler aussi bien que toi. Parce que tu étais d'un calme olympien.

Quelqu'un glissa un bras dans le creux du mien.

— Viens, lança Olivia. Je veux m'asseoir à côté de toi !

Je bus autant de vin que possible pendant que nous nous installions dans le canapé. Le générique de l'émission démarra immédiatement, et l'animatrice, Robyn, arriva pour saluer le public présent sur le plateau du studio. C'était assez drôle à regarder, parce que j'étais là quand elle s'était avancée ainsi, et les seules personnes dans le public étaient Hudson et son ami Jack. Pourtant, la caméra faisait un plan panoramique sur une foule qui applaudissait.

Olivia entrelaça ses doigts avec les miens et les serra.

— C'est parti !

Elle monta le volume et tout le monde baissa la voix autour de nous. Robyn fit sa présentation habituelle depuis le côté de la scène, puis elle se dirigea vers le comptoir où elle se rendait toujours. Les boîtes et les échantillons de Signature Olfactive étaient empilés partout. C'était complètement surréaliste. L'adrénaline se précipitait dans mes veines, me laissant un peu étourdie.

Pendant les quelques minutes qui suivirent, Robyn fit sa meilleure imitation de Vanna White, en soulevant les boîtes et en agitant ses mains manucurées dans tous les sens, ce qui, je le savais maintenant, visait à garder les yeux des téléspectateurs sur le produit plutôt que sur l'animatrice. Lorsqu'elle commença à présenter sa co-animatrice du jour, je retins mon souffle.

C'était absolument fou de me voir à la télévision, à côté d'une personnalité aussi connue. Robyn Quinn était une sacrée célébrité. Pendant le tournage, le réalisateur m'avait fait avancer sur scène en saluant la foule une douzaine de fois. Tout en la regardant, je souris directement à la caméra et agitai la main comme si mon fan-club personnel se trouvait dans le public.

Oh mon Dieu, j'avais l'air d'une patate !

Tous les employés du bureau se mirent à siffler et à hurler, et je plongeai la tête dans mes mains, trop gênée pour regarder. J'avais entendu des acteurs dire qu'ils ne regardaient pas leurs films et j'avais toujours trouvé ça stupide. Maintenant, je comprenais pourquoi. J'étais consciente de tous les tics nerveux que j'avais, ainsi que de la lourdeur de mon accent new-yorkais, et ça m'empêchait de me concentrer sur autre chose que mes défauts – qui semblaient tous fortement amplifiés à ce moment-là.

Je grimaçai et secouai ma tête.

— Bon sang, c'est dur à regarder.

— Tu te moques de moi ? demanda Olivia. On dirait que tu es née pour ça, et tu fais des choses incroyables !

Le moment de vérité arriva dix minutes après le début du spectacle. Robyn pointa du doigt le coin de l'écran, et le prix et le numéro de téléphone clignotèrent plusieurs fois. Trente secondes plus tard, un compte à rebours apparut également.

— Très bien, mesdames, et ces messieurs qui veulent impressionner leurs dames, nous allons ouvrir le standard téléphonique maintenant et vous laisser commencer à passer vos commandes. Nous allons continuer à parler de Signature Olfactive, mais je pense que vous savez déjà tous que vous voulez ce produit. Alors voici ce que vous attendiez : le compte à rebours avant l'ouverture de nos lignes et le lien pour commander sur Internet. Vous connaissez le principe. Et cinq, quatre, trois, deux, un. C'est parti !

En quelques secondes, le compte à rebours des quantités restantes commença à descendre. Lentement au début, puis il se mit à défiler à toute allure. Je ne pourrais pas vous dire de quoi Robyn ou moi parlions le reste de l'émission : mes yeux étaient rivés sur ce compte à rebours. Quand le chiffre des *milliers* commença à diminuer à un rythme rapide, je crus que j'allais hyperventiler ; j'avais vraiment besoin de prendre un moment pour moi.

— Ça vous dérange si je descends prendre l'air ? Je n'en ai que pour quelques minutes.

Olivia avait l'air inquiet.

— Bien sûr que non, mais est-ce que ça va ?

— Oui. Je suis juste un peu submergée, et j'ai besoin d'une minute. Je ne serai pas longue.

— Bien sûr. Bien sûr. Mais ne descends pas.

Elle indiqua le couloir d'où son mari était arrivé plus tôt.

— La dernière porte à gauche mène à une chambre d'amis. Il y a un balcon privé et une salle de bain, également.

— Ça ne te dérange pas ?

— Bien sûr que non. Vas-y. Prends le temps qu'il te faudra.

— Merci.

L'air frais dehors était incroyable. Je fermai les yeux et pris quelques inspirations profondes. Après seulement une minute ou deux, je me sentis suffisamment calme pour les ouvrir et profiter de la vue imprenable. De cette hauteur, la ville semblait inhabituellement calme, ce qui avait un réel effet tranquillisant sur mon état mental. Je me sentais donc un peu mieux au moment où j'entendis le bruit de la porte qui s'ouvrait derrière moi, et je me retournai pour découvrir Hudson.

— Tu vas bien ? demanda-t-il.

Je hochai la tête.

— J'étais juste un peu dépassée en regardant ce compteur, et mon cœur a commencé à s'emballer.

— C'est compréhensible.

Il sourit et me tendit quelque chose.

— Tiens.

Je baissai les yeux et mon front se plissa.

— Une banane ?

— Je l'ai volée dans la cuisine de ma sœur. Elle n'avait pas d'oranges. Je suis plus créatif avec des oranges.

J'étais confuse jusqu'à ce que je réalise qu'il avait écrit dessus.

Tes débuts à la télévision sont très fructueux.

Hudson haussa les épaules.

— Tu as saisi ? *Fruct*-ueux. Vas-y doucement avec moi, je n'ai pas eu beaucoup de temps pour imaginer quelque chose et te suivre jusqu'ici.

J'éclatai de rire.

— C'est très gentil. Merci. Je comprends pourquoi Charlie aime tant tes messages dans son déjeuner.

Nous étions debout l'un à côté de l'autre, à regarder la ville. Le petit truc des fruits qu'il utilisait avec sa fille m'aida à me détendre. Ou peut-être que c'était juste la présence de Hudson.

Je soupirai.

— Tout ça est tellement surréaliste.

— J'imagine que oui, sourit-il.

Oui, j'étais en pleine surcharge émotionnelle, mais je remarquai quand même à quel point Hudson était beau. Non seulement il était habillé de façon décontractée avec un jean, mais il avait aussi un début de barbe, ce que j'aimais beaucoup.

Il m'avait silencieusement observée le dévisager, alors je me sentis obligée de dire quelque chose.

— C'est la première fois que je te vois mal rasé et en tenue de ville.

Il lança un de ses charmants petits sourires.

— Et ?

J'inclinai la tête.

— J'aime bien.

— Tu dis la vérité ou tu essaies juste de remplir ton quota de compliments quotidiens de ton plan bonheur ?

Je ris.

— Non, j'aime vraiment. La barbe te donne un air sinistre.

Il inclina la tête.

— C'est ton genre ? L'air sinistre ? Ce n'est pas exactement ce que j'imaginais quand tu as dit que ton ex était un poète.

J'éclatai de rire.

— Oh, Aiden est aussi soigné qu'on peut l'imaginer. Ça a toujours été mon type. Je n'ai jamais été fan des mauvais garçons. Je ne pense pas être déjà sortie avec quelqu'un qui avait une cicatrice ou un tatouage.

— Et tu voudrais changer ça ?

Je haussai les épaules, jouant le jeu.

— Peut-être.

Les yeux de Hudson pétillèrent.

— C'est bien. Parce que je peux aider avec ça. J'ai les deux.

— Ah oui ?

Il hocha la tête.

— Où ça ?

— Ah... c'est une information que je garderai pour une autre fois.

Je ris.

— C'est top secret, hein ?

Une légère rafale de vent plaqua une mèche de cheveux sur mon visage. Hudson utilisa son doigt pour la remettre en place.

— Tu te sens mieux ?

Je pris une profonde inspiration et détendis mes épaules.

— Oui. Merci.

Il désigna la porte d'un signe de tête.

— Pourquoi ne pas y retourner, alors ? Même si je préférerais rester ici, je ne veux pas que tu rates quoi que ce soit.

Je hochai la tête.

De retour dans le salon, je pris place à côté d'Olivia sur le canapé et regardai le compte à rebours pour voir comment les choses se passaient. Je clignai des yeux plusieurs fois en lisant le chiffre. Je n'étais pas partie depuis plus de cinq minutes, mais nous avions déjà presque tout écoulé.

— Je regarde ce spectacle tous les jours depuis une semaine et demie, fit Olivia. Et ils ne vendent jamais rien aussi vite. Tu es absolument géniale. J'avais peur que tu rates le moment où Robyn lance son grand slogan : *Ça vient… et ça part, alors au revoir !*

Évidemment, quelques minutes plus tard, le côté de l'écran où se trouvait le compte à rebours commença à clignoter.

— Oh-oh, lança l'animatrice. Nous sommes sur le point de tout écouler. Dépêchez-vous et passez vos commandes !

Elle fit une pause et secoua la tête.

— Je ferais mieux de le dire avant qu'il ne soit trop tard. Ça vient… ça part…

Elle leva la main et l'agitai pour saluer le public.

— Alors au revoir !

De grosses lettres apparurent au-dessus du compte à rebours sur l'écran.

RUPTURE DE STOCK

Tout le monde dans la pièce applaudit. Olivia me serra dans ses bras et les gens nous félicitèrent les uns après les autres. Lorsque je me retournai pour regarder la télévision, ils présentaient déjà le produit suivant. J'étais soulagée de savoir que nous avions réussi et que je n'aurais plus à voir mon visage sur cet écran géant.

Olivia et Mason sabrèrent le champagne, et elle distribua les coupes. Quand elle m'en tendit une, mes yeux croisèrent ceux de Hudson plus loin dans la pièce. Il leva silencieusement son verre et me sourit.

Olivia nous regarda l'un après l'autre avant de passer son bras autour de mon cou. Elle nous fit nous retourner pour que nous soyons dos à Hudson et me parla à voix basse :

— Il t'aime vraiment bien.

— Qui ?

Elle leva les yeux au ciel.

— Euh, l'homme qui ne t'a pas quittée des yeux depuis qu'il est arrivé. Hudson, bien sûr. Je vois la façon dont il te regarde.

— Il est juste très excité par cette journée... par Signature Olfactive.

Elle pointa son doigt vers moi.

— Il est excité par *toi*.

Je jetai un coup d'œil à Hudson par-dessus mon épaule, et nos regards se croisèrent une fois de plus. Je ne pouvais pas nier que j'avais l'impression de monopoliser son attention aujourd'hui. Il regarda sa sœur, puis moi, et plissa les yeux. Il savait parfaitement que nous parlions de lui.

Je soupirai.

— C'est quelqu'un de génial.

— Alors... commença Olivia en haussant les épaules. Pourquoi vous jouez encore au chat et à la souris ?

— On est partenaires commerciaux. Il a investi dans ma société.

— Et... ?

— Je ne sais pas.

Je secouai la tête.

— Si ça ne marche pas, ça risque d'être compliqué.

Olivia sirota son champagne.

— La vie est compliquée. Tu sais quel est le seul moment où elle ne l'est pas ? Quand tu ne la vis pas, quand tu ne fais que subir tout ce qu'il se passe.

— Je sais... Mais...

Elle m'interrompit.

— Qu'est-il arrivé à la femme qui s'est incrustée dans mon mariage et s'est enfuie en riant et en buvant du champagne ?

J'éclatai de rire.

— Mon Dieu, c'est un bon exemple de complication.

— Peut-être, répondit-elle en haussant les épaules. Mais regarde où ces complications t'ont menée. À une nouvelle entreprise et de nouveaux meilleurs amis... et si tu me demandes de qui il s'agit, je vais te frapper. On vit un moment important, là.

Je gloussai.

— Je comprends ce que tu dis, mais je t'ai raconté ce qu'il s'est passé avec Aiden. Beaucoup de nos disputes étaient liées au fait qu'on faisait affaire ensemble. Il me demandait comment je dépensais l'argent de la société et on se disputait sur la direction à prendre. C'était vraiment le début de nos problèmes.

Olivia secoua la tête.

— Je pense que tu as tort. Je ne veux pas être grossière, mais le début de vos problèmes, c'était plutôt quand il a foutu sa queue dans une autre femme.

— Non pas que ce soit une excuse valable, mais il s'est tourné vers quelqu'un d'autre parce qu'on ne s'entendait pas.

— Non, pas du tout. Il s'est tourné vers quelqu'un d'autre parce que c'est une merde. C'était juste une excuse bien pratique.

Je soupirai.

— J'imagine.

— Je t'ai dit que Mason et moi, on s'est rencontré au travail ?

— Vraiment ? Chez Rothschild Investissements ?

Elle acquiesça.

— Hudson l'a engagé comme directeur informatique. Il était là pendant trois ans, et on est sorti ensemble pendant deux ans. On a travaillé ensemble sur quelques projets, et on n'a pas toujours vu les choses du même œil.

— Il possède sa propre société informatique, non ? C'est pour ça qu'il est parti ?

— Non. Il n'avait aucun moyen d'évoluer chez Rothschild. On n'a que quelques informaticiens et il voulait continuer à grimper les échelons. Ce que je veux dire, c'est qu'on a travaillé ensemble et on s'est disputé. Ça ne l'a pas poussé à me tromper.

Olivia regarda son mari et sourit.

— De temps en temps, ça nous a surtout poussés à nous réconcilier via des parties de jambes en l'air torride et sauvage sur mon bureau.

Elle leva les mains et son visage se crispa.

— Oh, merde. Ne fais pas ça avec mon frère parce que nos bureaux sont côte à côte. Une fois, j'ai surpris nos parents en plein ébat, et je ne m'en suis toujours pas remise.

Je ris.

— Sérieusement, Stella. Si tu n'es pas intéressée par Hudson, tant pis. Mais ne laisse pas ce qu'il s'est passé avec ton ex, ou tes peurs que les choses deviennent compliquées, ruiner ce qui pourrait être une bonne chose. Certaines des meilleures choses dans la vie sont compliquées : la recette des brioches, remettre les draps dans le bon sens après une bonne partie de jambes en l'air, réussir un fondant au chocolat, couper correctement une pastèque. Est-ce que je dois continuer ?

Je souris.

— Non. J'ai saisi.

Hudson s'approcha avec une bouteille de champagne et remplit nos deux verres. Remarquant l'étiquette, je lançai :

— Pas étonnant que ce soit si délicieux. C'est de la bonne qualité. J'ai fini toutes les bouteilles que j'ai volées au mariage d'Olivia, donc tu devrais cacher celles qui resteront quand je serai sur le point de partir.

Olivia éclata de rire.

— Je vais aller aider Mason à servir plus de nourriture. Vous deux, continuez la fête sans moi.

Elle s'éloigna mais regarda par-dessus son épaule de manière à ce qu'Hudson ne la voie pas et me fit un clin d'œil.

Je souris.

— Ta sœur est assez incroyable.

— Elle n'est pas trop mal, en convint Hudson. Ne lui dis pas que j'ai dit ça.

Il était venu pour remplir nos verres, mais lui n'en avait pas.

— Où est ton verre ?

— J'ai des projets.

Hudson regarda sa montre.

— En fait, je dois y aller. Je venais te dire au revoir.

— Oh.

La déception s'empara de moi, avec peut-être une petite pointe de jalousie. Je me forçai à sourire.

— Eh bien, amuse-toi bien.

Hudson plissa les yeux avant de sourire.

— Tu es jalouse parce que j'ai un rendez-vous ?

— Non, répondis-je *beauuuuucoup* trop vite.

Il mit les mains dans ses poches et afficha un sourire suffisant.

— Si.

— Non.

Il se pencha en avant, son nez touchant presque le mien, et murmura :

— Jalouse.

— Tu es tellement imbu de toi-même. Tu ne sais même pas faire la différence entre être heureuse pour toi et être jalouse.

Il pencha la tête en arrière.

— Ah oui ? Tu es contente que j'aie un rendez-vous ?

Je fis un sourire et lui montrai ma bouche.

— Oui. Tu vois ?

Le regard d'Hudson m'apprit que ma tentative ressemblait plus aux sourires déformés que l'on voyait dans les palais des glaces des fêtes foraines.

Il partit d'un petit rire.

— Je vais chercher Charlie chez une copine à elle. Mon ex est allée à un rendez-vous chez le médecin avec sa sœur enceinte et elle risque de ne pas arriver à l'heure, alors je lui ai dit que je la ramènerais à la maison.

— Oh. D'accord.

— Heureuse que ce ne soit pas un vrai rendez-vous ?

Oui. Je haussai les épaules.

— Peu importe. C'est ta vie.

Il se frotta le menton.

— Je pensais revenir après. Tu seras encore là ?

— J'ai peut-être un rendez-vous ce soir. Est-ce que ça *te* dérangerait ?

La mâchoire d'Hudson se contracta.

— Je ne suis pas du genre à faire semblant de ne pas être intéressé, alors je ne pense pas que tu seras surprise de savoir que oui.

Je l'avais taquiné, et ça se retournait contre moi. Son expression était trop sérieuse pour que j'en rie. Je soupirai.

— Je n'ai pas de rendez-vous. Je serai probablement ici.

Hudson secoua la tête.

— Tu es insupportable.

Je sirotai mon champagne.

— Eh bien, apparemment tu aimes les gens insupportables.

Ses yeux tombèrent sur mes lèvres.

— Tu sais que je compte toutes les fois où tu me tortures. Je finirai par me venger.

— Et comment prévois-tu de faire ça ?

Il se pencha et me déposa un baiser sur la joue, puis approcha ses lèvres de mon oreille.

— Avec ma bouche.

Je clignai des yeux plusieurs fois, comprenant pleinement la signification du sourire narquois qu'Hudson me lança en s'éloignant.

Il s'adressa ensuite à moi par-dessus son épaule :

— Retiens bien ça, Stella. Le murmure dans ta tête devient presque assez fort pour que je l'entende.

Oh merde, j'étais vraiment dans le pétrin !

Stella

Je commençai à penser que Hudson ne reviendrait pas. Ça faisait des heures qu'il était parti, bien qu'avec le stress de l'émission envolé, je m'étais beaucoup détendue et j'avais pu passer un bon moment. Mais je mentirais si je disais que je ne surveillais pas constamment la porte. La moitié des invités étaient partis, et d'autres se préparaient à partir. J'allais aux toilettes et me dis que j'allais bientôt en faire de même. Sauf que quand j'en sortis, Hudson était attablé autour de l'îlot à boire une bière.

— Tu es de retour. Je pensais que tu avais peut-être changé d'avis.

Il jeta un coup d'œil à mes jambes avant de croiser mon regard.

— Clairement pas.

Je ressentis ces papillons au fond de mon ventre – récemment, ils apparaissaient même chaque fois qu'il me saluait.

— Comme je pouvais passer prendre Charlie, mon ex-femme s'est dit qu'elle irait aussi se faire masser. Ça a dû être une dure semaine à ne rien faire.

Je souris.

— J'imagine qu'elle ne travaille pas ?

Il secoua la tête.

— Au diable le fait de te demander de sortir avec moi. Je devrais peut-être te demander en mariage. Tu as l'air d'un bon ex-mari.

Il ricana.

— Bon retour parmi nous.

Comme je fronçai les sourcils, il s'expliqua :

— Tu étais stressée. Apparemment, ça a mis ton sens de l'humour sur pause.

— Oh, ris-je. Ouais, j'étais stressée.

— Tu te sens mieux maintenant que la journée est terminée ?

— Oui, répondis-je en me frottant l'arrière du cou. Même si j'aurais aussi besoin d'un massage.

Il remua les doigts.

— Je pourrais t'aider. Je suis plutôt doué avec mes mains.

Je souris.

— J'imagine.

— Tu es prête à poursuivre la soirée ?

J'étais excitée et loin d'être prête à rentrer chez moi.

— Qu'as-tu en tête ?

— Un verre. Il y a un bar en bas de la rue.

Je me mordillai la lèvre.

— Hmm. Est-ce que tu me demandes de sortir avec toi ?

— Non. Je sors avec une collègue pour fêter sa réussite.

— Je vais y réfléchir.

Hudson fronça les sourcils.

— Tu vas y réfléchir ?

— Oui.

Il avait l'air un peu mécontent, mais il haussa les épaules. Quand il prit sa bière, je lui tapai sur l'épaule.

— J'y ai réfléchi.

— Et ?

— Poursuivons la soirée encore un peu.

— Je n'arrive toujours pas à croire qu'on a vendu 50 000 kits de Signature Olfactive en moins d'une heure aujourd'hui.

Je secouai la tête.

— Il y a un mois, je pensais que je ne verrais jamais le jour où on me commanderait le premier kit.

— On a eu de la chance, répondit Hudson.

— Non. On n'a pas eu de chance. Avoir de la chance, ça signifie que quelque chose vous tombe dessus. Tu as pris des risques et tu as fait en sorte que ça arrive.

— Ça n'aurait pas pu arriver sans un bon produit.

Je sirotai mon vin.

— Tu sais, je ne me serais pas attendue à ce que tu sois si humble.

— Crois-moi. Je ne le suis pas. Je reconnais juste le travail des gens à leur juste valeur.

Nous étions assis à une table dans un bar haut de gamme à quelques rues de l'appartement d'Olivia. La serveuse vint voir si tout allait bien. Elle était magnifique, mais Hudson ne la reluqua pas. En fait, il semblait à peine la regarder, ce qui titilla ma curiosité.

— Parle-moi de la dernière femme avec qui tu es sorti. Sans compter Miss Guatemala. Une femme avec qui tu es sorti plus d'une fois ?

Il fronça les sourcils.

— Pourquoi ?

Je haussai les épaules.

— Je suis juste curieuse. Est-ce qu'il y a un certain type de cheveux ou de look qui t'attire ?

Il sourit.

— Oui, les blondes à lunettes.

Je ris.

— Non, sérieusement.

— Je ne sais pas.

Il secoua la tête, puis reprit :

— Je crois que la dernière femme avec qui je suis sorti était brune. Grande. Les yeux sombres.

— Combien de temps ça a duré ?

— On est sorti ensemble quelques fois.

— Pourquoi ça s'est terminé ?

Il regarda mes yeux, l'un après l'autre.

— Tu veux savoir la vérité ?

— Bien sûr.

— Elle ne parlait que de sa sœur qui venait d'avoir un bébé. J'avais l'impression qu'elle n'avait que le mariage et les enfants en tête.

— Et tu ne voulais pas te remarier ou avoir d'autres enfants ?

Il avala un peu de bière.

— Je n'ai pas dit ça. Seulement, je ne me projetais pas avec elle.

— Donc si elle avait voulu quelque chose d'occasionnel, les choses ne se seraient pas terminées ?

— Je ne sais pas, parce qu'on n'était pas dans cette situation. Je n'ai pas peur de m'engager, si c'est là où tu veux en venir. Je n'ai pas cessé de la voir parce qu'elle voulait construire son avenir avec quelqu'un. J'ai arrêté de la voir parce que je n'étais pas la bonne personne pour elle.

Je hochai la tête.

— La serveuse est belle.

Hudson inclina la tête.

— Ah oui ?

— Très.

Il se gratta le menton.

— Tu essaies de me piéger ?

— Tu veux que je t'arrange un coup ?

— Y a-t-il une raison pour laquelle on ne parle qu'avec des questions ?

Je souris.

— Je ne sais pas ? Est-ce qu'il y en a une ?

Après quelques secondes à me fixer, Hudson mit fin à notre petit jeu.

— Je ne suis pas intéressé par la serveuse.

Comme je ne disais rien, il inclina la tête.

— Tu ne vas pas demander pourquoi ?

Vu la façon dont il me regardait, je connaissais déjà la réponse à cette question. Je finis mon verre et souris.

— Non.

Il ricana.

— Comment ça se passe entre toi et Ken ?

— C'est Ben, et tu le sais.

Je souris et secouai la tête.

— Je ne le vois plus. Il n'y avait aucune alchimie entre nous.

Le sourire d'Hudson s'étendit d'une oreille à l'autre.

— Je suis désolé d'entendre ça.

Je levai les yeux au ciel.

— Oui, ça se voit.

Hudson arrêta notre serveuse alors qu'elle passait.

— Excusez-moi. Pourrait-on avoir une autre tournée quand vous aurez le temps ?

— Bien sûr.

Après qu'elle soit partie, il marmonna :

— Elle ne fait pas le poids.

Puis il finit sa bière et se leva.

— Excuse-moi une minute. Je vais aux toilettes.

Pendant son absence, j'envoyai un SMS à Fisher pour lui raconter le reste de l'après-midi. Nous avions échangé quelques textos plus tôt dans la journée, et je lui avais donné des nouvelles du succès de Signature Olfactive, mais je n'avais pas sorti mon téléphone depuis un moment.

Fisher : C'est un bar sympa, La Rose ?

Stella : Comment sais-tu que je suis là ?

Fisher : J'ai regardé la position ton téléphone il y a une demi-heure, comme ça faisait deux heures que tu n'avais pas répondu à mon message. Tu ne prends jamais autant de temps pour répondre, alors je me suis inquiété. J'imagine que la soirée se finit là-bas ?

Certaines personnes n'aiment peut-être pas être suivies à la trace, mais j'avais donné à Fisher l'accès à la localisation de mon téléphone pour une raison précise, et j'appréciais sa sollicitude.

Stella : En partie, oui.

Je souris en voyant les trois petits points apparaître immédiatement autour.

Fisher : Juste toi et l'Apollon ?

Stella : On est allé boire un verre après les festivités.

Fisher : Vas-tu enfin lui sauter dessus ?

Stella : Je ne pense pas que ce soit au menu du jour.

Fisher : Chérie, les hommes sont *toujours* au menu. C'est simple. Dis-lui juste que tu es d'humeur à aller admirer la lune… fais juste un sourire en coin bien appuyé en le disant.

Je secouai la tête avec un sourire.

Stella : Je vais ajouter cette phrase à mon arsenal. Merci.

Quand Hudson revint des toilettes, je reposai mon téléphone. Il se glissa dans le siège en face de moi.

— Alors, qu'est-ce qui se passe avec Marco ces jours-ci ?

— Marco ?

— Le jeune étalon.

— Oh, ris-je. Il lit *Les oiseaux se cachent pour mourir*. Il a demandé à Amalia quels étaient ses livres préférés, alors chaque semaine il va à la bibliothèque pour en rendre un et en prendre un autre. Puis il entame une conversation avec elle sur le livre qu'il vient de terminer. Il essaie de lui montrer à quel point il est impliqué et à quel point il essaie de leur trouver des points communs. C'est tellement romantique.

— *Les oiseaux se cachent pour mourir* ? Ça me dit quelque chose, mais je ne pense pas l'avoir lu.

— Oh, tu devrais. C'est aussi l'un de mes préférés.

— Alors, est-ce que Trucmuche tombe dans le panneau ?

— Amalia… et je pense que oui. Il a commencé à y aller les soirs où elle ferme la bibliothèque et elle le laisse la raccompagner.

Hudson secoua sa tête.

— De quand date ce journal ? Ça a l'air d'être beaucoup de travail. J'imagine qu'ils n'avaient pas encore Tinder ?

Je ris.

— Eh bien, j'imagine que c'est beaucoup plus facile de swiper des photos à gauche ou à droite… peu importe comment ça marche. Mais c'est probablement pour ça que les gens qu'on rencontre de cette façon ne sont généralement pas l'amour de notre vie.

— Que s'est-il passé avec son autre plan, la rendre jalouse en fréquentant une jeune fille ?

— Heureusement, il a décidé de faire preuve de maturité et de lui montrer qu'il lui est dévoué.

Un téléphone portable commença à vibrer. Je retournai le mien en pensant que c'était lui. Mauvaise pioche.

— C'est ton téléphone qui vibre ?

— Merde !

Il fouilla dans sa poche.

— Je n'avais même pas remarqué.

En lisant le nom sur l'écran, il fronça les sourcils. Il regarda sa montre.

— C'est mon ex-femme. Je devrais répondre. Elle n'appelle jamais aussi tard.

— Bien sûr. Vas-y.

Il glissa son doigt sur l'écran et porta le téléphone à son oreille.

— Qu'est-ce qu'il se passe ?

J'entendis la voix d'une femme, mais je ne parvins pas à comprendrc ce qu'elle disait.

— Où est Mark ? demanda Hudson après un moment.

Une pause.

— Merde. D'accord. Ouais. Je serai là dès que possible.

Il éteignit l'écran et leva immédiatement la main pour appeler la serveuse.

— Je suis désolé. Je dois y aller.

— Charlie va bien ?

— Oui. La sœur de Lexi a commencé à avoir des contractions, et apparemment son mari est en Californie pour affaires. Lexi veut aller à l'hôpital avec elle, et elle a besoin que je la retrouve là-bas pour récupérer Charlie.

— Oh, comme c'est excitant. Je parie que Charlie a hâte de rencontrer le petit Poto.

Hudson rit tout bas.

— Elle va me supplier de rester à l'hôpital toute la nuit.

La serveuse arriva et il lui tendit sa carte de crédit.

— Attends.

J'attrapai mon sac à main et sortis mon portefeuille.

— Laisse-moi payer, s'il te plaît.

Il secoua la tête et fit signe à la serveuse, qui n'attendit même pas que je puisse argumenter.

— Tu as payé le dîner l'autre soir, protestai-je. Je voulais payer, cette fois.

— Tu sais quoi, je te laisserai m'offrir un verre ou un dîner quand tu m'inviteras.

— Et si je ne te demande jamais de sortir avec moi ? Ce ne serait pas juste.

— Juste une autre raison pour laquelle tu devrais le faire. Bien que ce ne soit pas celle qui soit en tête de liste.

— Non ?

La serveuse revint avec sa carte de crédit et un reçu qu'il dut signer. Hudson retira un généreux pourboire de son porte-monnaie et le glissa dans la pochette en cuir.

Il jeta le stylo sur la table.

— Tu es prête ?

— Oui, mais j'attends aussi de savoir ce qui *est* en tête de ta liste des raisons pour lesquelles je devrais t'inviter à sortir.

Hudson se leva et tendit la main pour m'aider à me relever. Je la saisis, mais une fois sur mes pieds, il ne me lâcha pas. Au lieu de ça, il m'attira contre lui et approcha les lèvres de mon oreille.

— Je préfère te le montrer plutôt que te le dire. Tente le coup, Stella.

Stella

Hudson ne revint pas au bureau les deux jours suivants.

Olivia m'apprit que la sœur de son ex-femme avait accouché hier après-midi après un long travail, j'avais donc pensé qu'il n'était pas venu à cause de ça. Aujourd'hui, je pris contact avec son assistante parce que je souhaitais lui soumettre les termes d'une de nos commandes pour avis, mais elle m'informa qu'il serait absent toute la journée car en visite dans une société dans laquelle ils avaient investi.

Même si je détestais l'admettre, il me manquait quand il n'était pas au bureau. J'avais hâte de le voir, et ce n'était pas seulement parce qu'il était intelligent et bon conseiller pour mes affaires. Donc c'était probablement aussi bien que nous soyons séparés un moment. J'avais besoin de contrôler mes sentiments croissants pour lui. Notre relation n'avait pas changé – nous étions partenaires commerciaux. Même si je devais travailler de plus en plus dur pour me rappeler pourquoi nous ne pouvions pas être plus.

– Hé, bonne nouvelle !

Olivia entra dans mon bureau.

— Phoenix Mets a enfin accepté de prendre les photos dont on a besoin pour les derniers éléments de marketing.

— Oh, c'est génial !

Je souris, mais je n'arrivai pas à m'empêcher de rire.

— Je suis désolée. Je n'ai aucune idée de qui est Phoenix Mets.

Olivia sourit.

— Il photographie les célébrités. C'est lui qui a fait cette photo d'Anna Mills enceinte, celle qui était en couverture de *Vogue*.

— Oh. Waouh. C'était une très belle photo.

— Il va te rendre encore plus belle.

— Moi ?

Je fronçai le nez.

— Ouaip. Après t'avoir vu tout déchirer sur la chaîne de téléachat, j'ai effectué quelques modifications aux publicités proposées.

Elle ouvrit un dossier et posa quelques croquis sur mon bureau.

— J'ai demandé à Darby de faire des maquettes, mais je ne pense pas que nous devrions utiliser de mannequin.

Je pris les documents. C'était un dessin grossier, mais la femme sur la publicité ressemblait beaucoup à la personne que j'avais vue dans le miroir ce matin.

— Tu veux que *je* sois dans la pub ?

Elle acquiesça.

— Tu es le visage de Signature Olfactive. Les gens ont adoré ta personnalité.

— Mais je ne suis pas à l'aise avec les photos. Je n'ai jamais fait de séance photo professionnelle ou quoi.

Olivia haussa les épaules.

— Tu n'étais jamais passée à la télé non plus et regarde à quel point ça a marché.

— Je ne sais pas.

— Cette campagne publicitaire porte sur la beauté et la science, et qui de mieux que toi pour la vendre ?

Je continuai à observer les documents. La femme dessinée à mon image portait d'épaisses lunettes et avait les cheveux relevés. Elle était assise devant une paillasse de laboratoire sur laquelle étaient éparpillés toutes sortes de béchers et de matériel scientifique. Pourtant, sa jambe dépassait derrière la table, et elle portait une chaussure à semelle rouge. C'était sans aucun doute une publicité devant laquelle je m'arrêterais mais, là encore, j'étais passionnée par les sciences.

— Que penses-tu de ça : on va faire ce qu'on avait prévu à l'origine *et* ça. Tu prendras la décision finale.

Elle montra la maquette de la publicité et poursuivit :

— Mais je te le dis, ça pourrait être quelque chose d'incroyable.

Impossible de dire non après qu'elle ait proposé ça. Olivia avait été merveilleuse, et je savais qu'elle devait croire en son idée, sinon elle n'insisterait pas. Elle avait les meilleures intentions du monde et souhaitait faire de Signature Olfactive un succès.

Alors je pris une profonde inspiration et hochai la tête.

— D'accord. Je vais essayer.

Olivia tapa dans ses mains.

— Super. Le shooting a lieu après-demain, vendredi matin.

— Dis-moi juste comment je dois me préparer. Tu veux que j'apporte des vêtements ?

La maquette montrait une blouse blanche boutonnée et ce qui ressemblait à une jupe crayon noire.

— J'ai ce genre de tenue chez moi, c'est sûr.

— Non. On a tout prévu.

Olivia sourit avec appréhension.

— J'ai déjà commandé tout ce dont on avait besoin. Les vêtements, les accessoires à l'aspect scientifique, même les chaussures. Je n'étais pas certaine de ta taille, alors j'ai commandé un peu de tout.

Je ris.

— D'accord.

Elle se leva.

— Tout ce que j'ai besoin que tu fasses, c'est venir à la séance.

— Ça devrait aller.

— Je vais demander à mon assistant de faire nos réservations tout de suite. Je vais réserver notre vol de retour pour dimanche, si ça te va... Juste au cas où on aurait besoin d'un deuxième jour le samedi.

Je fronçai les sourcils.

— Le shooting ? Où va-t-il se passer ?

— Oh. Le photographe est basé à Los Angeles. Je ne l'ai pas mentionné ?

— Non. Mais ça me va. Je ne suis jamais allée en Californie.

— Tu vas adorer. On aura probablement beaucoup de temps libre. Je pourrai jouer les guides touristiques.

— OK. Ça me paraît bien. Merci, Olivia.

Le lendemain matin, je me levai et me préparai tôt. J'avais pris de la mélatonine avant de m'endormir la nuit dernière, sachant que j'étais anxieuse et que je me tournerais dans tous les sens. Je n'avais déjà pas envie que mon visage soit placardé sur tous les supports marketing, mais je ne voulais pas avoir de poches sous les yeux, si possible.

Notre vol était à neuf heures trente, mais nous devions partir pour l'aéroport à six heures trente. À six heures quinze, je buvais ma deuxième tasse de café et regardais le soleil se lever par la fenêtre lorsqu'une limousine noire s'arrêta devant mon immeuble. Il n'y avait toujours pas de places libres, alors je me précipitai dans la cuisine et vidai le reste de café, puis je rinçai ma tasse et pris mes bagages. Dans le couloir, j'appuyai sur le bouton de l'ascenseur, mais je réalisai que j'avais oublié mon autre sac avec mon ordinateur portable. Je laissai donc mes bagages par terre et courus jusqu'à mon appartement.

Au bout du couloir, j'entendis l'ascenseur sonner en arrivant alors que je verrouillais la porte de mon appartement pour la deuxième fois. Je ne voulais pas que la voiture ait à faire le tour du pâté de maisons, alors je me dépêchai de prendre mon sac au moment où les portes s'ouvrirent. Ne m'attendant pas à ce que quelqu'un soit à l'intérieur de l'ascenseur, j'entrai sans faire attention et percutai la personne qui essayait d'en sortir.

— Merde.

Je lâchai la poignée de la valise que je traînais derrière moi, elle bascula et tomba par terre. Je me penchai pour la ramasser et lançai :

— Désolée ! Vous allez b...

Je me coupai dans mon élan en levant les yeux.

— Hudson ?

— J'imagine que je devrais être reconnaissant que tu ne m'aies pas frappé.

— Que fais-tu là ?

— Je passe te prendre pour aller à l'aéroport, dit-il en haussant les épaules. Qu'est-ce que je ferais d'autre ici ?

J'étais complètement confuse.

— Mais où est Olivia ?

— Oh, c'est vrai. Je lui ai dit que j'allais te prévenir que j'allais venir à sa place. Ça a dû me sortir de l'esprit. Désolé.

— Pourquoi tu prends la place d'Olivia ?

— Elle a eu un changement dans son emploi du temps. Est-ce un problème ?

À part le fait que mon cœur battait déjà la chamade après avoir été proche de cet homme pendant une minute – et que maintenant je devais passer *des jours* à ses côtés – quel problème pouvait-il y avoir ? Je le regardai dans les yeux, sans trop savoir ce que j'y cherchais. Puis je soupirai. J'étais professionnelle, je pouvais gérer ça.

Redressant la colonne vertébrale, je dis :

— Non. Pas de problème.

J'aurais pu jurer apercevoir une étincelle dans son regard. Je n'eus pas le temps de chercher plus avant, car Hudson attrapa ma valise à roulettes et me tendit une main pour que j'entre dans la cabine d'ascenseur qui attendait toujours.

— Après toi.

Je me sentis très mal à l'aise, mais je réussis à me glisser à l'intérieur.

Mon esprit se remplit d'un million de pensées tandis que nous nous dirigeons vers le hall d'entrée, mais une question en particulier restait en suspens. Mon immeuble n'avait pas de portier. Nous avions un système d'interphone et les visiteurs devaient sonner avant d'entrer.

— Comment es-tu entré ?

— Fisher. Il partait courir quand je suis arrivé.

Je devrais me rappeler de remercier mon ami de m'avoir prévenue. Il savait que je pensais partir avec Olivia. Il avait dévalisé mon frigo pendant que je faisais mes bagages et lui avait tout raconté du voyage que j'allais faire hier soir. Peu importe, j'avais d'autres chats à fouetter. Comme la façon dont j'allais garder mes distances avec l'homme qui se tenait à côté de moi dans l'ascenseur alors qu'il était si beau. Hudson portait un simple pantalon bleu marine et une chemise blanche. Je me tenais à tout juste un pas derrière lui, et il était impossible de ne pas remarquer à quel point le tissu épousait bien ses fesses rebondies. J'aurais pu parier qu'il faisait une tonne de squats.

Il me regarda et mes yeux bondirent vers les siens au bon moment. Du moins, je l'espérais. Bien que le coin de sa bouche aurait pu dire le contraire. *Super. Vraiment super. Ça va être un putain de long voyage.*

Hudson dut prendre un appel en provenance de l'étranger pendant le trajet jusqu'à l'aéroport et, à notre arrivée, il fut envoyé dans une autre file d'attente puisqu'il devait passer un contrôle de sécurité préalable et pas moi. J'étais reconnaissante de ce sursis. Ce ne fut que lorsque nous montâmes dans l'avion que nous eûmes vraiment le temps de parler. Nous étions assis l'un à côté de l'autre à la troisième rangée de la première classe, ce que je n'avais pas prévu.

— Eh bien, c'est confortable.

Je bouclai ma ceinture de sécurité.

— Je n'ai jamais été en première classe avant.

— Je voyageais en classe éco il y a quelques années, quand il y avait plus d'espace entre les sièges, mais ces dix dernières années, il est devenu impossible pour une personne de plus d'un mètre quatre-vingt de s'asseoir confortablement… encore plus lors d'un vol de six heures en direction de la côte ouest.

Une hôtesse de l'air s'approcha avec un plateau de jus d'orange présenté dans des flûtes à champagne.

— Un mimosa ?

— Euh, bien sûr, répondis-je. Je vais en prendre un.

Elle me donna un verre et regarda Hudson. Il leva la main.

— Non, merci, mais je prendrai un café dès que possible.

— Bien sûr.

Après qu'elle soit partie, je levai mon verre en direction d'Hudson.

— Pas du genre à boire le matin ?

Il sourit.

— Pas habituellement, non.

— J'aurais probablement dû ne pas le prendre, mais je suis très nerveuse.

— Nerveuse à cause du vol ?

— Non... pas vraiment. Bien que j'aie parfois la nausée quand il y a des turbulences.

— Super, dit-il en désignant l'allée. Incline la tête par là.

Je ris.

— J'imagine que tu es le genre de personne qui ne se rend même pas compte qu'elle est dans un avion. Tu travailles probablement pendant la moitié du vol, puis tu fermes les yeux et tu fais une sieste.

— Pas loin. Je travaille généralement pendant la majeure partie du vol.

L'hôtesse de l'air revint pour apporter du café à Hudson. Le service était vraiment meilleur ici qu'en classe économique.

— Alors, qu'est-ce qui te rend nerveuse ? demanda-t-il. Si ce n'est pas le vol ?

— Oh, je ne sais pas... peut-être me faire prendre en photo par un célèbre photographe pour qu'elle soit placardée sur tous les supports marketing de Signature Olfactive ?

Hudson regarda mes yeux l'un après l'autre.

— Tu veux connaître un secret ?

Je souris.

— Bien sûr.

Il s'approcha et chuchota :

— Tu es capable de tout faire.

Je ris.

— C'est ça, le secret ?

— Eh bien, techniquement, ce n'est pas un secret puisque la seule personne qui ne semble pas le savoir, c'est toi.

Je soupirai.

— C'est très gentil, mais je ne suis pas sûre que ce soit vrai.

Encore une fois, Hudson prit un moment pour me regarder. On aurait dit qu'il se demandait s'il devait ajouter quelque chose.

— Tu te souviens de ton premier jour de travail au bureau ? demanda-t-il finalement.

— À Rothschild ? Oui, pourquoi ?

— Tu m'as demandé pourquoi j'avais changé d'avis sur l'investissement dans ta société.

— Tu m'as dit que ta sœur était très persuasive, ou quelque chose du genre.

Il hocha la tête.

— Ce n'était pas toute la vérité.

— Non ?

Hudson secoua la tête, et ses yeux tombèrent sur mes lèvres.

— Je voulais apprendre à te connaître. La semaine après le mariage de ma sœur, je n'ai pas arrêté de penser à toi. Ce n'était pas parce que tu es belle... et ne te méprends pas, tu l'es. J'étais attiré par la force que tu dégages. Tu n'es pas le genre de femme qui a besoin d'un homme. Tu es le genre de femme dont un homme a besoin. Je ne suis pas sûr que j'aurais su faire la différence il y a quelques années. Mais avec toi, il m'est impossible de l'oublier aujourd'hui.

Je clignai plusieurs fois des yeux.

— Waouh. Je pense que c'est le plus beau compliment qu'on m'ait jamais donné.

Il fronça un peu les sourcils.

— Je me doutais que ton abruti d'ex était un idiot, vu l'horreur qu'il t'a fait subir. Maintenant je suis sûr que c'est un colossal crétin.

L'hôtesse de l'air interrompit notre conversation pour récupérer nos boissons puisque nous étions sur le point de nous éloigner de la porte d'embarquement. Puis le rappel des consignes de sécurité commença, et nous regardâmes la femme qui se tenait à quelques mètres de nous enfiler un gilet de sauvetage en plastique non gonflé et nous montrer comment boucler les ceintures que nous avions tous déjà mises.

Alors que nous roulions sur la piste derrière un groupe d'avions qui s'apprêtaient à décoller, Hudson me tendit un journal. Je déclinai sa proposition et préférai mettre mes écouteurs pour essayer de me détendre. Bien qu'à la minute où je fermai les yeux, je sus que ça n'arriverait pas. Maintenant, je ne pouvais pas m'empêcher de penser à ce qu'Hudson avait dit. À ses yeux, j'étais belle et forte, deux choses que je n'avais pas ressenties depuis longtemps. Et vous savez quoi ? Il avait raison – au moins en ce qui concernait la force, disons. Dernièrement, j'avais presque l'impression de planer grâce à tout ce que j'avais accompli. J'étais nerveuse à l'idée de collaborer avec un investisseur, mais ça s'était avéré la meilleure décision que j'avais prise jusqu'à présent. Et j'étais terrifiée à l'idée de passer à l'antenne de la chaîne de téléachat, pourtant ça avait été un succès retentissant. Alors pourquoi devrais-je avoir peur de faire quelques photos et de mettre ma tête sur les éléments marketing de mon entreprise ? Je ne devrais pas. C'était ça, la réponse.

Je pris quelques inspirations profondes et sentis mes épaules se détendre. Tout ce dont j'avais besoin, c'était d'un peu de Vivaldi ; alors je pourrais sans doute faire partie de ces personnes qui réussissent à faire la sieste pendant un vol. Qui l'aurait cru ?

Quand la musique commença, je regardai l'homme assis à côté de moi. Hudson remarqua que je le fixai et m'adressa un petit sourire adorable, l'air un peu confus – comme s'il essayait de comprendre ce que je pensais, mais qu'il était heureux que je le regarde. J'enlevai l'écouteur de son côté et me penchai vers lui.

— Merci, dis-je.

— Pour quoi ?

— Pour me voir comme tu le fais. Je sais que je peux être épuisante de temps en temps.

Hudson plongea son regard dans le mien.

— Tu es épuisante, c'est vrai, mais ne t'inquiète pas.

Il me fit un clin d'œil et poursuivit :

— J'ai une bonne endurance.

— Bienvenue à l'hôtel Bel-Air. Vous avez réservé pour aujourd'hui ?

— Oui, au nom de Rothschild, répondit Hudson. Il devrait y avoir deux réservations.

La femme derrière la réception fit claquer ses ongles longs contre le clavier pendant que je jetais un coup d'œil dans le hall de l'hôtel. Je m'attendais à ce que nous séjournions dans un hôtel branché du centre de Los Angeles, mais cet endroit ressemblait davantage à un sanctuaire caché dans les bois. L'hôtel Bel-Air avait un air de vieille école hollywoodienne. Il possédait toutes les touches de luxe habituelles – colonnes et comptoirs en marbre, sols en grès, plafonds en bois naturel – mais quelque chose rendait le tout plus serein et intimiste que clinquant.

Hudson remarqua que je regardais autour de moi.

— Les extérieurs sont magnifiques. On oublie presque qu'on est à Los Angeles. J'ai déjà séjourné ici une fois, mais c'est le photographe qui a choisi le lieu, cette fois. On va faire le shooting ici.

— Oh, waouh. C'est sympa et agréable. J'ai hâte d'aller faire un tour.

L'employée posa deux cartes magnétiques sur le comptoir. Elle en souleva un.

— Celui-là est pour la suite Stone Canyon, expliqua-t-elle avant de lever l'autre. Et celui-là, c'est pour la chambre de luxe.

Hudson prit la clef de la chambre et me tendit celle de la suite.

— Quoi ? Non. Je n'ai pas besoin d'une suite. Prends-la.

— Tu vas recevoir une équipe de coiffeurs et de maquilleurs demain matin. Tu auras besoin de cet espace. De plus, le photographe prévoit de faire une partie de la séance sur le patio de ta chambre. Il a spécifiquement demandé cette suite.

— Oh...

Je me sentais toujours mal à l'aise, mais j'imaginais que c'était logique.

— D'accord, conclus-je finalement.

Hudson m'accompagna jusqu'à ma chambre. Il faisait encore rouler ma valise quand je me dirigeai vers deux portes ouvertes dans le salon. Elles menaient directement sur un patio privé.

— Bon sang, il y a une cheminée et un grand jacuzzi ici !

Hudson apparut derrière moi. Il montra du doigt une zone où se trouvaient des fauteuils devant un pan de plantes luxuriantes et de verdure.

— Je crois que c'est ici qu'il veut shooter demain. Il a envoyé des maquettes par mail tard hier soir, avec des meubles qu'il a loués pour la journée.

Je désignai le jacuzzi.

— Je savais que j'aurais dû apporter un maillot de bain.

— C'est un patio privé, répondit-il en haussant les épaules. Je ne pense pas que tu en aies besoin.

— Ooohh. C'est encore mieux.

Une autre double porte menait à une chambre à coucher, alors j'allais y faire un tour aussi, avant de m'aventurer dans la salle de bain la plus luxueuse que j'aie jamais vue. Hudson semblait amusé par mon enthousiasme.

— Je ne veux plus jamais sortir de cette pièce, plaisantai-je.

Il jeta un coup d'œil au lit et reposa son regard sur moi.

— On est donc deux.

J'éclatai de rire, sans quitter le lit des yeux. Quand je les relevai ensuite, je vis qu'Hudson m'observait.

Il s'éclaircit la gorge.

— Je devrais y aller. J'ai du travail à rattraper. Le photographe a pensé que ce serait une bonne idée de dîner ensemble ce soir, mais je n'étais pas sûr que tu te sentes d'attaque.

— Ça va aller. Un dîner m'ira tout à fait.

Hudson me fit un bref signe de tête.

— Je vais l'inviter pour dix-sept heures, puisqu'il sera vingt heures, heure de New York, pour nous.

— Bonne idée.

Nous rejoignîmes la porte d'entrée de la suite.

— Tu as l'intention d'aller quelque part ? demanda-t-il. Tu veux les clefs de la voiture de location ?

— Hmm... J'ai du travail à faire, mais je pourrais peut-être aller m'acheter un maillot de bain. On est passé devant un tas de jolies boutiques pas très loin d'ici.

— En y réfléchissant bien, fit Hudson. Je n'ai pas besoin de travailler. Tu as probablement besoin de quelqu'un pour t'aider à choisir.

Je ris.

— Je pense que je peux m'en sortir toute seule.

Il sortit les clefs de sa poche et me les tendit.

— Dommage. N'hésite pas à me dire si tu veux de la compagnie dans le jacuzzi à ton retour.

— Tu as apporté un maillot ?

Hudson sourit.

— Non.

Stella

Je m'étais changée trois fois.

Quand Hudson frappa à ma porte cinq minutes en avance pour le dîner, je n'étais donc pas prête.

— Hé...

J'ouvris la porte.

— Oh... tu portes un jean.

Il baissa les yeux.

— Je ne devrais pas ?

Je secouai la tête.

— Non, non. C'est très bien. C'est juste que je n'étais pas sûre de ce que je devais porter. J'ai mis un jean au début, puis je me suis dit que j'étais peut-être habillée de façon trop décontractée. Alors je suis descendue au restaurant pour voir si c'était un endroit chic. Ça avait l'air d'être le cas, alors je me suis changée... deux fois.

Hudson me toisa de haut en bas. J'avais finalement choisi une petite robe noire sans manches avec des chaussures à talons ouvertes.

— Je ne sais pas ce que tu portais avant, mais je ne peux pas imaginer que ça puisse être mieux que ce que tu as là. Tu es magnifique.

Je ressentis cette sensation de chaleur dans mon ventre.

— Merci. Tu es très élégant, toi aussi. J'aime vraiment bien ta petite barbe de trois jours.

— Je jetterai tous mes rasoirs après le dîner.

Je ris et m'écartai.

— J'en ai pour une minute. Je dois mettre du rouge à lèvres et changer de bijoux.

Hudson prit place sur le canapé du salon pendant que j'allais à la salle de bain pour finir.

— J'ai reçu des notifications d'expédition pour un tas de produits supplémentaires, lançai-je en faisant le contour de mes lèvres. Si tout se passe bien, on sera peut-être prêt à expédier quelques kits encore plus tôt que prévu.

— Eh bien, je suppose qu'on ferait mieux de terminer ces photos demain, répondit-il depuis l'autre pièce.

Après avoir terminé de mettre mon rouge à lèvres, j'enfilai un collier et des boucles d'oreille en perles turquoise pour ajouter un peu de couleur, ainsi qu'un bracelet assorti. Je me passai les doigts dans les cheveux une dernière fois et pris une profonde inspiration en me regardant dans le miroir. Comme si la présence d'Hudson n'était pas assez éprouvante, dîner avec une personne habituée à photographier des mannequins connus et des célébrités ajoutait un autre niveau de pression à la situation. Je ne voulais pas qu'il me regarde et se dise : *Oh, merde... comment vais-je faire pour que les photos soient assez belles pour vendre du parfum pour femme ?*

C'était ce qu'on avait prévu, et cinq minutes de plus à me pomponner n'allaient pas changer les choses. Je me dirigeai donc vers le salon et attrapai mon sac à main sur la table basse. Je fourrai quelques affaires dedans et le fermai.

— As-tu pu finir ton travail cet après-midi ?

Hudson se leva.

— Oui. Et toi ?

— J'ai presque tout fini. Mais je n'ai pas pu résister à l'envie d'essayer le jacuzzi.

— Tu es allée chercher un maillot de bain ?

Je secouai la tête et souris.

— J'y suis allé en tenue d'Ève.

Les yeux de Hudson me scannèrent de haut en bas, puis il grommela :

— On devrait y aller.

Sa frustration me donna le regain de confiance dont j'avais besoin en ce moment. Hudson s'empressa d'ouvrir la porte de ma suite, ce qui me fit rire. Nous nous rendîmes côte à côte jusqu'au restaurant de l'hôtel.

— As-tu déjà rencontré Phoenix avant ? m'enquis-je.

— Non. Je me dis que ce ne sera pas trop difficile de le trouver. Les photographes ont généralement un look particulier, et il sera seul.

Lorsque nous nous présentâmes au restaurant, l'hôtesse nous dit que l'autre membre de notre groupe était déjà arrivé et prenait un verre au bar. Nous allâmes le rejoindre, mais il y avait plusieurs gars assis seuls.

— Tu penses que c'est lequel ? demandai-je.

Hudson regarda autour de lui et désigna un type à l'autre bout du bar. Il avait des cheveux hirsutes, une chemise de couleur vive, et des bracelets à mi-hauteur du bras – il avait clairement l'air branché.

— Lui, dit-il en le pointant du doigt.

Je ne voyais les deux autres hommes que de dos, mais l'un d'eux avait les cheveux gris et portait une veste de sport en tweed, et l'autre avait des épaules assez larges pour être un joueur de football, alors je me dis qu'Hudson avait probablement raison. Je le laissais gérer ça, de toute façon.

Il s'approcha et demanda :

— Phoenix ?

Le gars secoua sa tête.

— Je crois que vous faites erreur sur la personne.

— Désolé.

Hudson et moi balayâmes le bar du regard pour observer les autres hommes, que nous voyions maintenant de face – et... waouh, le gars avec les épaules de rugbyman était absolument magnifique. Il capta notre regard et sourit.

Je levai le menton.

— Je pense que c'est lui.

— Il n'a pas l'air d'un photographe, rétorqua Hudson.

— Je sais. Il ressemble plutôt à un mannequin.

Le type se leva et s'avança dans notre direction.

— J'imagine que vous êtes l'équipe de Signature Olfactive ?

— En effet, dis-je en souriant.

Je n'avais pas l'intention d'avoir l'air si joviale ou nerveuse, mais j'imagine que c'est l'air que j'eus, parce qu'Hudson me jeta un regard bizarre quand je tendis la main.

— Stella Bardot. Enchantée de vous rencontrer.

— Ah ! Ma muse.

Il me fit un baisemain.

— Ça va être un travail facile, on dirait.

Hudson tenta d'adopter une expression impassible lorsqu'il se présenta et serra la main du bel homme, mais je vis le mécontentement qui se cachait dans ses yeux.

Nous demandâmes tous les trois une table, et je passai en premier, suivant l'hôtesse jusqu'à nos sièges. Je remarquai que plus d'une femme tournait la tête pour regarder les hommes derrière moi. Je ne pouvais pas les en blâmer. Hudson et Phoenix étaient très différents, mais chacun d'eux était magnifique dans son genre.

Hudson s'apprêta à tirer ma chaise, quand Phoenix le devança.

– Merci, dis-je.

Une fois que nous fûmes installés, Phoenix entama la conversation :

– Alors, depuis combien de temps êtes-vous mannequin ? me demanda-t-il.

– Oh, je ne suis pas mannequin. J'ai créé Signature Olfactive.

– Vraiment ? J'imaginais aisément le contraire.

Hudson prit la carte des boissons et grommela.

– Toutes les informations sur la personne que vous alliez photographier se trouvaient dans le document que le département marketing vous a envoyé. J'imagine que vous êtes passé à côté.

J'essayai de ne pas relever le commentaire d'Hudson.

– Depuis combien de temps êtes-vous photographe ?

– Professionnellement, environ cinq ans. J'ai été mannequin pendant dix ans avant ça, c'est comme ça que j'ai appris le métier. Les mannequins vieillissent vite. À l'époque où j'avais encore beaucoup de contrats, j'ai pris des cours pour avoir quelque chose sur quoi m'appuyer ensuite.

– Intelligent.

– Donc vous avez inventé le produit *et* vous allez en être le modèle ? Beauté et intelligence. Votre mari est un homme chanceux.

— Merci, rougis-je. Mais je ne suis pas mariée.

Phoenix sourit et Hudson leva les yeux au ciel.

Je fis en sorte d'inclure Hudson dans la conversation et d'éviter tout ce qui risquait de donner à Phoenix des occasions de me draguer. Même si j'étais flattée par son attention, et qu'il était amusant de voir une étincelle de jalousie chez l'homme à ma gauche, c'était un dîner d'affaires. De plus, peu importait la beauté de Phoenix, il ne m'intéressait pas.

Je ne sais pas si ce fut grâce à mes efforts ou aux deux scotchs avec des glaçons qu'Hudson but pendant le dîner, mais il sembla se détendre au fur et à mesure du dîner. Nous parlâmes de Signature Olfactive – de tout, de la façon dont l'entreprise avait été développée jusqu'aux plans marketing qu'Olivia avait mis au point.

Quand la serveuse nous proposa un café et un dessert, Hudson refusa, alors je fis de même.

— Que diriez-vous de commencer à neuf heures demain ? demanda Phoenix. Je pourrais envoyer l'équipe s'occuper de la coiffure et du maquillage à huit heures. Votre tenue est prête ?

— Olivia m'a envoyé un texto pour me dire que le dernier colis a été livré à l'hôtel il y a peu, répondit Hudson.

— Parfait, fit Phoenix. Je pense qu'on pourra tout boucler en début d'après-midi, pour que vous puissiez sortir et profiter du soleil de Californie ensuite.

Je souris.

— Oh, super. C'est la première fois que je viens ici, alors j'aimerais bien visiter la ville.

— Je suis né et j'ai grandi à Los Angeles. Si ça vous dit, je pourrais vous faire visiter après le tournage.

Je glissai mon regard sur le côté pour croiser celui d'Hudson. Je voyais qu'il était agacé, mais il s'abstint de dire quoi que ce soit.

— En fait, dis-je en souriant poliment à Phoenix. J'ai déjà des projets, mais je vous remercie beaucoup pour l'offre.

Nous retournâmes tous les trois jusqu'au hall d'entrée. Hudson était calme, mais professionnel, lorsqu'il souhaita bonne soirée à notre invité.

— Je dois passer à la réception pour récupérer les colis qu'Olivia t'a fait livrer, lança Hudson une fois que Phoenix fut parti.

— Oh, d'accord, répondis-je en hochant la tête.

Je ne savais pas s'il était en colère contre moi ou juste de mauvaise humeur. Il garda son air sévère en interrogeant le réceptionniste de l'hôtel à propos de la livraison.

Elle appuya sur quelques touches de son clavier et regarda son écran.

— Il semble que le colis a été livré dans votre chambre. Chambre 238.

— D'accord, merci.

Comme la chambre 238 était la sienne et que j'avais besoin d'essayer certaines pièces, je dis :

— Ça te dérange si je vais les récupérer maintenant ? Je veux me préparer autant que possible ce soir pour ne pas perdre de temps demain matin.

— Ça me va.

Il resta à nouveau silencieux tandis que nous nous dirigions vers sa chambre. Il déverrouilla la porte et la maintint ouverte pour que je puisse entrer, mais une fois la porte fermée, le silence devint assourdissant, et je ne pouvais plus le supporter.

— Tu es... en colère contre moi ?

Le regard d'Hudson chercha le mien.

— Non.

— OK... Tu es fatigué ? Ça a été une longue journée, avec le voyage et tout.

Il secoua la tête.

– Je ne suis pas fatigué.

Je hochai la tête, avec l'intention de ne pas insister. Mais ça ne dura que trente secondes. Je ne pouvais pas m'en empêcher.

– Quand j'ai dit que je n'étais jamais allée à L.A. et que j'avais envie de visiter, je ne lui demandais pas implicitement de m'inviter à sortir.

Je secouai la tête et repris :

– Je ne sais même pas s'il m'invitait vraiment... mais quoi qu'il m'ait proposé, je n'essayais pas de lui tendre une perche pour qu'il me fasse visiter la ville.

Hudson me transperça du regard.

– Oh, il te demandait clairement de sortir avec lui. Ne te méprends pas là-dessus.

– Mais je...

Il m'interrompit :

– Tu as été parfaitement polie et professionnelle. Tu n'as rien fait de mal.

Je secouai la tête.

– Alors pourquoi j'ai l'impression que tu penses que j'ai fait quelque chose de mal ?

Hudson fixa ses pieds pendant ce qui n'était probablement que quelques secondes, mais qui me sembla être une heure. Finalement, il croisa mon regard.

– Je suis juste un crétin jaloux. Je ne voulais pas m'en prendre à toi. Je suis désolé.

Oh... *waouh*. Je ne pensais pas qu'il serait si honnête. Je souris tristement.

– Merci. Pour ce que ça vaut, si les rôles étaient inversés et que le photographe était une magnifique ex-mannequin qui te proposait de te faire visiter la ville, j'aurais été jalouse aussi.

Hudson me regarda dans les yeux.

— Tu sais, on n'est pas jaloux quand on ne désire pas quelqu'un.

— Le fait de te désirer ne m'a jamais posé problème. C'est juste que… tellement de choses pourraient mal tourner.

— Et tellement de choses pourraient bien se passer.

Hudson se força à sourire et hocha la tête.

— Mais je comprends.

Il jeta un coup d'œil dans la pièce.

— Je ne vois pas les colis. Laisse-moi aller voir dans la chambre. Tu as une liste de ce qu'on aurait dû recevoir ?

— Oui, soupirai-je. Je vais regarder sur mon téléphone.

Je m'assis sur le canapé et sortis l'appareil de mon sac. Alors que je commençais à faire défiler l'écran, je remarquai quelque chose qui dépassait du coin du canapé, coincé entre les coussins. Ça ressemblait à un livre. Sans réfléchir, je l'extirpai de là et le posai sur la table basse pour qu'Hudson ne le perde pas. Quand je vis le titre sur la couverture, je regardais à deux fois.

Les oiseaux se cachent pour mourir.

Hudson et moi avions discuté de ce livre l'autre jour. Il avait dit qu'il ne l'avait pas lu.

Je repris le livre et commençai à le feuilleter. Aux trois quarts environ, une de ses cartes de visite était glissée à l'intérieur, comme un marque-page.

— Ils ont livré deux colis.

Hudson se figea. Il leva les yeux et croisa mon regard, mais ne dit rien.

— Tu le lis ?

Il posa les colis sur la table basse en face de moi.

— Tu as dit que tu l'aimais beaucoup, l'autre jour. D'habitude, je lis souvent quand je voyage.

Mon cœur enfla dans ma poitrine, me coupant un peu le souffle. Je secouai la tête.

— Tu sais à quel point je trouvais romantique le fait que Marco lise les livres préférés d'Amalia.

Hudson garda le silence un moment avant de tapoter sur les colis.

— Combien en manque-t-il ?

— Hmm...

Je n'avais pas fini de faire défiler l'écran. Je cliquai sur mes e-mails et cherchai celui qu'Olivia avait envoyé avec les confirmations d'expédition.

— Je pense que ce sont les deux derniers. Tous les accessoires seront livrés demain matin par une entreprise locale.

Il hocha la tête.

— Je vais les apporter dans ta chambre.

Je secouai la tête.

— Ça va aller. Ce sont juste quelques tenues. Je peux me débrouiller.

Hudson glissa les mains dans ses poches en gardant les yeux baissés. Ce comportement timide n'était pas du tout son genre.

Tant d'émotions me traversèrent l'esprit, alors je restai debout sans savoir quoi dire, même si la conversation au sujet de ce livre semblait inachevée. Finalement, ça devint gênant, donc je pris les colis et je conclus qu'il était temps de partir.

— Merci encore pour le dîner. On se retrouve demain matin ?

— Je serai dans ta chambre quand ils commenceront.

— D'accord. Merci.

Il ouvrit la porte et nos regards se croisèrent une fois de plus. Pourquoi avais-je l'impression que mon cœur se brisait ?

— Bonne nuit, Hudson.

J'arrivai jusqu'à ma chambre mais je ne pus me résoudre à entrer. J'avais deux colis dans les mains, mais je me contentai de fixer la porte.

Qu'est-ce que je suis en train de faire, bordel ?

Ces dernières semaines, j'avais lu un journal intime et espéré qu'un homme arrive à conquérir une femme à cause de tous ses petits gestes tendres. Pourtant, dans ma vie privée, il y avait cet homme qui m'écoutait, cet homme qui m'avait pardonné de m'être incrustée dans le mariage de sa sœur et de lui avoir infligé des yeux au beurre noir. Je l'avais traité de connard plus d'une fois et, pourtant, il n'avait rien fait d'autre que m'aider à faire décoller mon entreprise en m'accompagnant durant toute la durée de la manœuvre. C'était également un père adorable, ce qui en disait long sur un homme. Sans oublier que j'étais terriblement attirée par lui.

Alors pourquoi je ne tentais pas ma chance ?

Je m'étais dit que ce n'était pas une bonne idée de mélanger travail et plaisir, vu la façon dont les choses s'étaient passées avec Aiden. Le niveau qu'avait atteint mon entreprise avait déjà dépassé toutes mes attentes, et nous n'avions même pas encore publié le site pour le grand public. Ce n'était donc pas ça. Je repensai à ma conversation avec Hudson, quelques minutes plus tôt.

— *Tant de choses pourraient mal tourner,* avais-je dit.

Mais peut-être que ce qu'il avait répondu était plus important.

— *Et tant de choses pourraient bien se passer.*

La vérité, c'est que j'avais peur de tenter ma chance. Je réalisais maintenant qu'en ne prenant aucun risque, je risquais de passer à côté de quelque chose de vraiment beau.

Mes paumes commencèrent à se couvrir de sueur, car je savais ce que je devais faire. Je savais également que si je retournais dans ma chambre et commençais à trop y réfléchir, je risquais de me dégonfler. Donc je devais faire ça maintenant.

Tout de suite.

Je laissai tomber les colis par terre devant la porte de ma suite et je me précipitai vers la chambre d'Hudson. Devant sa porte, mon premier réflexe fut de prendre un moment pour me ressaisir. Mais faire ça m'aurait donné le temps de perdre mon sang-froid. Je me forçai donc à aller au bout des choses et à frapper – bien qu'avec toute l'adrénaline et ma nervosité, je tambourinai plus qu'autre chose, rapidement et fortement.

Hudson ouvrit vivement la porte. Il avait l'air en colère, mais en me voyant, il afficha une expression protectrice.

— Que s'est-il passé ? Tout va bien ?

Il fit un pas hors de sa chambre et regarda dans le couloir, d'abord à droite, puis à gauche.

— Stella, qu'est-ce qui se passe ? Est-ce que tout va bien ?

— Tout va b...

J'oubliai ce que je voulais dire en pleine phrase. Quand il avait ouvert la porte et m'avait fait sursauter, j'avais seulement vu son visage en colère. Mais maintenant...

Je ne pouvais pas détacher mon regard de lui.

Bordel de merde.

La chemise d'Hudson était déboutonnée. Sa ceinture était défaite, et sa braguette baissée, révélant un boxer foncé. Ce n'était pourtant pas ça qui me rendait incapable de former des phrases, c'était ce qu'il y avait sous les vêtements.

Je savais de par nos discussions qu'il faisait de l'exercice, donc je m'attendais à ce qu'il soit en forme.

C'était en réalité tellement plus que ça. Il était… magnifique. Une belle peau lisse et bronzée, des pectoraux sculptés, et des tablettes de chocolat bien dessinées. Une fine ligne de poils partait de son nombril et descendait jusque dans son boxer, dont la vue me faisait saliver.

— Stella ? Est-ce que tout va bien ?

En entendant l'inquiétude dans sa voix, je clignai des yeux à plusieurs reprises.

— Oh… oui. Je suis en pleine forme.

Mais pas autant que toi.

— Tu as frappé comme s'il y avait un incendie ou un truc dans le genre.

— Désolé, dis-je en secouant la tête. J'étais juste angoissée.

— À propos de quoi ? La séance photo de demain ?

— Non… oui… non… enfin, je suis angoissée pour le shooting de demain, mais ce n'est pas ce qui m'inquiétait quand j'ai frappé à ta porte.

Hudson semblait toujours confus.

Mais bien sûr, pourquoi ne le serait-il pas, vu que je bafouillais comme une idiote ? Je pris une profonde inspiration et me repris.

— Je… je… Voudrais-tu que l'on dîne ensemble demain soir ?

— Un dîner ?

Je hochai la tête et déglutis.

— Oui… genre, un rencard ?

Toute la confusion et la colère disparurent de son visage. Il secoua la tête.

— Il était temps, putain.

Je levai les yeux au ciel.

— Ne sois pas si arrogant. Ça te dit ou pas ?

Il sourit.

— Oui, j'aimerais beaucoup sortir avec toi, Stella.

Mon ventre effectua un petit saut périlleux. J'eus soudain l'impression d'être au collège et que le garçon le plus populaire du bahut venait de me dire qu'il m'aimait aussi. Nerveuse, je baissai les yeux.

— D'accord, donc demain alors ? Après le tournage. On ira dîner ou un truc comme ça ?

Hudson eut l'air amusé.

— Oui, c'est comme ça qu'on fait en général… On va dîner ou un truc comme ça.

Je lui lançai un regard noir.

— Ce n'est pas facile, tu sais. Tu n'as pas besoin de rendre ça encore plus difficile en faisant l'imbécile.

Ses yeux étincelèrent.

— Je vais travailler là-dessus.

— Bien.

Je n'avais jamais demandé à un homme de sortir avec moi, alors je n'étais pas sûre de ce qui allait arriver ensuite. Mais quand je me surpris à attraper la bague avec laquelle je jouais toujours quand je me sentais nerveuse, je me dis que la meilleure chose à faire était de lui souhaiter bonne nuit.

— D'accord, à demain, alors.

Je voulus m'éloigner, mais Hudson sortit de sa chambre et m'attrapa par la main.

— Attends une seconde. Tu as oublié quelque chose.

Je fronçai les sourcils.

— Quoi ?

Il tira sur ma main et je trébuchai avant de m'écraser contre son torse. Puis, d'un seul coup, il se pencha, me souleva, et me retourna de façon à ce que mon dos soit contre la porte de sa chambre. J'enroulai les jambes autour de sa taille, et il se pressa contre moi, me coinçant de son corps. Il posa les mains sur mes joues et me regarda dans les yeux.

— Ça, chérie, tu as oublié ça.

Hudson écrasa sa bouche contre la mienne. Le petit cri de surprise qui avait à peine franchi mes lèvres disparut, tout comme la timidité que je ressentais une minute plus tôt. Je passai les doigts dans ses cheveux épais et tirai dessus pour le rapprocher encore plus de moi.

Hudson gronda. Il inclina la tête pour approfondir le baiser, et nos langues s'entrechoquèrent frénétiquement. L'enfer se déchaîna après ça. Hudson se frotta entre mes jambes et l'une de ses mains serpenta jusqu'à l'arrière de ma tête, où il attrapa une poignée de mes cheveux. La rudesse de ses mouvements couplée à la sensation de son corps chaud et dur se pressant contre moi fit jaillir un gémissement du plus profond de ma gorge.

— Putain, grogna Hudson quand sa bouche se déplaça vers mon cou.

Il déposa des baisers humides le long de ma jugulaire avant de m'embrasser à nouveau sur les lèvres.

— Refais ça. Refais ce bruit.

Ce n'était pas un son que j'avais essayé de produire, donc je n'étais pas sûre de pouvoir recommencer. Mais quand il frotta sa verge de haut en bas entre mes jambes écartées, je n'eus pas à me soucier d'essayer, car une fois de plus, le gémissement s'éleva de quelque part au plus profond de moi.

Hudson grogna.

— Oh putain, oui.

Je ne sais pas combien de temps nous restâmes comme ça – à nous toucher et à nous frotter l'un contre l'autre, à nous embrasser et à attraper l'autre ici et là – mais quand notre baiser se termina enfin, nous haletions tous les deux. Je levai la main et tâtai mes lèvres gonflées.

— Waouh.

Un sourire étira le visage de Hudson au moment où il appuya son front contre le mien.

— Tu en as mis, du temps.

Je ris.

— Tais-toi. J'avais de bonnes raisons d'avoir peur.

Hudson dégagea une mèche de cheveux de ma joue et son expression s'adoucit.

— N'aie pas peur. Je ne te ferai pas de mal. Sauf peut-être une petite morsure de temps en temps.

Un bruit à l'autre bout du couloir interrompit ce moment intime. Un couple plus âgé se dirigeait vers nous.

— Merde, dit Hudson en me remettant sur mes pieds.

Dans un geste vraiment adorable, il rabaissa ma robe et la lissa. J'éclatai de rire et baissai les yeux vers son pantalon.

— Euh. Je ne pense pas que tu dois t'inquiéter de moi, niveau tenue indécente.

Le front de Hudson se plissa jusqu'à ce qu'il baisse les yeux et voit son érection presser contre son pantalon.

— Merde.

— Ne t'inquiète pas. Je gère.

Je me plaçai devant lui et me positionnai de sorte à le cacher suffisamment le temps que le couple passe. Puis il remonta sa braguette et boucla partiellement sa ceinture.

— Viens. Je vais te raccompagner jusqu'à ta chambre.

— Tu n'as pas à faire ça.

— C'est sur mon chemin.

Je fronçai les sourcils.

— Ton chemin vers où ?

— La réception. Je me suis enfermé dehors.

Je gloussai.

— Malin, Rothschild. Malin.

Il répondit en me claquant les fesses.

— Sois gentille ou je ne me comporterai pas autant comme un gentleman quand on arrivera devant ta porte.

— Peut-être que je ne veux pas que tu te comportes comme un gentleman.

Il passa un bras autour de mes épaules quand nous commençâmes à avancer.

— J'ai dit que je serai un gentleman quand on arrivera *devant* ta porte. Crois-moi, ça n'aura plus rien à voir quand on sera dans un endroit bien moins public, maintenant que tu es à moi.

— Oh, je suis à toi maintenant, alors ?

Quand nous arrivâmes devant ma chambre, Hudson m'embrassa doucement sur les lèvres.

— Tu l'es depuis un moment, trésor. Tu viens juste de l'admettre.

Je levai les yeux au ciel comme si ce qu'il disait était arrogant, même si c'était la vérité. Puis je l'attrapai par la chemise.

— Tu veux... entrer ?

Il me caressa la joue.

— Oui, j'en ai envie. Mais non, je ne le ferai pas. Tu dois te lever tôt demain matin. En plus, tu mérites d'avoir un super rendez-vous, et je vais t'offrir ça avant que nous allions plus loin. Si on va dans ta chambre maintenant, je *vais* finir par essayer de te déshabiller. C'est impossible de te résister. Crois-moi, j'ai déjà essayé.

Je souris et me mis sur la pointe des pieds pour un autre doux baiser.

— Bonne nuit, Hudson.

— Heureux que tu aies finalement écouté le murmure, chérie.

— Je n'avais plus vraiment le choix. Ces derniers temps, ce murmure ressemblait plutôt à un cri.

21

Hudson

Le lendemain matin, je me présentai à la porte de Stella à sept heures trente. Elle ouvrit, enveloppée dans une serviette.

— Bonjour. Tu es en avance.

Mes yeux remontèrent le long de son corps, admirant sa peau crémeuse et nue. Je secouai la tête.

— On dirait que je suis venu au bon moment.

Elle gloussa, et je jurai que ce bruit était peut-être encore mieux que la vue que j'avais d'elle, qui était pourtant spectaculaire.

Stella entra.

— Les coiffeurs et maquilleurs arrivent à huit heures, alors j'ai attendu avant de prendre une douche pour que mes cheveux soient encore humides.

Être dans sa suite, c'était complètement différent de ce que j'avais ressenti hier. Par exemple, maintenant, je pouvais faire ça.

Dès que la porte se referma, je la pris dans mes bras et écrasai mes lèvres sur les siennes. La nuit dernière, je m'étais endormi en pensant au goût de sa bouche et, ce matin, je m'étais réveillé affamé. Le doux gémissement qui avait failli m'achever hier refit son apparition – il passa de ses lèvres aux miennes et se dirigea tout droit vers ma verge.

Putain.

Elle ne m'arrêterait probablement pas si je retirais la serviette de son corps, mais ça ne ferait qu'empirer les choses. Si un simple baiser me donnait l'impression de ne plus pouvoir me contrôler, impossible que je puisse me calmer en la voyant en entier. Alors je retirai ma bouche de la sienne à contrecœur.

Stella leva une main et passa deux doigts le long de sa lèvre inférieure.

— Je ne pense pas avoir saisi un jour ce qui se passait dans l'esprit de quelqu'un juste en l'embrassant.

— Qu'est-ce que tu veux dire ?

— Tes baisers. Ils en disent tellement. Que ce soit un doux baiser ou ce qui vient de se passer, je sais ce qui se passe dans ta tête quand nos lèvres se rencontrent.

— Ah oui ? Qu'est-ce qui se passait dans ma tête à l'instant ?

— Tu voulais retirer ma serviette, mais tu savais que ce ne serait pas une bonne idée parce que des gens vont arriver d'une minute à l'autre.

Je haussai les sourcils.

— Comment est-ce que tu peux savoir ça ?

Elle secoua la tête.

— Je ne sais pas. Je comprends, c'est tout.

— C'est dangereux... pour moi.

Elle sourit et ajusta le coin de sa serviette qui retenait le tout.

— Je devrais aller m'habiller avant que les gens commencent à arriver.

Même si je détestais la voir se couvrir, je ne voulais en aucun cas partager son corps avec qui que ce soit, surtout pas avec ce connard de photographe. Je hochai la tête.

— Vas-y.

Stella s'éloigna, mais à l'entrée de la salle de bain, elle m'appela :

— Hudson ?

— Oui ?

Elle laissa la serviette tomber par terre.

Je grondai. La journée allait être longue.

Avant que Stella ait fini de s'habiller, la première personne arriva. Dig – du moins j'étais presque sûr que c'est ce qu'il avait grommelé en se présentant – était styliste. Il arriva avec une malle à roulettes et chercha autour de lui où s'installer.

Une minute plus tard, la maquilleuse frappa, suivie de trois types qui livraient des meubles de location, du room service, d'un régisseur lumière et d'un type quelconque dont l'accent était si fort que je n'avais aucune idée de ce qu'il expliquait faire. Ils se jetèrent tous sur Stella dès qu'elle sortit de la salle de bain.

Après quarante-cinq minutes à être entourée d'une équipe de personnes dédiée à la bichonner, elle avait l'air un peu dépassée. Je préparai donc une assiette avec des fruits et un croissant récupéré au buffet du petit-déjeuner et la posai devant elle.

— Tu as déjà mangé ?

Stella secoua la tête.

Je regardai le coiffeur qui venait d'envelopper toute sa tête de bigoudis, puis les deux types qui l'encadraient de part et d'autre.

— Pouvez-vous la libérer cinq minutes, s'il vous plaît ?

— Oh... bien sûr.

Je désignai d'un signe de tête les plateaux de nourriture.

— Pourquoi ne pas te servir quelque chose à manger ? Il y a une table dehors sur le patio.

Comme personne ne l'embêtait plus, Stella laissa échapper une grande expiration.

— Merci. Comment as-tu su que j'avais besoin d'une pause ?

Je haussai les épaules.

— De la même façon que tu savais que j'étais à deux doigts d'arracher ta serviette pendant le baiser de tout à l'heure.

Elle sourit et prit la banane que j'avais posée dans son assiette. Alors qu'elle allait l'éplucher, elle vit mon gribouillage et le lut à haute voix.

— *Je suis impatient de te montrer ma banane.* Ooh, dit-elle avant de pouffer. Je pense que je vais encore plus apprécier ces petits mots maintenant.

Je souris, mais pointai son assiette du doigt.

— Mange. Ils vont revenir ici pour te foutre de la merde sur le visage dans quelques minutes.

— À bien y réfléchir, je vais la garder pour plus tard.

Stella posa la banane et prit un morceau de melon.

— Alors, qu'est-ce qu'on va faire ce soir pour notre rendez-vous ? Je sais que je t'ai invité à sortir, mais c'est la première fois que je viens en Californie.

— Je me suis dit que je pourrais t'emmener dans un restaurant et te faire visiter L.A., puisque tu n'y es jamais allée.

— Oh, ça a l'air génial.

Elle mordit dans le fruit et lâcha un *Hmmmm.*

— Il est vraiment bon ce melon.

— J'ai un coup de fil à seize heures cet après-midi que je ne peux pas reporter, mais si le shooting finit suffisamment tôt, je pourrais toujours le passer en chemin.

— Si tu es trop occupé pour sortir plus tard… sourit-elle. Je peux toujours demander à Phoenix de me faire découvrir les environs.

Je plissai les yeux. Stella porta le morceau de melon à ses lèvres pour en prendre une autre bouchée, mais j'attrapai son poignet et redirigeai le fruit vers ma propre bouche, mordillant ses doigts au passage.

— Aïe !

— Tu as de la chance qu'il y ait du monde et que je ne puisse pas te mettre sur mes genoux et te fesser pour te punir d'avoir dit ça.

Elle gloussa.

— On pourrait aller dans l'autre pièce.

— Ne me tente pas, trésor.

Je posai les yeux sur ses lèvres.

— Je peux tout à fait demander aux gens de virer d'ici si tu veux jouer à ce jeu-là.

Les yeux de Stella brillèrent, me mettant au défi de mettre ma menace à exécution. Mais un coup à la porte interrompit notre petite conversation.

Je dus faire un effort pour ne pas me renfrogner en découvrant Phoenix de l'autre côté. Pourtant, je l'accueillis d'un bref hochement de tête.

— Bonjour.

Ce connard alla droit vers Stella sans même me saluer. En fermant la porte derrière lui, je grommelai :

— Content de vous revoir, moi aussi.

Décidant que ce n'était probablement pas bien d'agir comme un petit ami jaloux avant le premier rendez-vous, je décidai d'aller voir ce qui se passait dehors. Les gens qui s'occupaient du mobilier et des accessoires avaient travaillé au niveau du patio depuis leur arrivée.

Le petit espace extérieur avait été transformé en une scène de *Bill Nye : L'homme de sciences*, avec quelques gouttes d'œstrogènes en plus. Il y avait là une paillasse de laboratoire surmontée de béchers et de matériel, mais aussi des bocaux de pétales de rose rouge vif, du sable et diverses fleurs colorées. Le logo de Signature Olfactive avait été installé à l'avant de la paillasse, et un plateau de métal au fini miroir accueillait les différents flacons du parfum.

Dig s'approcha et essuya la sueur sur son front.

— Qu'est-ce que vous en pensez ?

— Ça m'a l'air bien.

— Oui, je ne savais pas trop à quoi ça allait ressembler, vu la liste de choses qu'on nous a demandé de rassembler. Ça me paraissait être une combinaison étrange, mais je comprends maintenant, surtout en voyant le modèle.

Je savais que ma sœur serait levée et apprécierait de voir tout ce qui avait été mis en place, alors je pris quelques photos et les lui envoyai par SMS.

Olivia : Ça a l'air incroyable ! Je suis un génie.

Je répondis en riant.

Hudson : Modeste, en plus.

Olivia : Où est Stella ? Je veux voir son look.

Je jetai un coup d'œil à l'intérieur et vis le coiffeur retirer les bigoudis pendant qu'une femme mettait encore plus de merde sur son visage.

Hudson : Ils s'occupent toujours d'elle.

Olivia : Envoie-moi des photos quand ils commenceront ! Je parie qu'elle va tout déchirer.

Bien sûr qu'elle va tout déchirer. Je regardai à nouveau dans la suite et mon regard croisa celui de Stella.

La commissure de ses lèvres s'incurva pour former le plus doux des sourires, un sourire qu'elle essayait de retenir sans succès. Je le savais, parce que j'avais ressenti exactement la même chose sur mon visage quasiment tous les jours depuis que je l'avais rencontrée.

Le reste de la matinée fut chaotique et passa à toute allure. Stella était superbe durant le shooting. Demandez à ce bon vieux Phoenix, il le lui avait dit assez de fois. Je comprenais que les photographes devaient encourager leurs modèles avec des compliments, les faire sortir de leur coquille pour la séance, mais il y avait une différence entre dire à quelqu'un qu'il s'en sortait bien et qu'il était magnifique, ou roucouler à l'adresse du modèle pour lui rappeler à quel point il était sexy – tout en l'appelant *chérie* et *bébé*. Chaque fois qu'il repositionnait les cheveux de Stella ou arrangeait son col, je toisais cet enfoiré tel un faucon.

Lorsque nous nous arrêtâmes pour la pause déjeuner, le styliste suggéra à Stella de se changer pour ne pas salir sa tenue. Elle alla dans la salle de bain et en ressortit avec un short et un débardeur.

— Comment je me débrouille ? Ce n'est pas facile de sourire pendant si longtemps. Je commençai à avoir l'impression de ressembler à Joaquin Phoenix dans le rôle du Joker.

— Nan. Tu t'en es bien sorti. Peut-être comme Heath Ledger, mais tu n'étais pas aussi mauvaise que Joaquin.

Stella me frappa gentiment dans les abdos. Comme elle me tournait le dos, elle ne remarqua pas que Phoenix avait pris place à une table pliante dans le patio, juste de l'autre côté des portes coulissantes en verre. Moi, si. L'attrapant par la main, je tirai Stella vers moi et dégageai une mèche de cheveux de son visage.

— Tu te débrouilles très bien. Tu es magnifique, et les publicités vont être parfaites.

— Tu dis ça parce que tu veux finir dans mon lit.

Je glissai deux doigts sous son menton et inclinai sa tête vers le haut.

— Je le dis parce que c'est la vérité. Bien que je veuille finir dans ton lit. Embrasse-moi.

Elle sourit et se dressa sur la pointe des pieds, pressant ses lèvres douces contre les miennes. J'aurais préféré l'embrasser à pleine bouche, mais je ne le ferais pas tant qu'il y aurait une équipe complète dans la pièce voisine et sur le patio. Quand je levai la tête, mes yeux croisèrent ceux de Phoenix, qui venait d'assister à la scène. *Voilà qui va régler le problème...*

La séance de l'après-midi se déroula aussi bien que celle du matin, sauf que le photographe se comporta de manière beaucoup plus professionnelle. Je pris quelques photos de Stella entourée de tous les accessoires et les envoyai à ma sœur. Quant à celle où elle se penchait pour renifler un bouquet de fleurs violettes accroché à la clôture alors qu'elle pensait que personne ne regardait ? Celle-là était pour moi.

À quinze heures, le photographe mit finalement fin à sa journée. Tout le monde commença à ranger et Stella retourna dans la salle de bains pour se changer une nouvelle fois.

Phoenix était en train de démonter son appareil photo et de mettre les pièces dans un étui quand il leva le menton vers moi.

— J'ai pris beaucoup de bons clichés. Je vais tout passer en revue et faire quelques retouches sur celles que je pense être les meilleures. Mais je vous enverrai également toutes les autres pour que vous les regardiez au cas où une photo que je n'aurais pas choisie attirerait votre attention. Je sais que vous en avez besoin le plus rapidement possible, alors je vous enverrai tout d'ici lundi.

Je hochai la tête.

— Merci.

Il referma son étui.

— Et... je vous dois des excuses. Je n'avais pas réalisé que vous et Stella...

J'aurais pu dire que c'était tout récent, ou qu'hier soir lors du dîner elle n'avait même pas encore accepté de sortir avec moi – j'aurais pu le laisser s'en tirer à bon compte. À la place, je répondis simplement :

— Aucun problème.

— Merci, dit-il en me tendant la main. Elle a l'air d'être une fille formidable.

Je lui pris la main, la serrant plus fermement que ce qui était socialement acceptable.

— Une femme. C'est une *femme* formidable.

Il leva les deux mains.

— J'ai saisi.

Quand tout le monde partit, il était presque seize heures, et j'avais un appel à passer. J'avais besoin de mon ordinateur portable pour ça, et il se trouvait dans ma chambre.

J'attrapai l'une des mains de Stella.

— Tu te sens toujours prête à sortir ce soir ?

— Absolument. J'aimerais quand même prendre une douche rapide, si ça ne te dérange pas. J'ai l'impression d'avoir un masque de boue sur le visage avec tout ce maquillage, et il y a au moins trois kilos de laque sur mes cheveux.

— J'ai ce coup de fil de seize heures à passer. Alors pourquoi ne pas me rejoindre dans ma chambre quand tu seras prête ?

— Vendu !

Stella me raccompagna jusqu'à la porte.

— Où va-t-on ce soir, pour que je sache quoi porter ?

— Mets quelque chose de sexy.

— Oh, d'accord. Alors c'est un endroit chic ?

— Pas vraiment. Je veux juste que tu portes quelque chose de sexy.

Elle éclata de rire.

— Je vais faire de mon mieux.

Je me penchai et lui déposai un baiser la joue.

— Tu n'as même pas besoin d'essayer.

— Waouh. C'est magnifique.

Stella s'installa dans son siège, face à l'océan. Je l'avais emmenée au Geoffrey, à Malibu, parce que c'était une belle soirée et que dîner sur leur terrasse, à l'arrière, offrait une vue panoramique imprenable sur l'océan Pacifique. Mais oubliez ça : ce qu'elle admirait ne faisait pas le poids face à ce que je contemplais en cet instant.

— *Tu* es magnifique.

Stella rougit.

— Merci.

J'appréciai qu'elle soit si humble. Cette femme ne se doutait vraiment pas qu'elle avait fait tourner toutes les têtes quand nous étions entrés dans le restaurant.

— Tu as déjà mangé ici ?

— Oui. Un client m'a invité ici il y a quelques années. Dans la plupart des endroits, on a soit une belle vue soit des bons plats. C'est l'un des rares endroits où on a les deux.

Elle prit la serviette en tissu sur la table et la posa sur ses genoux.

— En fait, je meurs de faim.

Mes yeux tombèrent sur ses lèvres, qui étaient colorées du même rouge à lèvres rouge vif qu'elle avait porté lors de la séance photo aujourd'hui. J'imagine que je devrais être reconnaissant qu'elle porte quelque chose de plus discret d'habitude, parce que sinon je ne pourrais pas travailler au bureau.

Je levai mon verre, sans la quitter des yeux.

— Je meurs de faim, moi aussi.

Stella saisit le ton suggestif dans ma voix, et son regard croisa le mien – j'y vis une étincelle.

— Ah oui ? Dites-moi, Monsieur Rothschild, quelle est votre idée d'un *repas satisfaisant* ?

Je sentis que je commençais à durcir, sous la table. Être près d'elle me donnait l'impression d'être un puceau de quinze ans en chaleur. Et en plus elle m'appelait monsieur Rothschild ? Je n'avais jamais été tenté par les jeux de rôles auparavant, mais j'imaginais une scène patron-employée dans un futur proche.

Je me raclai la gorge.

— On ferait mieux de changer de sujet.

Elle me regarda avec un air vraiment innocent.

— Pourquoi ?

Je regardai autour de nous. Les tables étaient proches, alors je me penchai en avant et baissai la voix.

— Parce que je bande rien qu'à penser à ce que je veux réellement manger.

Elle rougit.

— Oh.

La serveuse vint prendre notre commande de boissons. Stella parcourut la carte des vins ; je fus soulagé d'avoir une minute pour me reprendre en main. J'avais l'air de n'avoir qu'une seule idée en tête ce soir, et je ne souhaitais pas qu'elle ait l'impression que le sexe était la seule chose qui m'intéressait – même si c'était le cas, ces derniers temps. Ce n'était que notre premier rendez-vous, alors je devrais probablement m'abstenir de lui dire qu'à chaque fois qu'elle rougissait, je ne pouvais m'empêcher de me demander quelle couleur prenait sa peau crémeuse quand elle jouissait.

Quand la serveuse partit chercher notre vin, j'orientai la conversation vers un terrain plus sûr.

— Alors, que vas-tu lancer ensuite, maintenant que Signature Olfactive est presque prêt ?

Stella se cala dans sa chaise.

— Tu sais, Robyn m'a posé la même question pendant l'une des pauses sur le plateau, il y a quelques semaines. Elle se demandait si j'avais prévu de sortir des produits complémentaires, comme une eau de Cologne pour homme ou tout autre produit lié à la beauté.

— C'est ce que tu comptes faire ?

Elle haussa les épaules.

— Peut-être. Je ne suis pas pressée. J'aimerais m'assurer que tout se passe bien avec Signature Olfactive pendant un certain temps. J'ai travaillé dessus tout en bossant à plein temps pendant si longtemps, et après avoir quitté mon emploi, je me suis carrément lancée dedans tête baissée.

Stella marqua une pause et regarda l'océan.

— Je pense que j'aimerais ensuite me lancer dans la conquête du bonheur, dit-elle en souriant.

La serveuse apporta notre vin. Stella plongea le nez dans le verre pour renifler et sourit, je savais donc qu'il serait bon. La serveuse remplit ensuite nos deux verres et nous dit qu'elle reviendrait dans quelques minutes pour prendre notre commande.

— Tu veux dire que ton système de bonheur ne fonctionne pas ? la taquinai-je.

— Non, pas du tout. Je… travailler quatorze heures par jour m'apporte peut-être une satisfaction financière, mais ce n'est pas la seule chose qui compte.

Je la dévisageai.

— Oui, je commence à m'en rendre compte, moi aussi.

Elle sourit et inclina la tête.

— Es-tu heureux ?

— À l'heure actuelle, tout à fait.

Elle éclata de rire.

— Je suis ravie. Mais je voulais dire en général, dans ta vie.

Je sirotai mon vin et pris le temps d'y réfléchir.

— C'est une question plutôt importante. Je crois qu'il y a des choses dans ma vie dont je suis très satisfait : mon travail, ma stabilité financière, mes amis, ma famille, ma situation amoureuse actuelle…

Je lui fis un clin d'œil.

— Cela dit, il y a également des choses qui ne me satisfont pas, comme ne pas retrouver ma fille tous les soirs en rentrant à la maison, comme rentrer dans une maison vide.

Stella acquiesça.

— Je pense que si j'ai eu du mal à être heureuse ces dernières années, c'est en grande partie parce que ma vie s'est révélée très différente de ce que j'avais imaginé. J'avais besoin de me défaire de l'idée de ce à quoi je croyais que ma vie devait ressembler afin d'écrire une nouvelle histoire.

Et dire que quand j'avais rencontré cette femme, je la trouvais excentrique. Quelques mois plus tard, je me rendais compte que c'était elle qui avait sa vie bien en main, et que c'était moi qui avais beaucoup à apprendre. Encore plus incroyable que ça, j'espérais que lorsqu'elle écrirait cette nouvelle histoire, je pourrais en faire partie.

Hudson

Je ne pus m'empêcher de l'embrasser.

Après une journée et une soirée entières passées à la regarder sans la toucher, je commençais à avoir l'impression d'être un homme qui n'avait pas mangé depuis des jours, et qu'elle était un gros steak juteux. Alors quand le jeune voiturier partit récupérer ma voiture de location, je pris Stella par la main et l'attirai vers le côté du bâtiment.

— Qu'est-ce que tu fais ?

— Je vais te dévorer le visage.

Elle gloussa.

— Le dévorer ? Ça n'a pas l'air très romantique.

— Fais-moi confiance.

Je passai un bras autour de sa taille et la tirai contre moi, tandis que je passai mon autre main derrière son cou pour lui incliner la tête comme je le voulais.

— Je vais te séduire... te chuchoter des choses à l'oreille, t'envoyer des petits mots pour te faire savoir que je pense à toi. Il faudra juste que tu caches ton téléphone quand tu es en présence d'autres personnes avant de lire mes messages.

Elle se mordit la lèvre inférieure, alors je gémis.

— Donne-moi ça.

Je posai ma bouche sur la sienne, et elle me surprit quand elle m'attrapa la lèvre pour la mordre.

Penchant légèrement la tête en arrière avec ma lèvre toujours entre ses dents, elle me lança un sourire diabolique.

— Je risque de te dévorer le visage en premier.

Nous riions encore tous les deux quand je refermai ma bouche sur la sienne pour lui donner un long baiser. Le bruit que faisait un couple à proximité était la seule chose qui m'empêchait de la peloter juste devant le restaurant.

Nous retournâmes près du poste du voiturier, et quand notre voiture de location s'arrêta, je fis signe au gamin qui allait ouvrir la portière de Stella de s'éloigner. Je lui donnai un pourboire pendant qu'elle montait à l'intérieur.

J'étais content que le trajet soit long pour lui montrer toutes les curiosités touristiques possibles, car j'avais besoin de temps pour me remettre de ce baiser.

Je m'installai derrière le volant et bouclai ma ceinture.

— Je me disais qu'on pourrait aller jusqu'au panneau Hollywood, puis nous rendre sur Hollywood Boulevard pour se promener. C'est là-bas que se trouve le Walk of Fame. Peut-être que, demain, on pourrait aller faire un tour sur Santa Monica Pier, Venice Beach, et quelques autres endroits.

— Ça te dérangerait de changer de plan ? demanda-t-elle. Je pensais qu'on pourrait juste retourner à l'hôtel.

Même si je détestais ces conneries touristiques, j'avais quand même hâte de lui faire visiter les lieux. Je n'étais clairement pas prêt à mettre un terme à notre premier rendez-vous officiel. Mais aujourd'hui avait été une longue journée pour elle, alors je masquai ma déception.

— Oui, bien sûr. Tu dois être fatiguée. Je n'ai pas réfléchi.

— En fait…

Elle s'approcha et posa sa main sur ma cuisse.

— Je ne suis pas fatiguée du tout.

Et… cette femme ne cessait de me surprendre. Je tournai la tête et croisai son regard.

— Tu es sûre ?

Elle hocha la tête avec un sourire timide.

— Combien de temps dure le trajet du retour ? Je n'ai pas fait attention à l'aller.

— À peu près une demi-heure, répondis-je en démarrant la voiture. Mais nous y serons en vingt minutes.

Je repassai en boucle dans ma tête le moment où Stella m'avait dit qu'elle voulait retourner à l'hôtel, alors que j'enfreignais une demi-douzaine de règles. Elle venait de poser ses cartes sur la table. Elle voulait se retrouver seule avec moi, mais je ne voulais pas en déduire qu'elle désirait faire l'amour. Je devais m'en souvenir, parce que j'avais tendance à passer de zéro à cent dès que nos lèvres se touchaient.

Nous étions allés dîner tôt puisque nous avions prévu de faire un peu de tourisme après, alors quand nous entrâmes dans le hall de l'hôtel, il était à peine vingt heures.

— Tu veux aller prendre un verre au bar ? demandai-je.

— Je n'ai pas touché au bar de ma chambre, et il est plutôt bien approvisionné.

Je souris.

— Allons dans ta chambre alors...

Dans sa suite, Stella retira ses chaussures pendant que je passais derrière le bar pour voir ce qu'il y avait. Elle n'avait pas exagéré ; il y avait là plus de choix que dans n'importe quelle chambre d'hôtel dans laquelle j'avais séjourné.

Je pris une bouteille de merlot et une grande bouteille de gin.

— Tu as plutôt envie de vin ou d'autre chose ?

Stella fouillait dans son sac à main. Elle soupira d'exaspération en le jetant sur le canapé.

— Tu as des préservatifs ?

Très bien. *C'est donc autre chose.*

Je posai les bouteilles et sortis de derrière le bar, en maintenant une distance de quelques mètres entre nous.

— Oui.

— Tu en as sur toi, là maintenant ?

Je gloussai.

— Oui, là maintenant.

Elle déglutit.

— J'ai commencé à reprendre la pilule il y a quelques semaines, mais il faut la prendre un mois entier avant d'être totalement protégée.

Je fis un pas de plus vers elle.

— Tout va bien.

— Combien tu en as sur toi ?

Je haussai les sourcils.

— Tu as de grands projets pour la nuit ?

Elle afficha le plus amusant des sourires.

— Ça fait un moment que je n'ai rien fait. Un *long* moment.

Je souris et réduisis la distance entre nous. Dégageant

les cheveux de son épaule, je me penchai et déposai un doux baiser sur sa peau crémeuse.

— J'en ai deux avec moi. Mais j'en ai d'autres dans ma valise, dans ma chambre.

— D'accord.

Elle détourna le regard pendant quelques secondes. Je sentais son cerveau bouillir dans son crâne tandis que ses yeux semblaient perdus dans le vague.

— Y a-t-il autre chose dont tu voudrais par…

Je n'eus pas le temps de finir ma question car Stella se jeta sur moi. Pris au dépourvu, je fis quelques pas en arrière, mais réussis à la prendre dans mes bras. J'avais déjà entendu dire que certaines personnes pouvaient vous grimper dessus comme sur un arbre, mais je n'en avais jamais fait l'expérience. D'un seul coup, elle se redressa, enroula ses jambes autour de ma taille et ses bras autour de mon cou, puis écrasa ses lèvres sur les miennes.

— J'ai envie de toi, murmura-t-elle entre nos bouches scellées.

Maintenant, je savais exactement ce qui allait se passer. Son empressement était une surprise totale, mais *j'adorais* ça. J'y serais allé doucement, j'aurais pris mon temps pour ne pas précipiter les choses. Mais ça ? C'était tellement mieux. Nous avions toute la nuit pour y aller doucement. En faisant de grandes enjambées, je la portai à travers le salon jusque dans la chambre. Stella pressa ses seins contre moi et frotta son entrejambe contre ma queue déjà dure.

Je grognai.

— Et moi qui pensais que tu voulais quelque chose de romantique.

— Je pense que je préférerais que tu me dévores le visage tout de suite.

Je la déposai sur le lit et me mis à genoux.

– Chérie, ce n'est pas ce que je m'apprête à dévorer.

J'étais tellement consumé par l'idée d'enfouir mon visage entre ses jambes que je ne pus faire preuve de douceur pour lui retirer sa culotte. J'attrapai le tissu fragile de son string et le lui arrachai. Le petit cri de surprise satisfait qui s'échappa de sa bouche fut presque suffisant pour me faire jouir, et elle n'avait pas encore posé un doigt sur moi.

J'écartai l'une de ses jambes, passai l'autre par-dessus mon épaule. Son sexe était magnifique, nu et scintillant, au point que j'en salivais. Je ne pouvais attendre de la dévorer. Raidissant ma langue, j'amorçai un long mouvement, la léchant de bas en haut. Quand j'atteignis son clitoris, je l'aspirai dans ma bouche et suçai fortement dessus.

– Ahh... gémit-elle en s'arc-boutant sur le lit.

Ce son me rendit fou. J'étais tellement excité que ça ne me suffisait pas de n'y aller qu'avec ma langue. Alors je pressai tout mon visage contre son sexe humide, utilisant mon nez, mes joues, ma mâchoire, mes dents et ma langue. Et pendant que j'y étais, je m'arrêtai pour prendre une profonde inspiration. Plus tard, il faudrait que je me souvienne de demander à Stella si elle pourrait faire de *cette* odeur un de ses parfums personnalisés – pour ma collection privée uniquement.

Elle ondula des hanches contre moi pendant que je la léchais et aspirais son clitoris. Et quand elle cria mon nom, je sus qu'elle était sur le point de jouir. Je glissai alors deux doigts en elle. Les muscles de Stella se crispèrent autour de mes doigts tandis que j'effectuais des va-et-vient.

Quand son dos s'arracha à nouveau du lit, je tendis le bras et pressai ses hanches contre le matelas, l'immobilisant pendant que je continuais mon festin.

Elle gémit.

— Ah… Je… ah… !

Je commençai à avoir peur de jouir en même temps qu'elle. Et si c'était le cas, mon orgasme finirait dans un pantalon à trois cents dollars, comme si j'étais un adolescent. En même temps, l'entendre perdre le contrôle était tellement bon… alors peu importait si on en arrivait là, parce qu'il n'y avait aucune chance que je m'arrête.

Les ongles de Stella s'enfoncèrent dans mon cuir chevelu. Elle s'accrocha à mes cheveux en gémissant de plus en plus fort et puis… tout à coup, elle me lâcha, et je sus qu'elle allait jouir.

— Oh, bordel ! *Ooooooh*… Mon Dieu…

Je continuai de la lécher jusqu'à ce que son corps ait fini de trembler. Puis je m'essuyai le visage du dos de la main et grimpai sur le lit en me plaçant au-dessus d'elle.

Stella avait les yeux fermés, mais le plus grand des sourires étirait son visage. Elle plaça un bras sur ses yeux pour les cacher.

— Oh, mon Dieu, je suis tellement gênée.

— Pour quoi ?

— Je viens juste de t'attaquer.

— Et c'est la meilleure chose qui me soit arrivée depuis aussi longtemps que je me souvienne.

Je décalai son bras et elle ouvrit un œil.

— Attaque-moi à nouveau dès que l'envie t'en prend.

Elle se mordit la lèvre.

— Tu es… vraiment doué à ça.

Je souris.

— Je suis vraiment doué en beaucoup de choses. La nuit ne fait que commencer, trésor.

Elle ouvrit l'autre œil et l'expression de son visage se fit plus douce.

— Tu m'as appelée *trésor*. J'aime beaucoup.

— Bien.

Je l'embrassai doucement avant de me lever du lit. Stella s'appuya sur ses coudes et me regarda pendant que je glissais les pieds dans mes chaussures.

— Où vas-tu ?

— Dans ma chambre.

— Pourquoi ?

Je m'approchai et lui déposai un baiser sur le front.

— Pour prendre le reste des préservatifs. Deux ne suffiront pas.

23

Stella

Je ne m'étais jamais réveillée aussi tard.

En reposant doucement mon téléphone sur la table de nuit, je me rappelai les *nombreuses* raisons pour lesquelles j'avais dormi jusqu'à presque midi. Combien de fois Hudson et moi avions fait l'amour ? Trois fois ? Quatre ? Ça faisait des années que je n'avais pas fait l'amour plus d'une fois en l'espace de vingt-quatre heures. Même au début de notre relation avec Aiden, je ne me souvenais que d'une poignée de fois où nous avions fait l'amour deux fois – et ce n'était certainement jamais plus que ça. Un sourire illumina mon visage quand je me souvins de la nuit dernière et de ce matin.

Hudson était insatiable. En fait, nous l'étions tous les deux. Nous l'avions fait avec lui au-dessus, moi au-dessus, en cuillère... Mon moment préféré avait été plus tôt ce matin alors que nous étions tous les deux allongés sur le flanc et que nous discutions. Je n'oublierai jamais la connexion que nous avions partagée tandis qu'il entrait et sortait de moi et que nous nous regardions dans les yeux. C'était probablement la chose la plus intime que j'aie jamais vécue. Rien que d'y penser maintenant, j'en avais le souffle coupé.

Souriant encore à ce souvenir, je décidai que j'allais peut-être réveiller monsieur Marmotte avec ma bouche. Je me retournai, m'attendant à trouver Hudson profondément endormi, mais à la place, je ne trouvai qu'un lit vide.

Je m'appuyai sur un coude et l'appelai :

— Hudson ?

Pas de réponse.

Maintenant que j'étais réveillée, je devais me lever et répondre aux besoins de Mère Nature. Quand je me levai hors du lit, je me rendis compte que j'avais des courbatures. Mais j'accepterais ces quelques douleurs en échange de ces heures de plaisir n'importe quel jour de la semaine.

Après être sortie de la salle de bain, je décidai de prendre mon téléphone pour voir si Hudson ne m'avait pas laissé de message. En contournant le pied du lit, je remarquai quelque chose sur son oreiller : une boîte blanche avec un nœud rouge et un post-it jaune.

J'ai une conférence téléphonique à onze heures trente. Je ne voulais pas te réveiller. Je reviens quand c'est fini.

Reste nue.

H

P.-S. Commençons à l'écrire.

Commençons à l'écrire ?

Mince, qu'est-ce que ça signifiait ?

Je n'en étais pas certaine, mais je souris en détachant le nœud rouge et en ouvrant la boîte. À l'intérieur se trouvait un magnifique carnet relié en cuir. Il me fallut une minute pour en réaliser la signification, mais quand je compris, mes yeux se remplirent de larmes.

Commençons à l'écrire.

Hier soir, au dîner, j'avais dit à Hudson que j'avais eu du mal à être heureuse dernièrement parce que les choses ne s'étaient pas passées comme je l'avais imaginé, que je devais laisser le passé derrière moi et *écrire une nouvelle histoire*.

Bon sang, d'abord la plus belle expérience sexuelle que j'avais jamais eue, et maintenant un beau cadeau. Je pourrais vraiment m'habituer à ça.

Pendant la demi-heure suivante, je planai presque en prenant ma douche et en me préparant pour cette nouvelle journée. Juste au moment où je commençais à me maquiller, j'entendis la porte de ma suite s'ouvrir et se refermer.

— Hudson ?

— Stella ?

Je gloussai.

— Je suis dans la salle de bain en train de me préparer.

Hudson entra avec deux sacs à la main. Il en brandit un et s'adressa à mon reflet dans le miroir.

— Petit-déjeuner, annonça-t-il avant de soulever l'autre sac. Déjeuner. Je n'étais pas sûr de ce que tu voudrais.

— S'il y a du café dans l'un ou l'autre de ces sacs, je serai ta meilleure amie pour la vie.

Il en ouvrit un et leva un récipient en polystyrène.

— J'imagine que Jack vient de perdre sa place. Je vais devoir le prévenir.

Je souris en me retournant, puis saisis le café.

— Merci beaucoup pour le carnet. Il est magnifique, et je suis vraiment très touchée par cette attention et ce qu'elle symbolise.

Hudson hocha la tête. Il sortit un deuxième café du sac et retira la languette en plastique sur le dessus.

— Ils avaient également des journaux intimes. Mais je ne savais pas si tu en écris ou si tu préfères seulement mettre le nez dans ceux des autres.

— En fait, je n'ai jamais écrit de journal intime. Ce qui est drôle, car j'ai acheté le tout premier avec l'intention d'écrire dedans. Il m'a juste entraînée sur un chemin complètement différent.

— Oh, donc tu prends un chemin différent...

Je ris.

— Tais-toi. Quand es-tu allé le chercher, d'ailleurs ? Tu as dû te lever tôt pour aller au magasin et le déposer là avant même que je me réveille.

— Je l'ai pris après être allé courir ce matin.

— Tu es allé courir ? Je m'estime heureuse d'avoir réussi à me traîner hors du lit jusqu'à la douche.

Hudson ricana.

— Eh bien, finis de te préparer et sors manger quelque chose pour récupérer un peu d'énergie. J'aimerais qu'on descende à la voiture pour que je puisse te faire visiter la ville afin qu'on puisse rentrer tôt à l'hôtel.

— D'accord. Je dois juste me sécher les cheveux, donc compte peut-être dix minutes. En fait... plutôt quinze. J'adore cette salle de bain.

Hudson fronça les sourcils.

— Tu aimes la salle de bain ?

— Euuuuh, oui.

J'agitai les mains autour de moi, désignant ce que je pensais être une évidence.

— Elle est environ dix fois plus grande que celle de chez moi, il y a une *baignoire*, et regarde tout ce bel éclairage.

Hudson sourit.

— Je pense que tu vas aimer ma maison.

— Tu veux dire que tu as une grande salle de bain avec une baignoire ?

Il hocha la tête.

— Tu es définitivement mon nouveau meilleur ami.

Un mec du genre à prendre la main de sa copine.

Je ne l'aurais jamais deviné.

Je souris à Hudson. Il m'observa avec méfiance.

— Quoi ?

— Rien, fis-je en haussant les épaules. Tu me tiens la main.

— Je ne devrais pas ?

— Non, j'adore. Seulement, je ne t'aurais pas imaginé du genre à faire ça.

Hudson secoua la tête.

— Je ne sais pas si c'est un compliment, ou si je dois me sentir insulté.

Nous marchions le long d'Hollywood Boulevard depuis une demi-heure, lisant les noms des stars sur le trottoir. Aujourd'hui, nous étions allés à Muscle Beach à Venice (je pensais que ce serait plus chic, les poids étaient en fait tout rouillés), au panneau Hollywood (il m'avait convaincu de monter jusque là-haut à pied... beurk), et au Santa Monica Pier (note à soi-même : les hommes machos préfèrent monter sur une grande roue branlante plutôt que d'admettre qu'ils ont un peu peur de la hauteur. La peau d'Hudson avait pris une belle teinte verte).

— C'est juste que c'est un truc de couple.

— Et alors ?

— Je ne sais pas, répondis-je en haussant les épaules. On est en couple ?

Hudson s'arrêta brusquement.

— Sérieusement ?

— Quoi ? Je ne voulais pas partir du principe que c'était le cas juste à cause de la nuit dernière.

Hudson fronça les sourcils.

— Eh bien, laisse-moi clarifier ça pour toi : on est en couple.

Je ne pus cacher le sourire qui se dessinait sur mon visage.

— OK... *mon petit ami.*

Il secoua la tête et reprit sa marche.

Une autre heure et une douzaine de pâtés de maisons plus tard, nous nous rendîmes à l'hôtel Roosevelt dans un restaurant chic qui servait des hamburgers et les meilleures frites aux truffes qui soient pour le dîner.

— Quel est ton plat préféré ?

J'agitai une frite dans sa direction.

— Facile. Les macaronis au fromage.

— Vraiment ?

— Ouaip. Charlie et moi, on a essayé... je crois qu'on en est à quarante-deux boîtes différentes.

Je ris.

— Je ne savais pas qu'il y avait quarante-deux sortes de macaronis au fromage en boîte.

— On en teste une presque tous les week-ends où elle est chez moi. On a épuisé toutes celles des supermarchés, alors maintenant je les achète en ligne.

Elle tient un tableau de nos évaluations.

— C'est trop drôle.

Hudson sirota sa bière.

— Et toi ?

— Ces frites aux truffes sont en deuxième position... Mais sinon, je dois dire que ce sont les tortellinis à la carbonara – avec des petits pois et des morceaux de prosciutto.

— Tu les fais maison ?

Je fronçai les sourcils.

— Non, ma mère avait l'habitude de m'en faire. En fait, elle cuisinait aussi d'incroyables macaronis au fromage au four. Je n'ai aucune des deux recettes.

Fixant le sol, je fis tourner ma frite dans le ketchup. Ça me rendait triste de penser au temps qui s'était écoulé depuis la dernière fois où j'avais parlé à ma mère.

Hudson dut remarquer que j'étais devenue silencieuse.

— Tu as dit que tu ne parlais pas à ton père. Toi et ta mère n'êtes pas proches non plus ?

Je soupirai.

— On ne s'est pas parlé depuis plus d'un an. On était très proches avant.

Hudson resta silencieux un moment.

— Tu veux en parler ?

Je secouai la tête.

— Pas vraiment.

Il opina du chef.

J'essayai de me remettre à manger pour ne pas gâcher la journée. Je détestais repenser à ce qui s'était passé, et encore plus en parler. Mais maintenant que le sujet était abordé, je savais que je ne devais pas laisser passer l'occasion. Raconter à Hudson au moins une partie de ce qui s'était passé entre Aiden, moi et ma famille pourrait peut-être l'aider à mieux comprendre mes problèmes de confiance envers les autres.

Alors je pris une profonde inspiration.

— Je t'ai dit que mon ex m'avait trompée, mais je n'ai pas mentionné que mes parents m'ont également trahie.

Hudson posa son burger et me donna sa pleine attention.

— D'accord.

Je baissai les yeux.

— Ils étaient au courant de la liaison d'Aiden.

— Et ils ne te l'ont pas dit ?

Je fixai le sol, embarrassée.

— Non, ils n'ont pas dit un mot. C'était du grand n'importe quoi.

Je ne pouvais me résoudre à raconter la suite de cette histoire sordide. Hudson secoua la tête.

— Merde. Je suis désolé.

J'acquiesçai.

— Merci. Honnêtement, avec le recul, ce n'est pas la rupture avec Aiden qui a été si difficile à surmonter. C'est plutôt le fait que j'ai également perdu ma famille au même moment.

Je fronçai les sourcils.

— Ça me manque, de parler à ma mère.

Hudson se passa une main dans les cheveux.

— Tu penses que tu pourrais lui pardonner et passer à autre chose à un moment donné ?

L'année dernière, je ne pensais pas que ça serait possible. J'étais si amère et triste à propos de tout ça que, à un certain niveau, j'aurais pu tenir mes parents aussi responsables qu'Aiden. Il aurait peut-être fallu que je sois heureuse pour la première fois depuis longtemps mais, aujourd'hui, je ne ressentais pas autant d'amertume, et je n'étais pas sûre d'en vouloir à ma famille pour toujours.

Je secouai la tête.

— Je ne sais pas si je pourrais oublier. Mais peut-être que je pourrais essayer de pardonner. Serais-tu capable de faire comme si rien ne s'était passé si tu étais dans ma situation ?

— Je n'ai jamais été dans une situation similaire, donc

je ne peux pas l'affirmer, mais vu que j'ai perdu mes deux parents, je n'aurais pas aimé avoir des regrets quand ils sont partis. Je ne pense pas que pardonner à ses parents signifie que l'on excuse leur comportement. Je pense que le pardon consiste plutôt à ne plus les laisser te briser le cœur.

Je ressentis ces mots jusqu'au plus *profond* de mon cœur.

— Waouh. D'où est-ce que tu viens, Hudson Rothschild ? C'était profond et mature. Les hommes que je semble attirer d'habitude sont superficiels et immatures.

Il sourit.

— Je crois me souvenir que tu m'as trouvée à un mariage que tu as presque ruiné.

— Oh oui... j'imagine que oui. Eh bien, au moins l'un de nous deux est mature.

Pendant quelques heures, nous profitâmes du coucher de soleil de Malibu, de la bonne nourriture et du vin, et de la compagnie de l'autre. Maintenant que j'avais cédé à mes sentiments, j'avais l'impression que quelqu'un avait mis un engrais miracle dessus au lieu de simplement les arroser d'eau. Mon cœur débordait tellement de bonheur et de satisfaction. Et ce sentiment m'accompagna toute la soirée et jusqu'à ma chambre d'hôtel.

Je m'allongeai sur le lit, regardant Hudson se déshabiller et admirant la vue. Lorsqu'il déboutonna sa chemise et la jeta sur une chaise voisine, je ne savais pas où regarder en premier : ses pectoraux sculptés, sa tablette de chocolat, ou le V marqué qui me mettait l'eau à la bouche. Hudson défit sa ceinture et ouvrit sa braguette, ce qui me permit de me régaler en contemplant une autre des parties de son corps que je préférais : son sillon de poils sexy. Il y avait tellement de choses à apprécier chez cet homme que je me dis qu'il devrait peut-être rester là un moment, complètement nu.

Il se pencha pour retirer son pantalon, et j'aperçus l'encre qui courait sur le côté de son torse. Je l'avais vue la nuit dernière mais, à ce moment-là, nous étions trop occupés à nous dévorer l'un l'autre pour que je lui pose une question dessus.

Je levai le menton, désignant le tatouage.

— C'est le cardiogramme de quelqu'un ?

Hudson hocha la tête. Il se tordit sur le côté et leva le bras pour m'offrir une meilleure vue.

— Mon père avait un grand sens de l'humour et un rire très distinct. C'était un vrai rire profond : on aurait dit qu'il venait de quelque part tout au fond de lui. Toutes les personnes de son entourage le reconnaissaient, et il faisait toujours sourire les gens autour de lui, même les étrangers. Il a dû rester à l'hôpital pendant la dernière semaine de sa vie. Un jour, je lui ai rendu visite pendant qu'on lui faisait un électrocardiogramme au lit. Il a raconté une blague banale et s'est mis à rire. La blague n'était même pas si drôle que ça, mais le son de son rire nous a tous les trois fait éclater de rire : l'infirmière, mon père et moi. Je ne sais pas pourquoi, mais on n'a pas réussi à arrêter de rire. Elle a dû refaire l'examen parce qu'il y avait de grosses pointes sur le cardiogramme. Les électrodes avaient enregistré le rire du cœur de mon père. J'ai demandé à l'infirmière si je pouvais récupérer le document qu'elle allait jeter, et je me suis fait tatouer ça quelques jours après sa mort.

— C'est incroyablement adorable.

Hudson sourit tristement.

— C'était vraiment quelqu'un de bien.

— Alors, où est ta cicatrice ?

— Ma cicatrice... ?

— La semaine dernière, je t'ai dit que je n'étais jamais sortie avec quelqu'un qui avait un tatouage ou une cicatrice, et tu as dit que tu avais les deux.

— Ah.

Il se tourna dans l'autre sens et leva son bras pour révéler une ligne dentelée d'environ cinq centimètres.

— J'en ai plusieurs, mais celle-ci est probablement la pire.

— Comment tu t'es fait ça ?

— Une soirée à la fraternité. De l'alcool, un tapis de glisse, et un bâton caché sous la bâche.

— Aïe !

— Pas mon meilleur moment. Ce n'était pas si large au début. Jack m'a aidé à panser la blessure, mais ça s'est encore plus ouvert quand j'ai replongé sur le tapis de glisse.

— Pourquoi n'as-tu pas arrêté après t'être coupé ?

Il haussa les épaules.

— On avait fait un pari.

Je secouai la tête.

— Tu as gagné, au moins ?

Le sourire d'Hudson était adorable.

— Oui !

Il finit de se déshabiller et je continuai à admirer son incroyable physique. Voyant que je le fixais encore, Hudson plissa les yeux.

— Qu'est-ce qui se passe dans ta tête ?

Je répondis sans quitter son corps des yeux pour le moment.

— J'ai perdu des mois à me coucher seule alors que j'aurais pu passer mon temps à toucher *ça*. Que dirais-tu de rester là un moment pour que je puisse te contempler ? Peut-être deux ou trois heures ? Ça devrait suffire.

Riant tout bas, il finit de retirer son pantalon avant de grimper sur le lit et de se placer au-dessus de moi. En avançant mon doigt vers ses lèvres, j'en traçai le contour. Hudson m'attrapa la main et la leva pour y déposer un doux baiser.

— Pourquoi m'as-tu rejeté pendant si longtemps ? Et ne m'insulte pas en disant que c'est parce que j'ai investi dans ton entreprise. On sait tous les deux que ce serait des conneries.

— Tu ne m'as demandé de sortir qu'une seule fois avec toi.

Hudson fit une grimace qui disait : *Tu sais que tu racontes des conneries.*

— C'est juste de la sémantique. Tu savais que tu m'intéressais dès le premier jour. J'ai laissé la balle dans ton camp, mais je t'ai quand même rappelé que j'étais intéressé relativement souvent.

Je soupirai.

— Je sais. J'imagine… que j'avais juste peur.

— De quoi ?

Je secouai la tête.

— Ma dernière relation et ses conséquences ont été très difficiles à surmonter. J'ai peur d'être à nouveau blessée… j'ai peur de *toi*…

— Moi ?

— Oui. Tu me rends nerveuse à bien des égards. Même là, tout de suite, Hudson. La plupart des choses dans ma vie paraissaient vraiment bien, vue de l'extérieur : le mariage de mes parents, mes fiançailles. Je suis le genre de femme qui croit au bonheur, aux contes de fées. Parfois, ça m'aveugle et ça m'empêche de voir les choses que je refuse de voir. Je pensais que j'étais idéaliste, mais après que mon ex m'ait trompée, je me suis demandé si je n'étais pas juste idiote. En plus, tu es grosso modo le prince charmant : tu as un beau visage, ce corps-là, du succès, tu es gentil quand tu veux, tu es mature, indépendant.

Je haussai les épaules.

— Tu es presque trop beau pour être vrai, et j'imagine que j'ai peur de retomber dans un de ces contes de fées. Tu sais, Fisher et moi, on parlait de toi en ces termes.

Le front d'Hudson se plissa.

— Quels termes ?

— Prince charmant.

Il détourna les yeux un instant avant que nos regards se croisent à nouveau.

— Je ne suis pas le prince charmant, trésor. Mais je t'apprécie beaucoup.

— Pourquoi ?

— Pourquoi est-ce que je t'aime bien ?

Je hochai la tête.

— Pour beaucoup de raisons. J'aime le fait que, lorsque je t'ai tendu ce micro au mariage d'Olivia, tu as relevé le défi et tu m'as traité de connard en me fusillant du regard. Tu ne recules pas. Tu n'as peur de rien, même si tu crois être une poule mouillée. J'aime le fait que, même si tu as vécu des choses horribles, tu refuses de te laisser abattre. Au lieu de laisser toute la négativité de la vie te ronger, tu as inventé un système de bonheur. J'aime le fait que, lorsque tu vois une femme sans abri, tu lui donnes une barre Hershey parce que tu sais que ça pourrait activer une substance chimique dans son cerveau qui la fera se sentir un peu mieux, même si ce n'est que l'espace de quelques minutes. J'aime que tu sois créative et que tu aies inventé ton propre produit, et que tu sois assez intelligente pour rédiger un algorithme que je n'aurais jamais su formuler le moins du monde. Et j'aime que tu sois têtue et que tu n'abandonnes jamais.

Il regarda mon corps, puis prit une seconde pour examiner mon visage avant de secouer la tête.

— Tout ça, plus ton apparence physique. La vraie question c'est : quelle raison aurais-je de *ne pas* t'apprécier ?

Je commençai à pleurer. Hudson se pencha et posa ses lèvres sur les miennes.

— Tu as peur, là tout de suite ? chuchota-t-il.

Mon cœur s'emballa.

— Plus que jamais.

Il sourit.

— Bien.

— Bien ? Tu veux que j'aie peur ?

— Non... juste qu'au moins je ne suis pas seul dans ce cas. On ne craint que les choses qui comptent le plus pour nous.

Je posai une main sur sa joue.

— Je suis si contente que tu m'aies attendue.

— Je savais que ça valait la peine d'attendre.

Hudson pressa sa bouche contre la mienne pour un baiser passionné. Nous avions passé une grande partie des dernières vingt-quatre heures dans ce lit avec nos lèvres entrelacées, mais ce baiser était différent, plus que jamais rempli d'émotions. Il prit mon visage entre ses mains et j'enroulai mes bras autour de son cou. Ce qui commença lentement s'échauffa rapidement. Notre baiser devint sauvage et fervent tandis que nous achevons de nous débarrasser de nos vêtements.

Il y avait une certaine frénésie dans l'air. Pourtant, quelque chose dans la façon dont Hudson me regardait dans les yeux me disait qu'il savait que j'étais encore fragile à bien des égards. Nos regards ne se quittèrent pas une seule seconde quand il se positionna et s'enfonça en moi. La verge d'Hudson était épaisse, et ça faisait plus d'un an que je n'avais pas fait l'amour avant la nuit dernière. Alors il prit son temps, me pénétrant lentement tandis qu'il s'introduisait plus profondément à chaque coup de reins mesuré. Une fois qu'il fut complètement en moi, il décrivit des cercles avec ses hanches, et je sentis son bassin presser contre mon clitoris. C'était si bon, si parfait. Mon cœur était aussi plein à craquer que mon corps, et mes émotions devenaient presque impossibles à retenir. Les larmes me piquaient les yeux, alors je les fermai pour tenter de tout retenir.

— Ouvre les yeux, trésor, lança Hudson d'une voix rauque.

Je m'exécutai et croisai son regard. Avec ce que j'y vis, il devint impossible pour moi de retenir la moindre larme. Les yeux d'Hudson débordaient également d'émotions. Nous restâmes ainsi, connectés de toutes les manières possibles, alors que nous nous rapprochions de l'orgasme. Ne voulant pas que le moment se termine, j'essayai de me retenir alors que ses coups de reins se faisaient de plus en plus durs et rapides. Ce furent pourtant les bruits qui résonnaient dans la pièce qui me firent craquer. Nos corps humides s'entrechoquaient l'un contre l'autre tandis qu'il me faisait l'amour corps et âme.

— Hudson...

Il serrait la mâchoire quand il me répondit :

— Laisse-toi aller... ne retiens rien.

C'est ce que je fis. Dans un cri passionné, mon corps prit le dessus sur mon esprit, et des vagues d'extase me traversèrent. Au moment où elles commençaient à refluer, l'orgasme d'Hudson éclata, et la chaleur qui se déversa en moi me provoqua de nouvelles ondes de choc dans tout le corps.

Après ça, je n'avais aucune idée de la façon dont il réussissait à maintenir sa tête levée, et encore moins comment il faisait pour être encore à moitié dur alors qu'il poursuivait ses va-et-vient.

— Waouh.... c'était...

Hudson sourit et m'embrassa doucement.

— Trop beau pour être vrai, chuchota-t-il.

Je souris en retour, et un peu d'espoir jaillit en moi.

Peut-être, juste peut-être, qu'il serait le seul homme à ne pas me trahir.

Stella

Seize mois plus tôt

— Tu sais ce qu'est Drummond Hospitalité ? demandai-je.

Aiden était assis dans le salon de son appartement en train de corriger des copies alors que j'étais à la table de la cuisine en train de parcourir mes e-mails.

— Hmm ?

— C'est sur ton relevé de carte de crédit, avec un montant de cent quatre-vingt-douze dollars. L'autre dépense, je sais d'où elle vient.

Aiden plissa les yeux.

— Comment as-tu eu accès à mon relevé de carte de crédit ?

— Ils les envoient sur mon adresse e-mail maintenant. Tu te souviens, il y a quelques mois, je t'ai dit que j'avais reçu une notification indiquant que la Bank of America passait au zéro déchet et que tu devais préciser si tu voulais continuer de recevoir des relevés papier ? Tu m'as demandé de faire passer ça sur mon adresse e-mail car tout part dans les spams quand tu utilises ton e-mail professionnel.

— Je pensais que tu faisais référence à notre relevé de compte commun.

Je secouai la tête.

— Non, c'était ta carte de crédit.

— Depuis combien de temps ça dure ?

Je haussai les épaules.

— Deux mois, je crois ? La moitié du temps, il n'y a aucune activité. Tu utilises rarement ta carte. Le mois dernier, le solde était nul.

Le regard d'Aiden me troubla.

— C'est un problème ? demandai-je. Tu ne veux pas que je voie ce que tu paies ou quoi ?

Il balança son stylo sur la pile de papiers et détourna le regard.

— Bien sûr que non. Mais je n'étais pas conscient que je ne recevrais plus le relevé papier.

— D'accord... eh bien, tu sais à quoi ça correspond ? Drummond Hospitalité ?

— Aucune idée. La seule chose que j'ai payée, c'est le dîner quand on est allé chez Alfredo il y a quelques semaines. Ça doit être une erreur. Je vais me connecter et le contester plus tard.

— Tu veux que je le fasse, vu que je suis sur l'ordinateur ?

— Non, c'est bon. Je vais m'en occuper.

Quelque chose ne collait pas. Mais je laissai tomber car Aiden et moi nous étions déjà disputés à propos de mes soupçons au cours des derniers mois. Il y avait eu la fois où j'avais vu un texto bizarre sur son téléphone, et une autre fois où il avait dit qu'il allait à son bureau à l'université un samedi pour travailler sur ses copies, ce qu'il faisait normalement depuis chez lui. J'avais décidé de le surprendre avec un déjeuner puisqu'il travaillait beaucoup, et il n'était pas venu. Puis, récemment, il était rentré à la maison en sentant le parfum, et il s'était mis sur la défensive quand je lui avais demandé pourquoi – en hurlant que si notre appartement ne sentait pas constamment l'odeur d'échantillons de parfum pour une entreprise qui n'existe pas, ses vêtements ne sentiraient pas comme un bordel bon marché.

Comme je lui faisais toujours le résumé des journaux intimes que je lisais, il savait que la femme de celui que je lisais trompait son mari, et il m'avait convaincue que je voyais des choses qui n'étaient pas là parce que je m'impliquais de façon ridicule auprès des personnes dont je lisais la vie. Même maintenant, je me demandais s'il n'avait pas raison. La semaine dernière, j'avais lu une entrée dans laquelle Alexandria racontait que son mari s'interrogeait sur un montant facturé sur leur carte de crédit. Elle avait réservé une suite d'hôtel pour l'un de ses rendez-vous avec Jasper, et il avait payé en liquide. Mais l'hôtel avait accidentellement dupliqué les frais sur son compte.

J'avais donc mis ma paranoïa sur le compte de ce dont Aiden m'avait prévenue. Ce n'était pas si différent que si j'avais regardé un film d'horreur et que j'avais soudain besoin de vérifier sous mon lit avant de m'y glisser. Le stress de ce qu'on se met en tête amène nos cerveaux à s'imaginer des choses qu'ils ne feraient pas normalement.

— D'accord, dis-je. Je pense que tu peux juste payer le restaurant, alors. C'est plus que le paiement minimum de toute façon.

— Bien.

Aiden retourna à la correction de ses copies. Mais une minute plus tard, il reprit :

— Je vais probablement refuser la facturation électronique et recommencer à recevoir mes relevés par la poste. J'aime avoir des copies papier pour les impôts, car j'achète parfois des choses pour le travail.

Encore une fois, pourquoi est-ce que ça me dérangeait ? Son raisonnement était tout à fait logique. Je cherchais vraiment des monstres sous mon lit et je devais arrêter.

— Bonne idée.

Un mois plus tard, j'avais complètement oublié le relevé de sa carte de crédit. Aiden et moi revenions d'une soirée avec l'un de ses collègues autour d'un verre, et je dormais chez lui. En montant à l'étage, j'avais pris le courrier dans la boîte aux lettres. Dans la pile, il y avait son relevé de carte de crédit de la Bank of America.

J'avais posé le courrier sur la table, en gardant l'enveloppe dans ma main.

— Comment ça se passe, ce litige avec la Bank of America ?

Les yeux d'Aiden se posèrent sur l'enveloppe, et il me la prit de mes mains.

— Bien. Ils ont annulé le paiement.

Il glissa la lettre dans la poche intérieure de sa veste de sport.

Encore une fois, je ne savais pas pourquoi le fait qu'il la prenne me dérangeait. Mais c'était le cas.

Aiden se dirigea vers sa chambre.

— Je vais prendre une douche rapide.

— OK.

Pendant qu'il était ailleurs, je m'étais servi un verre de merlot et essayai de ne plus y penser. Bien que cette semaine, j'avais lu une entrée entière du journal intime sur la stupidité et la confiance du mari d'Alexandria. Elle semblait apprécier d'être à deux doigts de se faire prendre et d'être capable de mentir pour s'en sortir.

Je savais que j'étais probablement ridicule. Mais le mois dernier, j'étais restée éveillée la moitié de la nuit après que cette stupide histoire de carte de crédit m'ait pesée sur la conscience. Aiden n'avait pas besoin de savoir que j'étais allée sur Internet pour jeter un coup d'œil à son relevé. Et une fois que j'aurais fait ça, tout serait clair une fois pour toutes.

Mais... j'aurais quand même violé sa confiance en vérifiant deux fois, même s'il n'en avait aucune idée. Alors, pendant que j'essayais de me convaincre de ne pas faire ce que j'avais tellement envie de faire, j'allai dans la chambre pour me changer. J'ouvris la commode d'Aiden pour récupérer un de ses vieux T-shirts, et je jetai mon jean et mon chemisier sur une chaise dans un coin. En sortant dans le salon, la veste de sport d'Aiden attira mon attention par la porte ouverte du placard. J'entendis l'eau de la douche couler dans la salle de bains attenante, alors je m'approchai et la saisis. Mais au lieu de chercher le relevé de carte de crédit, je portai la veste à mon nez et inspirai profondément. L'odeur inimitable du jasmin envahit mes narines. Le jasmin *n'était pas* une odeur que j'avais à la maison dans mes échantillons de Signature Olfactive. Ce n'était même pas un parfum avec lequel j'avais travaillé récemment.

La pièce cessa d'exister, et il me fallut une minute pour réaliser que c'était parce que l'eau de la douche s'était arrêtée. *Merde.* Je remis rapidement la veste dans le placard et je quittai la chambre. La panique me submergea. Je ne pourrais pas dormir cette nuit avec tout ce que je ressentais, ni m'allonger à côté d'Aiden en prétendant que tout allait bien. La question n'était plus de savoir si j'allais violer sa confiance et accéder à ses comptes en ligne. Je devais le faire pour ne pas perdre la tête.

Mes doigts tremblèrent quand je me connectai au site sur mon téléphone. Ce satané truc mettait une éternité à se charger, et toutes les deux secondes, je jetais un coup d'œil à la porte à moitié fermée de notre chambre. Quand les données s'affichèrent enfin, je fis défiler la page jusqu'au relevé de compte de ce mois-ci. Le soulagement m'envahit quand je vis qu'il n'y avait pas de frais du tout. Accablée par la culpabilité, j'allais me déconnecter, quand je remarquai que la section des paiements contenait un débit de deux cent soixante et un dollars. Je me dis que c'était probablement la façon dont ils affichaient le remboursement de leur erreur, mais comme ça me laissait une impression désagréable, je cliquai pour vérifier.

Je me figeai en voyant qu'il s'agissait d'un paiement réel effectué il y a plusieurs semaines sur un compte bancaire se terminant par 588. Je sentis le sang quitter mon visage. C'était le compte courant d'Aiden.

Il devait s'agir d'une erreur. Je cliquai sur l'onglet des litiges. Aucun litige au cours des quatre-vingt-dix derniers jours. Effrayée et perdue, je fermai la page du site et fis ce que j'aurais dû faire il y a un mois. Je tapai Drummond Hospitalité sur Google.

Les résultats firent monter mon cœur dans ma gorge.

Drummond Hospitalité possède quatre hôtels de charme à New York.

25

Stella

— Je pourrais certainement m'habituer à ça.

Je m'étais réveillée et avais découvert Hudson debout devant ma cuisinière, ne portant rien d'autre qu'un short et une casquette de baseball à l'envers. Son dos sculpté était si musclé et bronzé… J'enroulai mes bras autour de son ventre et le serrai en déposant un baiser sur son épaule.

— Je ne me suis pas encore douché après mon jogging. Tu es probablement en train d'embrasser de la sueur séchée.

— Je suis sûre que ma peau n'est pas très différente de la tienne, après cette nuit.

Hudson se retourna et passa ses bras autour de ma taille. Le sourire coquin sur son visage me dit qu'il se rappelait à *quel point* on avait transpiré.

Il sourit.

— Tu as cassé le lit.

Je m'éloignai.

— Je n'ai pas cassé le lit, c'est *toi*.

— Je suis sûr que c'est toi qui étais sur moi quand le montant a cédé.

— Peut-être, mais tu n'étais pas simplement allongé là. Tu contrôles même en dessous, tu sais.

Hudson ricana.

— Qu'est-ce que ça veut dire ?

— Tu fais peut-être semblant de me laisser prendre le contrôle, mais tu ne l'abandonnes jamais vraiment.

Son expression changea, et il eut l'air un peu inquiet.

— Et tu n'aimes pas ça ?

Je souris.

— Non, j'aime beaucoup. Mais ça veut dire que tu as contribué à casser le lit.

Hudson sourit et me claqua les fesses.

— Va t'asseoir. Les pancakes sont presque prêts.

— D'accord.

La semaine passée, depuis que nous étions rentrés de Californie, était un vrai bonheur. Hudson et moi étions inséparables. Nous travaillions tard tous les soirs pour préparer les choses pour Signature Olfactive, et nous alternions entre dormir chez lui à Brooklyn et chez moi ici en ville. J'aurais probablement dû m'inquiéter du fait que nous passions trop de temps ensemble, mais j'étais trop heureuse pour laisser quoi que ce soit gâcher ça.

Hudson posa une assiette devant moi. Je ris.

— C'est adorable.

Il avait fait un grand pancake et l'avait décoré d'un soleil souriant avec des fraises coupées en deux pour former des rayons de soleil pointus et des bananes et des fraises en guise de visage.

— C'est comme ça que Charlie les aime. Mais ne sois pas trop impressionnée. C'est le seul plat que je sais faire, à part les macaronis au fromage. Je ne veux pas que tu te fasses des idées.

— OK, je ne le ferai pas.

Hudson aurait pu être nul à presque tout le reste et je me serais quand même pâmée devant lui parce qu'il était attentionné et incroyable au lit. Dire que j'étais tombée amoureuse de cet homme serait un euphémisme. Plusieurs fois cette semaine, je m'étais surprise à sourire dans le vide, assise à mon bureau. Je ne pensais même pas à quelque chose en particulier. Je me sentais juste... heureuse.

— Au cas où ça ne te rassasie pas assez...

Hudson posa une banane à côté de mon assiette.

J'étais sur le point de dire que je ne mangerais jamais de pancakes *et* une banane quand je vis l'écriture sur la peau jaune : *Je suis banane de toi.*

Quand je levai les yeux, Hudson me fit un clin d'œil et retourna devant la cuisinière comme s'il ne venait pas de transformer mes entrailles en un tas de bouillie.

Il regarda par-dessus son épaule, désignant mon assiette avec une spatule.

— Mange. Ne m'attends pas. Ça va refroidir.

Au moment où je mis la première bouchée dans ma bouche, ma porte d'entrée s'ouvrit.

— Chérie, je suis rentré !

Merde. Fisher. J'étais célibataire quand il avait emménagé à côté de chez moi. Hudson se retourna au moment où Fisher l'aperçut et se figea.

— Merde. Désolé, mec.

— C'est bon. Entre.

Fisher me regarda et je hochai la tête, alors il entra dans la cuisine. Hudson lui tendit la main.

— Hudson Rothschild. Je ne pense pas que nous ayons été formellement présentés.

Fisher lui serra la main.

— J'imagine que le mariage ne compte pas. Fisher Underwood.

Hudson désigna la table de sa spatule.

— Assieds-toi. Stella m'a déjà dit que te nourrir faisait partie du package.

Mon ami sourit. Il prit une poignée de myrtilles dans le récipient ouvert à côté de la cuisinière et en fourra quelques-unes dans sa bouche.

— Tu as ma bénédiction pour l'épouser.

Hudson et moi éclatâmes tous les deux de rire.

Il prépara pour Fisher une assiette de pancakes avec des fruits, mais pas le soleil souriant qu'il m'avait fait. Étonnamment, le petit-déjeuner ne fut pas gênant une fois que nous nous retrouvâmes tous les trois à table.

Fisher fourra presque la moitié d'un pancake dans sa bouche.

— Alors, qu'est-ce que tu fais ce week-end ?

— Hudson a sa fille chez lui. J'ai quelques courses à faire, mais à part ça, je suis disponible. Tu seras dans le coin ?

— Je pensais aller au marché aux puces, expliqua Fisher. C'est l'anniversaire de mon assistante juridique la semaine prochaine, et elle a adoré les tasses en céramique faites à la main que tu as choisies pour elle l'année dernière, alors je me suis dit que j'allais y retourner pour voir ce qu'ils avaient d'autre.

— Oh, génial. Peut-être que je viendrai avec toi.

Le front d'Hudson se plissa.

— Je croyais qu'on emmenait Charlie au parc. Tu as parlé d'un ancien... quelque chose.

Je repensai à la conversation que nous avions eue plus tôt.

— Tu m'as dit que tu pensais emmener Charlie à Central Park, et je t'ai demandé si tu l'avais déjà emmenée à l'ancienne aire de jeux. Je n'avais pas réalisé que tu voulais que je vous accompagne.

— J'imagine que j'ai juste dû supposer que tu le ferais.

— D'accord, j'adorerais passer du temps avec toi et Charlie, si tu ne penses pas que c'est trop tôt.

Hudson secoua la tête.

— Je ne pense pas qu'elle soit encore prête à te voir dans mon lit, mais il faut qu'elle commence à passer du temps avec nous pour y arriver, non ?

Waouh. Savoir que je n'étais pas la seule à entrevoir un avenir entre nous provoqua une sensation très agréable dans mon ventre. Je tendis la main et pressai la sienne.

— J'ai hâte.

— Tu sais quoi, je dois passer à la maison avant d'aller la chercher à quatorze heures. Pourquoi n'iriez-vous pas au marché aux puces, et on se retrouve au parc après ?

Je regardai Fisher, et il haussa les épaules.

— Ça me va très bien...

Après le repas, Fisher partit, et Hudson prit une douche rapide avant de remettre les vêtements qu'il avait portés la veille au travail. Je le regardai depuis la porte de la chambre tandis qu'il enfilait l'une de ses chaussettes. Il dut sentir que j'étais là, car il parla avant même de lever les yeux.

— Tu crois qu'on pourrait mettre quelques affaires l'un chez l'autre ? Comme ça, je n'aurai peut-être pas à mettre mes chaussettes et un costume de la veille pour mon retour du samedi matin chez moi ?

Je souris, et un sentiment de chaleur m'envahit.

— Ça me plairait beaucoup.

Quelques minutes plus tard, Hudson m'embrassa pour me dire au revoir.

— As-tu des plans pour ce dîner avec Charlie ? m'enquis-je.

— D'habitude, on commande si on est de sortie pendant la journée.

— Tu penses que ce serait trop si je vous faisais à dîner ? Je peux prendre ce dont j'ai besoin sur le chemin.

— J'adorerais ça. Mais je peux passer prendre tout ce dont tu as besoin. Envoie-moi juste une liste par message.

— Non. Je veux que ce soit une surprise.

Hudson sourit et me déposa un baiser sur le front.

— J'ai hâte.

— Alors, toi et Hudson aviez l'air plutôt très proches.

Fisher et moi parcourions les allées du marché aux puces côte à côte. Je soupirai.

— Il est incroyable.

Il agita les sourcils.

— Je sais. J'ai eu un aperçu de son torse au petit-déjeuner ce matin.

Je ris.

— Ce n'est pas ce que je voulais dire. Mais ouais, son corps est assez impressionnant, aussi.

— Je ne suis probablement pas censé te dire ça, mais il ne m'a pas dit de ne pas le faire, et tu sais que je ne peux pas garder un secret, surtout pas avec toi.

— Quoi ?

— Il a frappé à la porte de mon appartement en sortant aujourd'hui.

— Pour quoi faire ?

— Il m'a demandé si je serais à la maison demain matin. Apparemment, il va essayer de te faire livrer quelque chose.

— Il a précisé quoi ?

Fisher secoua sa tête.

— Non, mais je lui ai donné mon numéro pour qu'il puisse m'envoyer des textos. J'espère que je ne vais pas accidentellement le draguer après quelques verres. Son numéro est juste au-dessus de celui d'Hughes.

— Le gars avec qui tu sors parfois ?

— Oui, et on ne fait pas la conversation. Je crois que la dernière fois que j'ai bu quelques verres, je lui ai juste envoyé *On baise ?* et il m'a répondu en indiquant sa position.

Je ris.

— D'accord, eh bien, j'espère que tu ne feras pas ça. Mais tu n'as aucune idée de ce qu'il veut faire livrer ?

— Non. Espérons que c'est une plaque en mousse.

— De la mousse ?

Fisher hocha la tête.

— Pour mettre derrière ta tête de lit. Je vous ai entendu la nuit dernière.

— Oh mon Dieu, dis-moi que tu plaisantes.

— Ton lit est contre le même mur que celui de ma télévision dans le salon. J'ai une étagère avec la box Internet et quelques livres en dessous. Vous avez fait tomber Stephen King par terre.

Je me couvris le visage avec mes mains.

— Merde, je ne voudrais *surtout pas* t'entendre faire l'amour. En fait, on a cassé le cadre du lit la nuit dernière. Je vais l'écarter du mur.

— Sympa. Une fois, j'ai cassé une chaise de dentiste quand j'ai couché avec un orthodontiste. Jamais un lit.

Je fronçai le nez.

— Merci de partager. Maintenant, chaque fois que j'irai chez le dentiste, je me demanderai quel cul nu se trouvait là où je suis assise.

— De rien, répondit Fisher en me faisant un clin d'œil. Mais sérieusement, j'aurais l'air dramatique si je disais que tu es radieuse ? Quelque chose en toi a changé, mais je n'arrive pas à mettre le doigt dessus.

— C'est probablement parce que j'ai rompu ma période d'abstinence d'un an. Peut-être que tu vois juste les muscles de mon visage se détendre pour la première fois depuis longtemps.

— Hmm.

Il m'évalua.

— Non, tu avais déjà *ça* ce matin. Les cheveux en bordel, juste après un ébat, ça t'allait bien, d'ailleurs. Là, il y a quelque chose en plus. Tu sembles plus légère ou un truc comme ça.

Il n'existait personne sur cette Terre qui pouvait lire en moi comme Fisher le faisait – ce qui en disait long sur ma relation passée. Aiden n'avait jamais fait assez attention à moi pour savoir si quelque chose me dérangeait.

Je m'approchai et pris la main de Fisher. Entrelaçant mes doigts avec les siens, je la serrai.

— Tu es un si bon ami. Je ne voulais rien dire, parce que je ne veux pas rendre les choses plus difficiles qu'elles ne le sont, mais j'ai appelé ma mère aujourd'hui, juste avant de partir pour prendre le métro, en fait.

Il haussa les sourcils.

— Qu'est-ce qui t'a poussé à faire ça ?

— J'ai beaucoup réfléchi au fait de pardonner… et j'essayais d'aller de l'avant, expliquai-je en haussant les épaules. Je veux préparer pour Hudson quelque chose qu'elle a toujours cuisiné pour moi et que j'aimais, alors je me suis dit que ça pourrait être un bon point de départ pour entamer la conversation.

— Elle devait être heureuse d'entendre ta voix.

Je fronçai les sourcils.

— Oui. On n'a pas parlé très longtemps, cela dit. Je lui ai demandé si je pouvais avoir la recette et, ensuite, je lui ai demandé s'ils allaient bien. Elle semblait vraiment hésitante à me répondre. J'ai eu l'impression qu'elle avait peur de dire quelque chose de mal. On est resté au téléphone peut-être cinq minutes. Lorsqu'on s'est dit au revoir, elle m'a demandé si je la rappellerais bientôt, et j'ai dit que j'essaierais.

Cette fois, c'est Fisher qui me pressa la main.

— Tant mieux pour toi. Je crois qu'il est temps, ma Stella Bella.

Après avoir fini nos achats, Fisher et moi prîmes le métro pour rentrer en ville. Nous allions dans deux directions différentes, alors nous nous dîmes au revoir à Grand Central Station.

Il déposa un baiser sur le sommet de mon crâne et me serra dans ses bras.

— Je suis heureux pour toi, dit-il. J'ai un très bon pressentiment sur la manière dont vont se passer les choses entre toi et l'Apollon. Je vois un avenir lumineux pour vous.

Ayant toujours peur de me porter la poisse, je répondis *merci* plutôt que de lui dire que j'étais d'accord. Mais, au fond de moi, je pressentais également quelque chose de lumineux pour l'avenir.

Je ne m'attendais pas à ce que cet éclat provienne d'une immense explosion.

Hudson

— Qu'est-ce que vous faites là-dedans ?

Charlie tendit la main.

— Tu n'as pas le droit d'entrer ici, papa.

— Pourquoi pas ?

— Parce qu'on prépare une surprise !

— Mais je suis le seul à être surpris puisque vous êtes toutes les deux dans le coup ?

Ma fille gloussa.

— On peut faire des surprises à une seule personne, papa.

Je croisai le regard de Stella et lui fis un clin d'œil.

— Pourquoi je ne mettrais pas de la musique pendant que vous restez dans la cuisine ? Peut-être du Katy Perry ou du Taylor Swift.

Comme prévu, Charlie bondit sur place. Elle pressa ses paumes l'une contre l'autre comme si elle avait besoin de prier pour que je fasse ce qu'elle allait me proposer – comme si je ne sauterais pas d'une falaise pour lui faire plaisir.

— Tu peux mettre du Dolly ?

J'eus un petit rire.

— Bien sûr.

Je mis la musique, m'assis dans le salon et posai les pieds sur la table basse. J'attrapai la télécommande de la télévision, allumai ESPN, mis les sous-titres et commençai à lire le bas de l'écran. Ils interviewaient un nouveau running back que les Giants avaient recruté pour la saison à venir. Je soutenais l'équipe Big Blue, donc j'étais clairement intéressé, mais je n'arrivais pas à rester concentré. Toutes les deux ou trois minutes, mes yeux revenaient vers la cuisine. Je voyais Stella et Charlie s'affairer sur ce qu'elles préparaient. Stella était debout, tandis que ma fille était assise devant le plan de travail à mélanger quelque chose. Impossible d'entendre ce qu'elles disaient, mais je voyais ma fille se couvrir la bouche en riant. Le sourire sur le visage de Stella était plutôt fantastique aussi.

Je ne voulais pas avoir l'air trop émotif, mais le sentiment de plénitude dans ma poitrine provoqua une sensation de chaleur. Ah... putain, de qui je me moquais ? Je n'en avais rien à foutre d'avoir l'air trop émotif. J'étais heureux, vraiment heureux, bordel. Ça faisait des années que je n'avais pas eu l'impression d'avoir une vraie famille, et même si je ne connaissais Stella que depuis quelques mois, et que c'était la première fois que nous passions du temps ensemble tous les trois, je me sentais à ma place ici aujourd'hui.

Je regardai vers la cuisine, mais je dus me perdre dans mes pensées pendant que je réfléchissais, car lorsque ma vision redevint claire, Stella me fixait en plissant les yeux. Elle souriait en coin, comme pour dire : Qu'est-ce qui se passe dans ta tête ?

Elle croyait probablement que je l'imaginais nue dans ma cuisine ou que je me souvenais de tous les endroits où je l'avais prise dans ma maison la semaine passée, plutôt que de rêver de passer des soirées avec mes deux femmes, de jouer à des jeux de société et d'allumer un feu pour elles cet hiver dans la cheminée que je n'avais jamais utilisée.

Une demi-heure plus tard, la table était mise, et je pus enfin découvrir ce qu'elles avaient concocté tous les deux.

Stella posa sur la table une cocotte recouverte d'une serviette, et Charlie se pencha, regardant Stella, qui lui fit un signe de tête. Ma fille retira alors la serviette avec un mouvement vif.

— Ta-da !

— Des macaronis au fromage ? Tu as trouvé une nouvelle boîte à tester ?

Charlie secoua la tête.

— Non, on l'a fait avec zéro !

Stella sourit.

— À partir de zéro, ma puce. On l'a fait *à partir de* zéro.

— Ça a l'air délicieux.

Je regardai autour de la table de façon théâtrale.

— Mais où sont les vôtres ? Ce plat-là est juste pour moi, non ?

Charlie gloussa.

— On doit le *partager*, papa. Il y en a assez pour nous trois.

Je salivai quand Stella nous servit à chacun une large part de mon plat préféré. J'avais hâte d'y goûter.

— C'est vraiment bon, dis-je quelques instants plus tard.

— Merci. J'ai... appelé ma mère pour lui demander sa recette aujourd'hui.

Je ne m'attendais pas à ce qu'elle dise *ça*, et je ne voulais pas mentionner quoi que ce soit autour de Charlie, alors je répondis de façon cryptique.

— Comment ça s'est passé ?

Stella haussa les épaules.

— C'était agréable, j'imagine.

Je hochai la tête.

— Eh bien, merci. C'est vraiment délicieux.

Elle sourit.

— Il était temps.

Inconsciente de la vraie nature de mon échange avec Stella, ma fille parla la bouche pleine :

— Papa, après le dîner, on pourra manger une glace et jouer aux secrets ?

Je désignai son assiette avec ma fourchette.

— Tu n'as même pas fini la moitié de ce qu'il y a devant toi, et tu t'inquiètes déjà pour le dessert ? Peut-être que tu n'auras plus assez faim pour une glace.

Charlie ricana comme si je venais de raconter une blague.

— J'aurais toujours de la place pour la glace, papa. Elle fond une fois dans ton ventre, donc ce n'est même pas vraiment de la nourriture.

— C'est quoi le jeu des secrets ? demanda Stella. Je ne pense pas y avoir déjà joué avant.

— Ce n'est pas vraiment un jeu. On mange juste de la glace et on se raconte des secrets à tour de rôle.

Je ne voulais pas expliquer devant Charlie que c'était quelque chose que mon père avait fait avec ma sœur et moi après qu'on ait diagnostiqué un cancer à ma mère. C'était sa façon de nous apprendre que nous pouvions toujours nous confier à lui, lui faire confiance pour garder nos secrets et nous dire les siens.

— Est-ce que ça doit être un secret particulier ? s'enquit Stella.

— C'est toi qui choisis, répondis-je.

Elle sourit.

— Je suis partante.

Une fois repus, nous nous retirâmes sur le canapé pour regarder un film. Charlie posa sa tête sur mes genoux, son corps étalé à ma gauche, et Stella s'assit à ma droite. À la moitié de *Vice Versa*, Charlie commença à ronfler. Je ne pouvais pas lui en vouloir. Une sieste paraissait plutôt être une bonne idée après ce repas, et nous avions regardé ce film au moins cinquante fois.

À un moment donné, Stella se leva pour aller aux toilettes, alors je me glissai hors du canapé, reposant soigneusement sa tête dessus. Puis j'attendis dans le couloir. Quand Stella ouvrit la porte, je l'attrapai par le bras et l'entraînai dans la chambre d'amis adjacente.

Elle gloussa, et je mis ma main sur sa bouche.

— Chut, elle a une très bonne ouïe.

Stella hocha la tête, alors je retirai ma main. Elle chuchota :

— Qu'est-ce que tu fais ?

— Je voulais te remercier pour le dîner.

— Tu l'as déjà fait.

— Je voulais le faire correctement.

Je la pris par la nuque et posai mes lèvres sur les siennes.

— Tu sens toujours si bon, gémis-je.

Elle me suçota la langue.

— Tu as toujours si bon *goût*.

Putain. C'était probablement une idée stupide. Je pouvais déjà sentir que ça m'excitait. Mais je n'avais pas eu une minute seul avec elle depuis qu'elle était là, et j'en avais besoin. La pressant contre la porte, je lui ravis sa bouche pour un baiser brutal. Quand j'eus fini, notre respiration était lourde.

Je caressai sa lèvre inférieure en reprenant la parole :

— Tu as appelé ta mère.

Son expression se radoucit.

— Oui. Je ne pense pas que je vais aller dîner chez eux de sitôt, mais ce que tu as dit m'a vraiment touché. La vie est courte, et on ne sait jamais de quoi demain est fait. Je ne veux pas avoir de regrets, et je suis prête à aller de l'avant.

Je regardai dans chacun de ses yeux et lui caressai la joue.

— Je suis content.

Elle tourna la tête et embrassa la paume de ma main.

— Tu penses que Charlie est endormie pour la nuit ? Peut-être que je devrais y aller.

— Certainement pas. Elle va se réveiller et demander de la glace d'une minute à l'autre.

Stella sourit.

— Et puis je vais pouvoir entendre un de tes secrets. J'attendais ça avec impatience.

— Ah oui ?

Elle hocha la tête.

— Eh bien, laisse-moi t'en dire un maintenant.

Je fis un signe du doigt pour qu'elle s'approche. Quand elle obtempéra, j'approchai ma bouche de son oreille et murmurai :

— Je suis fou de toi, trésor.

Elle me regarda et sourit.

— Je suis folle de toi, moi aussi.

Bien sûr, Charlie se réveilla environ dix minutes avant la fin du film. Elle étira ses bras au-dessus de sa tête.

— On peut avoir de la glace maintenant ?

Je gloussai.

— Tu viens tout juste de te réveiller.

— Je le suis assez pour une glace.

— Très bien. Pourquoi ne vas-tu pas t'asseoir à table, et je vais nous préparer des bols. Tu veux tous les ingrédients en plus ?

Charlie hocha rapidement la tête avec un sourire carnassier. Je levai le menton vers Stella.

— Et toi ?

— Qu'est-ce qu'il y a comme ingrédients en plus ?

— De la crème fouettée, des vermicelles colorés, des noix, des tranches de banane et de la sauce au chocolat.

Elle se lécha les lèvres.

— Je prendrai tout.

Dans la cuisine, je préparai les trois bols. Je les posai ensuite sur la table et dis :

— Très bien. Qui veut commencer ?

Charlie désigna Stella.

— Stella ! Je veux connaître son secret.

— Oh mince... dit Stella. Tu dois me laisser une minute pour que je puisse en trouver un.

Nous enfournâmes de la glace dans nos bouches jusqu'à ce que Stella lève la main.

— J'en ai trouvé un !

Elle se pencha vers Charlie et baissa la voix.

— Personne ne le connaît. Tu es sûre que tu peux garder un secret ?

Les yeux de ma fille étaient écarquillés de joie, elle hocha rapidement la tête.

— D'accord. Eh bien, quand j'avais huit ou neuf ans, que je n'étais pas beaucoup plus vieille que toi, en fait, j'ai trouvé une tortue dans le parc. Elle n'était pas plus grande que ça.

Stella forma un cercle de la taille d'une balle de golf avec ses mains.

— Je l'ai ramenée à la maison et j'ai demandé à mes parents si je pouvais la garder, mais ils ont dit non parce qu'ils croyaient qu'elle devait vivre dehors. Alors le lendemain, je suis retournée au parc pour essayer de la remettre en liberté. Je l'ai remis dans le carré d'herbe où je l'avais trouvée, mais elle s'est si bien intégrée au paysage qu'au moins une demi-douzaine d'enfants ont failli l'écraser en jouant à la course. Je savais que si je la laissais là, elle serait blessée. Alors, ce soir-là, je l'ai ramenée en douce à la maison et je l'ai gardée dans un tiroir de ma chambre. Une semaine plus tard, ma mère l'a trouvée alors qu'elle rangeait du linge dans ma chambre. Elle m'a demandé de la remettre dehors. J'ai obéi, mais dès que j'en avais l'occasion, j'allais la voir. J'essayai chaque fois de la remettre dans un coin du parc qui était plus sûr pour elle, mais elle retournait toujours dans les zones où les enfants couraient. Je me suis beaucoup inquiétée pour elle. Quelques semaines plus tard, ma famille est partie en Floride pour les vacances, à Disney et à SeaWorld. J'ai donc mis la tortue dans mon sac à dos, je l'ai fait entrer en douce à SeaWorld et je l'ai libérée dans le bassin des tortues. Je me suis dit qu'elle serait plus en sécurité là-bas.

Je levai un sourcil.

— Tu as introduit clandestinement un animal à SeaWorld ?

Stella hocha la tête.

— J'aime penser que c'était pour l'aider à obtenir l'asile qu'elle méritait, mais oui.

— Papa, on peut aller à SeaWorld ? On verra peut-être la tortue que Stella a sauvée.

Je n'eus pas le cœur de lui dire que cette chose était probablement morte depuis longtemps.

— Peut-être un jour.

Charlie enfourna une cuillerée de glace dans sa bouche.

— À ton tour, Papa.

J'admis que je n'étais jamais allé à SeaWorld, puis je donnai la parole à ma fille.

Elle porta sa cuillère à ses lèvres tandis que son cerveau tournait à plein régime.

— Est-ce que le mien peut être un secret que Stella ne connaît pas ? Je n'arrive pas à trouver quelque chose que tu ne sais pas, Papa.

— Bien sûr.

Charlie se pencha vers Stella, imitant le geste que Stella avait fait plus tôt. Elle mit les deux mains autour de sa bouche et murmura :

— Mon prénom n'est pas vraiment Charlie.

— Waouh. D'accord. C'est un sacré secret. Je n'en savais rien.

Stella croisa mon regard, et je hochai la tête pour confirmer avant qu'elle ne reporte son attention sur ma fille.

— Charlie est le diminutif de quoi ? demanda-t-elle.

Ma fille secoua la tête.

— On m'a donné le nom de mes grands-mères. Mon deuxième prénom est Charlotte, comme la mère de papa.

— Donc Charlie est le diminutif de Charlotte, qui est ton deuxième prénom ? Mais alors quel est ton premier prénom ?

— Le nom de la mère de ma maman, Laken.

— Laken ? fit Stella en fronçant les sourcils. Donc tu t'appelles Laken Charlotte ?

Charlie hocha la tête.

— Papa, je peux avoir plus de crème fouettée sur ma glace ?

Elle inclina son bol vers moi et fronça les sourcils.

— Il n'y a plus de crème.

— C'est parce que tu l'as déjà mangée. Mais j'imagine que oui. Va chercher la boîte dans le frigo, d'accord ?

Charlie sauta de sa chaise ; elle en avait déjà fini avec le jeu des secrets et était passée à autre chose, mais Stella avait l'air confus.

— Elle s'appelle *Laken* Charlotte ? Ça n'est pas une combinaison de noms courante.

Je haussai les épaules.

— Probablement pas. La mère de mon ex-femme est décédée quelques mois avant la naissance de Charlie. Elle voulait lui donner le nom de sa mère, alors on a combiné les noms de nos mères pour les honorer toutes les deux. Après la naissance de Charlie, Lexi a fait une petite dépression post-partum, et chaque fois qu'elle l'appelait Laken, ça la bouleversait complètement. On a donc commencé à l'appeler par son deuxième prénom, Charlotte, puis on l'a raccourci en Charlie. C'est resté. Dès qu'elle a eu un mois ou deux, Charlie s'appelait juste Charlie, et la nommer autrement ne lui convenait pas.

— Laken Charlotte, répéta Stella.

On aurait dit que ça la dérangeait pour une étrange raison.

— Je n'y pense pas souvent, parce qu'elle s'appelle juste Charlie pour moi. Es-tu fâchée que je ne te l'aie pas dit ?

Stella secoua sa tête.

— Non... ce n'est pas ça. J'ai juste...

J'attendis qu'elle en dise plus, mais elle se contenta de fixer un point au loin, la tête ailleurs.

— Lexi, c'est le diminutif de quelque chose ?

Mes sourcils se rapprochèrent.

— Lexi, tu veux dire mon ex-femme ?

Stella acquiesça.

— Son prénom complet est Alexandria, mais tout le monde l'appelle Lexi. Pourquoi ?

Stella pâlit et elle écarquilla les yeux. Elle avait l'air effrayé.

— Quelque chose ne va pas ?

Elle secoua sa tête.

— Non. Non, je... j'ai juste mal à la tête.

— Mal à la tête ?

Je fronçai les sourcils.

— Depuis quand ?

— Euuhhh... à l'instant.

Mes tripes me soufflaient qu'elle me racontait des bêtises, mais Charlie revint à la table avec la bombe de crème fouettée et poussa son bol devant moi. J'en pulvérisai plus que je n'aurais dû et je le lui rendis avant de reporter mon attention sur Stella.

— Tu veux de l'aspirine ?

— Non. En fait... je pense que je vais juste y aller.

Il y avait vraiment quelque chose qui clochait.

— Tu n'as même pas fini ta glace.

— Je sais. Je suis désolée.

Elle se leva et ramena son bol dans la cuisine.

Je la suivis, en parlant à voix basse pour que Charlie n'entende pas.

— Est-ce que quelque chose d'autre te dérange ? Pourquoi ai-je l'impression que l'on vient de faire quelque chose qui t'a contrariée ?

Stella sourit, mais il était évident qu'elle se forçait.

— Tu n'as rien fait de tel. J'ai juste... besoin de m'allonger, je pense.

Je regardai chacun de ses yeux, puis hochai la tête.

— Très bien. Laisse-moi t'appeler un Uber.

— Je peux prendre le métro.

— Non, je vais te réserver un Uber. Tu ne te sens pas bien.

Je sortis le téléphone de ma poche et ouvris l'application. En tapant l'adresse de Stella, l'écran m'indiqua qu'un chauffeur arriverait très rapidement. Je tournai l'appareil et le lui montrai.

— Quatre minutes.

— D'accord. Merci.

Stella passa une minute à rassembler ses affaires et souhaita bonne nuit à Charlie, qui lui fit un gros câlin.

— Je reviens dans une seconde, dis-je à ma fille. Tu finis ta glace pendant que je raccompagne Stella.

— D'accord, Papa.

À la porte d'entrée, je sortis avec Stella et fermai partiellement la porte derrière moi.

— Tu es sûre que tout va bien ?

— Oui, j'en suis sûre.

Elle baissa les yeux.

— Parfois, un mal de tête peut me donner la nausée, alors je pense que c'est mieux si je rentre chez moi.

Encore une fois, je n'y croyais pas, mais je hochai quand même la tête.

— D'accord.

Une voiture qui correspondait à la description du Uber s'arrêta sur le trottoir, alors je pris le visage de Stella dans mes mains et déposai un doux baiser sur ses lèvres.

— Vérifie bien la plaque d'immatriculation avant de monter. Ça devrait se terminer par 6-F-E. Et envoie-moi un message quand tu seras arrivée.

Elle acquiesça.

— Bonne nuit.

Je regardai Stella contourner la voiture et lire la plaque à l'arrière, puis elle grimpa sur la banquette arrière. Elle s'adressa au conducteur, et j'attendis qu'elle se retourne pour me faire un dernier signe de la main. Sauf qu'elle ne le fit pas. La voiture quitta simplement le trottoir.

Quelque chose clochait, et mon instinct me disait que ça n'avait rien à voir avec un simple mal de crâne.

27

Hudson

Stella n'était pas au travail quand j'arrivai le lundi matin. Je passai trois fois devant son bureau avant mon rendez-vous de neuf heures. Comme elle n'était toujours pas là, je lui envoyai un rapide texto.

Hudson : Tout va bien ?

L'absence de vibrations de mon téléphone eut la capacité de me distraire plus que s'il avait sonné fort pendant la présentation que j'étais censé suivre. Je n'arrivais pas à me concentrer. L'autre soir, après le départ de Stella, j'avais réussi à me convaincre que j'avais trop analysé la situation, que *c'était* juste un mal de tête et que tout serait rentré dans l'ordre dimanche matin. Évidemment, ça n'avait pas été le cas.

À la fin de ma réunion, il était presque onze heures et je n'avais toujours pas de nouvelles de Stella. La porte de son bureau était fermée à clef, et la réceptionniste m'apprit qu'elle ne l'avait pas vue aujourd'hui, alors j'allai retrouver ma sœur.

— Salut. Tu as parlé à Stella aujourd'hui ? Elle n'est pas encore arrivée.

Ma sœur arrêta d'écrire et leva les yeux.

— Salut, Hudson. C'est agréable de te voir par ce beau matin, toi aussi. Je vais bien, merci de ta sollicitude.

— Je ne suis pas d'humeur.

Elle fronça les sourcils.

— Qu'est-ce qui t'arrive encore ?

— Peux-tu me dire si tu as parlé à Stella aujourd'hui ?

Olivia soupira.

— Oui, je lui ai parlé deux fois. Elle travaille de chez elle. Elle ne t'en a pas parlé ?

Je secouai la tête.

— Est-ce qu'elle va bien ?

Un regard d'inquiétude apparut sur le visage de ma sœur.

— Elle m'a dit qu'un gros mal de crâne l'avait empêchée de dormir pendant deux nuits, mais qu'elle se sentait mieux. Tout va bien entre vous ?

Je passai une main dans mes cheveux.

— Oui. Je pense que oui.

Ma sœur me jeta un coup d'œil et elle grimaça.

— Tu *penses* ? Tu n'es pas sûr. Qu'est-ce que tu as fait ?

— Moi ? Pourquoi est-ce que tu crois que j'ai fait quelque chose de mal ?

— D'habitude, quand un homme ne sait pas s'il a fait quelque chose de mal ou non, c'est parce qu'il l'a fait.

Je haussai les épaules.

— Si tu le dis.

Lorsque je retournai dans mon bureau, mon téléphone vibra finalement après plus de deux heures d'attente.

Stella : Tout va bien. Je vais travailler depuis chez moi aujourd'hui.

Je fus un peu soulagé de voir qu'elle ne m'ignorait

pas complètement, mais pas assez pour faire disparaître le malaise au creux de mon estomac. Alors je répondis.

Hudson : Tu n'as plus mal à la tête ?

La question semblait simple, mais je regardai les petits points s'agiter, s'arrêter, puis recommencer avant de s'arrêter complètement. Dix minutes plus tard, la réponse arriva enfin.

Stella : Oui, c'est fini. Merci d'avoir pris de mes nouvelles.

Merci d'avoir pris de mes nouvelles, ça ressemblait beaucoup à *Laisse-moi tranquille*.

Peu importe. J'avais du travail à faire. Alors plutôt que de perdre plus d'heures que je n'en avais déjà passées à sur-analyser toutes ces conneries, je jetai mon téléphone sur mon bureau. Peut-être que je ne comprenais pas les femmes.

Le lendemain, j'étais vraiment ravi de voir de la lumière s'échapper du bureau de Stella quand j'arrivai à sept heures.

— Bonjour, tu es là...

Stella avait le nez plongé dans son ordinateur portable. Elle leva les yeux et me sourit, mais sans que l'expression se reflète dans ses yeux.

— Oui. Désolée de ne pas être venue hier.

— Pas de quoi être désolée. Tu ne travailles pas pour moi. C'est ton bureau, tu peux l'utiliser comme bon te semble. J'étais juste inquiet qu'il y ait peut-être plus qu'un mal de tête.

Stella joua avec quelques papiers sur son bureau et évita de croiser mon regard.

— Non, il n'y a rien. Juste un gros mal de tête. J'en ai parfois.

Quelques jours plus tôt, je serais entré dans son bureau, j'aurais fermé la porte derrière moi et je l'aurais embrassée avec tant de passion que ça m'aurait fait bander. Mais là tout de suite, la tension que je ressentais m'empêchait de bouger. En d'autres termes, ce n'était pas *seulement* un mal de crâne. Cela dit, elle travaillait, et j'avais une réunion à préparer, alors je n'allais pas insister pour l'instant.

Faisant un signe de tête en direction de mon bureau, je dis :

— J'ai une réunion qui va me prendre presque toute la matinée. Tu veux qu'on se retrouve cet après-midi pour passer en revue les livraisons qui ne sont pas encore arrivées ? On pourrait parler de toutes les autres priorités sur lesquelles tu voudrais que je m'implique.

— En fait, je me suis occupée des livraisons hier. On est sur la bonne voie pour l'instant. Je pense que je m'en sors très bien. Je vais aller voir Olivia et passer en revue les derniers détails de l'aspect marketing dans un petit moment.

— Oh... OK.

Je haussai les épaules.

— Peut-être un déjeuner plus tard, alors ?

— Je vais travailler avec Olivia pendant le déjeuner. Et j'ai une réunion plus tard cet après-midi au bureau de Fisher.

— Le bureau de Fisher ?

— Ça n'a rien à voir avec Signature Olfactive.

Il était clair qu'elle m'envoyait balader, mais j'avais la peau dure.

— Un dîner plus tard ?

Elle fronça les sourcils.

— Je vais probablement aller manger un morceau avec Fisher après.

Je n'arrivai pas à incurver mes lèvres vers le haut pour faire semblant que tout allait bien, même si je faisais de gros efforts. Le mieux que je pouvais faire était hocher la tête pour feindre la compréhension.

— N'hésite pas à me dire si tu as besoin de moi pour quoi que ce soit.

— Merci, Hudson.

28

Stella

Trois jours plus tôt

C'était forcément une coïncidence.

Je savais que c'était faux, mais je me répétai le contraire alors que le Uber s'éloignait du trottoir. Si j'arrêtais, j'étais sûre que j'allais vomir sur la banquette arrière de ce pauvre homme. J'étais complètement paniquée.

Dès que nous arrivâmes à mon appartement, je sortis de la voiture et courus vers l'ascenseur. Comme il n'arriva pas au bout de deux secondes, je décidai que je préférais grimper huit étages en courant plutôt que d'attendre alors que l'intérieur de ma poitrine ressemblait à une bombe à retardement.

Dans mon appartement, je courus directement vers ma chambre et je me laissai tomber sur le sol pour sortir les bacs en plastique que je gardais rangés sous mon lit. Dans ma panique, je n'arrivais pas à me rappeler à quoi ressemblait l'extérieur du journal que je cherchais, ni même quel bac de rangement contenait les carnets les plus récents. J'attrapai donc le premier et commençai à les sortir un par un.

Le premier bac contenait au moins trente journaux différents que j'avais collectés au fil des ans, mais aucun n'était récent. Je ne pris pas la peine de ranger quoi que ce soit avant d'arracher le couvercle du conteneur en plastique suivant. Quelques carnets plus loin, je saisis un volume rouge, relié en cuir, qui m'envoya une décharge électrique dans tout le corps. Il y a dix secondes, je n'aurais pas pu l'identifier parmi tous les autres, mais à la minute où je l'eus dans la main, je sus. *Je savais* que c'était le bon.

Contrairement à tous les autres carnets que j'avais attrapés, je ne l'ouvrai pas immédiatement pour me dépêcher de le lire. Au lieu de ça, je pris une profonde inspiration et essayai de reprendre mes esprits tandis que la gravité de la situation me frappait à nouveau. Si ce que je soupçonnais était vrai... *Oh mon Dieu, je sais que j'ai raison.*

Une vague de nausée m'envahit, et mes mains tremblèrent lorsque j'ouvris le livre et commençai à lire.

Cher journal,
C'est la première page d'un nouveau carnet, ce qui me semble très approprié, comme je suis assise là à écrire, aujourd'hui. Je sais que ça fait un moment que je n'ai pas écrit, mais toutes les pages de mon ancien journal intime étaient remplies, et je n'avais rien de bon à écrire pour en commencer un nouveau.
Heureusement, les choses ont changé récemment. L'été fut loin d'être ennuyeux. En fait, je pense que cet été fut l'un de ceux sur lesquels les artistes écrivent des chansons. Tu

vois, j'ai rencontré l'amour de ma vie. Il est doux et gentil, mais aussi un peu taciturne et sévère. En mai, quand je suis rentrée de l'université, mes parents m'ont traînée à une soirée ennuyeuse qu'un de leurs amis organisait. Je ne voulais pas y aller, mais je suis bien contente de l'avoir fait parce que j'ai rencontré l'homme que je vais épouser un jour !
À très vite ! ~A

Je m'arrêtai pour analyser chaque mot. Hudson n'avait pas mentionné comment lui et son ex-femme s'étaient spécifiquement rencontrés, mais il avait dit que leurs familles étaient amies et qu'ils fréquentaient le même cercle social.

Comme je reconstituais le puzzle, tout me parut soudain plus clair.

Mon ancienne colocataire Evelyn m'avait offert ce journal pour mon anniversaire. Evelyn et l'ex-femme d'Hudson étaient amies. Peut-être qu'Alexandria lui avait donné le journal pour qu'elle le garde en sécurité, ou qui sait, peut-être qu'Evelyn l'avait volé. Dieu sait qu'elle avait un penchant pour voler les choses de ses amis.

Alexandria s'était mariée à la bibliothèque publique de New York, j'en étais certaine. J'avais lu chaque détail de son organisation. *Hudson* s'était lui aussi marié là-bas, comme ses parents avant lui.

J'étais également sûre à 99,99 % que l'enfant sur lequel Alexandria avait écrit s'appelait *Laken Charlotte*. Je m'en souvenais parce que c'était la seule fois où l'autrice avait rédigé le nom de quelqu'un d'autre que le sien. Partout ailleurs, elle désignait les gens par des initiales, mais le jour de la naissance de sa fille, elle avait écrit son nom. *Laken Charlotte*.

Ce n'était pas un nom commun, mais j'avais besoin de ce centième de pourcentage de certitude supplémentaire, et j'en avais besoin maintenant. Je ne pouvais pas reprendre ma lecture depuis le début avant d'arriver à ce point. Je feuilletai donc frénétiquement jusqu'à ce que je trouve la section dont je me souvenais.

Cher journal,
Aujourd'hui, je suis devenue mère.
Mère.
Je dois le réécrire parce que je n'arrive toujours pas à y croire. L'accouchement a été marqué par toutes ces histoires horribles de douleur que j'avais entendues, et même pire. Mais au moment où ils ont mis ma petite fille dans mes bras, j'ai oublié toute l'agonie de l'accouchement. Elle est parfaite dans tous les sens du terme.
À deux heures quarante-deux aujourd'hui, ma vie a changé. J'ai regardé mon bébé dans les yeux et j'ai su au fond de moi que je devais devenir une meilleure personne. Une personne plus forte. Une personne plus altruiste. Une personne honnête. Je suis si fière d'être la mère de ma petite fille et, aujourd'hui, je fais la promesse de devenir une personne dont elle pourra être fière un jour, elle aussi.
Bienvenue sur Terre, Laken Charlotte.
~A

Je laissai tomber le carnet sur mes genoux et fermai les yeux.

L'ex-femme d'Hudson était la mère de Laken Charlotte, la mère de *Charlie*. Malheureusement, c'est tout ce dont je pouvais être sûre. Parce que selon d'autres entrées dans son journal, c'était tout ce dont *Alexandria* était sûre. Elle avait caché un secret à son mari, un *gros secret*.

Cette fois, je ne pus retenir mes nausées. Je courus à la salle de bains et déchargeai le contenu de mon estomac dans les toilettes.

Stella

Quinze mois plus tôt

— Tu sens le parfum, Aiden.

Je m'éloignai d'un pas après notre câlin. Il soupira.

— Ne recommence pas. Il y a des échantillons partout dans nos deux appartements, alors bien sûr, l'odeur s'accroche à mes vêtements.

Il se retourna et se rendit dans sa chambre. Je le suivis.

— Tu sens le jasmin. Je n'ai pas ça ni ici ni chez toi.

— Eh bien, c'est probablement une combinaison de toutes ces merdes qui traînent. Toi, plus que quiconque, sais que quand on mélange beaucoup d'odeurs, on en crée une nouvelle. C'est ce mélange qui a dû s'accrocher à mon manteau de laine.

— Où étais-tu ce soir ?

— Je corrigeais les partiels dans mon bureau. Tu veux que je demande un mot à l'agent de sécurité que je croise en sortant, à l'avenir ? La meilleure question est :

où *étais-tu* ? Tu as encore tes chaussures et tes joues sont rouges à cause du froid. J'en déduis que tu as dû toi-même travailler tard.

— J'étais au labo à travailler sur l'algorithme.

Aiden leva les yeux au ciel.

— L'algorithme... c'est vrai. Je pensais qu'on avait mis ça de côté. On va acheter une maison avec cet argent.

— Ce n'est pas parce que j'ai accepté qu'on utilise nos économies pour acheter une maison que je dois arrêter de travailler sur mon produit.

— Non, mais comment puis-je savoir que tu y étais vraiment ?

— Tu ne peux pas. Mais ce n'est pas moi qui sens le parfum et qui ai des frais d'hôtel sur ma carte de crédit.

— Je ne vais pas reparler de tout ça, Stella.

Aiden mit les mains sur ses hanches.

— C'était une réservation pour mes parents qui venaient en ville. Je l'avais fait il y a longtemps et j'avais oublié de l'annuler après qu'ils aient annulé leur voyage à New York. Ça m'était complètement sorti de l'esprit quand tu m'as posé la question. Une semaine plus tard, je m'en suis souvenu, alors j'ai payé la facture. Je ne pensais pas avoir besoin de te faire un rapport.

L'histoire qu'il m'avait racontée avait du sens, mais il n'avait jamais mentionné que ses parents venaient en ville, et les fois où ils l'avaient fait par le passé, ils avaient toujours logé dans un hôtel près de son appartement, pas à l'autre bout de la ville.

Dernièrement, c'était toujours la même chose. Il avait une explication pour tout : la note d'hôtel, l'odeur du parfum, la fois où mon ami du travail l'avait vu au restaurant avec une femme brune dont il avait l'air plutôt proche, un texto suspect. Ce n'était pas une seule chose, mais un tas de petites choses qui s'additionnaient.

— Écoute, fit Aiden en s'approchant et mettant les mains sur mes épaules. Ces stupides journaux intimes te retournent le cerveau.

J'avais tellement envie de le croire. Sauf que je ne pouvais pas oublier toutes les similitudes entre la façon dont Alexandria traitait son mari et ce qui se passait entre Aiden et moi ces derniers temps. Alexandria rentrait à la maison et allait directement prendre une douche pour effacer l'odeur de son amant, comme Aiden avait commencé à le faire ces derniers mois si j'étais chez lui quand il rentrait. Alexandria était très prudente avec son téléphone. Aiden emmenait le sien même dans la salle de bain quand il se douchait, sauf la fois où il était sous la douche quand j'étais arrivé chez lui. J'avais trouvé son portable en train de charger sur sa table de nuit et j'avais essayé de jeter un coup d'œil à ses SMS pendant que l'eau coulait encore, pour découvrir qu'il avait changé le mot de passe qu'il utilisait depuis toujours.

Je regardai Aiden dans les yeux.

— Tu me le promets ? Promets-moi que tu n'as pas de liaison avec quelqu'un d'autre. Je ne peux pas me débarrasser de ce sentiment, Aiden.

Il se pencha plus près et vrilla son regard au mien.

— Tu dois me faire confiance.

Je hochai la tête, même si je ne me sentais pas rassurée.

Cette nuit-là, nous nous endormîmes comme nous l'avions fait la plupart des nuits ces derniers temps : avec un petit baiser sur les lèvres et pas de sexe. C'était une des autres choses qui avait changé au cours des six derniers mois et qui ne faisait qu'ajouter à mes soupçons.

La semaine suivante, tout était presque revenu à la normale, jusqu'à ce que Fisher m'appelle un matin alors que je préparais des toasts.

— Salut. Tu m'as dit qu'Aiden n'était pas en ville ce soir, n'est-ce pas ? C'est une des raisons pour lesquelles tu as reporté notre soirée cinéma mensuelle de dimanche à vendredi.

— Oui. Il assiste à une conférence dans le nord de l'État sur l'intégration des nouvelles technologies dans les cours à l'université. Pourquoi ?

— Je suis tombé sur son collègue bizarre, Simon... celui qui se sépare les cheveux au milieu et les aplatit droit sur les côtés. Je me suis retrouvé à lui parler à ta soirée de Noël il y a quelques années, et il a passé une demi-heure à m'expliquer comment les ballons à l'hélium sont mauvais pour l'écosystème marin.

— Je me souviens de Simon. Qu'est-ce qu'il a fait ?

— Eh bien, on fréquente le même club de gym. Je le vois de temps en temps et j'essaie de l'éviter. Mais ce matin, le seul tapis de course disponible se trouvait à côté de lui. J'ai donc dû courir à ses côtés. Il a remarqué ma bouteille d'eau et a commencé à me faire la leçon sur les effets du plastique sur la Terre. J'ai essayé de changer de sujet, et je lui ai demandé s'il allait à la conférence.

— D'accord.

— Il m'a dit que c'était le week-end dernier.

— Quoi ?

J'arrêtai de beurrer ma tartine en plein mouvement.

— Peut-être que ça s'étale sur plusieurs week-ends ?

— C'est ce que je pensais. Je sais que tu as eu du mal à faire confiance à Aiden ces derniers temps, alors je n'allais pas t'en parler, mais ça me turlupinait. Alors j'ai cherché des infos sur la conférence sur Google. C'était le week-end dernier… seulement le week-end dernier, Stella.

Après avoir gardé le silence pendant un long moment, j'entendis l'inquiétude dans la voix de Fisher.

– Tout va bien ?

Bizarrement, je me sentais comme engourdie, pas affolée et paniquée comme je l'avais été quand je commençais à soupçonner quelque chose. Peut-être qu'au fond de moi, je connaissais la vérité depuis le début. J'étais certaine qu'Aiden n'admettrait jamais rien.

– Oui, ça va.

– Que vas-tu faire ?

– Tu crois que tu peux encore emprunter la voiture de ton ami ?

– Probablement. Pourquoi ?

– Pourrais-tu faire ça et être là à seize heures ?

– Je croyais que la soirée ciné commençait à dix-huit heures ?

– C'était le cas. Mais changement de plan. Aiden part à seize heures, je veux le suivre.

– Il est là.

Je désignai Aiden du doigt au moment où il quittait l'entrée de son immeuble, avec ses bagages. Fisher et moi étions garés quatre voitures plus loin, à attendre.

Je m'aplatis contre mon siège, même si Aiden avait tourné à gauche, dans la direction opposée à celle où nous étions. Il garait sa Prius dans un parking à deux pâtés de maisons d'ici.

– Je dois le suivre ? dit Fisher.

Je secouai la tête.

— Il va lui falloir quelques minutes pour descendre au garage, puis il faudra au moins dix minutes au voiturier pour récupérer sa voiture. On devrait probablement attendre qu'il entre pour qu'il ne nous voie pas.

— D'accord.

Suivre quelqu'un n'était pas aussi facile que ça en avait l'air à la télé, surtout à New York. Comme il n'y avait que quelques voitures à la fois à un feu de circulation donné, l'anxiété montait en moi chaque fois que nous nous éloignions de lui. Mais d'une manière ou d'une autre, nous réussîmes à ne pas le perdre. Nous suivîmes quelques voitures sur la voie rapide Franklin D. Roosevelt, puis sur la I-87.

— On dirait qu'il se rend dans le nord de l'État, fit Fisher. Pourtant, j'ai appelé l'endroit où se tenait la conférence dont il a parlé. C'était uniquement le week-end dernier, je t'assure.

Je secouai la tête.

— Je ne sais pas quoi penser. Peut-être qu'il retrouve une femme là où se tient la conférence de toute façon ? Donc une nouvelle note d'hôtel au même endroit serait logique ?

— Peut-être. Tu lui as fait assez de reproches pour qu'il sache que tu es méfiante, maintenant.

Nous roulâmes pendant un certain temps, assez longtemps pour qu'il semble que c'était exactement ce qu'Aiden faisait, et nous risquions donc d'être sur la route un certain temps. Mais alors que nous approchions de la sortie près de l'endroit où Fisher et moi avions grandi, Aiden alluma son clignotant et se plaça sur la voie de droite.

— Il connaît la région, il a probablement besoin de faire une pause pipi ou le plein d'essence, alors il s'est dit qu'il allait s'arrêter dans le coin.

Fisher recula un peu, laissant passer quelques voitures de plus entre nous pour ne pas être juste derrière lui quand nous allions nous arrêter au feu de la bretelle de sortie.

— Tu es curieusement bon en filature, Fisher.

Il sourit.

— Ce n'est pas ma première fois, chérie. Les hommes gays ne savent pas la garder dans leur pantalon très longtemps. Malheureusement, j'ai déjà fait ça avant.

— Sans moi ?

Il haussa les épaules.

— Je me suis dit que tu allais m'engueuler pour avoir suivi quelqu'un.

Il avait probablement raison. Il y a un an, je lui aurais dit que s'il ressentait le besoin de suivre quelqu'un, cette personne ne méritait pas sa confiance et la relation était condamnée. Pourtant, j'étais là. C'était un rappel brutal qu'il ne fallait pas juger les autres sans avoir été à leur place.

— Mais où il va, merde ? s'enquit Fisher.

Aiden avait dépassé tous les petits magasins et la station-service sur le bord de la route. Il se dirigeait en fait vers le quartier où Fisher et moi avions grandi, où mes parents et le père de Fisher vivaient encore.

Quand Aiden tourna à droite dans le lotissement où vivaient mes parents, nous dûmes énormément ralentir, car il n'y avait pas de voitures entre nous. Je me plaquai à nouveau sur mon siège.

— Il va chez mes parents ? Mais pourquoi irait-il là-bas ?

Fisher remua les sourcils.

— C'est peut-être un des invités spéciaux de ta mère.

— Beurk... ne sois pas vulgaire.

Nous plaisantions, mais Aiden tourna à gauche et s'engagea dans la rue de mes parents.

— Ne tourne pas, dis-je. S'il va chez mes parents, on devrait pouvoir le voir d'ici. Tu peux te garer assez près du virage pour qu'on puisse l'observer ?

Fisher se gara pile au stop, et nous nous penchâmes en avant pour regarder dans la rue. La Prius ralentit et se gara dans l'allée de mes parents.

— Mais qu'est-ce qu'il fait ? Pourquoi ne m'a-t-il pas dit qu'il venait ici ? J'ai parlé à ma mère l'autre jour et elle ne m'a pas dit qu'il passait.

Fisher haussa les épaules.

— Peut-être qu'ils préparent une fête surprise pour toi ou un truc du genre ?

— Mon anniversaire n'est pas avant neuf mois.

Une fois qu'Aiden sortit de la voiture et disparut dans la maison, Fisher et moi décidâmes de nous avancer dans la rue. Nous nous garâmes quelques maisons plus loin et glissâmes le plus bas possible dans nos sièges.

Pendant l'heure suivante, je passai en revue toutes les choses qui m'avaient rendue suspecte. Puis je finis par soupirer.

— Peut-être qu'Aiden a raison et que le journal que je lis m'a rendu paranoïaque, au point de me faire voir des choses qui n'existent pas.

— Tu avais des soupçons avant de commencer à le lire, me rappela Fisher.

— Oui, mais... répondis-je en secouant la tête. Je ne sais pas. Je suis définitivement devenue obsédée par l'idée qu'Aiden puisse me tromper, et je pense que c'est en grande partie à cause de ce que je lis. Je veux dire, c'est la troisième fois que je lis ce satané journal intime et je m'assois sur les escaliers de la bibliothèque en me demandant si les gens autour de moi ne seraient pas Alexandria ou son mari. Je ne comprends pas comment elle peut le tromper et ne pas lui dire que le bébé qu'elle a mis au monde n'est peut-être même pas le sien.

— Et le type avec qui elle couche, c'est le copain de son mari, non ?

J'acquiesçai.

— C'est terrible. C'est la trahison ultime : ta femme et ton meilleur ami.

— Ouais, c'est vraiment horrible, acquiesça Fisher. Il n'y a pas grand-chose de pire que ça.

La porte de la maison de mes parents s'ouvrit, et mon cœur fit un bond dans ma poitrine.

— Quelqu'un arrive.

Fisher et moi nous baissâmes autant que possible tout en continuant à pouvoir voir à travers la fenêtre. Mes parents et ma sœur sortirent et s'arrêtèrent sur la dernière marche du perron, discutant avec Aiden pendant quelques minutes. Finalement, mes parents le saluèrent et retournèrent à l'intérieur, tandis que ma sœur raccompagna Aiden jusqu'à sa voiture. Arrivés devant la Prius, ils se dirigèrent côté passager et Aiden ouvrit la porte pour que Cecelia puisse monter. Alors qu'elle allait monter à l'intérieur, il l'attrapa par la main. Le reste sembla se dérouler au ralenti.

Aiden l'attira contre lui et la plaqua contre la voiture. Une brise fit voler ses longs cheveux noirs devant son visage et il les remit en place… juste avant de l'embrasser. Abasourdie et toujours piégée dans une sorte de déni malsain, je m'attendais à ce que ma sœur le repousse comme si c'était la première fois que ça arrivait. Qu'elle lui donne une claque et le bouscule.

Elle n'en fit. Ma sœur enroula ses bras autour du cou de mon fiancé et l'embrassa en retour : deux participants volontaires embarqués dans un baiser passionné... dans l'allée de la maison de *mes parents*.

Je ne pus prononcer le moindre mot. J'étais complètement sous le choc, la bouche ouverte. J'avais oublié que Fisher était assis à côté de moi jusqu'à ce qu'il parle.

— Je me suis trompé. Que ta femme se tape ton pote comme dans le journal que tu lis n'est pas le pire scénario.

Il secoua la tête, incrédule, aussi bouche bée que moi.

— *C'est ça* la putain de trahison ultime.

Stella

— Tu te fous de moi ? dit Fisher en secouant la tête. Est-ce que c'est possible ?

Je n'avais pas prévu de dire quoi que ce soit à mon ami, et encore moins toute l'histoire, mais c'est exactement ce que j'avais fait. J'avais raconté à Fisher qu'Hudson n'était peut-être pas le père de Charlie avant de le dire à Hudson lui-même, et je me sentais tellement coupable d'avoir violé sa vie privée. Mais Fisher savait que quelque chose clochait depuis le début de la semaine. Ce soir, quand il était entré et m'avait trouvée vêtue d'un pyjama sale avec des cheveux pas brossés depuis deux jours et les yeux gonflés... Je n'avais pas vraiment eu le choix.

Je soupirai.

— Je suis presque sûre d'avoir raison. Tous les faits concordent, et en plus, c'est Evelyn qui m'a offert ce journal.

— Comment Evelyn l'a eu ?

— Je n'en ai aucune idée, répondis-je en haussant les épaules. Olivia m'a dit une fois qu'Evelyn et l'ex d'Hudson s'étaient brouillées parce qu'Evelyn lui avait pris quelque chose. Peut-être qu'elle avait justement volé ce journal intime.

— D'accord.

Il mit les mains sur ses hanches et réfléchit un moment.

— Voilà ce qu'on va faire. Tu vas aller te brosser les cheveux et te laver le visage, et je vais aller à côté chercher un bloc-notes et deux bouteilles de vin. Quand je reviendrai, tu me raconteras tous les faits, et on verra si j'arrive à la même conclusion. Si c'est le cas, on mettra un plan d'action en place.

Je m'enfonçai plus profondément encore dans le canapé.

— Je ne veux pas de plan d'action.

Fisher attrapa mes deux mains et me tira pour me mettre debout.

— Je m'en fiche. Quand tu as commencé à soupçonner Aiden de te tromper, je n'ai pas écouté. J'aurais dû venir te voir tout de suite, t'écouter et mettre au point un plan d'action pour s'assurer de tout ça. Je ne l'ai pas fait, et tu as passé des mois à stresser et à souffrir. On ne va pas recommencer. On a besoin d'une conclusion à tout ça.

Fisher regarda le haut de ma tête.

— En plus, je pense qu'il y a un rat ou deux qui sont en train de faire leur nid ici. Alors va te brosser les dents. Je serai de retour dans cinq minutes.

Je fis une moue boudeuse, alors Fisher m'accompagna jusque dans ma chambre. Il déposa un baiser sur mon front et me poussa vers la porte de la salle de bains.

— Vas-y.

Dix minutes plus tard, nous nous retrouvâmes sur le canapé. Fisher fit un signe de tête vers un emballage vide.

— Tu as mangé tout le chocolat que tu as reçu ?

Je fronçai les sourcils. Le matin après que je me sois enfuie de la maison d'Hudson, un magnifique bouquet de fleurs exotiques m'avait été livré, ainsi qu'une énorme barre Hershey de plus de deux kilos. Hudson y avait ajouté un mot : *Je me sens mieux avec toi qu'en mangeant n'importe quelle quantité de chocolat.* J'avais tout dévoré ces derniers jours en me demandant si cette affirmation serait encore vraie un jour. Aucune quantité d'anandamide ne pouvait me faire sortir de mon état d'esprit.

— Ne me le rappelle pas, rétorquai-je. Je me sens mal. Hudson doit être en train de flipper en se demandant pourquoi j'ai disparu et continue d'éviter ses appels et ses messages. Mais je ne peux pas le regarder dans les yeux en sachant ce que je sais. *Je ne peux pas, Fisher.* Je suis folle de lui. Je lui fais du mal en ce moment, mais ce sera bien pire quand je lui dirai tout.

Fisher me pressa la main.

— D'accord, chérie. Tu as fait ce qu'il fallait. Ce n'est pas le genre de chose qu'on annonce à quelqu'un sans en être absolument certain. Et une fois que tu es sûre, tu dois trouver la manière d'annoncer la nouvelle en douceur.

— Fisher, fis-je en secouant la tête. Il n'y a pas de *douceur*. Nous parlons de sa *fille*.

— D'accord. Mais tu dois te détendre un peu, pour qu'on puisse passer en revue tous les détails. Prenons un peu de vin, au moins. Tu avais l'air moins nerveuse en racontant à quatre cents invités comment tu as rencontré la mariée alors que tu n'avais jamais vue cette femme auparavant.

Fisher nous versa deux grands verres de merlot et s'assit avec le dos droit, le stylo en main. Il avait l'air d'être en mode avocat.

— Commençons. Quand Evelyn t'a-t-elle offert ce journal ?

— C'était un cadeau d'anniversaire, il y a environ dix-huit mois. Je me souviens avoir été surprise qu'elle m'ait offert quelque chose, parce que je ne pensais même pas qu'elle savait que c'était mon anniversaire. J'ai repensé à tout ça. Tu m'avais envoyé des fleurs. Quand Evelyn les a vues, elle m'a demandé pour quoi je les avais reçues. J'ai dit que c'était mon anniversaire, alors elle est allée dans sa chambre et en est ressortie avec le carnet. Il n'était pas emballé ou quoi que ce soit.

— Y a-t-il des indications temporelles dans le journal intime... des programmes de télévision ou autre chose ?

Je secouai la tête.

— Je l'ai lu au moins une douzaine de fois de bout en bout ces derniers jours. Je n'en ai pas trouvé.

— OK.

Fisher griffonna *dix-huit mois* sur son bloc-notes et le souligna de deux barres obliques en gras.

— Et quand est-ce qu'Hudson et son ex ont-ils divorcé ?

— Il m'a dit que Charlie avait environ deux ans à l'époque. Donc c'était il y a quatre ans.

— Donc ce journal a pu être écrit n'importe quand, il y a un an et demi ou cent ans ?

Je haussai les épaules.

— J'imagine. Mais les pages ne sont pas jaunies ou autre, donc je ne pense pas qu'il soit trop vieux.

— D'accord. Donc ça collerait d'un point de vue temporel, mais ça collerait probablement pour un million d'autres scénarios aussi. Passons aux noms. Le nom de la femme du journal, c'est Alexandria. Est-ce qu'on est sûr que c'est le nom de l'ex-femme d'Hudson ?

Je hochai la tête.

— Hudson l'appelait uniquement Lexi, mais l'autre soir, quand Charlie a mentionné son prénom complet, j'ai demandé quel était le nom de sa mère. C'est bien Alexandria et, d'ailleurs, elle tenait également un journal intime. Hudson en a parlé une fois.

— OK. Ça fait deux noms en commun. Et Hudson ? Est-ce que le journal intime dit son nom ?

Je secouai la tête.

— Elle l'appelle seulement H. Et le type avec qui elle avait une liaison est le meilleur ami de son mari, et elle l'appelle J. Le meilleur ami d'Hudson s'appelle Jack.

Fisher griffonna d'autres notes.

— Il y a des milliers de personnes qui s'appellent Jack. C'est un prénom commun. Je parie qu'Alexandria aussi. Encore une fois, tout est circonstanciel.

— Sauf qu'elle a écrit le nom de sa fille le jour de sa naissance : Laken Charlotte.

Fisher fronça les sourcils.

— Et la fille d'Hudson s'appelle bien Laken Charlotte ?

Je hochai la tête.

— Eh bien, ce n'est pas une combinaison si commune, évidemment. Je n'ai jamais rencontré quelqu'un qui s'appelle Laken, mais je suis sûr qu'il y en a pas mal à New York. Plus de huit millions de personnes vivent ici.

— Il y a mille six cent soixante-deux personnes nommées Laken aux États-Unis qui ont moins de treize ans, selon le Bureau du recensement. J'ai vérifié.

— Merde. Bon. Eh bien, ça fait quand même beaucoup de personnes.

— Mais quand j'ai entré le prénom et le nom de famille, Laken Rothschild, ils estiment qu'il n'y en a qu'une seule.

— Estiment ? Le Bureau du recensement n'est pas sûr ?

— Ils se basent sur d'anciennes données. C'est plus un truc de type statistique qu'un compte exact. Mais en gros, ce n'est pas une combinaison de noms populaire.

— D'accord, quoi d'autre ?

— Alexandria s'est mariée à la bibliothèque publique de New York. Hudson et Lexi aussi.

— Argh. Ça ne se présente pas très bien.

— Alexandria et H vivaient aussi dans l'Upper West Side, comme Lexi et Hudson.

Fisher souffla un grand coup.

— Bon, il y a certainement beaucoup de coïncidences. Mais j'ai lu une fois l'histoire de jumeaux séparés à la naissance. Tous deux ont été nommés James par leurs parents adoptifs, et tous deux ont grandi, sont devenus flics et ont épousé des femmes portant le même nom. Ils ont également eu des enfants portant le même nom, puis ont divorcé et ont épousé des femmes portant le même nom en secondes noces. Ils n'ont rien réalisé de tout ça jusqu'à se retrouver plus tard dans la vie. Donc des trucs bizarres peuvent arriver.

Je soupirai.

— J'imagine. Mais qu'est-ce que je fais ? Je lui dis « Hé, au fait, je pense qu'il y a une possibilité pour que ta fille ne soit pas la tienne. Oh, et elle pourrait être celle de ton meilleur ami de toujours, Jack, parce qu'il se tapait secrètement ton ex-femme » ?

Fisher secoua la tête.

— Bon sang, dit-il avant de finir le reste de son verre d'un coup. Je ne pense pas que tu aies d'autres choix.

— Je pourrais brûler le journal et prétendre que je ne l'ai jamais vu.

— Et puis quoi ? Ne jamais dire au gars que son enfant pourrait ne pas être le sien ? Je te connais, Stella. Ça te fera un trou dans le ventre.

Je regardai Fisher dans les yeux.

– Elle est la lumière de sa vie. Je crois que je préfère avoir un trou dans le ventre plutôt que de briser le cœur d'Hudson.

– Tu n'arrives même plus à fonctionner normalement. Tu n'as pas eu une seule vraie conversation avec lui depuis que tu as compris tout ça. Tu ne peux pas garder ça pour toi à moins de sortir complètement de sa vie.

Fisher fronça les sourcils.

– Bordel, si c'est vrai, pense à toutes les vies que ce seul journal a ruinées. Tu n'aurais peut-être jamais découvert ce qu'Aiden faisait si tu ne l'avais pas lu. Et maintenant ça. C'est vraiment fou.

Il fit une pause, secouant la tête.

– Mais tu dois lui dire, chérie. Il a le droit de savoir.

J'avais l'impression d'avoir une balle de golf coincée dans la gorge. Je déglutis.

– Je sais.

Après notre discussion, Fisher et moi vidâmes les deux bouteilles de vin. J'essayai de noyer mon cerveau, en espérant que ça me permettrait d'arrêter de penser à ce que je devais faire pendant quelques minutes. Mais tout ce que l'alcool semblait faire, c'était me rendre plus triste encore.

Je sentis les larmes menacer de couler.

– Je ne veux pas le perdre, Fisher. Il me manque comme jamais, et ça fait moins d'une semaine que je ne l'ai pas vu.

Fisher me caressa les cheveux.

– J'ai vu la façon dont Hudson te regarde. Cet homme est fou de toi aussi. Tu ne vas pas le perdre, mais tu as besoin de lui parler. Tu ne peux plus l'éviter.

Je soupirai.

— Je sais. Je me suis juste sentie tellement paralysée ces derniers jours.

Je raccompagnai Fisher à la porte vers vingt-deux heures.

— Je t'apporterai le petit-déjeuner demain matin, quand tu seras sobre, pour que l'on puisse parler de la façon dont tu vas lui annoncer, dit-il.

Je soupirai.

— D'accord. Merci.

Il releva mon menton.

— Ça va aller ?

— Oui. Ça va aller. On se voit demain.

Après avoir fermé la porte, je nettoyai les verres de vin et jetai les bouteilles vides à la poubelle. Quand je voulus éteindre la lumière de la cuisine, je vis que Fisher avait laissé la clef de mon appartement sur le comptoir. Je me dis qu'il s'en rendrait compte demain matin quand il viendrait avec le petit-déjeuner, alors j'éteignis la lumière de la cuisine et décidai que je ne pouvais plus repousser le moment de prendre une douche.

Dans la salle de bains, je me déshabillai tout en laissant l'eau embuer la pièce. Au moment où je mis un pied dans la douche, l'interphone sonna.

Je soupirai. *Fisher a réalisé qu'il n'avait pas sa clef.*

Enroulant une serviette autour de moi, j'attrapai la clef en allant vers la porte d'entrée. Peut-être que l'alcool me faisait agir de manière irréfléchie, mais il ne me vint même pas à l'esprit que ça pouvait être quelqu'un d'autre que Fisher. Alors, sans vérifier par le judas, j'ouvris la porte.

— Je sais, je sais. Tu as oublié ta cl…

Je me figeai, découvrant un homme qui n'était définitivement *pas* Fisher de l'autre côté de la porte.

Les sourcils de Hudson formèrent un V.

— Tu attendais quelqu'un d'autre ?

— Je, euh, Fisher a oublié sa clef, donc j'ai cru que c'était lui.

Hudson et moi restâmes là à nous fixer. Je me sentais si secouée après avoir parlé de lui pendant des heures que je ne savais pas quoi dire ou faire. Bon sang, je ne savais pas quoi dire ou faire depuis une semaine maintenant.

Finalement, il soupira.

— Ça te va si j'entre ?

— Oh… oui, bien sûr. Désolé.

Je fermai la porte derrière lui et essayai de reprendre mes esprits, mais j'étais si nerveuse que je ne savais pas comment fonctionner. Nous nous fixâmes à nouveau de manière bizarre.

Hudson dut rompre notre silence.

— Désolé, je n'ai pas appelé avant de passer.

Je serrai le coin de ma serviette.

— C'est bon.

— Vraiment ? Je n'ai pas appelé parce que j'ai cru que tu me dirais non si je le faisais, et là, tout de suite, j'ai l'impression que je ne devrais pas être ici.

Je détestais qu'il soit mal à l'aise à cause de moi.

— Je suis désolée. Je ne m'attendais pas à te voir. Fisher était là, on a bu du vin, et j'allais prendre une douche rapide avant de me glisser dans le lit.

Il fronça les sourcils.

— Je peux m'en aller.

— Non, non, répondis-je en secouant la tête. Tu n'as pas à partir.

Hudson croisa mon regard.

— J'espérais que l'on pourrait discuter.

Je hochai la tête et fis un geste vers la porte de ma chambre.

— Bien sûr, oui. Laisse-moi juste aller couper l'eau et m'habiller.

— Pourquoi ne vas-tu pas prendre ta douche ? Je vais attendre.

J'eus besoin de quelques minutes pour rassembler mes esprits. J'avais prévu de réfléchir pendant au moins quelques jours à la façon de lui dire ce que je savais. Maintenant, je n'avais que le temps de prendre une douche.

— Si ça ne te dérange pas, ce serait génial. Merci.

Je désignai le canapé d'une main.

— Fais comme chez toi.

Sous la douche, j'avais l'esprit embrouillé et je me sentais un peu étourdie. Je n'avais pas le temps de craquer, alors je me glissai sous l'eau, fermai les yeux et inspirai profondément jusqu'à ce que j'aie l'impression que le monde s'arrêtait de tourner si vite.

Il n'y avait pas de moyen facile d'entamer la conversation que je devais avoir, et je ne pouvais plus me cacher derrière les doutes que j'avais créés moi-même. Tout concordait. Même Fisher était convaincu. Donc j'imaginais que je devais juste commencer par le début. Hudson savait déjà que je lisais des journaux intimes, et j'étais presque sûre de lui avoir parlé de celui où une femme se mariait à la bibliothèque publique de New York. Donc je me dis que je pourrais commencer par quelque chose comme : *J'ai lu ce carnet il y a un moment*... Et ensuite quoi ? Allais-je dire : *Au fait, tu n'as jamais soupçonné ta femme d'avoir une liaison ?* Ça me fit hyperventiler.

Et si je me trompais ?

Et si j'avais raison ?

Et si le lui dire lui ôtait la chose la plus sacrée de sa vie ?

Est-ce que j'allais ruiner la vie d'une petite fille ?

Est-ce que je voudrais savoir si mon père n'était pas vraiment mon père ?

Oh, bordel. Cette pensée me fit tourner la tête encore plus. Vu comment mes parents couchaient à droite à gauche, il était tout à fait possible que mon père *ne soit pas* mon père.

Oh, merde. *Qui se souciait de ma famille* ? J'aurais voulu que ce soit à *moi* que ça arrive, pas à Hudson et sa magnifique petite fille.

Pendant le reste de ma douche, des pensées aléatoires surgirent dans ma tête, et j'alternai entre essayer de me concentrer dessus et me calmer en respirant lentement. *Est-ce que je mourrais si je passais par la fenêtre de ma chambre pour m'échapper ?* Quand mes mains commencèrent à se friper, je sus que je devais me ressaisir.

Je coupai donc l'eau, me séchai, me brossai les cheveux et enfilai un sweat avant d'essuyer la buée sur le miroir et de me faire un petit discours d'encouragement interne.

Tout va bien se passer. Quelle que soit l'issue de tout ça, les choses finiront par se mettre en place comme elles sont censées l'être. Le chemin sera peut-être cahoteux, mais si un journal intime sur un homme dont je suis folle amoureuse s'est retrouvé entre mes mains avant que je ne le rencontre, il y a une raison à ça. D'une manière ou d'une autre, Dieu l'a mis entre mes mains et, à la fin, tout ira bien.

Je pris une dernière grande inspiration et me murmurai :

– Tout est entre les mains du destin maintenant.

Puis j'ouvris la porte de la chambre.

Pour découvrir que ce n'était pas entre les mains du destin.

C'était dans celles d'Hudson.

Parce que j'avais laissé le journal intime sur la table basse et qu'il était en train de le lire.

Il leva les yeux.

– Bordel, pourquoi as-tu le journal de mon ex-femme ?

31

Hudson

— Je ne comprends pas. Pourquoi Lexi vendrait-elle son journal intime sur eBay, et comment as-tu fini par l'avoir ?

Stella secoua la tête.

— Je n'ai pas acheté ce journal sur eBay. Evelyn me l'a offert pour mon anniversaire.

— Evelyn ? Evelyn Whitley ?

— Oui.

— Comment Evelyn l'a-t-elle obtenu ?

— Je n'en ai absolument aucune idée.

— Quand te l'a-t-elle offert ?

— Pour mon anniversaire l'année dernière, donc il y a environ dix-huit mois.

Je n'étais pas sûr de ce qui se passait, mais je savais qu'Evelyn et Lexi ne se parlaient plus. Je me souvins d'un jour, il y a deux ans, où j'étais allé chercher Charlie, et où mon ex-femme était d'une humeur particulièrement morose. Elle m'avait demandé si j'étais resté en contact avec Evelyn. Bien sûr, ce n'était pas le cas. Evelyn était l'amie de ma sœur, et pas une que j'aimais beaucoup, de base.

— Je viens de lire la première page. Ça commence le jour où on s'est rencontrés.

Stella pâlit.

— Je sais.

Je me frottai la nuque, me sentant à mi-chemin entre la stupéfaction et la colère, mais j'essayai de rester calme.

— Tu as reçu *par hasard* le journal intime de mon ex-femme ? Des mains de la personne que tu prétendais être le soir de notre rencontre ?

— Ça semble tiré par les cheveux. Je m'en rends compte. Mais, oui, c'est ce qui s'est passé. Je n'avais aucune idée qu'il appartenait à ton ex-femme jusqu'à l'autre soir.

— L'autre soir ? Chez moi, quand tu as dit que tu avais mal à la tête et que tu t'es enfuie ?

Elle acquiesça.

— C'est là que j'ai tout compris.

J'avais repassé cette soirée dans ma tête une douzaine de fois, essayant de comprendre ce qui s'était passé. Une minute, nous étions bien et nous riions, et la suivante, elle était partie. Je secouai la tête.

— Je ne comprends pas, Stella.

Elle soupira.

— Tu crois qu'on peut s'asseoir pour discuter de tout ça ?

Je me passai une main dans les cheveux.

— Assieds-toi si tu veux. J'ai besoin de rester debout.

Hésitante, elle se dirigea vers la chaise et s'assit. Je commençai à faire les cent pas dans le salon.

— Que s'est-il passé l'autre soir chez moi ?

Stella baissa les yeux et répondit en regardant ses mains.

— Charlie m'a révélé son nom complet, et ça m'a fait penser à un journal intime que j'avais lu il y a quelque temps. Tu te souviens que je t'avais dit que j'avais lu le journal d'une femme qui s'était mariée à la bibliothèque publique ? Que j'avais pour habitude de m'asseoir dans les escaliers et de chercher du regard les personnes dont j'avais lu l'histoire ?

J'étais si confus.

– Tu nous cherchais, Lexi et moi ?

Stella hocha la tête.

– Je ne le savais pas à l'époque, mais oui... je suppose que oui.

J'étais sceptique à l'idée que le journal intime de mon ex-femme puisse tomber entre les mains de ma nouvelle petite amie *par hasard*. Mais même si c'était exactement ce qui s'était passé, je ne comprenais toujours pas pourquoi Stella avait tant flippé l'autre jour.

Je pointai le carnet du doigt.

– Donc c'est pour ça que tu m'évitais ? Parce que tu as réalisé que tu avais lu le journal de mon ex-femme ?

Elle continua d'éviter mon regard.

– Oui.

Je fis les cent pas plusieurs fois, essayant de comprendre, mais il me manquait encore quelques pièces du puzzle.

– Pourquoi ? Si tout ça n'était qu'une énorme coïncidence, pourquoi ne pas m'en parler ?

Stella resta silencieuse pendant un long moment. Ça, ça *me* faisait peur.

– Réponds-moi, Stella.

Elle leva les yeux pour la première fois. Ils étaient remplis de larmes, et elle semblait complètement désemparée. J'étais partagé entre l'envie de la serrer dans mes bras et de lui crier dessus pour lui dire que c'était de la pure folie.

Malheureusement, cette dernière l'emporta sur tout le reste, et je grognai :

— Putain, Stella. Réponds-moi !

Elle sursauta et des larmes roulèrent sur ses joues.

— Parce que... il y a des choses... dans le journal intime.

— Quelles choses ?

Lexi et moi n'avions pas une relation incroyable, surtout à la fin. Mais je n'avais jamais été cruelle avec elle. Je ne lui avais rien donné à écrire qui aurait pu effrayer Stella.

Pourtant, ses pleurs redoublèrent.

— Je ne veux pas te faire de mal.

Je ne pouvais supporter de la voir bouleversée ainsi, alors je m'approchai et m'agenouillai devant elle. En écartant des mèches de cheveux humides de son visage, je lui dis doucement :

— Calme-toi. Arrête de pleurer. Rien de ce que Lexi a pu écrire dans un journal intime ne va me faire du mal. *Ça*, ça me fait mal, de te voir si bouleversée. Qu'est-ce qui se passe, trésor ?

Essayer de la calmer ne fit que la troubler davantage. Elle sanglotait, ses épaules tremblaient. Alors je la pris dans mes bras et je la serrai jusqu'à ce qu'elle se calme un peu. Une fois que ce fut le cas, je relevai son menton pour que nos yeux se croisent.

— Parle-moi. Qu'est-ce qui te perturbe autant ?

Ses yeux cherchèrent les miens, et j'eus l'impression de voir son putain de cœur se briser.

— Lexi, renifla-t-elle. Elle parle de sa liaison.

Je clignai des yeux plusieurs fois.

— D'accord. Eh bien, je ne savais pas qu'elle avait une liaison. Mais j'imagine que je ne peux pas dire que je suis choqué. Je l'ai surprise à me mentir sur des choses insignifiantes au fil des ans et, à un moment donné, j'ai soupçonné qu'elle voyait quelqu'un, bien qu'elle l'ait toujours nié. Lexi est assez égoïste et a fait des choses louches, y compris cacher de l'argent et disparaître jusqu'à tard dans la nuit. C'est ce qui te rongeait ? Tu pensais que je serais fâché de découvrir ça ? Ce n'est pas agréable à entendre, mais cette partie de ma vie est terminée.

Stella ferma les yeux et secoua la tête.

— Il y autre chose.

— D'accord... quoi ? Qu'est-ce que c'est ?

— L'homme avec qui elle couchait, elle a écrit que c'était ton meilleur ami.

Mon visage se plissa.

— Jack ?

— Elle ne dit jamais son nom, mais elle se réfère à lui par la lettre J. Et...

Stella déglutit une fois de plus et prit une profonde inspiration.

— Lexi ne sait pas qui est le père.

Je devais être dans un sérieux déni, car je n'avais aucune idée de ce dont elle parlait.

— Le père de qui ? Qu'est-ce que tu veux dire ?

La lèvre de Stella trembla.

— De Charlie. Elle ne sait pas qui est le père de Charlie. Elle couchait avec vous deux au moment où elle a été conçue.

Jusqu'à il y a une semaine, j'avais l'impression d'avoir le monde entier sur un plateau. Je me souviens d'avoir regardé ma petite fille me préparer à dîner avec la femme dont j'étais fou amoureux, alors que toutes les deux riaient et souriaient, et de m'être dit que tout allait enfin bien après si longtemps. Et maintenant… c'était comme si le monde *m'avait sur un plateau*, prêt à me dévorer.

Au début, je n'y croyais pas. Non pas que Lexi n'était pas capable de faire ce genre de choses, mais je ne pouvais pas croire que c'était le cas de mon meilleur ami. Au minimum, cette partie-là devait être fausse. J était l'initiale d'un millier de noms, il était impossible que Jack me fasse ça.

Mais alors que j'en étais à mon troisième scotch, assis dans un bar où j'avais retrouvé mon pote un nombre incalculable de fois, je me souvins d'une Saint-Valentin particulière, il y a des années. J'étais à Boston pour affaires depuis quelques jours. Mon vol de retour était prévu pour le soir. J'avais dit à Lexi que je l'emmènerais dîner à mon retour, mais j'avais fini tôt et j'avais décidé de prendre un vol à midi pour la surprendre. Quand j'étais entré, Jack était dans notre appartement. Je me rappelle avoir ressenti un bref sentiment de malaise, puis il m'avait dit qu'il avait demandé à Lexi d'aller faire du shopping avec lui pour acheter à sa nouvelle petite amie, qui était maintenant sa femme, un cadeau pour la Saint-Valentin. Il avait dit qu'elle aimait les émeraudes et s'était souvenu que Lexi avait un collier avec une émeraude, donc il s'était dit qu'elle pourrait l'aider à choisir une pierre de qualité pour une bague. Honnêtement, je n'avais pas cherché plus loin – c'était ma femme et mon meilleur ami, bon sang.

Quelques années plus tard, j'étais en face de Lexi dans le bureau de mon avocat. Elle avait les mains croisées sur la table de la salle de conférence, et j'avais remarqué une énorme émeraude qui brillait à son doigt. Nos négociations étaient litigieuses à ce stade, alors j'avais fait un commentaire sur ses dépenses ridicules et j'avais désigné la bague d'une main. Elle m'avait lancé un sourire malicieux et dit qu'elle l'avait depuis des années, que c'était un cadeau d'un homme qui l'appréciait vraiment. Je n'avais jamais vu la bague avant, mais Lexi avait un tas de bijoux, donc encore une fois, je m'étais dit que ce n'était rien et que mon ex essayait juste de m'énerver.

En remuant les glaçons qui avaient à peine eu le temps de fondre dans mon verre, je décidai de passer un coup de fil. Je me foutais qu'il soit deux heures du matin.

Une voix de femme groggy répondit à la troisième sonnerie.

— Allô ?

— Tu as une bague en émeraude ?

— Hudson ? C'est toi ?

J'entendis la voix d'un homme grommeler dans le fond, mais je ne compris pas ce qu'il dit.

— Oui, c'est Hudson, Alana.

— On est en pleine nuit !

— Peux-tu juste me dire si tu as une bague en émeraude ?

— Je ne comprends pas.

J'explosai.

— Réponds juste à la question, putain ! *As-tu* ou *n'as-tu pas* une bague en émeraude que t'aurait offert ton mari ?

— Non, je n'en ai pas. Qu'est-ce qu'il se passe, Hudson ? Est-ce que tout va bien ?

Alana dut couvrir le téléphone, parce que j'entendis des voix étouffées, et quelques secondes plus tard, mon supposé meilleur ami récupéra le combiné.

— Hudson ? Qu'est-ce qui se passe, bon sang ?

— Ta femme n'a pas de putain de bague en émeraude.

— Tu es ivre ?

Je l'ignorai.

— Que je sois ivre ou non ne change rien aux faits. Tu sais qui a une putain de bague en émeraude ?

— De quoi parles-tu ?

— Mon ex-femme. C'est elle qui a cette putain de bague en émeraude. Celle que tu m'as dit être allé acheter pour ta nouvelle copine quand je suis rentré plus tôt de Boston.

Personne ne répondit pendant un moment. Finalement, Jack s'éclaircit la gorge.

— Où es-tu ?

— Le bar en bas de ta rue. Ramène ton vieux cul ici ou je serai à ton appartement dans dix minutes.

Sans attendre de réponse, je raccrochai et balançai mon téléphone sur le bar. Puis je tendis mon verre vide au barman.

— Je vais en prendre un autre.

Jack ne dit rien en s'installant sur le tabouret à côté de moi.

Je ne pouvais même pas le regarder. Ma voix était étrangement calme tandis que je fixais mon verre.

— Comment as-tu pu ?

Il ne répondit pas immédiatement. Pendant un moment, je crus qu'il allait essayer de faire l'imbécile, ou pire, de nier – mais au moins, il m'accorda ce respect :

— J'aimerais avoir une réponse à cette question, dit-il, autre que te dire que je suis un putain de sac à merde.

Je ricanai et portai mon verre à mes lèvres.

— C'est probablement la première chose honnête que j'entends sortir de ta bouche depuis des années.

Jack leva la main vers le barman et commanda un double scotch. Nous attendîmes que son verre soit rempli pour continuer.

— Combien de temps ? demandai-je.

Il engloutit la moitié de son verre et le posa sur le bar.

— Environ un an.

— Étais-tu amoureux d'elle, au moins ?

Jack secoua la tête.

— Non. C'était juste du sexe.

— Super, raillai-je. Vingt-cinq ans d'amitié foutus juste pour du sexe. Lexi ne savait même pas faire une bonne pipe. Elle y mettait les dents.

À travers ma vision périphérique, je vis Jack baisser la tête. Il la secoua pendant un long moment.

— Je pense que je voulais remporter quelque chose, dit-il. Tu as toujours été plus intelligent, plus fort, plus grand, plus populaire, tu as toujours eu toutes les filles que tu voulais. Après que l'on soit sorti ensemble quelques semaines, Alana a admis que la nuit où on l'a rencontrée dans ce bar, elle et son amie s'étaient approchées pour nous parler après avoir mis une option sur toi. Même ma femme t'aurait choisi à ma place, si elle avait eu le choix.

Il secoua encore la tête.

— On était ivre la première fois que c'est arrivé, si ça peut te consoler.

— Ce n'est pas le cas.

Nous restâmes assis côte à côte pendant dix bonnes minutes sans dire un mot de plus. Je finissais mon quatrième scotch tandis que mon fidèle ami sirotait son double. Je n'étais pas un grand buveur, donc l'alcool me vrillait vraiment le crâne. Ma vision était floue, et je sentais que la pièce commençait à tourner.

En prenant une profonde inspiration, je me tournai vers Jack pour la première fois. Il fit de même, croisant mon regard tout en soufflant entre ses dents.

— Elle est de toi ?

Le simple fait de poser la question provoqua une douleur physique dans ma poitrine, et ma voix se brisa lorsque je repris la parole :

— Est-ce que ma fille est de toi ?

Jack déglutit.

— Lexi n'en a jamais été sûre. Pour autant que je sache, elle ne l'est toujours pas.

Je sortis mon porte-feuille, puis jetai deux billets de cent dollars sur le bar et levai la main pour appeler le barman.

— Cent pour les boissons. L'autre billet est là pour ne pas que vous l'aidiez à se relever.

Le barman eut l'air confus, alors en me levant et en stabilisant mon équilibre, je pointai du doigt cette merde que j'appelais mon meilleur ami depuis plus de deux décennies.

— Il baisait ma femme quand on était marié.

Le barman haussa les sourcils, et il nous regarda à tour de rôle.

— Tourne-toi, marmonnai-je à l'adresse de mon plus vieil ami.

Jack pivota dans son siège pour me faire face. Je dus fermer l'un de mes yeux pour ne le voir qu'en un exemplaire, mais il ne leva pas les mains quand je pris mon élan pour lui asséner un coup de poing en plein milieu du visage. C'était le moins qu'il puisse faire : le subir comme un homme.

— Ne dis pas à ma connasse d'ex-femme que je suis au courant, le prévins-je avant de me tourner vers la porte.

Je ne pris absolument pas la peine de regarder en arrière pour voir si le barman l'avait finalement aidé à se relever.

Stella

Presque une semaine avait passé, et je n'avais toujours pas vu Hudson. Bien que j'imagine qu'il avait plus le droit de disparaître que moi quand je l'évitais.

Je soupçonnais qu'il avait dit quelque chose à sa sœur, car Olivia n'avait pas mentionné son nom. Les derniers échantillons de Signature Olfactive étaient arrivés, les photographies que nous avions réalisées en Californie pour les boîtes avaient été approuvées, et aujourd'hui, jeudi, l'entrepôt commença enfin à expédier les commandes de la chaîne de téléachat. C'était un jour plus important que jamais ; le rêve que j'avais depuis des années était devenu réalité. Pourtant, je ne désirais rien d'autre que de rentrer chez moi et me glisser dans mon lit.

Fisher ne m'en laissa pas la chance, peu importe le nombre de fois où je lui dis que je n'étais pas d'humeur. J'avais donc fini par le retrouver pour dîner après avoir quitté l'entrepôt. Il était déjà assis dans un box quand j'arrivai, un seau à glace installé à côté de la table.

Je me glissai sur la banquette en face de lui.

— Très bien, maintenant je sais que les choses vont mal. Je viens de te regarder entrer. Il y a un vase géant de fleurs sur le comptoir d'accueil de l'hôtesse, et tu n'as même pas essayé de les renifler.

J'essayai de sourire.

— Je n'ai pas l'impression que je devrais sentir les fleurs aujourd'hui.

— C'est là que tu te trompes. Aujourd'hui est précisément le jour où tu devrais t'arrêter pour renifler les fleurs, ma Stella Bella. Tu as mis ton cœur dans cette entreprise, et aujourd'hui tes premières commandes ont été expédiées.

Il sortit la bouteille du seau à glace et remplit un verre vide devant moi avant de s'occuper du sien.

— J'ai même acheté une bonne bouteille.

Même s'il voulait bien faire, voir l'étiquette dorée sur la bouteille de champagne – l'étiquette qui était sur le champagne que nous avions volé au mariage d'Olivia il y a des mois – me donna l'impression de revenir au point de départ. À zéro. Notre relation, à Hudson et moi, avait commencé et fini avec ces bouteilles. Un lourd sentiment s'installa au niveau de ma poitrine.

Fisher leva son verre pour porter un toast.

— À mon amie si intelligente. Tu as travaillé malgré la pluie qui s'abattait sur toi pendant des années et tu as finalement obtenu ton arc-en-ciel.

Je souris.

— Merci, Fisher.

Le serveur arriva et prit nos commandes. Je n'étais pas d'humeur à manger, mais je sentis que je devais faire de mon mieux parce que Fisher faisait de gros efforts.

— Donc j'imagine que tu n'as pas eu de nouvelles d'Hudson ?

Je soupirai et mes épaules s'affaissèrent.

— Il n'est pas venu au bureau. Je reçois parfois des e-mails professionnels, mais ils arrivent toujours très tôt le matin, à quatre heures. Il travaille toujours, mais depuis chez lui, et il ne me parle pas sur un plan personnel.

Fisher sirota son champagne.

— Donc tu ne sais même pas s'il a confronté son ex-femme ? Lui dire qu'il sait pour le journal et tout ce qu'il contient ?

Je secouai la tête.

— Il a pris le carnet quand il est parti, mais je n'ai aucune idée de ce qu'il en fait ou à qui il a parlé.

— Il ne peut pas t'en vouloir pour toujours. Rien de tout ça n'est ta faute.

— Je ne suis même pas sûre qu'il me croie quand je dis que c'est une coïncidence que j'aie reçu ce journal.

— Comment ça pourrait ne pas être une coïncidence ?

— Penses-y. J'ai débarqué par hasard au mariage de sa sœur, une femme que je n'avais jamais rencontrée, après avoir lu le journal de son ex-femme...

— Mais tu ne savais pas que c'était son ex-femme.

Je haussai les épaules.

— Je sais... mais ça semble terriblement étrange.

— Alors qu'est-ce qu'il pense ? Que tu l'as harcelé ou quelque chose comme ça ? Tu as lu le journal intime de son ex-femme, tu as découvert qui il était, et tu as essayé de le faire tomber amoureux de toi ? C'est le genre de conneries qui sortirait tout droit d'un film de Glenn Close.

Je secouai la tête.

— Je ne sais pas ce qu'il pense.

— Eh bien, tu veux savoir ce que moi je pense ?

— Est-ce que j'ai le choix ?

— Bien sûr que non, chérie.

Fisher prit ma main sur la table et la pressa.

— Je ne pense pas que les choses qui sont arrivées soient des coïncidences. Je pense que la vie est une série de tremplins qui partent dans toutes les directions. On n'a aucune idée du chemin que l'on est censé suivre, alors on a tendance à marcher en ligne droite et à suivre la voie la plus visible, parce que c'est la chose la plus facile à faire. Les coïncidences, c'est le plus petit chemin qui te fait dévier de ta route. Si tu es assez courageux, tu prends ce chemin-là, et tu te retrouves exactement là où tu es censé être.

Je souris tristement.

— C'est magnifique. Quand es-tu devenu si philosophe ?

— Il y a environ dix minutes, j'étais assis à cette table et le serveur est arrivé. L'hôtesse m'a demandé si je voulais m'asseoir à une table ou dans un box. J'ai répondu une table, mais elle m'a quand même présenté ce box. J'aurais pu lui dire que ce n'était pas ce que j'avais demandé, mais au lieu de ça, je me suis engagé sur ce nouveau chemin et regarde ce que ça m'a apporté.

Mon front se plissa.

— Je suis perdue. Qu'est-ce que ça t'a apporté ?

Notre serveur s'approcha, portant un plateau avec notre apéritif. Il posa le plateau au milieu de la table et lança un sourire éblouissant à Fisher.

— Vous désirez autre chose ?

— Pas pour le moment. Mais peut-être plus tard ?

Les yeux du serveur brillèrent.

— Pas de problème.

Après son départ, Fisher prit un bâton de mozzarella et me fit un clin d'œil.

— Lui. Ce chemin m'a amené à lui, et je pense que c'est exactement là où je suis censé être dans quelques heures.

Vendredi soir, je quittai le bureau vers dix-neuf heures. L'expédition des parfums Signature Olfactive s'était déroulée sans encombre et, la semaine prochaine, on ouvrirait les commandes au public via le site. Olivia avait réussi à me faire passer dans quelques émissions locales d'information matinale dans divers sujets présentant des femmes d'affaires, et quelques magazines avaient accepté de faire des interviews avec moi. Tout ce dont j'avais rêvé pendant si longtemps était en train de se réaliser, mais je n'arrivais pas à trouver en moi la force d'en profiter.

Ce matin, j'avais craqué et envoyé un texto à Hudson, *Tu me manques*. Je savais qu'il l'avait lu, mais il ne m'avait pas répondu. J'avais le cœur brisé. Une fois, quand j'étais enfant, j'avais sauté par-dessus les vagues à la plage et l'une d'elles m'avait heurté en pleine face. Elle m'avait aspiré sous l'eau, et j'avais culbuté comme une poupée de chiffon, sans plus savoir où étaient le haut et le bas. *Ça* — c'est comme ça que je me sentais cette semaine sans avoir pu parler à Hudson. J'avais dû traîner mes fesses hors du lit pour venir travailler.

C'était le week-end, mais sans trop savoir pourquoi, je n'étais pas prête à rentrer chez moi. Dans le métro, je gardais la face tandis qu'il se dirigeait vers le centre-ville. À un moment donné, je levai les yeux au moment où nous entrions dans une station, et le nom de l'arrêt peint sur le mur attira mon attention comme nous ralentissions.

Bryant Park – 42e Street.

Je me levai. La rame était bondée, alors je me frayai un chemin parmi une douzaine de personnes pour atteindre les portes et descendre. La bibliothèque publique de New York était juste au coin de la rue. La dernière chose que je devrais faire était de m'asseoir sur les marches et me remémorer la soirée où Hudson et moi avions dansé pour la première fois, mais je n'aurais pas pu m'empêcher d'y aller même si j'avais essayé.

On était en plein automne, donc les jours raccourcissaient, et peu de temps après m'être posée là où je m'étais assise des centaines de fois auparavant, le soleil commença à se coucher. Le ciel s'éclaira d'un orange pourpre, alors je pris une profonde inspiration et fermai les yeux pendant une minute, essayant de laisser la beauté de la nature me rafraîchir l'esprit. Lorsque je les ouvris, mon regard descendit au bas des marches et s'arrêta sur un homme en bas, qui me fixait.

Je clignai des yeux plusieurs fois, supposant que mon imagination me jouait des tours.

Ce n'était pas le cas.

Mon cœur sembla sauter un battement sur deux tandis qu'Hudson montait les marches jusqu'à l'endroit où je me trouvais.

— Ça te dérange si je m'assois avec toi ?

Son expression était indéchiffrable.

— Non, bien sûr que non.

Hudson s'installa à côté de moi sur la marche en marbre. Il écarta les jambes, mit les mains entre ses genoux et fixa le sol un long moment. Ça me donna l'occasion de le regarder. Une semaine seulement s'était écoulée depuis la dernière fois que je l'avais vu, mais je voyais bien qu'il avait perdu du poids. Son visage avait l'air tiré, ses yeux étaient cernés et sa peau, normalement bronzée et lumineuse, était terne.

Tant de questions me traversèrent l'esprit. Était-il venu me chercher ? Ou était-il venu pour réfléchir, lui aussi ? Est-ce qu'il allait bien ? Qu'est-ce qui s'était passé la semaine dernière ? Vu sa tête, il semblait que les choses avaient pris un mauvais tournant. Mais il semblait aussi qu'il avait quelque chose à dire, et peu importe ce que c'était, ça ne paraissait pas facile. Alors je fouillai dans mon sac pour trouver ma barre Hershey et la lui offris.

Il sourit tristement.

— Tu as l'air d'en avoir autant besoin que moi. Tu veux partager ?

Pendant les dix minutes qui suivirent, nous restâmes assis en silence l'un à côté de l'autre sur les marches de la bibliothèque publique de New York – l'endroit où il s'était marié, où nous nous étions rencontrés, et où ses parents, dont il vénérait tant la relation, avaient également prononcé leurs vœux – et nous partageâmes une barre de chocolat en regardant le coucher de soleil.

Finalement, il s'éclaircit la gorge.

— Tu vas bien ?

— J'ai connu mieux. Et toi ?

Il sourit tristement.

— Pareil.

De nouveau, nous gardâmes le silence pendant un long moment.

— Je suis désolé d'avoir disparu pendant un moment, dit-il finalement. J'avais besoin de temps pour comprendre certaines choses.

Je me tournai vers lui pour lui faire face, bien qu'il ait continué à fixer devant lui sans me regarder quand je parlais.

— Tu l'as réussi ? demandai-je. À comprendre les choses, je veux dire ?

Il haussa les épaules.

— Autant que possible, j'imagine.

Je hochai la tête.

Hudson regarda le coucher de soleil tandis que ses yeux se remplissaient de larmes. Il déglutit avant de parler.

— Jack l'a admis.

J'avais mal au cœur. Je n'avais plus aucune idée de ce que nous étions l'un pour l'autre, mais ça ne m'empêchait pas de lui offrir ma compassion. Je pris sa main dans la mienne et la serrai fort.

— Je suis désolée, Hudson. Je suis tellement, tellement désolée.

— J'ai décidé de ne pas en parler à Lexi.

Waouh. J'aurais pensé que c'était la première personne vers qui il se serait tourné.

— D'accord.

— Ça ne conduirait qu'à une seule chose : me donner la satisfaction de lui crier dessus. Ça ne m'apporterait rien de bon, ni à moi ni à Charlie. Je ne suis pas assez fort pour faire face à ça. En ce qui me concerne, Lexi est mon ennemi, et ce n'est jamais une bonne idée de laisser l'ennemi connaître tes plans. J'ai besoin de savoir exactement où j'en suis et, si nécessaire, quels sont mes droits, avant de traiter avec elle.

Hudson déglutit à nouveau. Sa voix était rauque quand il reprit :

— Charlie est ma fille. Ça ne va pas changer même si… si…

Il ne pouvait même pas prononcer ces mots. Mes yeux se remplirent de larmes.

— Tu as tout à fait raison. Et tu es un père extraordinaire, un homme extraordinaire qui a fait passer les sentiments de Charlie en premier à un moment où il aurait été vraiment facile de se comporter de manière irrationnelle.

— J'ai fait des tests ADN, cependant. J'ai fait un prélèvement à l'intérieur de sa joue pendant qu'elle dormait et je l'ai déposé au laboratoire hier, avec un échantillon du mien. Je n'ai pas vraiment envie de connaître les résultats, mais je pense qu'il serait irresponsable de ne pas le faire. Si jamais quelque chose arrive et qu'elle a besoin de sang ou autre chose...

Il fit une pause, et cette fois il ne réussit pas à retenir ses émotions. Sa voix se brisa.

— Je le saurai dans une semaine environ.

Il ne m'avait donné aucune indication que les choses entre nous allaient bien. Mais ça n'avait pas d'importance. Hudson était un homme brisé, et je ne pouvais pas rester assise ici à le regarder s'effondrer ainsi. Je passai les bras autour de lui.

— Je suis désolée. Je suis tellement désolée que tu traverses ça, Hudson.

Ses épaules tremblaient tandis que je le serrai contre moi. Il n'émettait aucun son, mais je savais qu'il pleurait car je sentais l'humidité contre mon cou, là où son visage était enfoui. Je pensais qu'il se sentirait mieux s'il pleurait : pleurer est une libération physique de la douleur que l'on ressent. Cela dit, je savais aussi quel type d'homme était Hudson. Il gardait une partie de sa douleur pour se torturer – parce qu'au fond de lui, il croyait probablement que c'était en partie sa faute. Il se reprochait de trop travailler et de ne pas avoir donné assez d'attention à sa femme, ou de ne pas lui avoir offert des fleurs sans raison. C'était une culpabilité mal placée, bien sûr, mais c'était un homme si honorable que j'étais certain qu'il ne le verrait pas de cette façon.

Finalement, Hudson se redressa. Il me regarda droit dans les yeux pour la première fois.

— Je suis désolé, j'avais besoin de temps pour moi.

Je secouai la tête.

— Il n'y a aucune raison d'être désolé. Je comprends. Je me suis cachée de toi pendant un moment aussi. Sache juste que je n'ai jamais voulu te cacher quoi que ce soit. Je n'avais vraiment pas fait le lien jusqu'à cette soirée à ton appartement. Et ensuite... je ne savais pas comment te le dire. Je ne voulais pas te le dire.

— Je le sais maintenant. C'était juste beaucoup de coïncidences à assimiler en même temps. J'ai eu besoin de temps pour tout digérer, et réaliser que ce n'était pas du tout une coïncidence.

Je me redressai.

— Qu'est-ce que tu veux dire ?

Hudson dégagea une mèche de cheveux de mon visage.

— Pourquoi es-tu là en ce moment ?

— Tu veux dire à la bibliothèque ?

Il hocha la tête.

— Je ne sais pas.

Je secouai la tête.

— Je rentrais du travail en métro, j'ai levé les yeux et vu cet arrêt. Quelque chose m'a poussé à descendre.

— Tu sais pourquoi je suis là ?

— Pourquoi ?

— J'étais aussi dans le métro, mais je me dirigeais vers ton appartement. J'ai levé les yeux une demi-seconde, et à travers la mer de personnes entassées dans la rame à l'heure de pointe, je t'ai vue descendre à Bryant Park. Mon métro s'était arrêté sur la voie juste en face du tien. J'ai essayé de descendre, mais le métro a redémarré avant que je puisse le faire. Alors je suis descendu à l'arrêt suivant et j'ai couru jusqu'ici.

J'écarquillai les yeux.

— Tu as *simplement* levé les yeux et tu m'as *simplement* vu descendre d'un métro que j'ai pris au hasard alors que ce n'était même pas mon arrêt ?

— Si je n'étais pas sûr de ce qui se passait avant, je le suis maintenant.

Il posa les mains sur mes joues et croisa mon regard.

— Rien de tout ça n'est une coïncidence, trésor. C'est l'univers qui conspire pour que l'on soit ensemble. C'est comme ça depuis le tout début, avant même que l'on se soit rencontré.

Les larmes me montèrent aux yeux encore une fois. Le vide que j'avais ressenti dans ma poitrine la semaine dernière commença à se remplir d'espoir. Je pensai à combien nous avions été blessés, même si Hudson l'avait été bien plus que moi, évidemment. Ce satané journal intime était à l'origine de tout, mais il avait raison. C'était plus qu'une série de coïncidences. Il y avait une force supérieure à l'œuvre depuis le début.

Je souris et me penchai pour frotter mon nez contre le sien.

— Tu sais, je pense que l'on devrait probablement céder. On n'a aucune chance si le monde entier conspire pour ça.

— Trésor, je n'avais aucune chance dès l'instant où j'ai posé les yeux sur toi.

Hudson

La semaine passée avait été éreintante.

Bien qu'hier matin fut le pire. Je devais recevoir mes résultats ADN à neuf heures, mais le laboratoire avait du retard. Stella était restée dans les parages pour être avec moi quand je l'apprendrais, mais elle avait un déjeuner avec un fournisseur qu'elle ne pouvait pas manquer. Ce qui s'avéra être pour le mieux, parce que j'avais pleuré comme un bébé quand ils m'avaient finalement appelé vers midi et confirmé que ma petite fille… n'était pas vraiment la mienne.

Quand Stella était arrivée dans la soirée, j'étais engourdi et complètement bourré. Je m'étais endormi à vingt et une heures, ce qui explique sans doute pourquoi j'étais réveillé depuis trois heures du matin, à fixer le plafond.

Comment allais-je regarder Charlie dans les yeux en sachant qu'elle n'était pas de moi ? Je me sentirais comme un putain d'imposteur en lui mentant. Elle n'avait que six ans, mais j'avais toujours été honnête avec elle. Je voulais qu'elle ait confiance en ma parole, comme j'avais confiance en celle de mon père. Et maintenant, tout ça était fichu. J'avais continué à penser à une conversation que nous avions eue il y a quelques mois. Elle m'avait dit qu'elle n'avait pas cassé la poignée d'un meuble de cuisine – un meuble que je l'avais souvent surprise à utiliser comme escabeau pour atteindre le comptoir.

Vu la façon dont la vis était tordue, je savais qu'elle m'avait menti. Je m'étais donc assis avec elle pour lui expliquer que, quelle que soit la gravité de la situation, mentir était toujours pire que ce que l'on essayait de cacher. Cette soirée-là, elle était venue me dire la vérité et qu'elle avait mal au ventre. J'étais presque sûr que la culpabilité avait fait un nœud dans son petit ventre. J'étais sur le point d'avoir un ulcère béant à cause du mensonge que j'allais couvrir.

Vers six heures du matin, le soleil commença à entrer par la fenêtre de la chambre. Un rayon de soleil traça une fine ligne sur le beau visage de Stella, et je me tournai sur le côté pour la regarder dormir. Elle avait l'air si paisible, ce qui me réconfortait car je savais que les dernières semaines avaient été aussi stressantes pour elle que pour moi. Je ne pouvais pas imaginer ce qu'elle avait ressenti au moment où elle avait assemblé les pièces du puzzle. Ça devait être un peu comme ce que je ressentais en ce moment, comme si le sol s'était ouvert sous mes pieds, et que je n'avais plus de point d'appui.

Comme si elle avait senti que je la regardais, elle ouvrit les yeux.

— Qu'est-ce que tu fais ? demanda-t-elle d'une voix pâteuse.

— Je profite de la vue. Rendors-toi.

Un petit sourire se dessina sur ses lèvres.

— Depuis combien de temps es-tu réveillé ?

— Pas trop longtemps.

Elle sourit.

— Des heures alors, hein ?

Je gloussai. La difficulté avec les âmes sœurs c'était que lorsque vous partagiez un lien différent de tout ce que vous aviez connu avec un autre humain, elles étaient plutôt douées pour repérer les conneries que vous sortiez pour tenter de cacher votre chagrin.

Je dégageai une mèche de cheveux de son visage.

— Je ne sais pas ce que j'aurais fait sans toi la semaine dernière.

— Sans moi, tu n'aurais pas eu la pire semaine de ta vie.

Je secouai la tête.

— On l'aurait su un jour ou l'autre. On peut fuir les mensonges, mais la vérité nous rattrape toujours.

Elle soupira.

— J'imagine, oui.

— Je crois que j'ai décidé de la façon dont je vais gérer les choses avec mon ex-femme.

— Ah oui ?

Je hochai la tête.

— Je pense que c'est mieux que je continue à ne rien dire à Lexi.

— Oh... waouh. OK. Comment en es-tu arrivé à cette conclusion ?

— La chose la plus importante qui soit, c'est que Charlie ne soit pas blessée. Je suis le seul père qu'elle ait jamais connu, et pour l'instant elle est trop jeune pour gérer le fait de découvrir que tout dans sa vie est un mensonge. Elle a besoin de stabilité, de routine et de savoir où elle met les pieds, pas que je bouleverse les choses juste pour ruiner la vie de mon ex-femme. Lexi veut que je lui verse une pension alimentaire. Jack s'en sort bien ces jours-ci, mais il ne pourrait pas se permettre de vivre la même vie pépère s'il devait payer la même facture que moi, crois-moi. Donc je pense que c'est mieux qu'elle pense qu'elle garde un grand secret. Si elle savait que je le savais, elle se sentirait financièrement menacée, et ça ne m'étonnerait pas qu'elle soit rancunière au point de dire à une enfant de six ans que son père n'est pas vraiment son père.

Je caressai le bras de Stella.

– J'ai envoyé un message à Jack tout à l'heure pour le lui dire, parce que ça me semblait être la chose à faire. Il a dit que la biologie ne remplaçait pas les liens familiaux et qu'elle était ma fille. Il n'a pas l'air intéressé à essayer de s'immiscer dans la vie de Charlie. Je méprise ce type, mais il a raison. Charlie est ma fille, peu importe ce que dit la biologie. Ne pas avoir mon ADN ne change rien à ça. Un jour, quand elle sera plus âgée et prête...

Je commençai à respirer difficilement.

– Je lui dirai qu'elle n'est pas de moi.

Stella sourit tristement.

– Je pense que c'est tout à fait logique. Même si je ne peux pas imaginer que ce sera facile pour toi de traiter avec ton ex-femme, sachant ce que tu sais.

Je secouai la tête.

– Certainement pas. Mais ça va aller. Je ferai ce qui est le mieux pour ma fille... pour Charlie.

Stella tendit la main et me caressa la joue.

– Ne te corrige pas quand tu dis *ma fille*. Tu *es* le père de Charlie. Parce qu'un parent est quelqu'un qui fait passer les besoins de son enfant avant les siens, et je suis à peu près sûre que tu es le seul des trois adultes de cette équation à l'avoir toujours fait.

Je hochai la tête.

Stella caressa doucement mon bras pendant quelques minutes. Nous nous étions couchés sur le flanc, l'un en face de l'autre, et ma main était posée sur le lit entre nous. Mais quand elle essaya d'entrelacer ses doigts avec les miens, je réalisai que ma main n'était pas vraiment *posée* sur le lit. J'avais le poing serré.

Elle essaya de défaire mes doigts un à un.

— Tu es si tendu.

— Ouais. Je devrais probablement aller courir pour brûler un peu de cette tension.

— Tu dois aller quelque part aujourd'hui ou faire quelque chose ?

Je secouai la tête.

— Je n'ai pas l'intention d'aller au bureau pour ma demi-journée habituelle du samedi.

Elle souleva ma main et la porta à ses lèvres.

— Tu sais, je pensais à un moyen beaucoup plus agréable pour toi de brûler la tension que d'aller marteler un trottoir.

Même avec une nuit blanche et la conversation que nous venions d'avoir, la sensation des lèvres de Stella sur ma main et la mention de *martèlement* avaient déjà positivement modifié mon humeur.

— Ah oui ? Qu'est-ce que tu as en tête ?

Elle me poussa gentiment à rouler sur le dos et me grimpa dessus. À califourchon sur mes hanches, elle souleva le T-shirt qu'elle portait pour le faire passer par-dessus sa tête. Ses seins tombaient naturellement, parfaitement. Quand je me redressai pour les attraper, Stella leva son index et l'agita d'avant en arrière.

— Non. C'est ton moyen d'évacuer le stress. Allonge-toi et laisse-moi m'occuper de toi.

Je croisai mes bras derrière ma tête, supposant qu'elle voulait dire qu'elle allait se mettre au-dessus de moi. Mais au lieu de ça, elle se recula et s'assit sur mes cuisses. Sa petite main sortit ma verge de mon pantalon de survêtement, et ses doigts l'enserrèrent. Elle la pressa fermement et s'humecta les lèvres, puis se pencha et glissa sa langue sur mon gland.

Ses yeux brillaient de façon diabolique tandis qu'elle léchait le peu de liquide qui sortait de moi sans me quitter des yeux.

— Montre-moi. Montre-moi comment tu veux que je te suce.

Je grognai et glissai mes doigts dans ses cheveux. Stella ferma les yeux. Elle baissa la tête et prit presque toute ma longueur en bouche en un seul mouvement.

Putain.

C'est tellement mieux que de courir.

Ça allait être embarrassant et rapide, mais tellement nécessaire. Comme si elle sentait exactement ce qu'il fallait faire, Stella se mit au travail. Toute ma queue fut bientôt imbibée de sa salive – le genre de salive qui, chaque fois qu'elle me suçait, produisait le gargouillis le plus sexy qui soit. Elle me prit en bouche jusqu'à ce que je heurte le fond de sa gorge, puis glissa en arrière, encore et encore. C'était la sensation la plus glorieuse qui soit, et en même temps une torture. J'avais tellement envie de soulever mes hanches et de m'enfoncer dans sa gorge, mais je ne voulais pas la blesser. Après quelques minutes, elle me relâcha et leva les yeux. J'avais toujours la main enfouie dans ses cheveux, alors Stella posa la sienne dessus pour l'appuyer plus profondément contre son crâne.

— Montre-moi. *Montre-moi.*

Putain.

Elle me reprit en bouche et, cette fois, après deux va-et-vient, je n'en pouvais plus. Je fis exactement ce qu'elle me demandait et, quand elle arriva à ce point de non-retour, cet endroit au fond de sa gorge où elle se retirait jusque-là, je poussai doucement sa tête plus bas. Et elle ouvrit sa putain de gorge – elle l'ouvrit en grand et m'avala jusqu'en bas.

— Putaiiiiin.

Elle était capable de le faire depuis le début et avait attendu que je le demande.

Bordel de merde.

Elle était déjà parfaite. Mais maintenant...

Stella recula et creusa les joues tandis qu'elle me suçait jusqu'au gland. Elle émit un doux ronronnement d'approbation lorsque j'enroulai ses cheveux dans mon poing et que je poussai de nouveau sa tête vers le bas. Je ne tins que deux succions de plus avant que mon orgasme ne me tombe soudainement dessus.

— Je vais jouir... gémis-je en relâchant ma prise sur ses cheveux.

Mais elle ne s'arrêta pas.

— Stella... trésor...

Cette fois, j'utilisai les cheveux qui restaient encore dans ma main pour la tirer un peu en arrière, incertain du volume de ma voix. Mais ça ne fit que la pousser à me prendre plus profondément.

Putain. Elle veut que je jouisse dans sa gorge.

Stella n'a pas eu à attendre longtemps. Après une nouvelle succion, je laissai échapper un flot qui pulsait et semblait ne jamais vouloir s'arrêter. Je commençai à m'inquiéter de sa durée, mais ma douce Stella en avala chaque goutte.

Même si elle avait fait tout le travail, je renversai la tête sur l'oreiller, complètement essoufflé. Stella s'essuya la bouche et me grimpa dessus. Elle avait le plus beau des sourires sur le visage.

— Putain… c'était… j'ai l'impression qu'on va devoir me réapprendre à marcher.

Elle gloussa.

— Ça signifie-t-il que tu n'es plus tendu ?

— C'est le cas. Même si je me demande comment tu as appris à faire ça.

— En fait, c'est assez drôle, une femme dans l'un de mes journaux intimes avait du mal à essayer de le faire, alors elle a acheté une vidéo pour apprendre. Je l'ai achetée aussi parce que j'étais curieuse.

Je fermai les yeux et gloussai.

— Ces journaux intimes. Ils vont causer ma perte, hein ?

ÉPILOGUE

Stella

Huit mois et demi plus tard

> *Cher journal,*
> *Ce soir, Stella s'est endormie devant moi et je l'ai regardée. De temps en temps, le coin de sa lèvre se contractait et sa bouche s'incurvait. Ça ne durait pas longtemps, une seconde ou deux, mais je trouvais ça hypnotisant. J'espère qu'elle rêvait de moi, parce que je veux que tous ses rêves deviennent réalité, comme elle a réalisé les miens.*
> *-Hudson*

Je serrai mon nouveau journal intime contre ma poitrine. Sérieusement ? Comment avais-je pu être aussi chanceuse ? Hudson et moi avions emménagé ensemble quelques mois après le lancement public de Signature Olfactive – pas que j'avais encore besoin d'un colocataire. Pour la première fois de ma vie, je pouvais me permettre d'avoir mon propre appartement à New York. J'aurais pu verser une belle caution pour un appartement à moi dans un immeuble en grès brun, car mon entreprise avait fait mieux que ce que j'avais imaginé dans mes rêves les plus fous. Oprah avait même mis ma petite invention sur sa liste des cadeaux préférés à offrir cette année. Nous avions maintenant une édition spéciale de la boîte Signature Olfactive pour la Saint-Valentin, et une version pour hommes serait bientôt prête à être lancée. J'avais travaillé de longues journées pour rédiger les nouveaux algorithmes, mais maintenant le personnel expérimenté de Rothschild Investissements avait pris le relais, et j'avais enfin l'impression d'avoir trouvé l'équilibre vie professionnelle-vie privée dont j'avais toujours rêvé.

Hudson Rothschild faisait de tous mes rêves une réalité, et même plus. Il m'avait même fait la surprise d'un voyage en Grèce pour fêter l'expédition de notre premier produit à l'international. Nous avions séjourné dans le plus incroyable hôtel de Mykonos. Quand on était arrivé, ça m'avait vaguement paru familier. Mais il avait fallu que j'entre dans notre suite pour comprendre pourquoi. L'hôtel qu'il avait réservé pour nous était celui que j'avais choisi il y a presque un an, alors que je planifiais des vacances de rêve dans le hall de son bureau et que j'attendais de lui parler. Il s'en était souvenu alors qu'il n'avait jeté qu'un coup d'œil à mon écran.

Quant à mon hobby de lecture de journaux intimes... eh bien, j'avais arrêté d'en acheter. Je craignais qu'avoir des journaux qui traînent ici et là rappelle à Hudson des souvenirs difficiles. Il y a quelques mois, il l'avait remarqué et m'avait demandé pourquoi j'avais arrêté. Je lui avais dit que je n'avais plus besoin de lire la vie des autres, parce que mon histoire d'amour dépassait tout ce que n'importe qui pouvait écrire. Je n'avais pas menti, bien sûr, mais Hudson me connaissait bien. Il savait que ça me manquait de les lire et connaissait probablement la raison pour laquelle je les avais abandonnés. C'est pourquoi il m'avait fait la surprise d'un journal intime la semaine dernière, qu'il gardait secrètement depuis des mois. C'était la chose la plus douce et la plus romantique qu'on ait jamais faite pour moi. Enfin, la plupart des entrées étaient douces – certaines étaient juste très coquines.

Un exemple concret. Je revins une douzaine de pages en arrière et relus l'une de mes préférées.

Cher journal,
Aujourd'hui fut une journée particulièrement dure – le jeu de mots n'est pas intentionnel, mais bon sang, c'est la vérité. Ma copine est partie sur la côte ouest depuis presque une semaine maintenant. Ce matin, quand je me suis réveillé, j'étais couché sur son oreiller. Respirer son odeur a rendu mon habituelle gaule du matin impossible à dégonfler toute seule. Plutôt que de lutter, j'ai fermé les yeux et j'ai tiré son oreiller pour me couvrir le visage avec. Tout en prenant de grandes inspirations, je me suis caressé en imaginant que mon poing serré était son sexe si doux. Rien ne remplace la réalité, mais j'imaginais qu'elle était assise sur moi et qu'elle s'évertuait à prendre chaque centimètre de ma verge en elle. Qu'elle rejetait la tête en arrière quand elle approchait de l'orgasme, que ses magnifiques seins se balançaient de haut en bas, et qu'elle avait envie que je les prenne en bouche. J'attendrais alors qu'elle ait joui pour

m'enfoncer si profondément en elle qu'une partie de mon sperme serait encore en elle la prochaine fois qu'elle devrait partir.
-Hudson

Une autre de mes préférés se trouvait quelques pages plus loin. C'était une histoire qu'il ne m'avait jamais racontée, mais elle me faisait chaud au cœur.

Cher journal,
Aujourd'hui, j'ai emmené Charlie prendre un petit-déjeuner et lui ai dit que Stella emménageait avec nous. Ensuite, nous sommes rentrés à pied et sommes passés devant un parc. Il y avait à l'intérieur deux petites filles, peut-être un an plus jeune qu'elle. Elles sautaient dans tous les sens, les yeux écarquillés et avec un grand sourire sur le visage. J'ai pointé les filles du doigt et lui ai demandé : Pourquoi penses-tu qu'elles sont si excitées ? Charlie m'a alors répondu : Peut-être que la petite amie de leur papa emménage aussi chez elles.
-Hudson

L'homme sur lequel je me pâmais actuellement sortit dans le jardin. J'étais assise dans un rocking-chair sur la terrasse à côté du braséro, Hendricks à mes pieds.

Hudson secoua la tête.

— Mon fidèle ami semble oublier qui est son maître.

Je souris. Le chien de berger que j'avais offert à Hudson pour Noël était devenu mon ombre ces derniers temps. Je ne savais pas trop pourquoi, puisqu'il me semblait que je ne faisais que lui crier dessus parce qu'il dévorait mes chaussures et mes meubles. Il avait mis une éternité à être dressé, puis avait pris la charmante nouvelle habitude de ronger les pieds de tables basses à mille dollars. Pour être honnête, Hendricks était insupportable, la plupart du temps. Mais voir la tête d'Hudson le matin de Noël quand il avait réalisé qu'il allait finalement avoir le chien qu'il avait souhaité étant petit garçon… tout ce chaos en valait la peine.

J'avais maintenant sur ma propre table de nuit une copie de la photo qu'Olivia gardait encadrée sur la cheminée de son salon, celle où Hudson souffle ses bougies d'anniversaire et fait le vœu d'avoir un chien de berger tout en couvrant la bouche de sœur. Et oui, il avait nommé notre chien d'après le gin qui nous avait réunis.

— C'est seulement parce que c'est moi qui le nourris la plupart du temps, dis-je.

Les yeux de Hudson se posèrent sur le livre dans mes mains.

— Souviens-toi de notre accord, tu n'es censé en lire qu'une par jour.

— Je sais. J'étais juste en train de relire certaines de mes préférés. J'ai encore celle d'aujourd'hui à lire.

— D'accord. Je vais courir au magasin pour prendre une bouteille de vin qu'on pourra apporter chez Olivia ce soir. J'emmène Hendricks pour qu'il fasse sa promenade. Quelque chose d'autre que je devrais prendre pendant que je suis dehors ?

Aujourd'hui, c'était le premier anniversaire de mariage de Mason et Olivia, nous allions donc dîner chez eux. Ils venaient de déménager de Manhattan et de s'installer dans une maison à quelques rues d'ici. Je me demandais si Hudson réalisait que ce n'était pas seulement leur anniversaire, mais aussi le nôtre. Il y a un an aujourd'hui, j'avais reniflé du gin et rencontré l'amour de ma vie. Bien que *l'amour* ne soit pas exactement le sentiment que j'avais ressenti quand j'avais sauté dans le taxi pour fuir ce soir-là. Je lui avais acheté un petit cadeau pour célébrer l'anniversaire de notre rencontre et je m'étais dit que je le lui donnerais plus tard quand nous rentrerions à la maison.

— Non, je ne pense pas que l'on ait besoin d'autre chose que du vin. J'ai déjà fait un gâteau pour le dessert.

— Très bien. Je serai de retour dans vingt minutes.

— OK. On pourra regarder le coucher de soleil avant de partir chez Olivia.

Hudson commença à entrer dans la maison, mais il s'arrêta et fit demi-tour en levant son doigt en signe d'avertissement.

— Rappelle-toi, une seule entrée. Pas plus.

— Oui, oui.

En l'entendant s'éloigner, je soupirai et rouvris mon journal intime. Il ne me restait plus qu'une vingtaine de pages. Et l'entrée suivante était si courte. Je pourrais probablement lire le carnet entier avant qu'il ne revienne et il ne le saurait même pas. Mais au lieu de ça, je savourais les pages comme il le voulait.

Du moins... c'est ce que j'avais prévu de faire.

Jusqu'à ce que je lise la prochaine courte entrée.

Cher journal,

Aujourd'hui, je suis allé faire du shopping. Je n'y connais pas grand-chose en bijoux, alors j'ai emmené ma sœur avec moi. Elle m'a emmerdé comme jamais.

Je souris en imaginant Hudson et Olivia faire du shopping. Son idée du shopping était d'entrer dans un magasin dans le but d'acheter trois costumes et d'en sortir dans la demi-heure. Olivia, de son côté, n'avait pas la même définition de la chose. Elle partait acheter une paire de chaussures pour aller avec une robe et rentrait à la maison avec un nouveau service à vaisselle, un manteau pour Mason, un jouet pour Charlie et un gadget électronique pour le bureau tout droit sorti d'un magazine dédié au sujet. Les chaussures qu'elle était partie acheter ne seraient plus nécessaires, car elle aurait aussi une robe toute neuve.

En fait, je l'avais accompagnée une fois lorsqu'elle était allée acheter des chaussures pour une tenue et qu'elle était rentrée avec un ensemble complètement différent, pour se rendre compte qu'elle avait encore besoin de chaussures pour la nouvelle tenue qu'elle avait ramenée. Olivia était le genre de femme qui sortait d'un centre commercial avec quatorze sacs différents. Hudson était un homme qui demandait qu'on lui envoie ses costumes une fois qu'ils avaient été taillés sur mesure, pour ne pas avoir à retourner au magasin.

Mais en retournant à ma lecture, je réalisai qu'Hudson n'avait pas mentionné qu'il était allé faire du shopping avec sa sœur. Il n'était pas non plus rentré à la maison avec de nouveaux bijoux récemment. Alors, curieusement, je retournai à mon journal.

Nous avons fait six magasins. Tout ce que j'aimais, Olivia le détestait. Tout ce qu'elle aimait, je n'en avais que faire. Après une journée bien remplie, je suis rentré chez moi les mains vides et exaspéré. Ma bien-aimée est rentrée environ dix minutes plus tard, sentant la forêt. Elle était au labo depuis tôt ce matin,

à travailler sur son nouveau parfum pour hommes. Mais elle a passé ses bras autour de mon cou, a frotté ses lèvres pleines contre les miennes, et ma journée de merde s'est évaporée. C'est là que j'ai réalisé quel était le problème à essayer d'acheter des bijoux pour mon amour : je ne trouve rien d'aussi spécial qu'elle. Il m'a fallu trente et un ans pour la trouver, alors je ne vais pas faire les choses à moitié pour lui montrer ce qu'elle représente pour moi.
-Hudson

Oh mon Dieu. Impossible pour moi d'arrêter ma lecture ici. Hudson faisait du shopping pour des bijoux qui devraient être spéciaux pour moi ? Est-ce que ça pourrait être... En regardant par-dessus mon épaule, je jetai un coup d'œil dans la maison. Tout était calme. Il faudrait au moins vingt minutes à Hudson pour aller au magasin de spiritueux et revenir avec le chien. Je devais lire un peu plus – une entrée de plus, au moins.

Bien sûr, une entrée en entraînait deux, et deux en entraînaient trois, et soudain j'étais à la dernière page. Hudson était parti faire une demi-douzaine de courses, avait écrit un autre article très sexy sur les choses qu'il voulait me faire, et avait écrit quelques pages sincères sur la nuit où mes parents étaient venus dîner. Ça m'avait pris beaucoup de temps, mais oui, mes parents et moi nous étions enfin revus en personne. J'avais dû faire des efforts pour y arriver, et j'avais été une boule de nerfs mais, au final, la soirée avait été agréable. Je n'ai pas encore renoué avec ma sœur, bien que j'aie finalement tout dit à Hudson et admis avec *qui* Aiden avait eu une liaison. J'espérais toujours qu'un jour, je trouverais le moyen de pardonner à Cecelia.

D'après ce que j'avais entendu, elle et mon ex avaient rompu depuis – après qu'elle l'ait trouvé en train de la tromper avec une de ses amies. J'aurais probablement dû me sentir mieux en apprenant ça, mais ce n'était pas le cas. Je me sentais mal pour Cecelia, c'est pourquoi ça m'avait donné l'espoir qu'il y avait une chance pour nous deux après tout.

Aucune des entrées d'Hudson ne précisait le type de bijou qu'il cherchait, mais il était évident qu'il s'agissait d'une bague. Quel autre type de bijou devait être aussi parfait et nécessitait autant de journées shopping ?

Mon pouls s'accéléra pendant que je lisais les dernières pages.

Oh mon Dieu ! Il a acheté quelque chose.

Et il l'a caché là où il avait caché mon cadeau de Noël dans notre chambre l'année dernière !

Et il ne prévoit pas de me le donner avant son anniversaire.

L'anniversaire d'Hudson n'était pas avant deux mois ! Je ne pouvais pas attendre si longtemps pour en avoir le cœur net.

Hudson n'avait aucune idée que j'étais tombée sur sa petite cachette au fond de son placard l'année dernière. Donc je pourrais... non, *je ne devrais vraiment pas.*

Mon cœur battait à mes tempes, et mes mains commençaient à transpirer.

Peut-être que je pourrais juste aller voir si c'était une boîte carrée ?

Je n'avais pas besoin de l'ouvrir ou autre.

Imaginez l'appréhension que j'allais ressentir durant les deux mois suivants. Maintenant, imaginez ce qui se passerait lorsque le grand jour arriverait enfin et qu'il me tendrait une boîte carrée avec... des boucles d'oreilles à l'intérieur ?

Je ne pourrais jamais cacher ma déception après des mois d'attente. J'avais presque l'impression que je *devais* aller voir maintenant. Peu importait ce qu'il cherchait, ça lui avait pris un sacré temps pour le trouver. Il se sentirait mal si je fondais en larmes, incapable de cacher ma déception. Donc, en un sens, je ferais ça pour lui.

Mais bien sûr.

Je regardai ma montre et jetai un coup d'œil par-dessus mon épaule vers la maison une fois de plus. Je devrais peut-être attendre qu'il soit parti plus longtemps.

Non. Je secouai la tête, même si je répondais à mes propres pensées.

Je ne pouvais définitivement pas attendre.

Alors je me précipitai dans la maison et courus directement vers la porte d'entrée. En l'ouvrant, je regardai à droite puis à gauche pour m'assurer que Hudson n'était pas déjà en train d'arriver. Voyant que la voie était libre, je fonçai dans la chambre. La porte était fermée, et j'étais tellement nerveuse que je dus prendre un moment pour me calmer. Ma main tremblait lorsque je pris une profonde inspiration avant de tourner la poignée de la porte.

Mais mon cœur s'arrêta quand j'entrai.

— Tu cherches quelque chose ?

Hudson leva un sourcil. Il était assis sur le bord de notre lit avec Charlie sur les genoux. Hendricks était à ses pieds.

Je clignai des yeux plusieurs fois.

— Qu'est-ce que tu fais ici ? Je pensais que tu étais parti.

Il incita sa fille à sauter de ses genoux et se mit debout.

— Qu'est-ce que je fais ici ? Je pourrais te poser la même question. Que viens-tu faire dans la chambre, Stella ?

— Je, euh…

Il s'approcha de là où j'étais, figée sur place. Avec un sourire, il me prit la main.

— Tu n'as pas lu *plus que ce que tu devais*, n'est-ce pas ?

Mon esprit était si confus. Quand était-il revenu du magasin ? Et d'où était apparue Charlie ? Mais enfin, que se passait-il ?

Cela dit, je n'eus pas besoin d'attendre très longtemps pour avoir la réponse. Hudson tendit la main à sa fille. Charlie s'en saisit avec un sourire jusqu'aux oreilles. Si je pensais que j'étais nerveuse avant, ce n'était rien comparé à ce que je ressentis en regardant l'homme que j'aimais mettre un genou à terre.

Il porta ma main tremblante à ses lèvres.

Le fait d'apercevoir un peu de nervosité sur son visage quand il leva les yeux aida à me calmer.

— Il y a un an aujourd'hui, j'ai rencontré une femme belle et intelligente, commença-t-il. Quand je t'ai entendu raconter l'histoire de notre rencontre, tu as dit que tu avais gâché le mariage de ma sœur. Mais la vérité, c'est que tu as ravi mon cœur. Tu es la personne la plus gentille, la plus chaleureuse, la plus étrange et la plus étonnante que j'aie jamais rencontrée.

Je levai mes mains pour me couvrir la bouche, et des larmes de joie remplirent mes yeux au moment où j'éclatai de rire.

— La plus étrange ? Tu fais comme si c'était une bonne chose.

Hudson sourit.

— C'est le cas. Je t'aime *parce que* tu es un peu étrange parfois, pas malgré ça. Tu as passé des années à lire les histoires d'amour des autres, et ce soir tu as lu le dernier chapitre de la mienne…

Il me fit un clin d'œil.

— Même si tu n'étais pas censée le faire. Mais ce dernier chapitre n'est que le début, trésor.

Il regarda Charlie, qui sortit une petite boîte noire de derrière son dos et la tendit à son père.

— Stella Rose Bardot, permets-moi de t'offrir le bonheur pour toujours. Sois ma femme, et je te promets de faire tout mon possible pour que ta vie soit meilleure que tout ce que tu as pu lire dans un livre.

Il ouvrit la petite boîte noire. À l'intérieur se trouvait quelque chose que je n'avais jamais vu auparavant. La boîte doublée de velours contenait deux bagues. Sur la droite, il y avait un magnifique diamant taille émeraude serti dans de l'or blanc avec de petites baguettes tout autour de l'anneau. Sur le côté gauche se trouvait une minuscule réplique de la bague de fiançailles. Il sortit la première de la boîte et la tendit vers moi.

— Je ne te demande pas seulement de m'épouser. Je te demande de faire partie de ma famille avec Charlie. J'ai donc fait faire la tienne, plus une mini réplique en zirconium pour elle… mes deux femmes. Qu'est-ce que tu en dis, trésor ? Tu veux être des nôtres ?

Je regardai Charlie. Elle avait un grand sourire sur le visage ; elle récupéra ensuite quelque chose derrière son dos et me le montra.

Une pomme avec une inscription dessus.

Dis oui, comme ça il n'y aura jamais de pépins entre nous.

Aussi stupide que ça puisse paraître, ce fut la pomme qui me fit craquer. Des larmes de joie roulaient maintenant sur mon visage. En les essuyant, je murmurai *« je t'aime »* à Charlie avant de coller mon front contre celui de Hudson.

— Oui. Oui ! Mon cœur vous appartient déjà, alors c'est la cerise sur le gâteau.

Après qu'Hudson m'ait glissé la bague au doigt, nous aidâmes Charlie à mettre la sienne. Nous nous prîmes tous les trois dans les bras pendant un long moment avant que mon *fiancé* ne lui dise d'aller se laver pour aller chez sa tante.

— Enfin… une minute seul à seule.

Hudson posa les mains sur mes joues et attira ma bouche vers la sienne.

— Maintenant, embrasse-moi correctement.

Comme d'habitude, il me laissa sans voix.

— Vous savez, entre votre journal intime et cette demande en mariage, je pense que vous êtes un vrai romantique dans l'âme, Monsieur Rothschild.

— Ah oui ? sourit-il. Je le nierai si quelqu'un me pose la question.

Je ris.

— C'est bon. Je connais la vérité. Sous cet extérieur dur, il y a un grand sentimental.

Hudson me prit par la main et la fit glisser jusqu'à son entrejambe. Il enroula mes doigts autour d'une érection sacrément dure.

— J'aurais d'autres choses dures pour toi plus tard.

Je souris.

— J'ai hâte.

Il effleura mes lèvres des siennes.

— Tu as aimé le journal intime ?

— J'ai adoré. C'était la meilleure histoire d'amour que j'ai jamais lue. Mais ma partie préférée, c'était la fin.

Hudson secoua sa tête.

— Ce n'était pas la fin, trésor. C'était seulement le début. Parce qu'une véritable histoire d'amour comme la nôtre ne finit jamais.

GARDEZ LE CONTACT

Rejoignez plus de 18 500 lecteurs de romance dans le groupe de lecture privé de Vi !

Suivez Vi sur Instagram

Inscrivez-vous à sa liste de diffusion pour en savoir plus sur ses prochaines parutions !

REMERCIEMENTS

À vous, les lecteurs. Merci pour votre soutien et votre enthousiasme. La vie nous a lancé quelques défis ces derniers temps, et je vous suis si reconnaissante de me permettre de vous offrir un moment d'évasion pendant un court instant. J'espère que vous avez apprécié l'histoire d'amour d'Hudson et Stella, et que vous reviendrez découvrir qui sera le prochain couple !

À Pénélope – Ces dernières années ont été folles, et il n'y a personne d'autre avec qui je préférerais être confinée.

À Cheri – Merci pour ton amitié et ton soutien. Les amies fans de livres sont les meilleures de toutes les amies !

À Julie – Merci pour ton amitié et ta sagesse.

À Luna – La vie est comme un livre... il n'est jamais trop tard pour écrire une nouvelle histoire, et j'ai pris plaisir à suivre le déroulement de chacun de tes passionnants chapitres. Merci pour ton amitié.

À mon incroyable groupe de lecteurs sur Facebook, Vi's Violets : 20 000 femmes intelligentes qui aiment parler de livres ensemble au même endroit ? J'ai beaucoup de chance ! Chacune d'entre vous est un cadeau. Merci de faire partie de cette folle aventure.

À Sommer – Merci d'avoir donné un visage à l'histoire d'Hudson et Stella grâce à ton magnifique dessin.

À mon agente et amie, Kimberly Brower – Merci d'être toujours là. Chaque année m'apporte une opportunité unique grâce à toi. J'ai hâte de voir ce que tu vas inventer ensuite !

À Jessica, Elaine et Julia – Merci d'avoir nivelé toutes les aspérités pour me faire briller !

À tous les blogueurs – Merci d'avoir donné l'envie à d'autres personnes de me donner une chance. Sans vous, elles ne seraient pas là.

Je vous envoie beaucoup d'amour
Vi

À PROPOS DE L'AUTEURE

Vi Keeland est une auteure de best-sellers n° 1 au classement du *New York Times*, n° 1 au classement du *Wall Street Journal* et figurant au classement de *USA Today*. Avec des millions d'exemplaires vendus, ses titres sont mentionnés dans plus d'une centaine de listes de best-sellers et sont actuellement traduits en vingt-cinq langues. Avec son mari et ses trois enfants, elle habite à New York où elle vit son propre conte de fées avec le garçon qu'elle a rencontré à l'âge de six ans.

www.ingramcontent.com/pod-product-compliance
Lightning Source LLC
Chambersburg PA
CBHW030333310726
48979CB00001B/6

* 9 7 8 1 9 5 9 8 2 7 9 9 3 *